蔡骏

著

谋杀

似水年华

北京联合出版公司
Beijing United Publishing Co.,Ltd.

图书在版编目（CIP）数据

谋杀似水年华 / 蔡骏著 . —— 北京：北京联合出版
公司 , 2021.7
　　ISBN 978-7-5596-5056-6

　　Ⅰ . ①谋… Ⅱ . ①蔡… Ⅲ . ①长篇小说—中国—当代
Ⅳ . ① I247.5

　　中国版本图书馆 CIP 数据核字 (2021) 第 087384 号

谋杀似水年华

作　　者：蔡　骏
出 品 人：赵红仕
责任编辑：龚　将
封面设计：王　鑫

北京联合出版公司出版
（北京市西城区德外大街83号楼9层 100088）
北京新华先锋出版科技有限公司发行
大厂回族自治县德诚印务有限公司印刷　新华书店经销
字数322千字　787毫米×1092毫米　1/16　19印张
2021年7月第1版　2021年7月第1次印刷
ISBN 978-7-5596-5056-6
定价：49.00元

我们之间，有一条深深的沟。

我以为，只要有足够的勇气，就可以跨越这条深沟。

可惜，那只是一个幻觉。

真实的幻觉。

序　言

这是一部写于十年前的小说。

2020 年，在全体中国人被疫情困住的某段时光，我从书架上翻出一本《像蒙德里安一样作画的贼》，出自这位尚且在世的美国犯罪小说大师劳伦斯·布洛克的"雅贼系列"。我翻开扉页，看到劳伦斯·布洛克给我的签名。我忽然想起，大约十年前，在北京一家出版社的屋顶花园里，我曾经与劳伦斯·布洛克有过一面之缘。我们坐在一起聊了两个小时，虽有翻译，大致也是鸡同鸭讲。他送了我一本中文版的新书。我送了他什么已经忘了。但在与劳伦斯·布洛克见面前，我已读过描写纽约的《八百万种死法》等作品。

彼时的社会新闻不同于今。"非典"已经过去七年，国际金融危机尚未远去，中国的房价仍在飞涨，大小城市的建筑工地的打桩机工作声音此起彼伏，宛如猎人端着猎枪行走在黑暗森林。那时的人们刚习惯用微博，微信尚未问世，苹果手机尚是奢侈品，纸质小说的销量尚可。而我想要变得不同往昔。

于是，就有了《谋杀似水年华》。

但若说这本书跟劳伦斯·布洛克有何关系？我觉得文本上毫无关系。我只是想起那个时代，想起我渴望的种种改变。

写完这部长篇小说，我又写过一篇文章《是谁谋杀了我们的似水年华》，其中有这么一段——

　　虽然，当我们小的时候，天已经不怎么蓝了，水也不怎么清了。虽然，当我们小的时候，校园里流行着成功的传说，操场上飘荡着汽油的味道。虽然，当我们小的时候，每次回家的道路蜿蜒曲折，害怕遇到某个面目可憎的不速之客。虽然，当我们的小时候，打开报纸和杂志的中间几版，总是看到让人难以入睡的标题。虽然，当我们小的时候，最熟悉的童话不是安徒生的《卖火柴的小女孩》，而是情人节晚上兜售十块钱一束玫瑰的小姑娘的故事。

　　虽然，当我们小的时候，其实，我们已经长大了。

　　十年后，我们真的长大了。

　　地球以更快的速度旋转。梅西与C罗统治了足球场，人工智能打败了李世石，麦当娜已年过六旬，斯嘉丽·约翰逊出演了《攻壳机动队》，科比·布莱恩特因直升机事故遇难，手机主宰了我们90%的时间，阅读一本纸质小说变得奢侈，成年人依然在玩口袋妖怪，而我成了被这个世界改变的七十亿分之一。

　　扪心自问，世界变得更好了吗？

　　至少，我觉得我自己变得更好了。我一直在小说中改变自己。我想起《谋杀似水年华》的结尾，我曾经写过三个不同版本。第一个版本在当年连载的《萌芽》杂志，其结尾堪称圆满；第二个版本在2011年的第一版图书，我定了一个开放式结局，如梦似幻，谁晓得呢；第三个版本在2015年的第二版图书，到高潮处戛然而止，我心里难受你。

　　是的，我心里难受你。

蔡骏

2020年8月24日　星期一

目 录

引 子

2020年。

我隐居在一个秘密的地方。

在这里，我有很多朋友，也有很多敌人。他们中的绝大多数，并不知道我的名字，更不知道我在写小说。

写作中的无数个白昼，我痴痴地凝望灰色天空，脑中记忆却一片空白。

我不停地问自己："人生是什么？"

"我们生下来，然后又死掉。"

我想，这才是真理。

于是，我从永远不曾变过的噩梦中惊醒——梦见自己站在一条深深的沟前，黑夜里晦暗的烟雾弥漫，如变幻莫测的幻影，紧紧萦绕着我。

每次这样迷惘地醒来，仿佛依然活在许多年前，只是眼前蒙着厚厚的灰尘，如同隐身于荒野的蔓草丛中。也唯有此时此刻，我才能回首上辈子似的前尘往事，拨开女人乱发般野蛮生长的藤蔓，看到那双充满泪水的谜一样的眼睛，看到十年前被埋葬入土的往事，看到一幕幕无比真实的幻觉。

这个故事里所有真相，也包括所有幻觉，都被埋葬在魔女区。

二十五年前……

第一部

秋收与小麦

我要给你看恐惧在一把尘土里

——托马斯·斯特恩斯·艾略特《荒原》

第一章

1995 年，邓丽君去世了。

1995 年，张雨生还活着。

1995 年，马景涛开始在电视上咆哮。

1995 年，很多人都记得《东京爱情故事》。

1995 年，8 月 7 日，清晨，7 点。

大雨，夏天的大雨，已倾泻了整个晚上，冷酷地冲刷荒郊野外的马路，也必将冲刷掉某些重要的证据。

半小时前，田跃进匆忙跑出家门，回头看了看十三岁的女儿，暑假中的小麦还在席子上熟睡。他刚为一个案子熬了几个通宵，还来不及跟女儿说话，心底不免有些内疚。

坐上白色桑塔纳警车，他就闭起眼睛，连日疲倦，头疼欲裂，在车窗外瓢泼大雨的陪伴下，片刻发出均匀的鼾声。

"到了！"

是有人将他推醒的，还是那块美国佬的弹片——残留在肩膀深处的弹片，在阴湿的空气里把他疼醒的？田跃进揉了揉眼睛，摇下副驾驶座旁的车窗，看到大门口挂着"南明高级中学"的牌子。这所全市重点寄宿中学正值空无一人的暑期，校门两侧是高高的围墙，向大雨中的旷野延伸。

年轻的警察小王提醒了一句："老田，不是这边，现场在马路对面。"

田跃进平静地转过头，昏暗的阴雨天空下，隔着一条不宽的马路，有座孤零零的平房，异常突兀地插在荒野中，仿佛绿色大海上的黑色孤岛。距案发地最近的建筑，除了马路正对面的高中，是要步行五分钟才到的工厂，还有更远处的几栋老公房，全是新搬来的拆迁户。

大雨没有停下的迹象，不少附近居民来看热闹，派出所的警察在维持秩序。老田从容打伞走下警车，跨过风雨飘摇中空荡荡的马路，与同行们打了个招呼。

一小时前，几名下夜班的工人，看到野狗不停地对杂货店狂吠，而且卷帘门没有锁住。有个大胆的工人钻了进去——可能想顺手牵羊偷条香烟，或者偷看老板娘睡觉，却发现了她的尸体。

卷帘门依然只开一半，田跃进戴上白手套，弯腰钻进杂货店，迎面一排货架，有他最爱的香烟和黄酒。除了醋米油盐之类日用品，上面还有不少盗版书和录像带，包括《七龙珠》之类女儿爱看的漫画，以及修正液、笔记本、橡皮擦等文具，显然是卖给马路对面的高中生的，否则这种鬼地方能有什么生意。

技术人员还在赶来途中，凶案现场只有田跃进一人，地上满是零乱的脚印，这些都是重要的证据。

他小心地绕过那排货架，看到躺在地上的死者。

第一次看到她。

她已化为一具尸体，田跃进轻轻惋惜一声：为什么是一具尸体？

该死！怎会疼得那么难受？不仅是受过伤的肩膀，还有胸口，就像被地上的尸体刺中，即将倒在她身边死去，等待同事们进来收尸……死者仰天躺在货架后的地板上，头向杂货店卷帘门的方向，脚向着后面的一堵墙。墙上有一道木板门，旁边贴着几张电影画报，应该是晚上睡觉的小隔间。

她的左手往上搭在头旁，右手下垂在大腿侧，左腿微微抬起，像某种舞蹈姿势。她穿着一件粉色的及膝睡裙，在郊区显得时髦性感。她的塑料拖鞋已被蹬掉，落在墙边的角落，地板上有拖鞋底擦过的轻微划痕，表明遇害时有过短暂挣扎。但杂货店没有被破坏的痕迹，当时的反抗并不激烈，看来她很快就被杀害，前后不超过一分钟。

田跃进半蹲下来，低头看她的裙摆，衣服没有被撕坏，观察大腿裸露的部分，似乎并无性侵害的迹象。

为什么没有性侵害？

老田脑中冒出这个念头，让自己也感到羞愧。

因为，她——倒在地上死去的她，是如此迷人的女子，披着当时流行的波浪长发，如瀑布般散在地板上，仿佛摆了个优雅的姿势，等待摄影师的镜头。

派出所民警说死者33岁，但她看上去不超过28岁，有些人就是青春永驻，即便没有任何妆饰。

死后发紫的双唇，苍白暗淡的肤色，欲言却止的口形，死不瞑目的双眼。

老田的眉头在发抖，实在不曾料到，这种荒野的杂货店，竟躺着一个漂亮的美人，可惜已变得冰凉而僵硬。

不过，她身上最醒目的，并不是粉色睡裙，也不是性感妖媚的身材，更非至死还睁着的眼睛，而是——

丝巾。

紫色的丝巾。

在她的细细的脖子上，缠着一条紫色的丝巾。

办了一辈子的凶杀案，看到过无数凶案现场，田跃进却从未见识过这样的"道具"——漂亮到难以形容的丝巾，在杂货店昏暗的灯光下，反射出极品丝绸才有的光泽。丝巾并非纯紫色，而是交织着白色的、犹如某种枝繁叶茂的植物的奇妙花纹，散发出浓郁的西域风情，就像一圈紫色珍珠，衬着虽死犹生的迷人容颜。从她死去的身体、瞪大的眼睛、奇异的丝巾上，共同发出耀眼夺目的光，几乎要把田跃进的眼球刺破。

他控制住自己的平衡，不碰到现场任何东西。但他察觉到一个疑点，盛夏时节谁还会戴丝巾？尤其在杂货店的夜晚，女主人穿着睡裙，系这样一条丝巾更显奇怪。他凑近观察丝巾，发现丝巾在脖子上缠得很紧，竟然深深嵌入肉中。

瞬间，脑中闪现这样一幕——大雨之夜的杂货店，一双有力的大手，用这条神秘的紫色丝巾，从背后缠住她的脖子。凶手一直站在她的身后，活生生地用丝巾勒死了她！

虽是一条薄薄的丝巾，但在天然纤维材料里，桑蚕丝的柔韧性是最强的，在古代还可以用在盔甲上。

一条上等的丝巾足够杀死一个女人。

如果这条紫色丝巾，就是勒死被害人的工具——将是他多年来遇到过的最美凶器，倒也配得上如此美丽的女人。

田跃进下意识地摸了摸自己脖子，仿佛有条冰冷的毒蛇，正悄悄爬上他的身体，接着就要紧紧地缠绕、盘踞、吞噬……

田跃进的目光逃离丝巾，往上移到死去美人的脸上，也是最最迷人的部分——眼睛。

谜一样的双眼。

长长的睫毛底下，是大而明亮的眼睛。传说瞳孔可以保留死时看到的景象，如照相机般拍下凶手的脸。可惜玻璃体已开始浑浊，田跃进又认定凶手在背后，不指望从死者眼睛里看到任何影子。

然而，他确实看到了。

死去美人的眼睛，永远不会闭上，在得到最终答案前——她在想，为什么？为什么这条丝巾会缠上自己的脖子？为什么要这么做？还有不相信！不相信自己将在今夜死去，不相信谋杀自己的会是那个人或幽灵。

干了二十多年警察，勘查过无数凶案现场，不少血案的被害人死得极惨，常让年轻警察当场呕吐出来，却再也无法让他动容。可是，偏偏这个盛夏大雨的清晨，这个郊外的小杂货店，这个没有流过一滴血的死者，震动了他的心。

他们焦虑地等待着的技术人员，怕是给大雨耽搁在路上了。每次在凶案现场，同事们忙着收集证据和拍照时，他都会默默观察最容易被忽略的细节。他仔细查看了货架，戴着手套摸了摸柜台，不知是否有财物被窃，但看上去至少货架没被动过。小杂货店打理得很干净，所有货品井井有条，乍一看颜色也很协调，卷帘门边放着几盆植物，竟给人温馨的家庭感。墙上贴着明星海报，分别是张国荣和刘德华，想必是为吸引追星的学生。真是个细心的女人。

什么声音？

分明是货架后面的动静，其他人都守在卷帘门外，杂货店里只有自己一个活人——死者爬起来了？

田跃进小心地转过货架，美人依然冰凉地躺在原地，脖子上的丝巾如僵死的蛇，纹丝不动。

果然听到一丝声音，有人！就在墙后隔间的门里。

是凶手？

他不慌不忙地掏出手枪，悄无声息地绕过地上的死者，摸了摸小门的把手。这道门已被反锁死了——凶手残忍地杀死了一个女人，居然不逃跑，还把自己反锁在凶案现场，等着警察过来发现？够变态！

他举枪靠着门边墙板，但避开了贴在墙上的电影画报。因为画报上有两个破洞，可能原来是一扇内窗，后来用画报代替玻璃糊了上去。

门内不再有任何声音，但他确信里面有人。他背靠墙看着地上尸体，从而产生一种错觉，似乎不是他在看死者，而是死者瞪着眼睛看他。

不等了，也来不及叫外面支援，他大声朝门里喝道："出来！"

然而，刚喊完他就后悔了——小门是被外面反锁的，里面的人不可能自己出来。

他又向死去的美人扫了一眼，看到旁边的墙角下躺着一串钥匙。他半蹲着挪过去，小心地捡起那串钥匙，最大那把是开卷帘门的，看样子是她半夜自己开门把凶手放进来，自然不会是陌生人作案；此外还有几把小钥匙，估计是锁柜台和现金的。

最后一把，看起来像房门钥匙。

田跃进右手持枪对准房门，左手拿着那把钥匙，缓缓插进小门的锁孔。

锁，打开了。

"不许动！"

如一尊战斗的神像，他握着手枪对准昏暗的门内，只看到一个小小的卧室，简单干净的木床，还有一个少年。

他？凶手？

当田跃进看清楚了少年的脸，随即断然地摇了摇头。

少年蜷缩在隔间地板上，双手抱肩微微战栗，看着突然闯入的中年男人，看着他手中黑洞洞的 54 式手枪。若不是那身绿色警服，他一定以为是无情杀手回来斩草除根。

"你是谁？"

田跃进把枪收了起来，依旧保持防范姿势，视线扫了一圈，确认不会再有第三个活人。

少年约莫十三四岁，刚进入青春期的样子，嘴上有一圈淡淡的绒毛，喉结微微突起，眼睛鼻子却还像小孩——田跃进想起了自己的十三岁，当年弄堂里有不少女孩暗恋过他。

这少年身材瘦长，相貌颇为清秀英俊，白净的皮肤，直挺的鼻梁，线条分明的轮廓，留着短短的学生头，只是嘴唇明显干裂，或是被自己咬破的？少年没回答警察的问题，茫然瞪大的眼睛，就像店堂死去的美人的眼睛。

是，田跃进发现少年和死者的眼睛很像，其他许多脸部的细节也很相似。

不会吧？他对自己摇摇头，不是说死者是独居的吗？怎么会多出个男孩来？

少年的表情有些麻木，也许已保持这个姿势很久。田跃进伸手把他拉起来，少年身体有些摇晃，索性将他背在肩上，感觉还不到一百斤的分量。

田跃进绕过躺在地上的死者，少年低头看到了她，一阵剧烈的颤抖自背后传来，伴随着越发急促的呼吸声，几滴温热的泪水，落在田跃进的肩头。

"她是你什么人？"

田跃进适时地问了一句，少年却一言不发地闭上眼睛。

勘查现场的人员都进来了，诧异地看着他们走出杂货店，没想到他还背着一个少年。

仰头却是一片大雨，无边无尽的大雨，笼罩这个荒芜世界。

忍着肩膀的疼痛，越过撑着伞围观的人群，田跃进背着少年，穿过冰冷的雨幕，来到南明高级中学的门口。他把少年塞进警车，沉默地坐在旁边，注视这张半成人半孩子的脸。

一次漫长而真实的幻觉……

第二章

雨，一直下到半夜，才渐渐停止。

田跃进看了眼墙上的钟，时针已走到十一点整。带着雨滴的梧桐树叶拍打窗户，送入凉气逼人的晚风。他感到后背有些发凉，还好肩膀不再痛了，抬手径直推开房门。

公安局验尸房，疲倦的法医摘下手套，抱怨了一句："你才来啊？"

"对不起，凶案现场发现的那个孩子，始终不肯开口说话。"

田跃进挠头打起精神。整天都耗在这桩案子上，只在傍晚给家里打过一个电话，让女儿自己煮方便面解决晚饭——十三岁的女儿确实有理由恨他。

此刻，少年就在楼下办公室，两个小警察轮流盯着他。从早上回到局里，他一直沉默地低着头，偶尔发出几声抽泣，也不吃食堂送来的饭菜，只是渴极了喝过一大杯水。田跃进耐心地问话，也设想了许多可能。但少年就像个哑巴，或得了失语症，竟没说过半个字。肯定不是聋哑人，田跃进从他的眼神看得出，他对警察问话都有反应，只是到了下午才变得麻木，好像身边所有人已消失。不知还要耗到多久，明天早上？后天晚上？永远？

法医打了个哈欠，从冷柜抽出一具尸体——南明路凶杀案的被害人。

掀开覆盖尸体的一层白布，不再有迷人的粉色睡裙，脖子上的神秘丝巾也被鉴定科解去检验。现在她只是个死去的裸女，冒着寒冷的白色气体。她的眼皮已被法医合上，表情变得安详宁静，像在冷柜中睡着了。虽然已三十多岁，却比多数年轻女子更加性感。不过，肚子上的皱纹显示，她早已是一个母亲。

原来缠绕丝巾的地方，冰肌玉肤的脖子，显出一条紫色伤痕。

田跃进的判断没错，她是被人用丝巾勒死的，法医报告证实了这一点。

田跃进迅速将白布盖在她身上——不再多看哪怕一眼。

"老田，你怎么了？"法医把死者送回到冷柜。

田跃进捂着太阳穴后退半步："我有些难受。"

"这倒是头一回。"

在这间冰冷的验尸房，田跃进看过无数尸体，包括那些已被解剖了的可怜人，但从未影响过他的情绪。不知为什么，这个女人的死，如此触动他。天生的怜悯？一个中年男人对一个美丽弱女子的怜悯？古书上说的恻隐之心？就像他刚刚成为警察，接触到的第一个凶案，他为年轻的被害人泪流满面，发誓要亲手抓获凶手，结果在三天内完成了誓言。那是二十年前的事，现在这感觉又回到心底，即便他与死者素不相识。

只因她死得那样美？还是死时的那种眼神？抑或那条诱人的紫色丝巾？他命中注定遇到一个幽灵般的罪犯？或者——就是幽灵？

"别说出去！"

他冷冷地抛下一句，以免自己像那些警校刚毕业的新人一样，成为局里老家伙们的笑柄。

"好吧。"法医收拾起报告，"根据检验结果，她的死亡时间在昨晚十点至十二点之间。凶手应是成年男性，有比较强的臂力，从背后用丝巾勒住被害人，在一分钟内使其窒息死亡。已从死者身上采集到了一些毛发和指纹，但没有任何性侵害的迹象。"

田跃进沉默地点头。这与现场判断的完全一样，他靠着墙边说："谢谢。"

忽然，验尸房大门被推开，二十五岁的警察小王进来喊道："老田，那孩子开口说话了！"

愣了不到一秒钟，田跃进飞快地冲出验尸房，穿过潮湿阴暗的走廊，手撑栏杆跳下楼梯，回到了办公室。

少年趴在桌子上，悲伤地号啕大哭，整个公安局都能听到这哭声。田跃进的心被哭声揪着，似乎变成脆弱的玻璃，很快就要被击碎。他走到少年身后，抚摸他剧烈起伏的后背："孩子，没事了！都过去了，你可以说出来了。"

继续哭了两分钟，少年才缓缓抬头，眼眶哭得肿起来了，还有泪水不停往下淌。这悲伤的样子引人同情，田跃进不动声色地掏出手绢，替他轻轻擦去眼泪。

"我看到了！"

这是少年口中发出的声音，正是十三四岁的变声期，听起来干哑撕裂，有些刺耳。

旁边两个小警察很激动，田跃进示意所有人冷静，不要发出任何声音，以免干扰少年的回忆。

"看到什么？"

"脸。"

少年瞪大了眼睛，仿佛那张脸就在眼前——可惜，他能看到的只是田跃进的脸。

"谁的脸？"

田跃进不想躲避他的眼睛，他以镇定的神情，控制少年随时可能失控的情绪。

"我看到凶手的脸了！"

少年又一次大喊出来，双眼充满愤怒与仇恨，同时喷出的浓烈口沫大多飞溅到田跃进脸上。但田跃进毫不介意，反而为此异常兴奋——等待了几乎一天一夜，不就为听到这句话？

"好，你慢慢地告诉我，凶手什么样子？"

少年却低下了头，颤抖片刻之后，半抬起头，压低声音，像成年男人那样低沉——

"一只恶鬼！"

第三章

田跃进，又一个不眠夜。

1995年8月8日，子夜，十二点。

公安局办公室，夜风摇晃木质的窗户，灯光在地板上不停晃动。

南明路凶杀案现场的少年，终于向警察开口说话。

"一只恶鬼！"

老楼的房间沉默许久，谁都不敢率先打破寂静。田跃进手托下巴，凝视少年的脸庞，少年的脸似乎有些微小的变形。

两分钟后，少年说了第二句话："我……我……饿！"

他说饿了！

田跃进激动喊道："快点去买吃的！"

十分钟后，警察小王从公安局门口的夜排档回来，两只手里提了好多烤鸡肉串、干炒牛河、冷面和冷馄饨——大家都很饿了。

田跃进夹起冷面吃起来，同时以眼角余光瞥着少年，正是青春发育期的孩子，怎经得起一天一夜的饥饿。

少年狼吞虎咽吃了不少，最后喝下一口水，看着田跃进的眼睛说："我真的看到了！"

"好，我们都信你，孩子。"田跃进耐着性子半蹲在少年跟前，"第一步，先告诉我，你是谁？"

"我是——"他难受地摇摇头，好不容易挤出一句话，"我是我妈妈的儿子。"

这句废话证明了田跃进的判断。不过，被害人看起来那么年轻，怎么会有一个开始长喉结的儿子？

"你叫什么名字？"

"秋收，秋天的秋，收获的收。"

这名字倒蛮好听。他知道被害人有个十三岁的儿子，跟随父亲在老家读中学——现在知道了他的名字：秋收。早上在案发现场的隔间里，还发现一个装着中学课本的背包。

"你什么时候来上海的？"

"昨晚八点，我一个人坐火车到的。妈妈到车站来接我，坐公交车回到杂货店。"

田跃进明白了："放暑假来看妈妈？"

"是。"

怪不得派出所说死者独自居住，附近居民也从没见过这少年。

"你们几点到的杂货店？"

"晚上……十点半。"少年的普通话很标准，看来在学校读书不错，不像好些农村孩子满口乡音，"妈妈跟我聊了很久，帮我整理后面的小房间，还准备了一副新的竹席。晚上十一点多，有人敲响了外面的卷帘门。"

少年说到这儿却停顿了，田跃进冷静地说："别害怕！我们都在你身边。"

"外面下了很大的雨，妈妈一个人出去看了看，又匆忙回来，让我待在隔间里别动。她的神色奇怪，有些紧张又有些兴奋，但肯定不是害怕。"这孩子的观察力很强，会注意各种小细节，"她叫我不要发出任何声音，就当自己不存在。我乖乖地躲在隔间，妈妈把小门关紧。很快，我听到一阵脚步声，然后是轻微的说话声。但隔着一道门，好像还在货架外面，所以一个字都没听清。"

"男人的声音？"

"是！又过了一会儿，可能只有几分钟，我听到妈妈叫了一声，但声音不是很响。我有些担心，却不敢开门。接着，我听到拖鞋蹭地板的声音，还有妈妈的喘气声。我终于急了，要拉开门，门却纹丝不动，我才明白妈妈把门反锁了，她干吗要这么做呢？"少年再度流下两道眼泪，"小隔间原本有窗户，但被铁栏杆封死，外面糊着画报遮挡光线。我没法从窗户爬出去，只能用手指点破画报，挖出两个小孔，眼睛正好可以看出去……我……我看到……"

他说不下去了，田跃进及时地说："嗯，我已经注意到画报上的两个洞眼了。"

这是想让他回到正常情绪，客观回忆当时情景，不要让悲伤完全占领大脑，漏掉什么重要细节。

"我看到了……看到了……看到了……一只恶鬼！"

"好，一只恶鬼！"田跃进无奈地摇摇头，"我们都知道了，说下去，恶鬼长什么样？"

"就是恶鬼的样子啊！"

"具体一些！你不是很会描述细节吗？我需要细节！"

少年痛苦地抓着头发："不，我说不清楚，我只看到一只恶鬼，但我看得很清楚！"

"他是男人？"

"是！"

"大约多少年纪？二十多岁？三十多岁？四十多岁？"

田跃进耐心地诱导，并没有换来他想要的细节。少年的目光迷离："不，我说不清楚。"

"那你没有看到脸？"

"我看到了！"少年突然站起来，靠近田跃进大声叫嚷，"我看到了！看得一清二楚！只要再让我看到第二遍，就算在几千几万个人中，我也能立即把他抓出来！"

"好吧，那张脸是长是短？"

"不长不短。"

"体形是胖是瘦？"

"不胖不瘦。"

"眼睛是大是小？"

"不大不小。"

"够了！"

田跃进中断了提问，刚才答的全是废话！难道凶手真是大众脸？他半蹲下来问道："好，告诉我，凶手脸上有什么特别的标志？"

"没有。"

若是放在过去，他早就跳起来发火了，今晚看在这孩子死去的妈妈面子上，田跃进强压着脾气问："那你还看到了什么？"

"丝巾。"

"哦？"

忽然，少年压低声音，只告诉田跃进一个人："我看到了一条丝巾，紫色的丝巾，缠绕在妈妈的脖子上，那只恶鬼——那只恶鬼，就用丝巾勒住妈妈的脖子，大概只花了半分钟，妈妈就躺在地上不动了。"

田跃进抱住少年颤抖的肩，拍着他的后背，像个父亲对儿子那样说："对不起，你还是要说下去！"

"我看到妈妈死了！"

警服被少年的泪水打湿了。

"坚强一点，你是男人！"

"可是，我救不了妈妈！我没办法打开那道门，也没办法从窗户钻出去。可是……可是……我连大声喊叫都没做到！我只是默默看着，默默看着妈妈被勒死，默默看着那只恶鬼走出杂货店，默默看着妈妈躺在地上，一动不动……一动不动……"

"你害怕了？"

"是，非常非常害怕！"少年蜷缩到地上，不敢再看任何人的眼睛，"我害怕那只恶鬼，我害怕他看到我，所以不敢发出声音，我也不配做个男人。"

田跃进摸着他瘦弱的后背："你还是个孩子。"

"我什么都没有做，我只是通过那两个洞眼，看着……看着……看着……看到后半夜，我实在撑不住了，居然就倒下睡着了……我真该死！"

"谁都撑不了那么久，更别说一个孩子。"

"我不是小孩子！当我醒来，听到外面有声音，我趴到画报后面，在洞眼里看到了你。"

少年直勾勾地盯着田跃进，好像他才是一只恶鬼。

田跃进轻叹一声，重新振作精神问道："没有了？"

"没有了。"

"好吧，就算你看到了凶手的脸，你认识他吗？"

少年的眼神变得茫然："不，从没见过。"

"你很累吧？"

田跃进看到他的双眼红肿，脑袋不时向旁边倒去。

"是。"

"快把值班室收拾一下，让这孩子好好睡觉！"他严厉地对手下说，"谁都不准打扰他！"

值班室被腾了出来，有张小床可以睡觉。少年被折腾了一天一夜，疲倦至极，刚沾上席子就睡着了。田跃进关照两个警察轮流守在外面，以防这孩子有什么不测。

其实，他也累到了极点，回到自己的办公室，拉开躺椅便睡下了。

他梦到了那条丝巾，缠在美丽脖子上的紫色丝巾，仿佛光滑柔顺的丝绸，正悄悄缠上自己的脖子……

第四章

天已大亮，同事进来上班，田跃进才浑身酸痛地醒来。

轻轻地摸着脖子，似有一道紫色的勒痕。

他像子弹一样跳起来，冲到洗手间看着镜子，看着过早刻上皱纹的脸，看着下巴上一片黑黑的胡楂儿。闭上眼睛，在洗脸台边低头片刻，重新抬起头来的瞬间，他却看到自己的身后，站着那位死去的美人——脖子上依然缠绕紫色丝巾。

田跃进丝毫没有害怕，他知道那是个幻觉，一个无比真实的幻觉。为什么纠缠着他？想给他一种强烈信号，拜托他甚至哀求他，一定要抓到残忍的凶手？那你快点说啊！把那只恶鬼说出来，不要像你的儿子那样语无伦次——少年还在公安局的值班室里熟睡。

等到太阳快升到屋顶，死者的儿子终于醒了，他睁开一双疲倦的眼睛，刚看到田跃进严肃的脸庞，便立即紧紧地闭上了。田跃进一声不吭地将他拉起来，带着少年走出值班室，去局里的食堂吃午饭。

果然是青春期的男孩，饭量居然是田跃进的两倍，不时有同事经过，投来异样目光，还有刚调来的小警察打招呼："老田，这是你儿子啊？"

田跃进生怕少年再受刺激，不断给每个人使眼色，让大家不要靠近他们。还好，少年只顾着埋头吃饭，没注意到别人看他的目光。

下午，田跃进带着少年去罪犯模拟画像室，要他把凶手形象描述一遍。无论画像师怎么提问，他就是说不清那人的长相，还是昨晚那套回答。不过少年反复强调，虽然无法说清凶手的样子，但只要亲眼看到那个人，或者那个人的照片，就一定能认出来。

几个钟头过去，桌上还是那些面目不清的脸。田跃进出去抽了根烟。

少年是否真正看到了凶手的脸？死者遇害的时候，正对墙上的画报，她的脸很可能把凶手挡住了，目击者看到的只是勒住她脖子的丝巾，却根本没看到过凶手！所谓的"恶鬼"，怕是少年深受刺激后，产生的某种臆想或幻觉？

画像室的房门半开着，他继续往里观察少年的脸——十三岁，和他的女儿是同一年生的，但早出生半年，因此比女儿小麦高一个年级。

田跃进打开兜里的钱包，看着女儿最近的照片。小麦去年开始发育，如今几乎每天会给人一点惊喜，每天都比昨天漂亮。他摸着照片里女儿明亮的大眼睛，还有脸颊上可爱的一点点婴儿肥，无疑她会长成一个美人，一个像她妈妈那样富有魅力的女人，若干年后从漂亮女孩变成漂亮少妇。

该死，怎么又想到少妇？那个被神秘丝巾勒死的漂亮的少妇，更可怜的是她十三岁的儿子，亲眼看着妈妈被杀死却又不能或不敢冲出去。抓坏蛋不是少年的责任，让凶手逍遥法外是警察的耻辱。

田跃进暂且抛下少年，独自回到办公室，泡了杯苦涩的浓茶，打开一份报告——

> 许碧真，生于1962年，高中毕业。1981年，嫁给同乡秋建设，第二年生下儿子，取名秋收。她和丈夫都是农村户口，但一直在县城生活，承包经营一家杂货店。1991年，许碧真独自到上海打工，将丈夫和儿子留在老家。南明高中地处偏僻，几公里内没有商店，她以低廉价格盘下学校大门对面的房子。小杂货店开了四年，除寒暑假外平时生意都不错，是住读学生们的唯一选择。从家里的汇款存根来看，她每月给儿子汇几百块钱。居民反映许碧真性格开朗，深谙与人相处之道，没跟人发生过矛盾，小店经营稳定。加上她漂亮又显年轻，对面学校的男高中生，还有附近工厂的小伙子，都爱到她的店里来买东西。

警方猜测她私生活有问题，一个人住在大城市四年，老公孩子留在老家，谁能耐得住寂寞？何况她要脸蛋有脸蛋，要身材有身材，打扮一下，走在马路上，多半被当作妙龄的上海女孩。这样的单身女子，身边从不会缺乏男人，流言蜚语也绝不会少。可是，无论是警察对案发现场的勘查，还是对周边居民的走访，都未发现任何她与男人交往的证据。

至少，表面上看她是清白的。

田跃进越来越迷惑，根据警方在现场的搜查，发现柜台里有几百块现金，床头柜里还有几千块钱，以及两张银行存折——显然，凶手不是为了劫财。

法医也确认死者没有遭到性侵害，既不劫财也不劫色，只剩两种可能——仇杀？情杀？

有一点可以肯定——凶手不是流窜作案的变态杀人狂。根据现场唯一目击证人，也就是死者儿子的描述，死者极可能认识凶手，才打开卷帘门放他进来的。

报告最后一段，还有桩祸不单行之事——昨天，千里之外的许碧真的丈夫，听说妻子死讯后，立即赶往火车站买票，结果在路上遭遇车祸，大腿粉碎性骨折，现躺在医院无法动弹，至少一个月才能用拐杖下地走路。

突然，田跃进的茶杯打翻了，茶叶泼了一桌子，同事们惊讶地看着他。

他冷静地对大家说："对不起，我不是故意的！"

这时，秋收在警察小王的看护下回来了。

田跃进看着少年的眼睛说："你的爸爸，他暂时不能过来接你了。"

他花了一分钟，把少年父亲骨折的事反复说了三遍。

"其实，你说一遍就可以了。"秋收虽没什么表情，可大家都知道这孩子是强忍着难过，"我可以走了吗？"

"可以，你不是嫌疑犯。"

"你们放心，我会自己找地方睡觉的。"少年转身走出办公室，回头故作镇定，"等妈妈火化的时候，请通知我一声，我要把她带回家去。"

这句话却刺痛了田跃进——难道二十多年的老警察干的就是这个工作？等到被害人的遗体火化，通知她的儿子收拾骨灰带回家？

停顿了一会儿，田跃进突然狂奔出办公室，气喘吁吁地来到楼梯口，一把抓住少年瘦弱的肩膀，搂着他的脑袋说："今晚，你就睡在我家！"

十三岁的秋收很是意外，摇头说："这怎么行？你又不是我家亲戚。"

"你在这里有亲戚吗？"

"没有。"

"从现在开始有了！"

田跃进大喝一声，抓住这个无家可归的少年，好像抓住属于他的犯人。

第五章

傍晚，警车载着老田和少年，来到市中心的一栋高层建筑楼下。去年，他破了一桩价值数百万元的盗窃案，公安局破例分给他一套新房子，让同事们羡慕不已。

少年紧张地观察四周，这个在小县城长大的孩子，恐怕还没坐过电梯，田跃进的大手按住他肩头，很快令他镇定下来。拎着路上买来的熟食，他乘上电梯来到自家门口，恰遇对门新搬来的邻居，还被以为是带着儿子回家了。

门铃响过许久，房门有气无力打开了，露出一张少女的脸。

她是田小麦。

女儿早已习惯于父亲的神出鬼没，反而对他下班后准点回家感到奇怪，打开门一言不发地后退半步，就像面对一个陌生人。她不想多看父亲一眼，当然也没注意少年的存在，转身往自己房间走去，却听到老爸的声音："小麦。"

田小麦不耐烦地回头，才看到与她同岁的秋收的脸，没想到家里突然多出一个人。

"小麦，他叫秋收，是——"父亲还没想好怎么对女儿说，"他是我朋友的儿子。"

秋收听到"朋友的儿子"，眼神异样地看了看田跃进。

田小麦的目光更为异样，看着少年那身单调的白汗衫、蓝裤子、灰跑鞋，像老电影里走出来的人。只要女儿的眼睛动一动，田跃进就知道她心里想什么——她并不欢迎秋收这个不速之客。

他尴尬地回头说："秋收，这是我女儿田小麦，她和你一样大，所以别拘束。"

秋收同样也没说话，田跃进拉着他坐在沙发上，强迫自己对女儿和颜悦色："小麦，这是秋收第一次来上海，要在我们家里住几天。"

"住在这里？"

"是我邀请他住过来的！"

他必须强调这一点，以免女儿对少年产生厌恶。

"好吧。"

小麦没再看少年第二眼，便退回自己房间。

田跃进从冰箱里拿出汽水，放到秋收面前："就当是自己家里！"

他打开电视机，让少年抓着遥控器选台，然后千载难逢地走进厨房。折腾许久后，老田端着三碗煮好的饭放到餐桌上。他打开装着熟食的餐盒，夏天也无须加热，就这样，不曾开过油锅，三人吃了顿冷冷的晚餐。

小麦早已习惯，少年更不会介意——这可怜的孩子，好几年没和妈妈住在一起，大概平日过的也是这种日子。

田跃进不时观察女儿表情，自从她妈妈死后，就再没给过他一张笑脸。有时在他毫无预兆地回到家时，她还故意给父亲难看的脸色。但她越长越像她妈妈，一双漂亮乌黑的大眼睛，标致的鼻子与小巧的嘴巴，轮廓分明的瓜子脸。学校有不少男孩暗恋她，这也是所有漂亮女孩的父亲担心的。

饭后，小麦聚精会神地坐在电视前，追看刘青云、郑少秋、周慧敏主演的《大时代》，这部港剧播出时很受欢迎。

田跃进发现少年不时打起哈欠——显然是第一次看这个戏，难以理解复杂的剧情，便低声问道："你要看什么节目？自己选一个嘛。"

秋收很懂事地回答："就看这个好了。"

田跃进狠狠瞪了女儿一眼，却丝毫不起作用，遥控器在她手中。他只能再给自己泡杯浓茶，坐到一边看工作笔记，继续思量扑朔迷离的凶杀案。

三集《大时代》播完，田跃进才发现少年蜷缩在沙发上，困得直打瞌睡。女儿根本不屑于看他一眼，任由这小县城来的孩子在沙发上东倒西歪、摇摇欲睡。

田跃进收起笔记本，把秋收带进卫生间，教会他使用淋浴器。少年开始洗澡以后，他回到女儿面前轻声说："为什么不和他说话？"

"说什么？"

"随便啊——他是我们家的客人！"

"是你的客人，但不是我的。"小麦露出倔强的目光，随手关掉电视，"谁知道他能不能听懂我的话呢？还有，等他从卫生间出来，你再进去弄干净一下，我还要洗澡呢！"

田跃进的怒火燃上心头，刚想发作又怕被少年听到，只得一言不发地退回房间。他迅速收拾好床铺，给少年留了一张新席子。他把旧席子铺到地板上，每年夏天最热的时候，他更喜欢睡地板纳凉。

等到秋收洗好换完衣服出来，田跃进已躺在地上了，少年局促地说："还是我睡地上吧。"

"你小子太瘦，睡地板容易着凉，我身上肉多没关系。"田跃进拍了拍胸脯，"快点睡！你早就困了吧，别像我女儿那样做夜猫子。"

老警察的话就是命令，少年无从抗拒地躺下，等待噩梦降临……

第六章

除了两天前被谋杀的许碧真外，她是田跃进迄今见过的最漂亮的女人，没有之一。

只等待了一秒钟，田跃进就知道了她的姓氏："慕容？"

"是，我姓慕容——很多人都以为是笔名，只有在武侠小说里才能听到这种名字，可惜这的确也是我父亲的姓。"

她爽快地说出一连串标准的普通话。真是个配合警方调查的好市民，也是个口齿伶俐的好语文教师。完美无瑕的艳丽女子，白皙的皮肤与精致的五官，绝不逊色于那年头当红的任何一位港台明星。正是二十多岁最迷人的年纪，一头时髦的波浪卷发稍显成熟了些，只消眨个眼睛就能让满屋的男人着迷。出于丧妻的中年男人的本能，四十多岁的警察咽动喉结，忍不住又多看了她几眼。最后，他强迫自己把视线转到老校长的秃头上，不敢再看她那张近似妖孽的脸。

一大清早，田跃进就带领着专案组，走访了南明路附近的居民和工厂，排查死者在本地所有的社会关系——大多数人仅在杂货店买过东西，或者可能多看过漂亮的女店主几眼。警方圈定了若干个嫌疑对象——通常线索越少，嫌疑犯的范围就越大。在老田漫长的办案生涯中，有的案件排查过上百个嫌犯，有的案件则当即锁定了对象。

最后自然是要重点关注南明高中，毕竟高中生才是小店的主要顾客。马路对面发生骇人听闻的凶杀案，老校长早已如履薄冰，唯恐与学校有关，连忙打电话召集老师返校，为警方提供线索。不过，暑假中的老师要么在做家教赚钱，要么去了外地旅行，只来了七八个人，惹得校长火冒三丈。

说到学校对门的小店，没人不知道那外来的女店主，特别是中年男老师们，都惊诧于这样的美人怎么就死了？有个历史老师不停地叹息起红颜薄命。但是，除了死者很受学生们欢迎之外，他们都没提供什么有用的线索。

"对面的女店主啊，上次看到她是什么时候？"轮到最漂亮的慕容老师说话，她毫不含蓄地追着田跃进的眼睛，"对了，是期末考试前的一个星期，我到她的小店里买冷饮，看到她脖子上系着一条紫色的丝巾——"

"等一等！你说丝巾？"

这是在调查过程中，第一次听到有人提起丝巾，田跃进不免瞪大眼睛。

年轻的女老师并不害怕警察："是，那天的情景令人印象深刻，那条丝巾实在太漂亮了！紫色艳丽得扎人眼睛，还有那些奇妙的花纹，从未见过这样美丽的饰物，她系着就像个明星。我当即问她是在哪里买的，她羞答答地低头微笑，无论怎么追问都不回答，真是让人遗憾啊！没想到她就这么死了。"

她边说边抚摸自己洁白细腻的脖子，不知是为许碧真之死而遗憾，还是因为没能打听到丝巾在哪里买的。

田跃进立刻记下这条重要线索，这说明勒死许碧真的凶器——丝巾，并非案发当晚由凶手带来的，而是死者自己原来所有。

她从哪里得到这条丝巾的？

当田跃进暂时发愣时，慕容老师又提供了第二条线索："还有件事，不知你们是否知道？附近的居民小区里，有个满脸痘疤的男人，好像是无业游民。"

"麻皮脸？"

"昨天调查过这个人，张红民，四十多岁未婚，经常对良家妇女毛手毛脚，不是个好东西，群众反映此人确有嫌疑。"

同事小王补充了一句，也许想引起美女老师注意，却被田跃进无情地打断："我知道，但我想这个杂种没有杀人的狗胆——抱歉，在老师们面前说脏话了。"

"没关系，我不喜欢假正经的男人。"慕容老师毫不介意地微笑着，转头扫了扫那个中年历史老师，似有所指，"继续说正题吧，那个麻皮脸啊，有一次在路上骚扰我的女学生，被我当场扇了一个耳光赶走了。"

田跃进赞了一句："看不出，你真有胆量！"

"小意思嘛。不过还有一件事，大概三个月前，有次晚上补课结束后，我路过小店的门口，看到店里传来争吵声，麻皮脸被女店主用一把扫帚赶了出去。"

"有这种事！"小王又一次抢着插话，"调查报告里可没有。"

慕容老师严肃地点头："嗯，当时只有我一个人看到，估计是这家伙色胆包天，调戏女店主未遂吧。"

"非常感谢你提供的线索！"田跃进拖着小王走出了校长办公室，轻声道，"立即抓捕麻皮脸张红民！"

第七章

恶鬼，就在眼前的五个人里面。

带有污渍的白色墙壁前，从不同角度亮着几盏灯，保证照亮每张脸的大部分。

第一张是长条脸，小眼睛，肤色稍白，很典型的变态杀手脸形；第二张是个大圆脸，脖子粗得几乎失踪了，镶嵌一双屠夫似的眼睛；第三张则是平淡无常的大众脸，扔到街上立刻会被人群淹没；第四张却还年轻，看起来像大学生，眼神却过分早熟，不屑地看着对面的镜子；第五张是个麻皮脸，布满了红色和棕色的痘疤，年纪却至少有四十岁了，看得出是欲望强烈的男人。

其中，有田跃进认为可能的三只"恶鬼"——

第二张"屠夫脸"：附近工厂的工人，四十岁，是个大胖子，有过犯罪前科，让工厂领导颇为头疼的家伙。

第四张"大学生"：曾在对面的南明高中读书，两年前考上大学，却因猥亵女生被开除，至今待业在家。

第五张"麻皮脸"：昨天从南明高中出来，田跃进就去抓捕此人。但他并不在家中，警方走访几户邻家，又爬到窗口往里看了看，确定麻皮脸并未潜逃。田跃进在门外蹲了整整一晚，坚持到第二天凌晨，终于等到犯罪嫌疑人回来了。田跃进立即冲上去抓捕，没想到这家伙非常警觉，力道也远远超出预料，居然挣脱了他的双手，飞一般地逃了出去。在黎明前的荒野中，田跃进拼命追赶了几百米，才艰难地将麻皮脸扑倒在地。

麻皮脸并不承认自己是凶手，只是说对死者有过好感，常到小店里对她嘘寒问暖——其实就是性骚扰，但无论如何都没有杀人的胆量。至于看到警察要逃跑，是因为黑夜里看不清来人是谁，而他最近拖欠了一大笔高利贷，以为是前来逼债的流氓。

田跃进可不信麻皮脸的鬼话，一大早回家叫醒了秋收。

"你真的看到过凶手的脸？"

"是。"

少年还没睡醒，但已恢复严肃，双目期待地看着警察。

"你必须要把那只恶鬼认出来！"

老田带着他赶回公安局，安排好辨认嫌疑犯的房间。除了三个嫌疑对象以外，警方又拉来两个不相干的人，就有五张脸来给证人选择。隔着一层厚厚的玻璃，警察和目击者少年可以看到他们，嫌疑人却只能看到镜子里的自己。

十三岁的秋收，茫然地看着玻璃后面的五张脸。田跃进扶住他颤抖的肩膀，双眉难以掩饰地一抖——已经确认了吗？就是这五个人里头的一个？田跃进强迫自己镇定下来，看着玻璃窗外的五张脸，先猜测一下，大胖子，"大学生"，还是麻皮脸？田跃进倾向于麻皮脸，虽说现场没有性侵害，但并不等于凶手没有欲望，或许仅仅只是将被害人勒死，就足以使这个变态获得最高的满足。而且，这个家伙还没有不在现场的证明。

恶鬼是哪一只？

少年的身体晃得越发厉害，田跃进小心地在耳边问："说出来吧！他们看不到你。"

"不是。"

"什么？"

"一个都不是！"

秋收冷静地说出答案，转身退回到角落。

五张脸，三个嫌疑对象，一个都不是？田跃进看着玻璃后面那张麻皮脸，想起数小时前的荒野，微亮天色下布满露水，他满身泥泞地将这浑蛋制伏，现在肩膀关节还有些疼痛。

他抓住少年的肩膀，重新拖到玻璃前面说："再仔细看那个麻皮脸！"

"不是他！凶手脸上没有痘疤！长相也完全不同！"

"那刚才你发什么抖？"

"失望。"秋收低头倔强地说，"我本来以为，你是最厉害的警察，没想到这么没用！为什么给我看这些人？他们连凶手的边都沾不上！我已经说过了，凶手是一只恶鬼！刚才那几个人像恶鬼吗？只是一群社会渣滓。"

"你肯定？"

"当然，那只恶鬼的脸，我记得清清楚楚！永远不会忘记。"

少年咬牙切齿地说出来，看来并非幻觉。田跃进把怒火压了下去："如果，真的抓到凶手，你一定会认出来吗？"

"哪怕只看一秒钟，哪怕混在几千个人里，我也能一眼把他揪出来。"

少年的眼睛仿佛变成冷酷的鹰眼，搜索着黑色丛林里的豺狼。

田跃进想起自己年少时也有一双相同的眼睛。他出生在抗美援朝的第三年，六岁碰上"大跃进"，身为党员的父亲给他改名为"跃进"。十八岁入伍参军，第二年被派遣到抗美援越部队，在越南丛林血战了三年。他亲手打死过六个美国大兵，俘虏过一个美国飞行员，被B-52的弹片击中负过重伤，弹片至今留在肩膀深处，每逢阴雨天就会百般疼痛。

在越南立下了一等功，他转业回上海干了警察。他办过的案子不计其数，抓到的罪犯可以装满一个提篮桥监狱，其中至少有二十个杀人犯——十九个已被处以极刑，还有一个持械拒捕，被他当场开枪击毙。

田跃进搂着少年靠在自己肩上，低沉地说："我会抓住他的！"

秋收却什么都没说，慢慢挣脱他的手，沉默地走出小门。

第八章

两天后。

田跃进从火车站直接回了家。少年已在他家住了五天，每晚都睡在他的大床上。除了说早安与晚安，秋收很少主动与人说话，只在田跃进提问时，才有一句答一句，绝不多说半句。被问到妈妈生前的情况，以及与父亲的关系时，少年的脸色就更阴郁。他说小时候父母很爱他，虽然吃住都在小县城的杂货店，但不觉得家庭有什么问题。后来，妈妈独自去上海开店，留下父子二人守在县城。父亲总希望妻子能回到身边，儿子也想念妈妈，但妈妈铁了心不回落后的西部，而要永远留在城市。秋收也对妈妈的做法感到很疑惑，但从没有怨恨过她。

他根本就不了解自己的妈妈。

其实，每个孩子都不曾了解过自己的母亲，直到长大成人，恐怕只会了解越来越少。

秋收有强烈的防范心，每次吃完饭都退到房间角落，把自己牢牢保护起来，好像世界充满着危险，好像他不该来到这座城市，好像这座城市对他的唯一意义，就是让他亲眼看着母亲被杀害。相比发现他的第一天，他嘴上的绒毛又浓密了些，喉结也更明显。这个年纪的男孩，浑身是无处发泄的精力，对女孩子充满好奇，也充满畏惧——田跃进有些后悔，或许不该把他带回家。

在家的有限时间里，田跃进也一直注意观察女儿。自从妻子离世，小麦不知给他惹了多少麻烦，幸好她的学习成绩不错，每次考试都是前几名。老师和同学们总是围着她转，但除了一个最要好的女同学外，几乎没有人能被她看得起。

老田嘱咐女儿照顾好秋收，平时多和他说话，尽量让他过得开心。看电视的时候，要把遥控器交给客人，最好有他们都爱看的节目。不过流行的港剧、日剧，秋收差不多都没看过，除了县城录像厅里放过的老掉牙的《上海滩》与"83版"的《射雕英雄传》。

小麦也不再是小姑娘了，一天天出落得楚楚动人。可是，她看不起这个少年，眼底无法掩饰的蔑视，总是冷漠地看着他——他心里怎么想？会做出什么样的事？苦闷占据着他的全部内心，随时会想起杀人的夜晚，想起那只恶鬼的脸，像一只沉默的火药桶……

两天前，指认犯罪嫌疑人失败，田跃进把调配重点转向本案最重要的物证，勒死被害人许碧真的凶器——紫色的丝巾。虽然不是凶手在案发当晚带来的，但这条特殊丝巾的来历，多半也与案情相关。警方早已提取了丝巾上的指纹和毛发，发现除了死者本人的以外，确实还有一个男人留下的指纹，这个人无疑就是凶手。

检验科请来纺织品研究所的专家，对丝巾做了仔细检测。没发现任何商标和文字，但就面料、花纹和做工而言，是最上等的手工产品。根据丝巾上奇妙的植物花纹，以及蚕丝特别的品质分析，可以肯定不是产自中国，很可能从中东或印度进口。专家表示从未见过这种丝巾，建议去浙江的纺织品进出口市场找一找。

那天下午，田跃进带着丝巾，匆匆坐火车赶往浙江。十三岁的少男和少女单独在一套房子里过夜会让他寝食难安。于是他让同事小王到家里住了一晚，打地铺和秋收睡在一间房里。

田跃进在浙江待了两天一夜，问遍所有丝绸进出口商，却没获得关于这条丝巾来源的任何消息。难道是外国人自己带进来的？凶手是外国人？所以，秋收才说是一只恶鬼，同时又说不清他的相貌？可是，就算是西部小县城出来的少年，也不会连外国人都认不出来吧？

当他两手空空地回到家里，女儿跟他大吵了一架，抱怨老爸一个人跑出去，明明知道家里还住着一个人，要不是警察小王夜里过来陪同他们，她肯定会逃到同学家过夜的。

"你那么不相信秋收？"

其实，他自己心里也不敢完全信任这个孤僻的少年。

小麦给了老爸一个白眼："我不相信任何人。"

田跃进心里一片冰冷，她只是十三岁的孩子，长大后会变成怎样的女人？会不会是父亲当警察的缘故，办过太多残酷的血腥案件，见到许多罪犯都是生活中的普通人，却犯下令人发指的罪行，从而使她产生人性就是罪恶的念头？

他内疚地对女儿说："是爸爸想得不周到。我会更好地照顾你的。"

"那么，你能答应我一个要求吗？"

"你先说！"

"今晚有申花队的比赛，你能带我去现场看球吗？"

1995 年，正是中国职业足球最火热的时候，当年热衷于甲 A 联赛的球迷，是如今中超联赛的几十倍。就连田小麦这样的小姑娘，也会狂热地支持自己心仪的球队，痴迷于某个足球明星，以到甲 A 联赛现场看球为荣。

身为老球迷的田跃进想了想说："好吧，但我要把秋收也带上，他一个人待在家里我不放心。"

第九章

1995 年 8 月 13 日，虹口体育场，上海申花对阵大连万达。

田跃进难得穿了件白衬衫，胡须剃得干干净净，抬头挺胸走进虹口。他一手拉着女儿小麦，一手拉着少年秋收，挤过一堆拥挤嘈杂的球迷。体育场外已聚集成千上万的人，耳边充满刺耳的小喇叭声，身边是躁动不安的黄牛党。

排队通过熙熙攘攘的检票口，田跃进小心地看住两个孩子，尤其是漂亮的女儿小麦。球迷里暗藏一些流氓，喜欢动手动脚。他让小麦戴了顶鸭舌帽，尽量遮盖脸庞，最好是装作男孩。小麦平常都在电视上看球，从未到过现场，今晚若非警察老爸陪伴，倒真有些害怕。来到夜晚的看台，迎面是巨大的足球场，灯光照亮绿油油的草坪。随着主场球迷的欢呼声，憋了好几天的秋收振臂挥舞，很想自己冲下去踢两脚。

双方队员进入场地，现场播报首发队员的名单，每念到主队的一个名字，就会迎来雷鸣般的掌声，最热烈的当然属于范志毅。

田跃进掏出自带的望远镜，这个军用的老家伙可以让他清楚地看到对面看台上的人脸，更别说场上队员的表情了。

主裁一声哨响，比赛开始。那年申花正是夺冠热门，在徐根宝的率领下，气势如虹，连战连捷。这场与大连的比赛，尚在联赛的第一循环，虽然谁都无法预料结果，场上局面却是申花完全占优。

果然，上半时第二十五分钟，当时默默无闻的祁宏，为申花打进了第一粒球。

全场球迷欢声雷动，田跃进一只手死死抓着小麦，另一只手却放开了少年。他站在狂热的人群中，眼神里全是兴奋的火苗，完全不受刺耳的喇叭声影响，他和周围的球迷们同样激动，融入三万人共同的欢乐中。

少年并非在庆祝与自己毫无关系的进球，也没有哪怕暂时地遗忘那个残酷的黑夜。他是在发泄最近七天来内心的痛苦，发泄妈妈被杀以后潜伏在心底的复仇欲望——如果真的能释放掉一部分，那就让他继续忘情呼喊吧。

上半场临近尾声，祁宏又打进了第二粒进球，全场再度为他而狂喜，连小麦都忍不住喊了出来。

主队带着二比零的优势进入中场休息，看台上的球迷们也轻松了，比赛应该再无多少悬念。小麦问了许多足球的问题，有的田跃进也答不上来，没想到秋收接过话茬，还说得头头是道。他说自己在学校经常踢球，这也是小县城里最大的娱乐。小麦和秋收平时在家形同陌路，基本一天讲不到几句话，这是秋收说话最多的一次话，也是小麦第一次对他表示友好。田跃进让两个孩子坐在一起，看着他们越聊越投入，心头略微轻松了一些。

下半时，主队仍然控制局势。女儿从田跃进手中抢过望远镜，不断调整距离，好不容易对准场上最帅的球员。她看了十几分钟，直到胳膊酸痛，才把望远镜放下来，友善地交到少年手里说："你看看吧。"

秋收说了声谢谢，拿起望远镜对准球场。他心里早就痒痒的了，坐在看台上只能看到一个个人影，不像电视转播那样能看清球员的脸。客队换人暂停时，少年把望远镜抬起来，瞄向球场正对面看台。灯光下一张张球迷的脸分外清晰，就在中间最好的座位上，他看到了一张脸。

一秒钟。

少年只在望远镜里看了一秒钟，便紧紧抓住田跃进的手，大喊道："我看到他了！"

"谁？"

"恶鬼。"

田跃进心头猛然一跳，向望远镜瞄准的方向看去，保持冷静："你是说凶手？"

"就是他！"

少年的手直指对面的看台正中。隔着数十米宽的球场与跑道，只能看到五颜六色的大片人群。

田跃进立即从少年手中夺过望远镜，站在他原来的位置，连镜头角度都没变化，刚要捕捉到那张脸，耳边却响起惊天动地的呼喊声——场上又进了一球。

五十七分钟，范志毅为申花队打进第三球，比分扩大为三比零！

所有观众都跳了起来，包括对面看台上的人们，那张还未来得及看清的脸，被淹没在无数张兴奋的脸庞里。

"该死！"

老田真想抽自己一个耳光，这个进球来得太不是时候了！望远镜里一片混乱，全是蹦蹦跳跳的狂热球迷，哪里再去找那张恶鬼的脸？

他愤怒地放下望远镜，一只手还没忘记抓紧小麦，女儿正忘我地欢呼雀跃。四周尽是掌声与喝彩声，田跃进只能靠着少年的耳朵喊："你真的看到他了？"

"是，肯定看到了！就是他！"秋收必须声嘶力竭地大喊，否则根本听不见，"就是这只恶鬼，他杀了我的妈妈！"

说罢，他从老田手里抢过望远镜，重新瞄准对面看台，却摇头说："他面前全是人！完全把他挡住了。"

"他很矮吗？"

"不，他不矮，因为别人都站着，只有他是坐着的。"

少年焦虑地看着对面，真想立刻就飞越球场。

田跃进不假思索地喊道："跟我过去抓住他！"

他抓起秋收细细的胳膊，推开四周拥挤的人群，却把女儿一个人留在了原地。

"找死啊！"

身边不时响起咒骂声，但老田魁梧强壮的身板，还有不顾一切向前冲的气势，让那些想动手的家伙望而生畏。

艰难地穿过球迷们的人墙，来到看台边缘的铁栏杆前，田跃进攀上去翻身而过，少年也身手敏捷地越过栏杆，一起来到隔壁看台。有个警察冲了过来，想要逮住这两个违规翻越看台的人。田跃进迅速出示了证件，表示正在抓捕罪犯，继续奋力推开挡道的球迷，冲往恶鬼所在看台。

四分钟，他们已绕着球场跑了半圈，翻过六道看台栏杆，至少推倒五十个球迷——有两个刚动手就被老田打翻在地，一路引来数十个民警和武警，全被田跃进的证件挡了回去。

终于，两人来到正对面看台，少年已累得不行，却牢牢记着那个人的位置——穿过仍在欢庆胜利的球迷，才发现那个人原本坐着的地方，只剩下一张废报纸。

少年脸色变得煞白，用力踩在那座位上，抓着田跃进大喊："就是这里！肯定是这个座位！"

他在望远镜里看到凶手的同时，还看到那人旁边的两张脸。现在，那两人就在他们左右，唯独空出中间座位。

田跃进掏出证件晃了晃："我是警察！有没有看到刚才坐在你旁边的人？"

"哦，那个人离开了。"球迷看到警察很紧张，"反正肯定赢了，他提前退场了吧。"

这理由倒也算是恰当。田跃进拉着少年追出看台，在通往地面的长阶梯上，放眼望去满地垃圾，还有数百个离开的背影。

但他固执地追了出去，粗暴地抓住每一个成年男人，让秋收辨认他们的脸——为此打趴下好几个反抗的人，他的腹部也挨了别人一脚。

田跃进忍着疼痛，挨着身后两个壮汉的追打，一路冲到外面大街上，却再也没看到过那张恶鬼的脸。

回头三拳两脚干倒两个家伙，田跃进向少年咆哮着："有没有？"

秋收茫然摇头。

恶鬼，已擦肩而过。

田跃进挥起拳头砸到行道树上，能清楚地听到骨头碰撞的声音。

他重重喘了几口气，拉住少年的胳膊说："我们回球场！"

一阵凄凉的晚风里，两人快步跑回虹口的看台，身后留下一串倒地呻吟的男人。

刚吹响终场哨声，三比零的比分让球迷们陷入疯狂，大家正不断地往出口涌去。等田跃进回去找到那个座位，刚才看到的那两个人也消失了。许多座位上都垫着废报纸，有人还拿报纸叠成纸飞机，扔进球场庆祝这场大胜。

秋收失望至极，他耷拉着脑袋蹲在一个座位上，双手拼命拍打左右两侧的座椅靠背。

田跃进抽了自己一个耳光，刚才如果拿起凶手垫在座位上的报纸，说不定还能发现一些线索。若非常见的报纸，而是行业和专业性的报刊，就能帮助他了解凶手的社会关系。

忽然，一只手搭住老田的肩膀，他条件反射地弹身而起，用擒拿术将对方死死压在地上，却听到少年痛苦的惨叫："放开我！"

老田停顿几秒，确认是秋收的声音，才缓缓放开了他。

"算了，今晚不可能再看到他了。"

原来，少年是在劝他放弃，田跃进感到深深的羞愧，像被那只恶鬼抽了个耳光，真想在看台上跳下去。

他心酸地搂着秋收的脑袋说："对不起！我太没用了！你骂我吧！狠狠地揍我吧！"

"别这么说，你一定会抓到那只恶鬼的。"秋收竟像大人一样安慰老田。

他意想不到地摇头，好像要重新认识这个少年："你是一个好孩子。"

"哎呀！糟糕了！"

"怎么了？"老田心想：还有比让凶手从眼前逃走还糟糕的事吗？

"小麦呢？"

少年猛然提醒了一句，老田才像触电般惊醒——要命啊！完全把自己女儿忘记了！

球场已开始关灯。

他战栗着眺望对面慢慢陷入黑暗的看台。

第十章

"我发誓！五十年后，我依然会这么爱你！"

这是武田铁矢突然对浅野温子说出的求婚词，同时响起恰克与飞鸟的《Say

Yes》。

1995 年的暑期，每天下午这个时间，电视里都会播这部名为《101 次求婚》的日本连续剧。男主角武田铁矢扮演一个其貌不扬的中年男，在经历了九十九次相亲失败之后，终于遇到由浅野温子扮演的美丽温柔的女大提琴师……

看着电视里男主角笨拙的样子，看着女主角惊讶的表情，十三岁的少女田小麦心头微微一震。

忽然，她拿出嘴里的冰棍，转头看了看身边。

沙发上还坐着一个少年，与她同样是十三岁，同样叼着一根冰棍。他有瘦长的身材，正在发育的喉结，白净清秀的脸庞，目光明亮的眼睛。他正投入地观看这部刚开始的日剧——他看得比小麦还要认真，当片头曲响起时，想必也一样为男主角捏了把汗。

少年穿着白色的汗衫、蓝色的沙滩裤，那是小麦爸爸替他买的。他老实地坐在沙发上，始终与小麦保持半米距离，尽量以正襟危坐的姿势，不像小麦那样高高地跷着脚。

他已在小麦家里寄居了近半个月。

七天前，父亲带着小麦和少年，一起去虹口看了场足球比赛。

那是小麦第一次走进球场，看到真正的进球，体会到胜利的快感，也是第一次对少年表示了友好。在比赛临近结束时，她刚转身却发现父亲不见了，少年也消失得无影无踪。十三岁的小姑娘，茫然地看着无数陌生的脸。正是欢庆进球的疯狂时刻，她被狂热的球迷挤来挤去。虽然，在学校她是个胆大的姑娘，在家也从没畏惧过警察老爸，但当她独自被丢在人潮汹涌的看台，却吓得浑身发抖不敢动弹，只能双手护住身体的关键部分，以免被不知从哪伸出的脏手揩油。

心惊胆战地等到比赛结束，球迷们纷纷退场离开，看台上只剩下她一个人。球场上空的照明灯正一盏盏关闭，黑暗一点点笼罩了她，她抱着脑袋蹲在座位上，像被抛弃的孤儿，在黑暗空荡的巨大球场，无声无息地流着眼泪。

终于，一只手搭在她的肩头。

回头看到父亲的脸，还有同样疲惫不堪的少年。

"对不起。"

似乎这是十三年来，老爸第一次向女儿道歉，伸出残留血痕的粗糙大手，替她抹去脸上的泪水。

她却毫不领情地喊道："你从没关心过我！没在乎过我！就算我死在这个看台上！你也不会为我流一滴眼泪！"

说完，她独自向看台外跑去。

父亲呆呆地站在原地，倒是少年追了出去，拦在小麦面前："该说对不起的人是我！你爸爸是好人！他是为了我才撇下你不管，跑过去抓捕杀害我妈妈的凶手的。"

"啊！"小麦睁大眼睛，"你妈被杀了？"

少年点点头，住在她家的七天里，老田和他从未告诉过小麦这件事。

她露出半点怜悯与半点恐惧，转身退到旁边角落："对不起。"

这个夜晚，让田小麦改变了对少年的看法。

她不再对他那么冷漠，经常主动跟他说话，却没什么共同语言。她喜欢的那些东西，比如港台的明星，港剧与日剧，他基本一无所知。偶尔能交谈一两句，也仅限于足球之类的男生话题。

漫长的暑期转眼已近尾声，小麦越发觉得时间飞快，因为烦人的开学日子将近。这年夏天太过炎热，唯一的同班好友又随家人去旅游了，她更不愿意冒着烈日出门，便无所事事待在家里，看电视是打发时光的最好方式。

秋收老实地住在她家，等待田跃进带来好消息，可案情依旧毫无进展。除了偶尔和田跃进去公安局，少年几乎足不出户，也没进过小麦的房间，连手指头都没碰过门把手。他们只在客厅见面，在有限的时间里聊天，经常是小麦说了一大堆话，他则茫然摇头表示听不懂。多数时候，他坐在田跃进屋里，在那张写字台前，看家里的许多老书：《钢铁是怎样炼成的》《林海雪原》《巴黎圣母院》《悲惨世界》《复活》……还有田跃进前几年自己买的《福尔摩斯探案集》《东方快车谋杀案》《狄公案》，甚至包括《犯罪心理学》教材。

他每天很早起床，通常等到小麦起床吃早餐，他已吃完午餐了，到晚上九点准时睡觉。田跃进总以他为例教训女儿，让她不要熬夜看电视，其效果自然等于零。

除了看书，秋收仅有的爱好是折纸飞机，材料是家里的旧报纸，很快就能折得又漂亮又结实。有几次小麦拿着他的纸飞机，向窗外掷去，纸飞机居然乘风盘旋许久，像真正的飞机模型。两人一齐趴在窗台上，痴痴地看着天空中的纸飞机，似乎能飞到更高的云端。虽然每次都免不了坠落下去，但在飞出去的刹那，他俩都会不约而同地笑起来。

现在，他们又找到了共同爱看的日剧，小麦并不介意他每天坐在身边一起看，她乐意与别人分享自己喜欢的剧情。每次从冰箱里拿出冰棍，也会分一根给秋收。刚开始他总是腼腆地拒绝，后来却大方地收下，和她一样叼着冰棍看电视了。

忽然，门铃响了。

老爸这时肯定在外办案，小麦心想大概是推销员吧，又不想错过电视里的剧情，便叫秋收去开门。少年老实地遵命，打开房门却看到一个少女，手里还拎着一个大袋子。

这少女是个小美女，看起来比小麦早熟一些，身体发育得更像高中生。她被开门的秋收吓了一跳，下意识地后退一步："对不起，我找错门了。"

"没关系。"

当秋收重新把门关上，坐回电视机前时，门铃又响了起来。

"快去看看！"

小麦又在催促，少年只好从她身边站起，跑去打开房门，还是刚才那漂亮少女。

少女皱起眉头说："对不起，我没有找错门，你是谁？"

"我是秋收。"

他老老实实地回答，对方又打量了他一眼，轻蔑地摇了摇头，嘴里念念有词："开玩笑，怎么可能？"

"你说什么？"

秋收没有意识到，她嘴里说的"怎么可能"是指"他怎么可能是小麦的男朋友"。

少女没再搭理他，而是警觉地向门里看了看，大喊起来："小麦！田小麦！"

"钱灵？"小麦立时冲到门口，一把将秋收推开，兴奋地说，"你怎么来了？不是跟家里人去云南玩了吗？"

"昨天刚回来呢，给你带了很多礼物。"

这个叫钱灵的女孩看来对这里很熟悉，她径自换上拖鞋走进客厅，放下那一大袋子礼物，大大方方地坐在沙发上，对着电视里的武田铁矢说："喂，这是什么日剧啊？"

"《101 次求婚》，很好看的。"

小麦从冰箱里拿了罐汽水给钱灵，转头对站在边上的秋收说："她是我最要好的同学，钱灵。"

秋收却害羞地躲到了角落里，钱灵低声问小麦："他是谁？"

这个问题让小麦也有些尴尬，该怎么介绍这个乡下少年呢？自己的新朋友？父亲的穷亲戚？还是如实招来，就说他是谋杀案被害人的儿子？

正当她绞尽脑汁时，秋收却乖乖地走开，回到田跃进的房间里。

钱灵喝了一大口汽水，继续不依不饶地问："说啊？他是谁？"

"他是——"

刚想编个理由搪塞过去，小麦却完全说不出口，看着那扇紧闭的房门，就好像有什么东西堵在自己心口。

"算了，我不问了。"钱灵也感到没趣，她们平日里可是无话不说的死党，"是我不好，应该来之前先打电话的。"

两人又闲聊了几句，等到这一集电视剧看完，钱灵就早早地告辞了。

"不多坐会儿吗？"

钱灵笑着捏捏她的脸："不必啦，再见！"

死党离开后，田小麦失落地坐倒在沙发上，狠狠地关掉电视机，她感觉自己被最好的朋友抛弃了。以往，钱灵每次来她家玩，起码都要好几个钟头，可这次才不到二十分钟就走，还不是因为秋收的存在？

"你为什么还要留在这里？"

她看着秋收紧闭的房门，心里默默念出这句话。

第十一章

晚上，田跃进难得早回家一趟，还带回局里的一个女同事，专门为小麦和秋收做晚餐。

女警官是个三十多岁的离异女人，姿色还算中等，重要的是没生过小孩。这两年她和田跃进的关系不错，每次他半夜在局里加班，就会收到她送来的饭菜。大家劝他别浪费人生大好机会，否则将来老了后悔莫及。可是，女儿从不欢迎这位女警官，每次她来田跃进家里烧菜，都会遭到小麦的百般挑剔，今晚也不例外。

晚餐一结束，女同事就匆匆告辞了。田跃进刚把客人送出门，回头就对女儿大发雷霆。小麦也没工夫理他，一个人守在电视机前看《大时代》。秋收已见惯了这对父女吵架，识相地退回房间去睡觉。田跃进这才冷静下来，拿了听冰镇啤酒走到阳台上，转眼就将啤酒喝光，又一根接一根地抽起香烟。

夏夜的风缓缓袭来，蓝色的烟雾卷向眼帘，烟雾里还有一个影子。他痴痴地看着影子，仿佛能看出一张模糊的脸，似是早已死去的妻子。不知是被香烟熏的，还是被这张幽灵的面孔触动，他的眼眶立时红润起来。田跃进这个几乎从不哭的硬汉子，终于有大串的泪珠滑落。田跃进果断地掐灭烟头，烟雾瞬间消散无踪，连同妻子的容颜一起被埋葬到另一个世界。

然而，心底又响起什么声音，那是一首旋律缓慢的歌，听不清词的外文老歌，从晚风深处飘来。就像不会忘记死去的妻子，他也不会忘记这首歌，妻子生前最爱哼的一首歌。每当想起她生前的脸，就会条件反射地想起这首歌，仿佛是她不愿离去的灵魂，在耳边轻轻呢喃——这是一部东德电视连续剧的主题曲，说的是一个老警察的故事，辛劳一生，最后在退休前殉职，六年前曾在中国的电视台播放过。那时他的工作没那么忙，还有时间陪伴妻子女儿坐在电视机前。这部名叫《幻觉》的电视剧给田跃进和妻子留下了深刻印象。后来，妻子没事就常哼那首主题曲的旋律，直到她死前的几分钟，据说嘴里依然在哼这首歌。

幻觉——但愿妻子的死也是一个幻觉，但愿明天一早噩梦就会结束，睁开眼睛看到活生生的她。

当然，田跃进明白，这才是幻觉。

在阳台上站了两个钟头，他轻手轻脚地回到屋里，少年已在床上睡熟了。

田跃进一宿都没睡着，脑子里不停响着《幻觉》主题曲的旋律。

这一晚，小麦也没有睡着。

她想起了睡在一墙之隔的秋收。最近，他们的关系友好了很多，但绝对谈不上朋友。对于骄傲的小麦而言，这个亲眼看着妈妈被杀害的外地少年，尚不及班里最不起眼的男生。每次进卫生间，她都会特别小心地重新冲一次马桶，然后把门锁紧。晚上睡觉，虽有爸爸在家，她仍会把闺房的门紧紧锁住。因为爸爸通常一大早就会出门，而整个上午她都在睡懒觉。

而他们唯一的共同点——都已永远失去了妈妈。

小麦心底确信，直到自己做母亲的那一天，也不会遗忘对母亲的怀念。妈妈是个美丽的女人，与粗壮野蛮的父亲相比，是个温柔娇小的弱女子。小麦一直觉得，身为刑警的父亲配不上出身书香门第、在出版社当编辑的妈妈。父亲为办案很少在家，有时一连数日抓捕罪犯。家里收到过匿名寄来的子弹，警告疾恶如仇的父亲。妈妈许多个夜晚因此睡不好觉，坚持每天接送女儿上下学，以免真有人来报复。父亲从来不苟言笑，更没见到他和妈妈在一起开心过。同学们过节都和父母出去玩，只有她的父亲常常不见行踪。

三年前，向来体弱多病的妈妈因心脏病去世了。

妈妈发病被送到医院时，爸爸正在追捕一个逃犯，以至于妈妈临死前都没见上他最后一面。几个钟头过去，当妈妈的身体渐渐冰冷，他才匆忙赶到医院，趴在她身上号啕大哭。

这已无法改变女儿对父亲的怨恨。

几天后妈妈的葬礼上，小麦当众向爸爸大喊："是你害死了妈妈！"

在场的全是亲戚朋友，还有公安局的同事，这让田跃进极为尴尬难受，很久都在局里抬不起头来。

后来，父亲也尝试过弥补女儿，包括搬进这套市局奖励分配的房子，但从没让女儿开心过。他不可能再弥补给女儿一个妈妈，一个真正的亲生的妈妈。随着小麦一天天长大，青春期的叛逆也开始萌芽，她对父亲的怨恨不但未能减少，反而与日俱增。

倒是最近秋收的到来，让田跃进更多地回到家里，不像以往那样彻夜不归。也是因为这个少年，让他有更多机会与女儿共进晚餐。两个星期下来，父女关系似乎有了微弱改善。

但是，小麦觉得自己永远不可能再原谅父亲。

第十二章

暑期的最后一周，田跃进决定抽出一整天陪伴女儿，他兴冲冲地带着小麦与秋收，去郊外的佘山野营。

这是妈妈去世以后，小麦第一次跟父亲出门远足，可她心里并不领情——父亲还不是为了秋收？看这少年整天憋在家里可怜，就带他出来散散心。

毕竟是个漂亮女孩，小麦好好打扮了自己一番，特意换上一条新买的花裙子。

一行三人坐在公共汽车上，路边尽是江南水乡，池塘上漂浮着小木船。来自西部小县城的少年靠着车窗，不住点头说："比我的老家漂亮多了。"

田跃进拍拍他的肩膀："说不定以后我会去你老家呢。"

说完心里却微微一沉，两天前同事小王刚从少年的老家回来，调查了死者许碧真的丈夫，因为严重骨折还躺在医院的秋收的父亲，基本排除了他从老家过来作案的可能。

如果案情还没有进展，下周秋收必须离开上海，赶在开学前回家读书。

午后，夏日阳光照耀佘山。小麦仰望山顶的天主教堂，还有旁边的天文台，一下子心情变得阴郁起来。她沉默地跟着父亲和少年，并不怎么费劲地登上山巅。星期天正好有弥撒，小麦看着教堂里虔诚的人们，忽然想起身自己离世的妈妈也许就在遥远的天国。她怔怔地站了许久，听着悠扬的风琴声响起，直到父亲把她拉下了山。

那时，佘山四周的别墅和度假村还没怎么开发，山脚下的竹林边缘就是农田和荒地。不少游客在竹林里野餐，很多小贩过来卖些不值钱的小东西。田跃进看到有人在卖风筝，立即掏钱买下来一个，拉着女儿和少年来到田野。这时太阳隐入云端，一阵凉爽的东南风袭来，周围百米内一片开阔，正是放风筝的好时机。他让少年高高举起风筝，轻而易举地放上了天空。

这是小麦第一次看父亲放风筝，惊异地看着纸扎的大鸟乘风直上，转眼竟已超过山顶的高度。田跃进看到女儿兴奋的样子，便把风筝线交到她手上，教她如何收线放线，将风筝放得更高更稳。小麦很喜欢操纵风筝的感觉，回头开心地看着父亲，却发现这个严厉冷酷的中年警察，也像小孩那样爽朗地笑着。

就在小麦回头张望的时候，她却发现秋收不见了。

开阔的旷野上只有父女二人，再也不见那十三岁的少年。小麦把风筝线交到田跃进手里，田跃进却把手指松开，任由风筝在天空飞走。接着，他向最近的竹林跑去，小麦紧跟在后面："爸爸，等等我！"

父亲扯开嗓子大喊："秋收！你在哪里？"

竹林边缘有些游客，他们都被田跃进吓到了。今天有不少放暑假的学生，尽是十几岁的男孩，秋收很可能就淹没在这些人里。再往竹林深处却是人迹罕至，只有凉风吹过竹间发出海浪般的声响。

女儿气喘吁吁地喊道："爸爸，别找了！我们找不到的，我想他自己肯定会回来的。"

"不，我了解这个孩子！他是个固执的人，会做出让你意想不到的事！无论如何，必须要找到他！"

他命令小麦到外面去找，而他自己留在竹林里，兵分两路或许还能找得到。

小麦缓缓走出竹林，发现天空更加阴郁，远处就是公路，说不定他已坐上公车回去了？该死的小子！一声不吭就玩失踪？难得有兴致放风筝，一眨眼就被彻底扫了兴。

凉风吹过她的头发，肩膀不禁哆嗦一下，回头已不见半个人影。她开始后悔了，为什么要听老爸指挥？他根本就不把自己放在心上，还让她一个人出去找，不担心把女儿找丢了？万一碰到坏人怎么办？她警惕地注视四周，不断回头看山顶的教堂，以免迷失方向。

将近黄昏，荒野上立着一棵枯树，掠过几只被她惊起的乌鸦。

顺着乌鸦飞行的方向看去，荒野尽头站着一个孤独的人影。小麦往前快跑几步，才看清那个瘦弱的少年，他是秋收。

这个不懂规矩的小子，真想立刻就抽他一个耳光！

"你到哪里去了？你是不是脑子有病啊？没事乱跑什么？"

就在她边走边嚷时，少年却伸手大喊道："别过来！危险！"

她低下头才发现，就在脚下不到两尺外，横着一条深深的沟。

这条沟并不是很宽，估计小麦一大步能跨过去。但让小麦害怕的是无法目测沟的深度，这条沟就像荒野上开了道裂缝，竟一眼望不到尽头，把沟的两边分割为两个世界。

秋收站在沟的对岸，瘦高的身体在风中摇晃，阴云下的脸庞很是阴沉，他微微皱起眉头，露出抑郁的眼神。

"你为什么要逃跑？"小麦隔着这条深沟，大声质问着面前的少年，"你知不知道？我爸爸找你找得急死了！"

"对不起。"

"你快点跟我回去！"

仿佛老师在教训学生，但少年无动于衷地站着，两人面对面，相距咫尺，中间横亘着那道深沟。

终于，一阵风吹湿他的眼睛，少年摇摇头说："我不想回去。"

"为什么？"

"我想，你爸爸很难再抓到杀死我妈妈的凶手了。"

"不，他是最好的警察，没有他抓不到的坏人！他肯定可以替你报仇的。"

这是小麦第一次为父亲辩护。

少年苦笑着说："你爸爸是一个好警察，也是一个好人，我非常感谢他为我做的一切——但是，凶手不是普通人，凶手是一只恶鬼，警察抓不到恶鬼的。"

"放屁！"这是小麦第一次在他面前说脏话，"连你自己都没有信心了，哪能让警察有信心呢？你还算是男人吗？"

秋收却给了她一个淡淡的微笑："小麦，我很高兴认识你，也很高兴能和你一起生活那么多天，我会一直记着你的。"

"你说什么啊？"她想起少年说的"一起生活那么多天"，脸上就浮起绯红，瞪圆了眼睛，"别乱讲话哦！"

"再见，我们一定会再见的！"

说完他转身往后面的小树林走去。

小麦急得大喊："等一等！"

但少年不再回头，他飞快穿过荒芜的土地，渐渐剩下一团模糊的背影，最终被那片小树林吞没。

黄昏的天色越来越暗，西方泛起一片红云，风呼啸着吹动小麦的裙摆，荒野凄凉得催人落泪，似乎脚下那条深沟存在的目的，除了把两个世界分开以外，就是收集所有来到这里的人们的泪水。

"别走！"

她看看脚下的那条深沟，心想自己跨过去应该没问题，便鼓起勇气后退几步，把裙子提到大腿上，深呼吸一口开始助跑——她在深沟的边缘，拼尽全力跨出右腿，接着是左腿——她感到自己飞了起来。

空中的瞬间，风，夹着某种声音从耳边掠过。

眼看右脚要踩到深沟对岸，身体却仿佛被什么抓住了，刹那间沉重了许多倍，心脏也同时狂跳起来。

她踩空了。

整个人笔直掉下深沟……

第十三章

1995年，炎热的八月，暑假的最后一周。

对于十三岁的田小麦来说，这是她初中时代最倒霉的一周。

"别走！"

黄昏的风卷走了少年的背影，也卷走了她的这声呼喊。

佘山背后的荒野中，她为了追上逃跑的少年秋收，冒险飞跨一条深沟，却不幸坠落到深沟底部，结结实实摔断了腿！

小麦绝望地躺在沟底，她知道自己的骨头断了，大腿以下全部麻木。她感到额头在不停流血，不知会不会留下伤疤？她竭尽全力地在沟底大喊救命，可上头一片岑寂。更可怕的是，夜幕迅速笼罩大地，头顶只见一条长长的缝隙，浓浓的黑云终于散去，恰巧露出一轮月光。

嗓子都已喊哑了，却只有无数青蛙在回答。身下的泥土充满湿气，若是下雨一定会积满雨水，大概就这样把自己淹死吧？她努力摸了摸自己的大腿，依然毫无感觉。会不会就此被截肢，从此将坐上轮椅？十三岁啊，人生才刚刚开始，从此就要这样回到地狱？

一直等到半夜，才听到地面响起爸爸的声音："小麦！"

她被救了起来，从两米多深的沟里。

救护车把她送到医院，幸好医生处理得非常及时，才没留下后遗症，若再晚送来个把钟头，恐怕女孩就要变成瘸了！至于额头上的伤口，后来也慢慢愈合，没有什么疤痕。

小麦打着石膏在床上躺了两个多月。

后来的一个月，她每天拄着拐杖去学校读书，成为全班同学嘲笑的对象。每次她一瘸一拐地走进校门，都会屈辱地低着头，好像整个中学的人都在看着她，看着一个绑着石膏的小怪物走进来。她真想给自己弄副面具，不要再让别人看到她的脸。

她更恨爸爸了！

父女俩大吵了一架，她质问爸爸当时为什么把她丢下？为什么让她一个人去找秋收？如果他真的把她放在心上，就不会任由她一个人走这么远，最后掉到沟里差点没命！

所以，她得出的结论是，爸爸一点都不爱她——她甚至怀疑自己可能不是他的亲生女儿。

她还恨那个叫秋收的少年。

十三岁的秋收，当天从那条深沟后面逃跑，独自坐了一辆公共汽车回市区。他用身上仅剩的几十块钱，买了一张回老家的火车票，辗转两天后回到了小县城，回到躺在医院病床上的父亲身边。

田跃进也很苦恼，想不通自己对秋收那么好，他却一声不吭地逃跑了，还害得女儿小麦摔断了腿，差一点就终生残疾。

真是不成器的小子！

然而，田跃进照旧早出晚归地办案，全身心投入在秋收母亲的凶案上。他没时间照顾骨折卧床的女儿，便让小麦的姑姑搬到家里来照顾她。

这一年剩下的几个月里，每次虹口体育场有足球比赛，他都会准时来到那个看台——秋收发现凶手的那个看台，等待那只恶鬼出现。那年很多球迷都购买全年套票看球，如果那个人买的也是套票的话，就一定会重新来到这个看台。

虽然，只有秋收记得那张脸，仅看到过那张脸一瞬的田跃进完全不记得那人长什么模样，但他有一种感觉——只要那个人走到眼前，他立刻就会辨认出来！

他知道恶鬼身上有什么气味。

很不幸，田跃进在球场里等待了三个月，被球迷们来回拥挤了三个月，看到主队一场接一场赢得辉煌的胜利，直到整个1995赛季结束，申花队捧起甲A冠军奖杯，他也没有再见到过那个凶手。

1995年的冬天来临了。

局里给田跃进分配了其他案件。他预感到可能在今后几年内，都无法再抓住杀害许碧真的凶手了。许多年来的办案经验告诉他，那只恶鬼会很好地隐藏自己，像只老鼠躲藏在这座巨大的城市中，并且忍耐住嗜血的本性，不再出洞进行类似的杀戮。但有一点他坚信不疑：无论多么狡猾冷静的罪犯，总有一天会露出马脚。

只要一空下来，他就会翻阅那桩案子的卷宗，反复推敲自己的工作笔记，看着从 1995 年 8 月 7 日开始的那些日日夜夜，有时还会想到那个叫秋收的少年。

不管要等待多少年——十年？二十年？三十年？即便等到自己死去，那只恶鬼也一定会被抓住！

他确信这不是幻觉。

1996 年的寒假，春节前夕，田小麦收到一封寄自西部的信。

信封上只有收件人的地址和名字，并没有寄信人的落款，信纸上写着工整的字体——

小麦：

你好，我是秋收。

我想即使现在说对不起，你也不会原谅我的。那天我不辞而别，只想快点回到老家，快点见到我的父亲，当时他也躺在医院里。我不愿无所事事地留在你家，就像等待妈妈给我的礼物那样，等待那个永远等不来的抓住凶手的消息。

回到老家后，我才从你爸爸的电话里听说，你为了追我竟掉到沟里，结果还摔断了腿。我很抱歉！我以为你不敢跨过来的，我也想不到你真的会来追我。对不起，我以为你心里一直想赶我走，看到我逃走一定还很开心。是我误解了你的想法，也是我低估了你的勇气——总之，一切都是我的错，只是我现在还无法弥补你。

请接受我的道歉！虽然，你可能不会接受。

就写到这里吧，请不要给我回信，如果你愿意的话。

新年快乐！

再见。

秋收

读完这封信，小麦对他的怨恨竟一下子消失了。她还惊讶于少年的文笔，信里运用了许多修辞手段，那文笔好像报纸上看到的专栏。

不过，她从来就没想过给他回信——看来他是自作多情了。

反正受伤的骨头已经痊愈，额头的伤疤也全部消退，除了打着石膏上学留下的羞耻，她似乎也确实不需要再恨他了。

然后，她就把他遗忘了。

第二部

小麦

我的眼睛给你

若不用看你就可以解决的话

我的耳朵给你

若不用听你的声音就可以解决的话

我的嘴巴给你

已经不想和任何人讲话了

——日剧《人间失格》，编剧：野岛伸司

第一章

2010 年，11 月。

又是个大雾弥漫的夜晚。深秋的黄浦江，散发着长江泥腥与东海咸潮混合的气味。路灯只能照亮十米开外，两个黑色背影，如忽隐忽现的幽灵，随时会消失在空气深处。

喉咙像被浓浓的湿气堵住，田跃进感觉有些窒息，没想到自己跑得最快，把几个年轻人全甩在身后。他没有把枪掏出来，赤手空拳地狂奔，看着大雾中的两个人影，特别那瘦小的一个，就要被大雾吞没时，响起小男孩稚嫩的"救命"声。

前头就是江边的码头。他飞快地跑过去，却撞上一个健壮的身体，紧接着被人一拳打在脸上。在痛得几乎晕倒的同时，田跃进条件反射地飞起一腿，踹在对方肚子上。随着凄惨的号叫声，一阵秋风从吴淞口袭来，眨眼间吹散了江边的大雾。

码头白色的灯光下，是个捂着肚子的男人，手中抓着一个小男孩，看起来只有五六岁。小孩穿着名牌童装，可怜地大声喊着，男人狠狠地用手捂住男孩嘴巴。

后面年轻的警察们迅速赶到，举起几把手枪对准男人。刚被打中一拳的田跃进嘴角还淌着血，焦急地嚷道："全都把枪放下！"

所有手枪都放下了，慌乱的男人掏出一把尖刀，架在小男孩的脖子上。

突然，小男孩拼命咬住男人手指。

刀子随之掉落在地，警察们乘机往前急冲，小孩已逃出男人的双手，转身往后跑去。

"不要！"

田跃进话音未落，男孩就从码头掉了下去——身后就是黄浦江。

黑夜里一记落水声，溅起无数冰冷的水珠，拍到飞奔而至的老田脸上。

那个男人已被两个警察压在地上，小孩却在秋夜的江水中挣扎。田跃进不假思索地脱下警服，纵身跳入波涛汹涌的黄浦江。

好冷！

冷得刺痛每根骨头，快要冻僵的刹那，他才探出水面看到小男孩。深吸一口充满咸味的空气，一个猛子扎到浑浊的泥水下，举目望去如黑暗地狱。终于，他抓住了男孩柔软的腰，竭尽全力让他的头浮出水面，手臂夹着小小的身体，回身往码头游去。男孩双手双脚乱动，几次差点挣脱，害得他也一点点下沉……猛吸一口空气，却呛进一口脏水，肺叶难受得像要爆炸。

眼看就要摸到码头了，警察们接住男孩上半身，硬生生把他拽上岸去。泡在江中的田跃进，腿肚子却不由自主地抽筋。他还想抓住那些年轻人火热的手，却眼睁睁看着他们远去，看着自己沉入黑暗水底。

虽然紧靠码头，这里却是黄浦江的深水岸线，深得宛如通往另一个世界……

怎么还没沉到底？四周全是黑暗的淤泥，还有百年前的沉船残骸。

水，肮脏的冰冷的水，再度涌进鼻子和嘴巴，灌满筋疲力尽的肺叶。

在无穷无尽的深渊，意识消失前的最后一瞬，他看到漆黑浑浊的水底，闪过几束柔和的光，照亮一条紫色丝巾——不，是巧克力般光滑的丝巾本身，反射着遥远水面上的月光。诱人的丝巾像条水蛇，围着一个美丽白皙的细脖子，在急促的水流中越收越紧，也缠绕在他的颈上……

啊，终于看到了，看到了那张脸，那张绝望的少年的脸。

这不是幻觉。

第二章

外滩三号。

五楼餐厅，响起淡淡的蓝调，还有以英语为主的各种语言。每张桌上的高脚杯，都荡漾着鲜血般的红酒，令人有身在异邦的幻觉。

菲籍侍者端来橙汁，小麦轻啜一口，看着窗外的黄浦江。若回到八十年前，还会看到有着巨大翅膀的和平女神像，如今只剩同样古老的气象信号塔。江面上穿梭数艘游船，闪起花花绿绿的灯火，竟不像这人间所有。

心底忽然一凉，不知为何想起忘川水？

对岸的陆家嘴，依次闪耀着东方明珠、金茂大厦，还有啤酒瓶扳手的环球金融中心——就像描绘未来的科幻电影。白天，她就在其中某栋摩天楼上班，却从未像今晚这样隔江远眺，如同在看一堆金属与玻璃的模型，全无丝毫的人间烟火气息。

"你在看什么？"

对面响起年轻男子的声音，她尴尬地笑了笑："从没这么看过我工作的地方。"

他端起红酒尝了一口："是那栋楼啊？我家在四十九层投了个科技公司，最近决定要追加五千万投资。"

"哦。"

轻描淡写回了一声，笑容还是极不自然，渐渐让相亲冷场。对方已口若悬河地说了半小时，话题不离财经与房市，从国家发改委的宏观调控，到浙商温商私企的八卦，足以去财经频道做评论员了。

"对不起，刚才一直说自己感兴趣的，大概是受家族环境影响，父亲要求我三年内必须接班。"他长得还算不错，白净高瘦，就是普通话不太标准，"请说说你的爱好吧。"

"我？爱好？"

这个问题可难倒了小麦，她低头憋了劲想，却没有任何值得自豪的爱好——追看日剧？打 CS 通宵？泡晋江耽美闲情？在家做瑜伽？休息日睡懒觉？怎么每样都是足不出户？

"每个人都有爱好啊，我最大的爱好是自驾游艇出海。"

男子自豪地说出了他的爱好，小麦只能怯生生地蹦出一句："我喜欢在淘宝上购物。"

"哦，我父亲跟阿里巴巴的马云很熟。"

"我在淘宝的买家信用等级是五颗钻石，我在阿里旺旺上有很多店主朋友，比如——"

她差点说出自己胸前的高仿卡地亚项链也是在淘宝上买的了。

不过，富二代哪用得着去淘宝？对方全身上下那套行头，自然是在巴黎置办的。暴露了自己是宅女的秘密，她淡淡地笑道："是啊，我们生活在不同的世界。"

"我就喜欢你这种女孩。"

看来贵公子对她还挺满意，除了天生丽质难自弃，这身在淘宝精心挑选的晚礼服，也为本次相亲增色不少。

"是吗？"她第一次直视对方双眼，"我这么值得你喜欢？"

"你知道吗？你长得很像松岛菜菜子。"

她心底顿时浮起《魔女的条件》中爱上高中生的女老师，以及《午夜凶铃》里的单亲妈妈。

"在她年轻的时候。"

他自作聪明地补充一句，小麦发自内心地笑了："谢谢！"

贵公子得意地舒展眉头，心想这下要得手了吧，举起红酒杯开始摆酷。

小麦优雅地站起来："抱歉，我去一下洗手间。"

拿起坤包，穿过长长的走道，离开贵公子的视线。餐厅还有另一道门，她头也不回地走出去，快步抢进电梯。

走出外滩三号大门，深秋黄浦江畔的夜风袭来，楼下停着一辆兰博基尼跑车，贵公子今晚的座驾——正在五楼耐心等待的他，或许心里盘算着怎么半夜载小麦兜风？

再见。

她轻轻拍了拍兰博基尼，迅速离开闪烁的霓虹灯，沿着外滩的老大楼走了几分钟，钻进最近的地铁站。

晚上八点，地铁已不太拥挤，她还是没抢到座位，拉住扶手，闭上眼睛。在黑暗地底疾驰片刻，泪水无声息地落下来，从她的脸上轻轻滑过。她只是感到在地铁里好孤单，想起两个月前分手的男朋友，为什么这个秋天的夜晚，没能陪在她的身边，让她靠着他宽阔的肩膀？

半小时后，小麦回到了家。

带电梯的小高层，十多年前老爸单位分配的，如今已略显破旧。回家依然见不到半个人影。外滩三号那种餐厅实在吃不饱，她跑进厨房煮起方便面，她差不多也只会做这个。

自诩方便面手艺一流的小麦端着碗回到闺房，头一件事是打开电脑，IE首页是淘宝网。

拿起筷子吃了两口酸辣牛肉面，便听到宇多田光的《First Love》，她的手机铃声。

不耐烦地接起电话，却是怒气冲冲的舅妈："小麦！你在哪里？"

"在家里啊。"

"你回家了？天哪！你怎么一声不吭就回家了？"舅妈仿佛已面临世界末日，"人家还在外滩三号餐厅等着你呢！"

"哦，那就让他继续等着吧，反正那里有不少女孩排队等着钓凯子。"

"小麦，你太不像话了！太没礼貌了！你……你……丢尽我和你舅舅的脸啦！"舅妈在电话里声嘶力竭，"你现在就给我回去！回去向李公子道歉！"

"舅妈，对不起，我和他是两个世界的人，真的不适合。"

那头还在继续咆哮，小麦已挂断电话。

没想到舅妈那么生气，不就是介绍相亲对象嘛，这李公子的父亲大概是舅舅的金主。不知得罪了浙商大老板会不会对舅舅的生意有影响？唉，原本就该推辞掉这次相亲，何必答应下来？

小麦不由自主打开窗户，任凭秋风灌满小屋，吹乱乌黑的发梢。她从冰箱里拿出一听啤酒，半靠在窗帘后面，大口喝着白色的泡沫，强忍眼泪不流下来，酒却溅了出来冲刷脸颊上的残妆。

梳妆台的镜子照着自己的脸，她发现自己确实像年轻时的松岛菜菜子，也因此才会用《First Love》作手机铃声吧。每次这首歌在身边响起，她就会想到那条窗上扭动的壁虎。

铃声再度响起。

一个男人的声音："这是公安局。"

"什么事？"

每次接到公安局的电话，她的心都会紧绷起来，只是紧张的原因和一般人不同。

"半小时前——你的父亲，因公殉职了！"

第三章

她叫田小麦。

她的父亲叫田跃进，五十八岁的老警察，为了拯救被绑架的男童，跳进冰冷刺骨的黄浦江，救起孩子的同时，自己却不幸溺水身亡。

今天上午，她在公安局看到了父亲遗体。淤泥已经清理干净，他的身体却被江水泡得有些浮肿。她抱着父亲哭了两个钟头，直至遗体被警车开道送往殡仪馆。市局领导号召全市公检法学习父亲的英雄事迹，还要上报公安部申请烈士称号。

她向公司请了丧假料理后事。千头万绪落在小女子肩头，亲戚们却躲得很远，幸好一群老警察过来帮忙，一起布置好了灵堂。

忙到晚上十点，家里只剩她独自一人抽泣，她看着父亲的遗像问："你，你为什么要跳下黄浦江？你如愿以偿成了英雄，却只留下我一个人。"

小麦又说了声"对不起"，从柜子里翻出妈妈的遗像，他们可以在天上团聚了。

走进父亲的房间，写字台上摊着遗物——几十本工作笔记，过去常见的黄封面小本子，他干了三十六年刑警，每年都会留下一本。

每本封面都记着年份，随便翻开几本，里面记录了父亲经手的案件，有偷自行车摸皮夹子之类小事，也有变态连环杀手的灭门惨案。三十六年的工作笔记，最旧的是 1995 年那本，封面几乎褪了颜色，经年累月被手指摩擦过的缘故。纸边和书脊非常粗糙，有几道钢笔划过的印子——仿佛父亲还在抚摸它，就在这个阴冷的房间，只是女儿再也无法看见他了。

1995 年？那是遥远的十五年前，田小麦只有十三岁，在读初中一年级。可为何自己却不记得发生过什么大事？

打开这本被父亲翻烂了的 1995 年的工作笔记，刚翻开便看到一张书签，所谓书签也就一张硬纸片，上面写着一行父亲潦草的笔迹——

凶手是恶鬼？

恶鬼？

小麦紧紧捏着父亲自制的书签，父亲是坚定的无神论者，怎么会相信恶鬼作案？

低头再看书签所在那页，开头用蓝色墨水写道

1995 年 8 月 7 日，晨，7 点，大雨。

南明路 199 号，南明高级中学马路对面，小杂货店。

被害人，许碧真，女，33 岁，外地来沪人员。

尸体仰卧，头朝外，脚朝内，左臂上举，右臂下举，左膝盖略抬起。

粉色睡裙，拖鞋落地，似无性侵害迹象。

丝巾。

紫色丝巾！！！

"紫色丝巾"底下，父亲画了一条横线，还加上三个惊叹号，表示内心的震撼程度？

再看，"凶手是恶鬼？"五个字和一个问号，她的后背微微一凉，高楼外的秋风竟吹开窗户。十五年前的雨夜屠夫，仿佛已藏身于背后……

满头长发被风吹乱，忽而遮盖双眼，她惊慌失措地逃出父亲的房间，钻入自己的被窝深处。

恶鬼，会到梦中来吗？

第四章

第二天，清晨。

她回到了 2010 年，从一身冷汗中醒来，晨曦落在苍白的脸上，她触摸狂跳的心口，回忆片刻前的噩梦。

田小麦梦见的不是恶鬼，而是一条深深的沟。

梦醒时分，她忘了父亲的死，好像他还在外头办案，不知哪个深夜悄然回家，打开电视看英超直播，或倒在床上鼾声如雷，醒来后再和女儿大吵一架。十八年前，她失去了母亲。两个月前，她跟谈了一年的男朋友分手，眼看正沦为剩女。多年来父亲没有再婚，即便谈过几次含蓄的恋爱，终究未能修成正果，后来就彻底断了这念头。他后来唯一的心愿，就是等到退休，小麦嫁人做了妈妈，他专心在家带外孙——他们都没能实现愿望。

打开父亲的房门，摊着三十六本工作笔记，不敢再看翻得最烂的 1995 年，而是翻开 2010 年最新的那本，最后看到他单独写的一段话——

如果，我死了，请在我的葬礼上，播放一首我很喜欢的歌。80 年代末，在中国播放过一部东德电视连续剧《幻觉》。那部电视剧的主题曲，我和我死去的妻子都非常喜欢，虽然听不懂歌词的意思，但我知道那唱的就是我的命运。

希望，小麦能看到这一页。

小麦看到了。

难过地倒在父亲床上，好像自己还是小女孩，安静地蜷伏在那个男人宽阔的胸膛上。

遗言？可他过两年就要退休，为何拼命地跳进水里？他以为自己是二十多岁小伙子？干吗不为女儿想想？不，他从没为女儿想过，也从没为妻子想过，他想到的只有警察抓贼，抓住那些十恶不赦的坏蛋，让他们不再伤害和他的妻子女儿一样的人们。

父亲永远无法对她补偿，她也永远无法对父亲补偿。她能做到的，只有在父亲葬礼上，完成那个小小愿望。

《幻觉》？许多90后甚至没听说过东德这个国家。

进入淘宝网，搜索宝贝输入"幻觉"，结果有3713件相关宝贝，多是刘谦走红后的魔术道具，还有女装、饰品、书刊……

把分类限定在"音乐／影视／明星／音像"，搜出来第一行是"苏打绿 空气中的视听与幻觉 特价台版CD"。接下来多是一部名为《死亡幻觉》的电影，晕——还是经典CULT！把搜索范围缩小到电视，却是国产动画片《虚幻勇士之12幻觉记忆》。

从清晨到深夜，从百度、谷歌到雅虎，都没找到这部东德电视剧《幻觉》，连准确的英文或德文片名都没查到，或者名字根本就不叫"幻觉"。她想起有个朋友在柏林读博士，于是在MSN上找到对方，回答却是东德时代的一切如今备受冷落，许多经典作品全被遗忘了。

《幻觉》，仿佛也跟死在黄浦江中的父亲一样，沉没在冰冷的时间河流深处。

两天后就是父亲的葬礼。

忽然，小麦的QQ上响起了"嘀嘀"声，一个熟悉的名字——钱灵。

她？好久没联系了，初中时代最亲密的好友，后来又考进同一所高中，住在同一间寝室，可称是情比姐妹的死党。上次两人相聚，聊了一个钟头的淘宝经，结果小麦败下阵来，把网购狂人的桂冠俯首让出。

"出来！"

不到两秒钟，屏幕上出现钱灵的回复："来啦！居里夫人，最近过得怎么样？找到新男朋友了吗？"

"我父亲死了。"

屏幕上停顿几秒，想必钱灵很是意外，打出一行字："对不起。他不是警察吗？"

"是，执行任务的时候去世的。"

"葬礼还没举行吧？告诉我时间地点，我尽量去参加。"

当年，好多次周末带钱灵回家里玩，父亲对她印象还不错。因为钱灵是她朋友，还是因为喜欢所有漂亮女生？

"我要找一个东德电视剧，很多年前在电视台放过，但无论如何都找不到了。我必须找到它，因为父亲的遗愿是希望在葬礼上放那个主题曲。"

"淘宝上找不到？"

"是，你不是骨灰级的淘宝买家吗？"

QQ沉默了，小麦焦急地等待了两分钟，催促道："人呢？还在吗？掉线了吗？"

她催得很及时，钱灵打出一行字："我在犹豫。"

"犹豫什么？"

"该不该把那家店告诉你？"

"哪家店？"

停顿半分钟后："一家我常去的淘宝店，非常特别的地方，我想如果在那里都找不到，你就彻底死心吧！"

"快说！"

"算了，就当我什么都没说过。"

小麦一下子生气了："钱灵，你不是我的死党吗？我发誓，必须要在父亲葬礼上播放这首歌，如果这个都不能为他做到，我这辈子就算白活了！"

"唉……"又等了半分钟，"好吧，有家淘宝店，名字叫'魔女区'。"

"魔女区？"

这三个字让小麦的心跳加快，魔女？

"我想，只有这家店能满足你的愿望。"

"这就去，谢谢！"

"等等！"钱灵中断数秒重新打字，"我要警告你！去这家店一定要小心，我只准你去一次！不管有没有买到你的东西，去完立刻就退出来，永远都不要再去第二次！明白？"

"为什么？"

"没有原因，我只想说这么多，请牢记我的警告。"

"如果去了第二次呢？就会发生什么？"

小麦的执着让钱灵再次沉默，稍后QQ对话框上终于蹦出一行字："会死的！"

死？自从父亲死后，小麦对这个字已经感到麻木。

钱灵又加了一句："好了，我警告过你了，现在我真后悔！不说了，我有事要出门。"

"现在？"现在是子夜十二点。"你的夜生活真丰富！"

死党下线了。

第五章

魔女区？

小麦的手指紧紧压住鼠标，始终没打开淘宝首页，回想钱灵说的"永远不要去第二次……会死的"。她以为我是小孩子？

凌晨，一点。

窗外下起了雨，风在楼宇间发出凄厉的啸声，独守闺房的小麦，手指一抖点开了淘宝。

她在店铺搜索栏里输入"魔女区"，果然跳出一家特别的店铺。

进入这家淘宝店的首页，上面有张黑色图片，隐约可见城堡似的建筑，大门微微敞开，弥漫出灰色的烟雾。她看到过很多有特色的淘宝店，但极少有做成Flash效果的。烟雾不断吐出，又渐渐消失在首页顶端，直到门里飘出一行醒目的大字——

本店可以买到你想要的一切。

"然后，就把灵魂交给你？"

小麦没那么容易被吓住。拉到下面看店里宝贝，网页背景居然也是黑色。这样的店主真有毛病，要把第一次来的买家吓跑？不过，黑色背景上点缀着白色植物花纹，呈现几何形状的曲线，巧妙地配合底色，有强烈的装饰感。

然而，这些漂亮的花纹，让她感觉有些不舒服。

"魔女区"的卖家信用等级为皇冠，宝贝包括虚拟、数码、美容、服装、配饰、母婴、家居、食品、文化、影音、体育、服务、其他——基本涵盖所有类别，全世界最大最全的百货商店或大型超市，恐怕也无法全部容下这些。比如"虚拟"，有手机话费充值、游戏点卡、道具装备、火车票和飞机票代购，甚至还有大乐透。"数码"则从各种牌子的手机到照相机，再到笔记本电脑、iPad等，无所不包。还有她最爱逛的"服装"，有件她中意的羊毛外套，在常去的一家网店看到过，但这里的价格便宜了将近一百块。

点开"影音"，又是一个DVD与CD专卖店，有她看过和听过的全部日剧。在"欧美"分类里找东德电视剧，却连东欧电视剧都找不到。在店内搜索栏输入"幻觉"，跳出上百条结果，除了《死亡幻觉》和苏打绿的CD以外，没有一样和影视音乐有关。

回到首页，看到"魔女区"店主的阿里旺旺在线，她顺手点了进去。这是在淘宝购物的习惯，拍下宝贝前先和店主确认货的情况。手指在键盘上停顿良久，屏幕下方时钟已是子夜一点半。

"你好。"

她打出了最简单的两个字。

"你好。"

不到两秒钟，店主便回复了。经营不错的店主多是夜猫子，因为买家大多也是这时上来。有的大店有好几个客服，二十四小时与买家沟通，不流失一单生意。

"我想买一张碟，东德电视连续剧，1989年曾在中国播放过，当时译名叫《幻觉》。"

"没听说过。"

店主迅速打出的字，让小麦心里猛然一沉，但她执着地继续问道："我在很小的时候看过这部电视连续剧，绝大多数人都不知道，或者看过也忘记了。那是个东德的侦探剧，一个老警察最后被坏人打死了。"

网络那头沉默片刻，知难而退？

"拜托了！如果实在找不到电视剧，有那个主题曲也可以的——这是我父亲的遗愿，要在他的葬礼上播放那首主题曲，还有两天就是追悼会。"

"明白了。"屏幕上跳出一个链接，"你点进去，拍下这个定制产品。"

点开链接，进入"定制产品"页面，是在"魔女区"的"其他"分类中。

淘宝网的这些定制产品没有任何内容介绍，都是买家与卖家间私下协商的，也有的单纯就是为了更改交易费用。

这个定制产品的价格是一百元——就算开价一万元，她也会毫不犹豫地买下来。

用支付宝完成付款，在买家收货并确认后，这笔钱才会打到店主手中。

"我拍下了！拜托！后天下午就是追悼会，请务必在中午前送到！"

真要把全部希望寄托在"魔女区"？小麦的手指有些颤抖。

第六章

两天后。

桑塔纳出租车停在楼下。

田小麦穿着一身黑色套装，头上插着一朵白色小花，就像服丧的年轻寡妇，从侧面看却仍妩媚动人。她的双眼有些红肿，素颜苍白憔悴，三千青丝绾在脑后——若再哭得悲惨一些，这雨打梨花深闭门的模样，不知还要惹多少人怜惜。

拉开车门钻进前排座位，她向司机说："麻烦你了，老丁。"

"老邻居嘛，别客气。"

出租车司机老丁踩下油门，载着田小麦开往殡仪馆。这个四十多岁的男人，脸上刻着不少皱纹，是多年前开卡车跑长途的缘故。他住在小麦楼下，两人经常半夜在电梯里遇到。市中心上下班高峰很难打车，有时不想挤沙丁鱼罐头似的地铁，小麦就会提前一天给老丁打电话，通常他都会准时候着。

她从包里拿出一张光盘。

昨天收到的快递，私刻的 DVD，只有一个 AVI 视频文件，果然是东德电视连续剧《幻觉》。视频只有短短十分钟，却是大结局的段，主题曲异常清晰。中年男人沧桑低沉的声线，缓缓唱着听不懂的德语歌谣，剧情里老警察因公殉职，画面闪回前几集他的音容笑貌，煽情地响起片尾的主题曲——多年前那个夜晚，全家坐在电视机前，似乎从未掉过眼泪的父亲，居然抱着母亲大哭起来。

"本店可以买到你想要的一切。"

考虑到快递发出的时间，店主找到视频的时间只有十来个小时，莫非这个店主果真是"魔女"？

半小时后，出租车停在殡仪馆门口。父亲作为公安英雄，自然有市领导过来参加追悼会，门口多了不少警察。小麦却迟迟没有下车，掏出手机给前男友发了条短信——

"今天，下午三点，是我父亲的葬礼。"

小麦前男友的名字叫盛赞，两个月前两人刚分手。她的手机里存着他的照片，一直没删，也不敢再打开来看。她怕每次看到他的照片，会忍不住泪流满面。他是个又高又帅的男子，长着一副阳光的面孔，年龄仅比她大一岁，可算许多人心中的白马王子。

他和小麦是钱灵介绍认识的——他的父亲是钱灵公司的老总，母亲出身贵族，他自己可谓家世显赫的贵公子。盛赞是一家私立医院的外科医生，若把红包算上，年收入起码有二三十万，家里有房有车，房子还好几套呢。条件这么优越的男人，真是剩女们眼中的极品，若是自己瞎了眼不要，转眼就要被小妹妹们抢去了。

盛赞也很快就喜欢上了她，凑巧他们还是高中校友，盛赞只比她高一届——小麦好遗憾，为什么不早十年认识他？她决心把握好这个机会，痛痛快快谈一场恋爱。他们进展很顺利，小麦不愿继续待字闺中，主动带着男友回家见了父亲。没想到警察老爸还挺高兴，主要是男友的家庭背景不错，也完全符合他心目中理想女婿的形象。

田小麦也准备去见他的父母。临到女友上门拜访前几天，盛赞才第一次向父母报告小麦的情况，没想到他的父亲断然拒绝，命令儿子和小麦分手——这是命令，而不是请求或希望，理由是对方家庭不适合。

真是很可笑，因为她是警察的女儿，母亲早逝由父亲带大的女孩，就配不上他的家庭？都二十一世纪了！何况外科医生收入不菲，小麦也在外资企业上班，两个人完全可以独立生活。小麦可是毫不介意租房子"裸婚"的。

可是，盛赞从没忤逆过父亲的意志，向来只有服从父命。

几番挣扎后，盛赞提出了分手。

小麦哭了，但只哭了一分钟，就头也不回地离去。

她不是为分手而哭，而是因为她喜欢的男人居然完全听从父母旨意，那么自己在他心中究竟是什么位置？也许就是个无足轻重、为讨好父母而存在的女朋友罢了。

父亲的葬礼即将开始，她知道那个男人不可能来的，她也从没奢望过。但是，她想让他知道这件事，就像以前躲在他怀里哭那样，让他分担自己的悲伤，无论他有没有这种感觉。

葬礼开始了，并没有通常听到的哀乐，而响起了小麦从"魔女区"买到的光盘里的那部名为《幻觉》的东德电视剧主题曲——没人在葬礼上听到过这首歌。

追悼会结束以后，看着父亲的遗体被远远推走，小麦痴痴地站在原地，就像没有灵魂的木头人，跟各位领导握手告别。

这时，走来一对三十多岁的男女——被父亲救起的那个男孩的父母，在握手致哀的同时，悄悄塞给她一张支票，上面的数字似乎是"伍拾万元整"。

小麦把支票扔还给他们，头也不回地逃出大厅，迎面碰上了另一张熟悉的面孔。

"钱灵？"

葬礼中，钱灵隐藏在最后一排，一直都没被小麦发现。这位中学时代的死党，难得穿了一套黑衣，却仍旧掩不住浑身的性感。高中同学常私下评论她俩：钱灵是三月争奇斗艳的桃花，小麦是六月荡漾在水面的荷花。桃花总是抢先开得满园芬芳，荷花则是静静等待采藕人——其实，钱灵最爱梅花，小麦最爱的却是樱花。无论如何，依然是钱灵怒放在先，小麦绽开在后。

"谢谢你的推荐。"她挽起钱灵的胳膊，耳语道，"'魔女区'帮我实现了父亲的遗愿！"

钱灵却没有回答，脸色竟比大哭过的小麦更差。

"怎么了？"小麦盯着她的眼睛，"你遇到什么事？"

"对不起，我要走了！"钱灵挣脱小麦挽着她的手，"不要再去那家淘宝店了。"

"魔女区？"

钱灵严肃地皱起眉毛，告诫道："是，永远不要再去！答应我！"

"为什么？"

"不需要理由。"

说罢，钱灵转身离开，坐进新买的小车里，飞速发动离开了殡仪馆。

幸好有父亲生前的警察同事们帮忙，作为逝者的独生女，田小麦为参加葬礼的亲朋好友安排了本地传统的晚餐。她像个只会握手和点头的木头人，不停感谢留下来的每个人。忙到最后，她从一堆警察中走出来，却发现自己再也流不出眼泪了。

子夜，小麦回到毫无生气的家里，看着墙上的黑白遗像，确信自己从此将孤苦伶仃。她再次走进父亲的房间。是该把这房间彻底收拾一番，还是永远保持原样？就像摊在桌上的三十六本工作笔记。

细长冰冷的手指，在桌上的那些旧本子上划来划去，最后停在 1995 年那本的封面上。

打开这本翻得最烂的工作笔记，仿佛还能闻到父亲残留的烟味，看到那张写着"凶手是恶鬼？"的书签。

后面一页，是父亲潦草的字迹——

1995 年 8 月 8 日，凌晨，局里。

南明路凶杀案。

少年，唯一的目击者，他说话了。

凶手是一只恶鬼。

第七章

天，亮了。

2010 年，深秋。

田小麦腰背酸痛地醒来。居然伏在父亲书桌上睡了一晚，想是太过疲倦的缘故。她看着父亲的笔记本，写到 1995 年 8 月 8 日傍晚，父亲竟然带着受害者十三岁的儿子，回到自己家里过夜。而与他同龄的自己，对那个乡下少年非常不友好，就像个势利冷漠的小市民。

这段笔记看得小麦心惊肉跳——这真是十五年前的自己？可是，她却完全不记得 1995 年暑期发生的事，更不记得那个叫秋收的乡下少年——难道这些都是父亲的幻觉？

想回去睡个回笼觉，却再也难以入眠，她索性啃了个面包，打开电脑。

IE 首页仍是淘宝。打开"已买到的宝贝"，最近的就是"魔女区"的定制产品。买得最多的是女装；其次是碟片，虽然现在已习惯上网看片，但有不少冷门电影和剧集，只能在淘宝上找到；还有洗发水、女性用品、隐形眼镜药水、夏天的电蚊香、冬天的暖宝宝、手机饰品……

自从开始玩淘宝，她几乎不再进商场了。至于较贵的宝贝如化妆品，可去淘宝商城的专卖店。最离谱的一次，是花了一个半月薪水，在淘宝上买了块缅甸翡翠，据说在实体店要花上五万块。购买之前她犹豫了很久，找来各种资料，最后痛下决心买下这块翡翠，头几天还挂在脖子上，如今这块翡翠却躺在抽屉里，只是无聊时拿出来把玩一下。

这些年她已在网上花了十几万，每次用支付宝付款，无论几十块还是几千块，都有种心满意足的感觉。她的买家信用已达 5819 分，后面跟着五颗钻石，可算宅女中的战斗女。

许多女人心情糟糕时，就以购物作为发泄途径——小麦逛了几家常去的网店，她是 VIP 客户，也是店主们最欢迎的买家。看着绚丽夺目的衣服，却没有买的欲望——其中好多已挂在衣橱中了。

她想起了"魔女区"——钱灵叮嘱她绝对不能再去第二次的地方。

许多年来，钱灵是她最好的，甚至是唯一的朋友，也是钱灵介绍了"魔女区"，才满足了父亲最后的遗愿。可不知什么原因，小麦突然生出一种厌恶感——高中时代好多事都忘了，只记得自己一直对钱灵言听计从，从没违背过死党的意愿，好像她说的全是真理，没有一样没得到验证似的。

田小麦想要自己决定一次。手指比大脑更快地点开"魔女区"，还是那特别设计的黑色首页，哥特城堡大门飘出烟雾，化作那行让人难以忘记的文字——

本店可以买到你想要的一切。

如果买的是死亡呢？别人的死亡？或者店主的死亡？

下面是百货商场式的宝贝分类，随便进入配饰大类，密密麻麻一大堆宝贝——从十块钱的发卡、二十元的胸针，到几万元的卡地亚钻石项链——可以从贫民窟卖到华尔街。小麦在外企做过用户分析，最好的定位是准确精细，不能将所有人一网打尽。比如LV之类顶级品牌聚集的商场，永远不会让打折的外贸货进入其中。

翻到配饰类的最下端，她看到了一条丝巾。

紫色的丝巾。

情不自禁地点下去，图片是店主自己拍的，深色背景上有条铺开的丝巾。照片里露出一只女人的手，显然是作为参照物，让人直观感觉到丝巾大小——不是大妈用的大块丝巾，而是适合年轻女孩的中型尺寸。

眼前的紫色既不深也不浅，是水晶似的纯紫色，竟有柔和的反光，只有最上等的真丝才有这种效果吧。她目不转睛地盯着屏幕，紫色底子上交织着白色花纹，仔细看全是植物花纹，主要是盘旋曲折的藤蔓，间杂着类似玫瑰的花朵，宛如一座精心修剪过的花园。以前也在淘宝上看到过爱马仕的顶级丝巾，但这条丝巾太特别了，尤其是花纹，透显神秘西域风情。下面有详细介绍——

款式：丝巾

材质：100% 天然蚕丝

尺寸：80cm × 80cm

适合季节：四季

功能：装饰

性别：女士

品牌：Esfahan

Esfahan？

这是什么牌子？闻所未闻，大概是某个更稀有的奢侈品牌吧。

最关键的是价格——一千九百元。

对一条丝巾来说，一千九百元贵了一些，但比起动辄上万元的爱马仕，又经济实惠多了。小麦淘宝多年，感觉这个定价不错，若是190元怕被认作A货，只有千元以上才感觉是有档次的真品。

文字介绍下面还有图片，紫色丝巾被绾成几种不同的造型，有系在脖子上的蝴蝶结，有做成旋转花朵的样子，更有围在假人模特上的——小麦心动了一下，想象这条丝巾戴在自己身上……

她从小就喜欢紫色，越纯粹的紫色越欢喜得紧，穿衣服也最爱紫色，偶尔挂串项链也多半是紫水晶，高中时钱灵说她有公主命——那年头流行紫薇格格嘛。

小麦起身到镜子前，摸着自己白皙光洁的脖子，再看看屏幕上放大的丝巾图片，配合自己憔悴却迷人的脸庞，这条丝巾似是天生为她准备。

钱灵的话却刺耳地响起——买了会死吗？

骗鬼呢！

点下"立刻购买"，早上八点，别指望店主在线，她直接用支付宝付款了。

第八章

破晓之前。

新月在愁云间穿梭，只余一片黑色荒野，干冷的风从北方吹来，夹着几粒黄沙，落在枯萎的脸上。脚下是丛生的蔓草和泥土，不时有突兀灌木挡道，还有残存半截的篱墙，露出砖瓦的古坟，直伸天际的倔强枯树。脚底被荆棘刺痛，耳边不时掠过夜鹰呼号，夜色中视野如同底片，在最遥远的灰暗深处，匍匐着某些建筑轮廓。

记得自己坐上一辆大巴，从城市中心出发渐行渐远，穿过少女时代读书的学校，穿过无数工厂与楼房，穿过收割前的田野，又被抛弃在这片荒野尽头。没有人抛弃她，是她抛弃了自己，放逐了自己，囚禁了自己。

她，想要到另一个地方去。

很多年来，她一直梦想要去的地方，却一直不敢去的地方。

魔女区？

她停下脚步，像尊凝固的美丽雕塑，孤独地站在风中，从云端悄悄洒下的月光，照亮了眼前的路。

路，断了。

一条深深的沟，横亘于她的眼前，并把脚下这条长长的野路，硬生生拦腰切断。视线越过深沟，彼岸就是无边无尽的麦田，在月色下闪闪发光。她的脚踝在颤抖。

弯弯曲曲的沟，向田野两边不断延伸，就像永远都没有尽头，把世界分成两半。

可是，沟并不宽，似乎用力一跃，眨眼就能跨过去？

低头往下看，却发现非常深，深得完全不见底，仿佛通往地狱的第十八层。每次来到这里，她总会犹豫徘徊，然后胆怯地转身离去。

今晚，她却深吸了口气，似乎听到迎面而来的风中，隐藏着某个被遗忘的声音。

那声音召唤着她，就像召唤她重新从母亲腹中诞生。她后退几步又往前冲去——先是左脚跨了出去，接着右脚也腾空了，像只从猎人手中逃脱的小鹿，穿行在黑夜的荒野深处。

就在左脚要落到对岸的刹那，整个人却像被什么拉了一下——有一只手，一只肮脏的有力的手，突然抓住了她的脚踝。

她被拉了下去。

自由落体。

再也看不到原野，再也看不到月亮，再也看不到自己想要去的地方。

只有，深深的沟，深深的沟里的风在激荡、呼啸。

她在不甘地叹息，她在绝望地狂叫。

在坠落到沟底之前，她睁开了眼睛——依旧声嘶力竭地狂叫，身下却是柔软的床。

原来，是场梦。

仿佛还在令人恐惧的沟底，满身冷汗湿透了睡衣，像父亲被从水底捞起时那样。田小麦几乎从床上滚了下来，感觉心脏要跳出嗓子。打开台灯一看，才到凌晨五点。

又是这个梦。大约从二十岁起，她就不断地做这个梦，每周至少会做一次——她也感到困惑苦闷，甚至找过心理医生，却从没解决过问题。这个关于深沟的梦，成为潜伏在她身体里的小兽，时不时从深夜里爬出来，吞噬她脆弱的心。

以往每次做这个梦，她都是站在荒野的深沟前，从没跨过这条沟。

刚才却是破天荒第一次，她居然有这个勇气跨过去——结果却是粉身碎骨。

骨头和关节都异常疼痛，好像刚被摔散了架，又活生生地被拼了回来。

小麦拉开窗帘，看着灯光下玻璃的反光，映出自己的脸庞。

二十八岁，仍然迷人的脸庞。但接下来，青春就要流逝了？

她想起了一个人。

颤抖着拿起手机，给前男友盛赞发了条短信——

"我这些天不断做噩梦，大概快要死了吧。"

为什么还要再给他发短信呢？大概因为孤独吧，人总是害怕孤独，尤其在失去父亲以后，每个夜晚都那么难熬，只能靠在淘宝上疯狂购物来麻醉自己，清醒过来还是无比疼痛。

忽然，短信铃声响了，前男友回复了一条短信——

"小麦，我知道你现在很难过，也很抱歉没去参加你父亲的葬礼。我很为你担心，希望你能坚强起来，千万要照顾好自己！保护好自己！我会一直念着你的，希望以后看到你的笑容。你的赞。"

短信还没读完，泪水已滴落到屏幕上。

现在是早上七点，大概她发出的那条短信吵醒了盛赞的好梦，他却立即回了一条，如此安慰关心的话——任何女孩都不能不为之动容，无论以前他多么令她失望。

"我会一直念着你的。"

小麦反复读着这句话，该不该相信他呢？

"希望以后看到你的笑容。"

这是一种暗示？希望再续前缘？可是，他能跨过父母那道门槛吗？

她不知该如何回复？以前也谈过几次恋爱，每次分手都是干脆利落，几乎一转身就忘了对方——她想自己从没真正爱过一个男人，真正发自内心发自骨髓的爱。

从没真正爱过，才是一辈子最大的遗憾。

第九章

"田小麦！"

一个声音在公司前台响起，她从美国老板面前站起，低头穿过忙碌的办公区。

这是陆家嘴的高级写字楼，窗外是尤数光怪陆离的摩天大厦，只有在钢铁从林的缝隙间，才能看到支离破碎的黄浦江，在秋日阳光下波光粼粼。

在公司的前台，戴着头盔的快递员，交给她一个鼓鼓囊囊的文件袋。小麦注意到快递的发件地址，打印着"魔女区"三个字。她将快递捧在心口，舍不得马上打开，以免被旁边多嘴的女同事看到。

女人嘛，可以让别人分担忧愁，却不能把自己的宝贝与人分享。

整个下午注视着它，连上厕所也心不在焉。

下班后她没有挤地铁，而是苦苦排队二十分钟，等到一辆出租车。忍着堵车之痛、辗转之艰、饥饿之苦，终于回到家里。

打开快递文件袋，有个包装精美的纸盒，外面覆盖一层塑料薄膜，却没有任何文字，只有和图片上相同的植物花纹。

小心翼翼拆开包装，丝巾安静地躺在里面，似是被特意折成花瓣形状。小麦蛮喜欢这种样子，仿佛触摸初展芳容的少女。她深吸了口气，手指却如触电般弹开——不是静电反应，就像把手伸到牛奶中，那种光滑的幸福感如梦一场。

肾上腺素开始分泌。

在淘宝买过不少真丝衣料，只有到手上才能感觉出来。眼前的紫色丝巾，还未展开就发出柔和均匀的光泽，虽明亮却不刺眼。她心疼地打开这朵折叠的花，就像砸碎一件刚做完的艺术品。丝绸表面互相摩擦时，发出细微的清脆声响，这就是俗称的"丝鸣"或"绢鸣"，说明是真正的天然蚕丝。丝巾打开不留任何折痕，想必丝的弹性极佳。

终于，整条丝巾像一块巨大的方形宝石，摊开在小麦的床上。

这是老天恩赐的礼物？她痴痴地看着丝巾，开始幻想戴着它的模样。丝巾的颜色与花纹，与"魔女区"里的宝贝图片完全一致，大片纯到无以复加的紫色，用的应是纯天然的染料。奇妙的白色植物花纹在她的床上蔓延，仿若一座繁花似锦的园林——人们心中的伊甸园。

再观察细节，无论材料还是做工，都已完美到极致，挑不出任何毛病，似非人力所为——更不可能是机器所织，而是鬼斧神工。把丝巾翻个面，角上的末梢扫过脸颊，有冰激凌似的凉爽感，让她联想到一群蚕宝宝，正在吐丝，作茧自缚。

找不到商标，也找不到 Esfahan 几个字母，看不到任何生产者的痕迹。

或许，这是一条绝版丝巾，从未大批量生产过。只要识货之人，自然视为无价之宝，一千九百元太划算了！她情不自禁地拿起丝巾，叠成可以戴的样子，就要往脖子上绕。眼前却掠过什么东西，惊得手指猛然一颤，丝巾顺势掉到地上。小麦再定睛一看，屋里并没有出现什么怪物。她把宝贝丝巾捡起来，掸掸灰又吹了吹。当双唇接近丝巾，胃却剧烈翻腾起来，跌跌撞撞冲进卫生间，她忍不住"哇"的一声，把几个钟头前的午餐全吐了出来！

惨了！五脏六腑都像在抽筋，头发丝沾到自己吐出的污秽之物，又恶心地张嘴吐了第二遍。

狼狈不堪地坐在地上，她已忘了上次呕吐是什么时候？小学二年级还是三年级？打开淋浴器，把自己彻底洗了一遍。

田小麦难过地捂着肚子，回到卧室看着丝巾——如此美丽的丝巾，虽然诱人却有剧毒？她不敢再系它，小心折好，塞回包装，放入衣橱深处，最隐蔽安全的抽屉。

什么都吃不下，也不想上网，更没心思睡觉。她来到父亲的房间，桌上还摊着那三十六本笔记本，翻开 1995 年的那本，书签夹在上次看到的那一页。

1995 年 8 月 13 日
虹口体育场，甲 A 联赛。
他第二次看到了凶手！

1995 年 8 月 13 日的夜晚，十三岁的她和警察老爸，以及那个叫秋收的少年，在虹口体育场经历的一切，呈现在笔记本略显模糊的字迹中。

然而，十五年后的田小麦，却丝毫都记不起来！十三岁那年，自己真的去过虹口体育场？

记忆像一片天空，往事像飞过的小鸟，再也留不下一片痕迹。

这两年来，虽然她的容貌依然青春，甚至常被误认为刚毕业的大学生，脑子却仿佛老了几十岁。有几次与老同学聚会，大家热烈讨论念念不忘的往事，她居然丝毫想不起来，似乎从没认识过那些人，也从没经历过那些事。每当她露出一无所知的白痴表情，死党钱灵就大感震惊，因为别人说的那些往事，小麦全都亲身经历过——怎会遗忘得一干二净？

去年，钱灵介绍她去看了医生，经过全面检查，发现她的大脑并无任何问题——

简而言之，不是脑子有病，而是心里有病。

医生说她患有轻度抑郁症，暂时丢失了一段记忆。但这些记忆并未删除，只是因为某种原因被屏蔽了，随时随地可能重新恢复。小麦无法说清楚自己的少女时代，因此也难以判断抑郁症的病根在哪里。医生给她说了一些治疗方法，她也曾严格执行，但一年多来毫无效果。

最近，与前男友分手后，那个关于深沟的噩梦，更频繁地光临她的大脑，她时常害怕哪天再也不会醒来。

也只有在淘宝时，才可忘我地无拘无束，想要买什么就买什么，她明白这是一种自我麻醉。

手指停留在鼠标许久，点开一家网店——

魔女区。

黑色的城堡大门飘出烟雾——本店可以买到你想要的一切。

那么，记忆呢？

她点开店主的阿里旺旺，犹豫不决地敲着手指，耳边响起钱灵的警告。

等待了十分钟，终于打出一段话——

"真的可以在你店里买到想要的一切？"

店主果然每夜在线，不到两秒就回答："是。"

小麦大胆地打出一行字："我能买到记忆吗？"

"记忆？"

"不能吗？"

她泄气地叹息，自己太傻了！竟天真地以为能买回记忆。大概店主说能买到想要的一切，指的是一切物质——记忆则属于精神，就像灵魂、欢乐、痛苦……

"当然能买到。"没想到，店主给出了一个确定的答案。

小麦摇摇头输入："真的？我发现自己遗忘了大部分的记忆，许多年前的记忆。"

"哪一年？"

"1995 年。"

"好的。买个定制产品，一千元，买自己的记忆，不贵吧？"

店主给出了一条定制产品的链接，也像上次买用于父亲葬礼播放的《幻觉》主题曲一样，小麦点头在心里说——

"不贵。"

第十章

第二天，小麦在公司收到一份快递，发件人地址写着"魔女区"。距离下单还不到十六个小时，真是飞速的物流啊。

这次收到的快递是一个快递袋，就和平时公司来往的快递一样，从外面摸了摸却有些硬，至少不是纸质文件类的东西。

她在"魔女区"购买的是"记忆"，确切地说是1995年的记忆。

丢失了的少女记忆，就装在这个薄薄的快递袋里？

回到家里，她才心急火燎地打开快递，却是一套碟片，封套上印着两张熟悉的面孔。

她认得那两个演员——男的叫武田铁矢，女的叫浅野温子——《101次求婚》。

身为日剧迷的小麦，当然知道这部经典剧集，编剧是大名鼎鼎的野岛伸司，被翻拍过多个版本。她很喜欢老戏骨武田铁矢，特别是《白夜行》里的老警察，会让她想起死去的爸爸。

她泡了杯方便面，将第一张碟塞进DVD播放器。屏幕上出现浅野温子，二十世纪九十年代初的温馨风格，同时响起主题曲——恰克与飞鸟的《SAY YES》。

毫无疑问，她看过这个剧集，每个画面每段音乐每句台词，每处搞笑的细节每次感动的停顿，都牢牢记在脑海中，只是一下子被遗忘了那么多年。看到男女主角第一次相亲那段戏，深埋在心里的种子，突然间生根发芽。就连男主角的下一句台词，她都能抢先准确地说出来——

"我发誓！五十年后，我依然会这么爱你！"

没错，就在这个房间！

刹那间，感觉身边一切都变了：家具、餐桌、电视机、墙上的照片、门口的装饰，甚至地板的颜色！

唯一没有改变的，是电视机里播放的画面。

小麦抓着身上的毛衣，感觉它眼睁睁变成夏天的汗衫，气温也升高了十几摄氏度，头顶早就卸掉的电风扇又转了起来……

回忆，如同长久干旱后的荒野，迎来雨季的第一滴泪水……

早已被遗忘又重新捡回来的似水年华。

1995年的夏天，异常炎热的八月中旬——每天下午的暑期电视剧场，都会播放日本电视连续剧《101次求婚》。十三岁的少女田小麦，坐在爸爸妈妈结婚时买的沙发上，叼着用自家冰箱做的盐水棒冰，聚精会神地看着不断出丑的男一号。

她的身边总是坐着一个乡下少年……

第十一章

荒野。

黎明之前，月光隐藏在密布的阴云背后，前方只有离离的野草，以及永远看不清的天际线。

深秋的风掠过她的头发，寒冷渐渐渗入每寸皮肤，迫使她抱紧自己的双肩，艰难地踏过脚底的露水。

忽然，她看到了那条沟。如一条大地被撕破的裂缝，如一段身体被切开的伤痕，将此岸与彼岸分割成两个世界。

深沟两边，相隔不足数尺，似乎只要纵身一跃，就可以抵达那个彼岸。

可是，万一摔下去，必然粉身碎骨。

风在晃动她的身体，小腿和脚趾都剧烈颤抖，直到她闭上眼睛，迈出跨越的第一步。

她，醒了。

是那个延续数年的梦。

然而，小麦发现自己并非躺在床上，而是站在客厅外的阳台。

风，彻底吹破梦境。

在阳台上向远处眺望，是一座矗立着无数摩天大楼的城市。她可以清晰地看到一栋焦黑的大楼，如同战火中幸存下来的废墟，那就是被烧毁的胶州路教师公寓。每当看到这栋焦黑的大楼，心中难免生出悲戚，感叹人活着并不容易。

她的肚子紧靠栏杆，上半身几乎探了出去。数十米下是川流不息的柏油马路，早起上班的人们正匆匆赶路。如果再往前倾几厘米，黑色的路面就要被鲜血染红，她也将登上报纸的社会新闻版。

结结实实地跌坐在阳台地面上，摸着自己狂跳的心口，几乎是爬着回到客厅。

"我是要自杀？"

绝望地回到卧室，被窝还残留着体温，电脑屏幕还闪烁着"魔女区"。

耳边再度响起钱灵的话——会死的！

真的会死吗？小麦忍不住哭了，不是为自己要死而哭，而是为直到死的那天，都没能回忆起少女时代。

女人遇到心乱如麻的时刻，通常会找闺密倾诉——想来想去，也只剩下了钱灵。

第十二章

晚上，小麦裹上围巾，还加了厚厚的外套，过两天就要把冬装翻出来了。餐厅订在陆家嘴的正大广场，点完菜打量钱灵的脸庞，死党又憔悴了许多——眼眶微微发黑，脸上看不到血色，无论怎样涂抹化妆品，都无法逃过小麦细致的目光。

"你怎么了？"

高中时代她们俩是校花，时间怎么转眼就要把萝莉变成御姐？

"没事啊！"钱灵尽量自然地微笑，"别关心我啦，不是你请我出来吃饭吗？告诉我有什么事？"

"恐怕——我就要死了。"

钱灵沉默半晌，面色阴沉下来："你又去了'魔女区'？"

"是。"

"为什么不听我的警告？"

"因为，'魔女区'能给我最需要的东西。"

田小麦差一点就说了出来，"魔女区"帮她回忆起了1995年的往事。

"我说过魔女能给你想要的一切。"

"魔女？"

"嗯，我是这么叫店主的——魔女会变魔术，真的能给你一切。但是，我想魔女要的代价，应该不只是金钱。"

小麦不明白她指的是什么？

"你怎么知道'魔女区'的？"

"几个月前，很偶然搜到的，果然能买到你想要的一切。我已经无可救药地上瘾了，每天都要上去买东西，好像一天不上'魔女区'就会把自己憋死。小麦，你可不要像我一样无法自拔，我想你的自控力要比我强。"

"你不能帮我？"

"人，只能自己救自己。"钱灵的目光锐利起来，就像在高中的寝室里那样，"小麦，克制住你的欲望，就可以拯救自己。"

"你总习惯教训我，而我也总习惯听你的话。好吧，我不是小女孩，我会保护好自己的。说说你吧，你怎么了？也许你不爱听，但我必须说，你看起来好憔悴，也是因为'魔女区'？"

"原因很复杂。"钱灵转脸掩饰自己，"我不能说。"

田小麦只能说回自己："我的记性越来越差了，有一次在街上遇到个老同学，她跟我说了半天，我都没记起来她是谁！原来是我们同寝室的眉儿，搞得她很不高兴，以为我故意搭架子，真丢脸！"

"只要还记得我就好了。"

"就是怕将来有一天，连你也不认识了。"

"你可能忘记任何人，但不可能忘记我。"钱灵颇为自信地一笑，"因为我们是死党。"

"可是，一个人如果连青春的回忆都没有了，那将多么可悲。"

"不过，有些事情嘛，不记得更好！还是永远不要再记起来了！"

钱灵的这种态度更引起小麦警觉："是不是发生过什么事情？你不愿意告诉我？"

"你真的，都忘了？"

"提醒我一下——求求你！"

"慕容老师。"钱灵将信将疑地说出一个名字，"还记得吗？"

好熟悉的名字啊！可是，小麦丝毫想不起那张脸："慕容老师？她——是谁？"

"连她都忘了？"钱灵很是吃惊，又恢复镇定，轻描淡写道，"忘了就忘了吧。"

"不，你要告诉我。"

"只是我们的语文老师。别再固执了，既然都忘了过去，就想想未来吧！"

"未来？"小麦心底暗问：我有未来吗？

"我知道你和盛赞分手了，后来还联系过吗？"

前男友盛赞不就是钱灵介绍的吗？小麦掏出手机，给她看盛赞最近发来的短信。

"不错啊！"钱灵很有经验地点头，"你们还有旧情复燃的机会。"

"可是——"

"难道你不想？"

小麦终于点头："我想的。"

"那就好，你知道盛赞的老爸是我的公司的老总，我听说他现在还没有新女朋友。"

"不会吧？"

像盛赞这么优秀的帅哥，家庭条件又非常出众，身边肯定有许多漂亮女孩紧盯着，两个月还没女朋友？是不是心里仍想着她？

"明天周六，我建议你去一趟恒隆广场，最好是下午四五点。"

南京西路的恒隆广场，全是顶级奢侈品专卖店，小麦向来觉得那里不是自己的去处，她宁愿在淘宝上买高仿A货。

"陪你逛商场？你现在也开始买正品LV了？"小麦多嘴了一句，"还不如去香港吧。"

"我不去，你一个人去。"

"为什么？"

"小麦，从小到大你听我的话，有错过吗？"

反正也记不清了，小麦茫然点头："好吧。"

明天，在恒隆广场会遇见天使？

第十三章

遇见天使的日子？

小麦在镜子前站了很久，换了一件又一件衣服，每件都是漂亮得体，即便放在恒隆那样的场合，也不会让人瞧不起。但总感觉身上缺了什么，无法体现她最美的那一点——修长的脖子，戴上淘宝买的施华洛士奇项链，仍显得空空荡荡。这身低领薄毛衣，配上羊绒外套，如果再加一条迷人的丝巾，露出项链的水晶坠子，就堪称完美了。

她想起了那条被放在抽屉最深处的紫色丝巾。

Esfahan。

小麦看着镜子里柔和的反光，摸了摸自己的脖子，情不自禁打开抽屉。

诱人，却令人恐惧的丝巾，如同一具美丽的尸体，被精致地折叠起来，躺在棺材的深处。

她禁不住伸出双手，触摸 Esfahan 丝巾的表面，清凉与柔滑渗入指尖，反射着紫色光泽，像传说中的月光宝石。轻轻展开丝巾，像抓着一条冰冷的蛇，缓缓缠绕在脖子上——镜子里的美人已焕然一新，紫色丝巾从两肩垂下，与这身毛衣简直绝配，就像为她的肤色与体形量身定制。丝巾表面再也没有恶心的异味，而是天然的蚕丝味，原本无以名状的恐惧，被某种幸福感取代，让她再也无从抗拒。她对镜子摆了个姿势，竟有女王气派。

丝巾，冤家！

下午四点，打车来到南京西路，披着丝巾走进恒隆广场。一路不时有人回头，既有挽着女朋友的年轻小伙，也有不少提着大包小包的时尚女孩。经过 LV 和爱马仕的专卖店，柜台小姐们纷纷探身注视，她们什么有钱人和明星没见过？唯独没见过小麦身上的丝巾。

她在无数昂贵的标签前顾盼生姿，拿起一个迷人的普拉达包包，装出满不在乎的表情——却是几个月工资都买不起的。

忽然，身边飘来一股迷人的香水味，小麦不由自主地抬起头，眼前却是一位中年贵妇，对方很有礼貌地问："小姐，我能看看这个包吗？"

这个妇人好有气质，皮肤保养得不错，衣着也是名牌正装。小麦微笑着把包交到她手里，妇人还没忘记道谢。

接过包，贵妇人又看了她一眼，忍不住赞叹道："好漂亮的丝巾。"

她红着脸回答："谢谢。"

小麦可不敢在真正的有钱人面前炫耀，刚要离开，却看到贵妇人身边多了一个年轻男人。

居然——是他！

钱灵说得没错，今天是遇见天使的日子。

没来得及叫他的名字，对方就惊讶地喊道："小麦！"

"盛赞！"

他穿着笔挺的西装，高高的身材简直是衣服架子，站在普拉达专柜前，格外引人注目。

小麦不敢说这是钱灵的安排，只能羞涩地点头道："真巧啊。"

若在两个月前，她会立刻扑进盛赞怀抱，不过毕竟已经分手，她必须矜持一些。

盛赞的目光集中在她的丝巾上："你今天真漂亮！还有同伴吗？"

这是试探，他知道小麦从不逛恒隆广场，可能已交了新男友，说不定转眼就会出现。

"没有啊，我一个人来看看，只是看看而已。"

她做了个可爱的鬼脸，还是那个爱在淘宝买衣服的宅女。

盛赞回头拉住贵妇人的手说："介绍一下，这是我的妈妈。"

小麦不禁低下头，自己只是平凡的市井女子，无权无势的警察的女儿，怎配得上做贵妇人的儿媳？但她还是很有礼貌地说："原来是伯母，很高兴认识您！"

盛赞的妈妈微笑着点头："你就是小麦啊！怪不得刚才第一眼看到你，就觉得和你有缘分，真是个漂亮懂事的女孩。"

贵妇人说话就是不一样，小麦恐怕自己一辈子都学不会。这时，眼前又多了个中年男人，身材高大，相貌堂堂，很像香港的老电影明星。他轻轻挽住贵妇人的胳膊，不用问就知道是谁了。果然是大公司的老总，举手投足间气派非凡："你好，我是盛赞的爸爸。"

"您好，伯父！"小麦有些手足无措，只能尽量保持仪态，"很高兴认识你们。"

"很漂亮的丝巾！还有更漂亮的女孩！"

真会说话！他的笑容充满亲和力，嗓音浑厚，让人不得不对他尊敬和臣服。

"谢谢。"

前男友的父亲很有风度地说："介意和我们一起逛吗？"

"这是我的荣幸。"

话虽如此，小麦却分外紧张，不就是盛赞的父亲反对他们交往的吗？他不可能喜欢她做儿媳妇的！

盛赞的妈妈试衣服时，盛先生一脸严肃地说："听说令尊因公殉职，我很难过！"

"啊，您怎么知道？"

看着她惊讶的神色，盛赞轻声说："是我告诉父亲的。"

"谢谢您的关心！"

等到贵妇人买好衣服，盛赞的父亲说："我们早就预订了隔壁的西餐厅，不如请小麦也一起共进晚餐吧？"

"好啊，欢迎。"贵妇人也应声道。

田小麦却尴尬地推辞："这样不好吧，太麻烦伯父伯母了。"

"没关系，四个人共进晚餐胃口会更好。"

盛赞看到父亲的兴致不错，趁机催促小麦："快去吧，我都饿啦。"

于是，她跟着前男友一家走出恒隆广场，来到隔壁的高级法国餐厅。

钢琴伴奏声中，盛赞的妈妈接过菜单，熟练地点了几道菜，礼节性地给小麦看了看，价格贵得吓人，一餐饭要吃掉她的半个月工资。

"真不好意思，我来付自己的那部分吧。"

她不安地看着盛赞，前男友却转脸看着父亲。

"不，你是我们的客人，当然应该由我来请客。"

盛先生语气郑重，让人难以抗拒。

前菜上来时，盛赞轻声问小麦："这条丝巾太漂亮了，在哪里买的？"

还有一句潜台词——是哪个男人送的？

她犹豫了一下，还是决定实话实说："淘宝。"

"怎么会呢？"盛赞以前就看不惯她一直泡在网上买东西，"这么漂亮精致的丝巾，淘宝上能买得到？"

"有一家淘宝店，可以买到你想要的一切！"

说完她就有些后悔，怎么嘴巴控制不住呢？

"真的吗？"

"开玩笑的！"

她决心让"魔女区"的秘密烂在肚子里，绝不能让前男友也钻进去。

盛赞的妈妈却说："这种丝巾是进口的，我猜原产地是中东地区，你看丝巾上的植物花纹，非常具有那里的特色。"

没想到碰上识货的了，小麦大胆地问："这条丝巾的牌子叫 Esfahan，伯母您听说过？"

随即，她在纸上写出 Esfahan 几个字母。

"嗯，这不是牌子，而是产地——Esfahan，伊朗一座重要的城市，著名古都，中文译过来叫伊斯法罕，盛产地毯等手工艺品，从前有'伊斯法罕半天下'的美誉。"

"原来是伊朗产的丝巾，伯母您的知识真渊博。"

"我们就喜欢去世界各地旅行，以后若不嫌弃，可以一起出游。"

"这——请别开玩笑了。"

小麦是认真的，能吃到前男友父母请的法国大餐已是极限，本来就没奢望别的。

"没关系，这不算什么。"

是啊，对有钱人来说是九牛一毛，对小麦而言却是另一个世界，她再次老实交代："其实，今天纯属凑巧，我从来不逛恒隆广场的，只是难得有个休息日，不想待在家里做宅女上淘宝，就出来随便看看，但我肯定买不起里面那些东西。"

"小麦，我喜欢你的诚实！"盛太太举起红酒杯，"昨晚，我先生刚从香港飞回来，过两天还要出差去北京。他平时工作很忙，没有时间陪伴我们母子。这次是我提前一个月就定下的，要他在这个周六下午四点，务必陪我和儿子来逛恒隆广场。"

"真是……好有缘分。"

依然不敢提起钱灵，她羞涩地抿了口酒，紫色丝巾衬着血红的葡萄酒，血红的葡萄酒映着她两颊泛起的红晕，更是风姿绰约。她的每句话每个动作，都显出良好的教养，不算大家闺秀也是小家碧玉，总之是理想中的好媳妇，将来也会是温柔贤惠的好母亲。

"小麦，12 月 10 号是盛赞的 29 岁生日，我们准备在寒舍摆一桌家宴，不知你有没有空来做客？"

"啊？"

这下真的失态了，完全没想到盛先生会邀请她上门——同意她和盛赞谈恋爱了？再看他们的表情，绝非开玩笑或捉弄她的。

不过，她却说了一句可能扫兴，但必须要说的话："对不起，伯父伯母，我不能来。"

"为什么？"

盛赞大吃一惊，这么大好的机会，可是许多漂亮女孩打破头也要抢的。

"家父去世还不到一个月，我还身戴重孝，就来参加盛赞的生日家宴，这样不太好吧？"

没想到是这个原因，盛先生郑重地问她："你自己介意吗？"

"我——"她尴尬地抬头看了看盛赞的父母，"我只怕伯父伯母介意。"

盛太太爽快地抢话道："小麦，只要你自己不介意就可以了。你以为我们是那种很迷信的家庭吗？我从来不相信这些东西的。何况，你父亲是因公殉职，他的事迹在全国的新闻里都有报道，他是个优秀的警察，你一定为你的父亲而骄傲，还有什么可忌讳的？"

这番出乎意料的话，简直让田小麦受宠若惊："好的，我一定来！"

终于，小麦的手被盛赞抓住了。

第十四章

12 月 7 日，凌晨。

距离前男友（可以不用"前"了吧）的生日还有三天。

这些天来小麦勤做脸部美容，紧急恢复瑜伽训练，几乎每天都与男友约会。为避免长青春痘，她再也不熬夜上网，暂时戒掉了淘宝瘾。

小麦期待自己是那个幸运的灰姑娘，渴望做一个幸福的梦。

可是，她依旧梦到了那条沟，那条将荒野分割为两个不同世界的深沟。

就在坠入沟底的刹那，《First Love》的铃声将她拯救出来。小麦满身冷汗地睁开眼睛，打开手机，屏幕却显示着钱灵的名字。

她？现在是凌晨三点。

接起电话，电话那端传来钱灵急促的喘息声，如同蛇在爬行："小麦，我刚才做了一个梦，梦到我们高三那年，那个大雾弥漫的清晨，梦到我们看到过的那一切！"

"我们看到了什么？"

"你忘了吗？"

"是，我什么都不记得了！"小麦却没忘记安慰她，"你别害怕！到底发生过什么？"

"那张脸！那张可怕的脸，还有，那条丝巾。"

听到最后两个字，她的心绷了起来："丝巾？什么颜色？"

"紫色！"

手机差点掉到床底下，小麦下意识地缩进被窝，刚给她带来好运的紫色丝巾，正折叠放在衣柜抽屉深处。

"紫色丝巾？发生过什么事？"

"那是你和我亲眼看到的，我不相信你会忘记！"

"对不起，我真忘了。"

钱灵苦笑道："就算你忘了所有事，但还有一件事，这些年来始终藏在心里，也是我最后的噩梦，我想把这件事告诉你！再给你看一样东西，我现在能见到你吗？"

"现在可是凌晨三点？要不明天吧，中午我就来找你！"

"好，我等你！"

"快睡吧，睡着就没事了，晚安。"

挂断这个凌晨来电，田小麦把手机关了。黑暗寒冷的床上，她辗转反侧许久。明天会听到怎样的秘密？

第十五章

五小时后。

即便没有刺耳的闹钟，生物钟也强迫小麦醒来，必须在八点半出门，才能赶上那班过江地铁，以免迟到被老板臭骂。上班的地铁中，她打开手机，收到一条短信——

"等你来，我们一起把秘密从坟墓挖出来。"

发信人是钱灵，发送时间是凌晨三点二十分。

拥挤的地铁车厢，田小麦想来想去觉得奇怪，这不是钱灵的说话风格，她从来都是很直接地说大白话，更没发过这种文艺腔的短信。

走出地铁，她给钱灵回了一个电话。

"对不起，您拨打的电话已关机。"

既然钱灵迫切地想要见到她，肯定会一直开着手机，随时可以与小麦联系，为何又突然关机了呢？

小麦疑惑地走进写字楼，如往常一样开始白领的一天。可是，整个上午她都心神不安，耳边不时响起凌晨时分，钱灵在电话里说的那些奇怪的话。她也不时看着那条短信——

"等你来，我们一起把秘密从坟墓里挖出来。"

忐忑不安地等到午休时间，她又给钱灵打了个电话，依然关机。

她立即打电话到钱灵上班的公司，才听说钱灵今天没来上班，也没接到过请假电话，目前谁都联系不上她。

难道钱灵生病了？同时手机又坏了，病得出不了门，所以才联系不上？

尽量往好的方面去想，心里却慌得厉害，不是说好了中午见面的吗？小麦立即向主管请了半天事假。

半小时后，出租车停在静安区一条幽静的马路边，周围都是三十年代的小洋楼，围墙上伸出香樟树叶，紧锁的铁门里庭院深深。去年，钱灵因为与父母吵架，独自从家中搬出来，在位于市中心的这里单独租了套房子。小麦来这里看过她一次，还很羡慕这闹中取静的好环境。

小麦按响铁门外的门禁，但半天都没动静，只得又用力敲响铁门，才有个肥胖的女人开门，想必就是房东。

来到底楼的钱灵家门口，不想轻轻一推门就开了，房东太太也感觉奇怪："平时都是锁好的啊。"

进门是个幽静的小院子，泥地上种着许多花花草草，最醒目的是一株梅树——这是钱灵最中意的植物，恐怕也是这套房子最吸引她的所在。

从小院子直接进去是客厅，小麦叫了一声："钱灵！"

空气中似乎传来寂静的回声。客厅的门居然也没关。

底楼只有一室一厅，小麦小心地往里走几步，推开虚掩的卧室门，终于看到了钱灵。

钱灵死了。

第十六章

钱灵倒在卧室地板上，穿着宽松的白色睡衣，乌黑长发如瀑布散开，衬着苍白的脸庞，像一朵绽开的白蕊黑瓣的花。

她的眼睛，曾经迷人的眼睛没有闭上，露出恐惧、疑惑、意外的目光，看着如约而至的田小麦。

小麦确信自己的心脏足够坚强，不会像房东太太那样尖叫着逃跑。她只是怔怔地站在原地，像一尊雕塑，僵硬地伫立在死去的死党的身边——不是说好了"一起把秘密从坟墓里挖出来"？现在，田小麦已经准时到，钱灵却永远不能说话了。

不过，真正让她的思维凝固起来的，是围绕在钱灵脖子上的一抹紫色——

丝巾。

紫色的，丝巾。

第一眼，她感觉是幻觉？会不会是自己把深藏在抽屉里的丝巾，幻想到了钱灵的脖子上？或者，钱灵没有死，只是躺在地上要和她玩一个恶作剧？

第二眼，她才确认钱灵死了！确认缠绕在死者脖子的丝巾，就是自己上个月从"魔女区"买的那种——同样水晶般的紫色，同样奇妙的植物花纹，同样浓郁的伊斯法罕风情，几乎就是同一批产品，甚至是同一个人织出来的！

没有第三眼了——小麦的眼神定格在丝巾上，像一块紫色磁铁，牢牢吸住她的眼球，丝毫无法移动；又像一条紫色毒蛇，不知不觉已缠上她的脖子，让她完全无法逃脱。

丝巾越收越紧，呼吸越来越困难，想象中紫色的蛇，使她渐渐窒息……

唯一无法被抑制的，是田小麦的眼泪。

当温热的泪水打湿地板，死去的美人渐渐冰凉，窗外的黄叶纷纷凋落——她闻到一股淡淡的气味，似曾相识的气味，从钱灵的尸体上飘出，确切地说是从丝巾深处飘来。

那是十年前某个清晨的气味，可以被大脑遗忘，但不会被鼻子遗忘。

第十七章

"她没说到过其他人？"

"没有。"

"也没说到过特别的事？"

小麦觉得自己快被逼疯了，退到角落摇头说："对不起，凌晨她打来的那个电话的内容，我已经全都说过了！我也给你看了那条她发的短信。"

"嗯，短信时间如果没错，应该在她遇害前不久。"

"我很后悔！凌晨三点通电话时，她希望当时就能见到我，如果我不贪睡的话，立刻从床上爬起来出门，或许还可以挽救她的生命！"

"不是你的错，没人会因为这样一个电话，而在凌晨三点出门的！"

负责这桩凶杀案的警察反复追问了半小时后，总算安慰了小麦一句。

他是田小麦的老熟人。

十五年前，当时他刚从警校毕业不久，便跟随小麦的父亲，参与侦办了南明路杂货店凶杀案——这也是田跃进三十多年警察生涯里，仅有的还没抓到凶手的两桩案子之一。当年初出茅庐的警察小王，如今已是破案无数的警官老王。上个月小麦的父亲因公殉职，也是老王在帮忙料理后事。

根据现场的情况，初步判断钱灵是被丝巾勒死的，如果法医的报告能够证实——作案手法与1995年的南明路凶杀案完全一致。

房东太太也被警察问得要崩溃了。这栋老洋房是资本家的祖辈传下来的，到这一代已败得只剩下房子了。洋房的大部分出租给一家广告公司，晚上，除了独居的房东太太，只有钱灵租住在底楼一套带小院的单元里。房东太太表示，昨晚并未有异常情况，整晚她都睡得很沉。警察也证实门锁没有被破坏的痕迹，更没有迹象显示有人翻墙而入。房东还说钱灵在这里住了一年，晚上多半在外面，平时也很少照面，但每次付房租都很爽快。虽然怀疑钱灵的社会关系复杂，但房东从没见过钱灵带男人回家，屋里也没有发现男人的用品。

目前，最大的嫌疑人竟是房东太太。

至于动机？如果她真是凶手的话，当然不会把动机交代出来的。

不过，想起十五年前南明路的凶杀案，警官老王就认为房东太太作案的可能性极小。

警方未在现场找到钱灵的手机，估计已被凶手拿走。

现场还有一样特别的东西。

死者的床头柜上，有一张黄色便笺纸，上面用蓝色的圆珠笔，写着一行潦草的字迹——

我杀过人

短短的四个字，就像四根金针，插入小麦的眼睛。

警官老王自嘲似的说："此地无银三百两？凶手在告诉警方，他是一个连环杀手？"

"不。"田小麦已变得异常冷静，"这是钱灵的笔迹。"

"死者自己写的？"

"我和她是从初中到高中同班六年的死党，当然认得她的笔迹，绝不会有错！"她一下子就想明白了，"钱灵要告诉我的秘密，恐怕就是这四个字！"

"你能想到她杀的人是谁吗？"

"不，完全想不到！"

钱灵曾经杀过人？

天哪！小麦记不起来，什么都记不起来了！与死党共同度过的时光，十八岁的似水年华，几乎完全遗忘了！

她杀过谁？

第十八章

十二月，夜凉如水。

死去的美人早被送到公安局去做尸检，只剩下钱灵伤心的父母。这对送走黑发人的白发人，哭泣数个小时后，才坐下来收拾女儿的遗物。小麦一直没有离开，帮助他们料理后事——她已对应付这种事有了经验。这也注定自己离死神越来越近了吗？

她想在死者遗物里找到一样东西。

耳边犹记钱灵在电话里说的："我想要告诉你！再给你看一样东西。"

还有，那条临死前发来的短信："等你来，我们一起把秘密从坟墓挖出来。"

必须找到它——无论多可怕的秘密，无论埋藏在谁的坟墓中，小麦发誓要亲手挖出来。

"日记本。"

忽然，钱灵的妈妈自言自语了一声。

"什么？"

小麦托着死党妈妈的肩膀，以防她倒下。好在她还算坚强，刚整理完女儿卧室的所有角落，抹着眼泪说："钱灵的日记本不见了。"

虽然，许多当年的记忆都模糊了，小麦却依稀记得钱灵的日记本——高中时每晚临睡前，她都在寝室悄悄写日记。只是钱灵从不给别人看，一直将它牢牢锁起来，就算死党小麦也没看过。

"阿姨，您确定日记本在这里吗？"

"是，她从家里搬出来的时候，我亲眼看到她拿走了日记本。"钱灵的妈妈接过小麦端来的一杯热水，"她早就不写日记了，但绝不会把日记本扔掉。"

看着窗外庭院的梅树，黑夜中的轮廓让人倍感凄凉，田小麦明白了——钱灵要告诉她的那个秘密，就隐藏在高中时代的日记本里，可惜却被凶手拿走了，或藏在某个更隐蔽的角落。

难道，凶手也和那个秘密有关？和自己丢失了的青春记忆有关？

脑中浮起那条紫色丝巾，想起钱灵电话里说到的丝巾，还有 1995 年那桩未破的命案。

紫色丝巾？

陪伴钱灵的父母离开凶案现场，已接近子夜零点。小麦一路上用手捂着喉咙，似乎空气中也藏着一条丝巾，随时随地都会收紧，转眼间让人窒息。

孤身一人回到家中，小麦把所有门窗检查了一遍，强迫症般地反复开关窗户。

她煮了杯浓咖啡，迫使自己打起精神，即便整夜都睡不着也没关系。她害怕自己一旦沉入睡眠，恶鬼就会潜入她的床边……

"等你来，我们一起把秘密从坟墓挖出来。"

田小麦又看了一眼存在手机里的短信，开始绞尽脑汁地回忆，自己十年前的高中时代。

可惜一切都是徒劳，记忆也如一条深深的沟，现实在这边，过去在那边，跨过去就要粉身碎骨。

也许，丢失的记忆里藏着一些极度危险的东西，以至于自己选择性失忆了？

当年朝夕相处的同学们，大多已失去联系，手机通讯录里高中同学只有钱灵一个人。

她想起了一个人，或者说不是人——"魔女区"。

既然能够买到 1995 年的记忆，也同样能买到 2000 年的记忆。

打开"魔女区"首页，黑色大门里飘出一行字：本店可以买到你想要的一切。

略过所有宝贝，直接打开阿里旺旺与店主对话。

"在吗？"

凌晨两点，没想到只隔几秒钟，店主就回复道："在。"

"我想再买一次记忆。"

小麦知道，为了找回记忆，将要付出的代价，将不仅仅是金钱。

"哪一年？"

"2000 年，春天。"

她补充了一个"春天"，那是高三的下半学期，也是高考前最残酷的一个学期。

"好的，拍下这个定制产品。"

底下出现一个链接。

手指颤抖着打开链接，这个定制产品竟开价五千元，抢钱吗？

不过，再贵也要买下来——有些记忆既可能是噩梦，也可能是无价之宝。

迅速完成付款，她倒掉浓咖啡，钻回寒冷的被窝。原以为会失眠一宿，却没想到很快睡着了。

只是，噩梦如期而至……

第十九章

12 月 8 日。

田小麦从戴着头盔的快递员手里接过一个快递的文件袋，摸起来却像本厚厚的书。

忍到下班回家，把自己关在卧室，她小心地打开快递袋。

"咦？"

居然……居然是高中语文课本！

那么熟悉的感觉，让她的心软了下来。鼻子也莫名其妙地发酸，眼泪像黄梅天的雨，淅淅沥沥落下来，砸在凝固记忆的语文课本上。

这就是十年前的版本，几乎每一页都可以熟得背出来！

可惜，这本书不是自己用过的，淘宝上可以买到很多这样的二手教科书。

单单一本语文课本，还不能唤醒沉睡的记忆。

翻到古典诗词部分李清照的《声声慢》那篇，发现书页里夹着一样东西，原来是一条折叠成课本大小的丝巾！

紫色的丝巾。

就是那样的紫色，那样的蚕丝材料，那样的奇妙植物花纹。

战栗着打开丝巾，触摸冰凉光滑的表面，也触摸到自己的十八岁。

这是她亲眼看到的第三条这样的丝巾。

第一条还藏在她的抽屉里，第二条勒死了最好的朋友钱灵，第三条却是从"魔女区"买来的"2000 年春天记忆"的一部分。

Esfahan。

也许，世界上这样的丝巾不超过一百条！

看着丝巾底下语文课本的那一页，李清照的"梧桐更兼细雨，到黄昏，点点滴滴。这次第，怎一个愁字了得"。

这条丝巾，这一页课文，这一首宋词。

她真的想起来了。

这是她的青春，她的似水年华，她紧锁在内心最深处的一幅画。

慕容老师……

2000 年的记忆，第一章

2000 年。

春天。

一个细雨霏霏的下午。

紫色丝巾——打成花苞似的漂亮的结，缠绕在一个雪白的脖子上。雨天潮湿昏暗的教室，柔和的日光灯，照着丝巾诱人的紫色，发出明亮却不刺目的光泽，像教堂里的烛光跳跃闪烁。丝巾上点缀着白色花纹，形状奇异的植物图案，仿佛巴比伦塔下的花园，抑或《一千零一夜》封面的装饰图版。

系着这条丝巾的女子，转身在黑板上写出一行粉笔字，却是"梧桐更兼细雨，到黄昏、点点滴滴。这次第，怎一个愁字了得"。

课本里李清照的《声声慢》，加上这动人的背影，大波浪的暗紫色卷发，不时摆动的束腰长裙，颈后露出的那段丝巾，把几年后流行的穿越故事，提前到十八岁的田小麦眼中。

这是南明高级中学，高三（2）班的教室，小麦坐在靠窗第二排，窗外绽开有毒的夹竹桃花朵，雨点在玻璃上纵横为溪流。女老师系着一条紫色丝巾，风情万种地站在黑板前，回头却以严厉的目光注视学生们。

老师有个古老而神秘的姓——慕容。

这是小麦担任语文课代表以来，第一次看到慕容老师系这条丝巾，它如同一块紫色磁石，牢牢吸住她的目光。全班女生都暗暗赞叹、羡慕与嫉妒——天底下居然有这么漂亮的丝巾？偏偏系在如此漂亮的女老师身上，老天未免太不公平？

慕容老师总板着一张冷艳的脸，对那些目不转睛盯着她看的男生更视若无睹。她不时叫学生回答问题，不管答案正确与否，都会被批评挖苦一番——除了一个人。

田小麦，她是慕容老师最喜欢的学生，每当她以向往和崇拜的目光盯着老师，就会被报以甜美的微笑。小麦时常幻想，自己十年以后若也能像老师那么迷人，像她那样系上一条紫色丝巾，就真的完美了……

有人用胳膊肘捅了捅她，是同桌兼同寝的死党钱灵。小麦慌忙回过神来，刚才看慕容老师的丝巾着了迷，半边身体竟斜靠到钱灵肩膀上。

钱灵做了个鬼脸——有时候，小麦也会羡慕这位同桌死党，她总能把自己打扮得光彩夺目，又不违反学校禁止学生化妆的规定，同时还把学校里众多追求者打理得服服帖帖。

下课了。

这是今天的最后一节课，隔两小时还有晚自习，大家从教室中蜂拥而出。

钱灵挽着小麦要回寝室时，慕容老师忽然回头说："小麦，能陪我散步吗？"

老师的要求怎能拒绝？钱灵松开小麦的手，识相地去找其他人了。

小麦顺从地走到老师身边，瞥着惹眼的紫色丝巾，环绕在成熟的老师的脖子上，她感觉丝巾超越了每个季节流行的风格，这种突如其来的永恒感让十八岁的她自惭形秽。

走过教学楼下长长的走廊，雨点从屋檐坠落到身边的花坛，不时有花瓣撒落在泥土中，如一具具鲜艳的尸体，刚绽开青春便已凋零。这不免让她想起锁在抽屉里的《牡丹亭》——去年慕容老师送给她看的，还说不准告诉别人呢。

"原来姹紫嫣红开遍，似这般都付与断井颓垣。良辰美景奈何天，赏心乐事谁家院？朝飞暮卷，云霞翠轩，雨丝风片，烟波画船。锦屏人忒看的这韶光贱！"

小麦实在意外，这四下无人的时刻，雨打花残的走廊下，慕容老师心有灵犀地唱起了"游园"里的《皂罗袍》……

慕容老师自学过昆曲，唱得煞有介事，唱腔真有几分电视里听过的味道，她似乎完全没感觉旁边有学生存在。这就是慕容老师的风格，时而冷漠无情难以靠近，时而又兴之所至毫无拘束；时而像个五十岁的老处女，时而又像个十八岁的高三女生。

几乎每周有一天，黄昏时，小麦都会陪伴慕容老师散步，穿过学校里的花园，走到大门外的荒野。

这里是南明高级中学，位于荒凉郊区的南明路上，也是全市有名的寄宿制重点学校。

三年前，她不顾父亲的坚决反对，凭着优异的成绩考进这里。

小麦知道父亲反对的原因——五年前，他唯一没有成功破获的命案，就发生在南明高级中学的对面。

可她不在乎，只要能离父亲远些，最好每天都别见到他，日日夜夜和同学们在一起。这种方式大概也能减少几分对他的怨恨。

另一个原因，是她初中时唯一的死党——钱灵也立志报考这所学校，小麦不想因为升学，而与最好的朋友分开，她期望从初中到高中直到大学，她们姐妹都能在一起。

南明高级中学规模很大，六百多个学生全部在校住读，周末才能回家。几年前学校翻修一新，三栋教学楼和两栋宿舍楼，加一个标准足球场，每年春天姹紫嫣红开遍。只有一样不方便，就是学校位置过于偏僻，校门外除了荒野就是废墟，回市区只能坐公共汽车。

"你喜欢这样的春雨？"

慕容老师唱完昆曲，在走廊下幽幽叹息，拈起一枚凋落的花瓣，转眼变成少女杜丽娘。

"哦——"真正的少女从遐想中回来，伸手出去感觉一下雨水，"看来快要停了啊。"

"为什么不回答？"

慕容老师斜睨着她，露出冷酷的表情，细长的嘴角和骄傲的眼神，又似女版的流川枫。

"妈妈死的时候，我记得也是这样的春天，天空也下着这样的小雨。"

小麦终于说出了原因，抬起下巴看着廊外春雨，鼻头有些酸涩。

"对不起。"

慕容老师蹙起蛾眉，三十岁的单身美人，永远是南明高中的话题女王，免不了各种传闻——人们说她很风骚，频换各种男朋友，周末晚上常去衡山路泡吧。据说几年前和男学生谈过恋爱，那可是真实版的《教室别恋》，事情闹得沸沸扬扬，惹得小正太的家长来学校兴师问罪，她差点因此被开除教职。

尽管如此，她却给人难以接近的感觉，每天摆着高傲的目光，从不把其他老师放在眼里，恐怕因此也树敌颇多，成为老师们排斥诟病的对象。对于绝大多数学生，她也是一副看不惯的表情，常在课堂上公开批评现在的孩子品味低下，顺便把许多自以为是的学生痛骂一顿，让不少成绩优秀的同学抬不起头来。

不过，还是有人悄悄崇拜慕容老师。有段时间她一直穿黑色，不久有些女生放学后也穿起了黑衣。她经常改换发型，染上特别的颜色，这也成为寒暑假女生们的发型指南——她是南明高中时尚的风向标。

更迷人的是气质，有一次语文课快要结束时，她突然拿出玛格丽特·杜拉斯的《情人》，念出一段意识流的文字——她念得那样投入，仿佛自己就是女主人公，那个十多岁的法国少女，在越南南方的热带阳光底下，看着那个来自中国北方、皮肤白皙的男人。仿佛她也有某种切肤之痛，声情并茂，催人泪下，在座的学生无不动容。当时，小麦痴痴地看着她，仿佛眼前站着一位女神，一位自己永远无法企及的女神。

黄昏，雨停了。

她们来到一片花园，校园里最偏僻的角落。慕容老师惬意地漫步，紫色丝巾被风吹起，如三十年代欧洲名媛，又像小麦刚读过的《蝴蝶梦》里的丽蓓卡——那也是慕容老师送给她的书，同样千叮咛万嘱咐别让他人看到。

小麦忍不住大胆地说："老师，你的丝巾太漂亮了。"

慕容老师微微一笑，竟把丝巾从自己脖子解下，趁着小麦没反应过来，丝巾已缠上十八岁少女的脖子，像朵雨后绽开的紫色的花——这才是真正的少女杜丽娘。

"你配得上这条丝巾！"

老师欣赏自己的学生，像欣赏一幅刚完成的油画，那是高更笔下的塔希提岛，是世外桃源待人来嗅的花。

丝巾贴着小麦的皮肤，光滑冰凉的丝绸，轻轻摩挲脖颈，有一种无法形容的幸福感。

然而，当她闭上眼睛，却感到丝巾越来越紧，勒住自己的脖子。

窒息。

小麦手忙脚乱地解下丝巾，羞愧地交还到慕容老师手中，咳嗽着说了声"抱歉"，低头冲出这片花园。

第一次在偶像面前失态，再也不敢回头看惊愕的老师，穿过雨后松软的球场草坪，径直跑出南明高级中学的大门。

她在校门外遇到钱灵和几个同学，死党抓住她的胳膊问："发生什么了？"

"没……没事……"

小麦极力掩饰，硬挤出一丝笑容。

她跟随同学穿过空旷的南明路，来到学校对面的小超市。这是荒凉郊外，方圆几公里内没有其他商店与餐厅，只有这家小小的超市。它像黑夜唯一的烛光，尤其对喜欢买各种小东西的女生来说。

超市虽有块连锁牌子，却由一个外地大叔经营，守着这间麻雀虽小五脏俱全的店。南明高级中学几乎每个学生都认识这位店主大叔。

趁着食堂开饭前的空当，这群女生在小超市闲逛。钱灵在外头挑选零食，小麦独自转过第二排货架，在狭窄的通道尽头，看到一个陌生的大男孩。

他的样子像高中生，身材高高瘦瘦，坐在一张小凳子上，理着一个学生头，却又不像南明高中的学生。

不知为何，从不多看陌生人一眼的小麦，却不由自主地停下来，想要看清楚他低下去的脸。

忽然，他感觉到了她的存在，猛然扬起头来，盯着小麦这个不速之客。

他有一张清秀的脸，轮廓分明的鼻子与下巴，白净皮肤上有几粒青春痘，最吸引人的是他那双明亮的眼睛，带着怯生生的目光。

小超市昏暗的角落，四周全是廉价的日常用品，他那身衣服也够乡土的——但他起身时微眯双眼、轻咬嘴唇、喉结微动的样子，看上去还真是一个俊朗少年。

小麦心底一颤，皱起眉头靠近几步，与少年四目相对了几秒，直到他羞涩地把头低下。

这张脸似乎在哪儿见过？可一时又想不起来。她不敢再向前走了，意识到自己过分大胆，疑惑着转头离开货架。

正好钱灵和几个女生过来，她们也看到了那个男生，却没有一个人多看他第二眼。小麦用眼角余光瞥去，发现那个少年也不时抬头，悄悄观察这群女生的一举一动，那眼神就像防贼似的——上个月有同学在超市偷东西被店主逮住了。

"小麦，快点回去吧！"

钱灵在收银台结账时喊了一声，小麦匆忙回答："好，马上就来。"

等到同学们都走出小超市，她却独自留下来，回到第二排货架后，正好看到少年抬头。

田小麦终于认出了他。

第二十章

十年前，点点滴滴的记忆，埋入尘土的似水年华，终于如电影画面般，无比真实地回到眼前。

怅然若失地打开手机日历，才确定现在是 2010 年 12 月，而非 2000 年伤感的春天。

手中的高中语文课本，李清照的《声声慢》，夹在书页里的紫色丝巾，恰是一把打开记忆大门的钥匙。小麦将这条丝巾放到床上，拿出藏在抽屉里的那条，两相比较完全相同，无论触摸材质的手感，还是白色的植物花纹，简直是同一双手织出来的。

怪不得"魔女区"开价五千元，其中包含这条丝巾的价值——对她来说是无价的。

可是，钱灵脖子上的丝巾又是哪里来的？

魔女区？

最后一次与钱灵见面，她提到过慕容老师，但又搪塞了过去。或许，当年语文课堂上见到的紫色丝巾，给少女钱灵留下了难以磨灭的印象，十年后在"魔女区"看到相同的丝巾，自然不可遏制地买下了它！要知道，当年的慕容老师虽在学校处处树敌，风言风语不断，但却是许多女生心目中的偶像，她的穿着打扮乃至香水气味，都是钱灵和小麦竞相模仿的对象。

她立刻进入淘宝"魔女区"，黑色大门飘出"本店可以买到你想要的一切"。

点进店主的阿里旺旺，直接打入一行字："那种紫色的 Esfahan 丝巾，除了卖给我以外，你还卖给过其他人吗？"

隔了半分钟，店主回复："本店卖出的一切宝贝，都会为买家保密，我不会说出来的。"

"如果我要买这个秘密呢？"

"对不起，秘密是非卖品。"

秘密是非卖品？好有哲理的一句话，小麦直截了当道："我的一个好朋友，两天前被人谋杀了，她是被同样的丝巾勒死的！而她，也是你的店里的忠实买家。"

"真的太遗憾了！但这与我有关系吗？"

"我想和你见面！"

打完这句话，她的手指在颤抖，后背冒出冷汗。

"首先，我从来不和任何买家见面，这是规矩，绝不能破坏这个规矩。"

"这是你的规矩，不是我的规矩。"

"其次，你也不可能看得到我。因为，我是一个幽灵。"

这些鬼话都吓不住小麦："你不是说在'魔女区'能买到任何东西？我想买到你的脸，看到你究竟是谁？"

"真的要买这个？"

"是！"

"好吧，你拍这个。"

底下出现一条链接，点入是个一千元的定制产品。

用支付宝付完款，店主却已下线。小麦回头看着床上两条丝巾，已无法分辨出哪一条曾系上过脖子，让自己又幸福又窒息。

第二十一章

第二天。

小麦在公司忐忑不安，午餐都没心思吃，只想着昨晚在"魔女区"拍下的货——不知今天会收到什么？店主本人直接出现？相貌猥琐的宅男，还是仪表堂堂的帅哥？姿色平平的宅女，还是妩媚动人的美眉？

埋头思量这些时，却常被主管尖厉的嗓音打断，提醒她别忘了某项重要工作。她在外企做 HR，税后八千的月薪大部分贡献给了淘宝。好在不用像业务部门那样整天加班，但要看老板脸色行事，还得时时避免得罪同事。和前男友分手后，就有两个男同事开始追求她，一个不时约她出去看电影，另一个每天送她好吃的甜点。最难缠的是公司副总，这个四十多岁的男人，经常以谈工作为名把她约出来。

小麦每次都非常小心，只要谈到与工作无关的事，就搪糨糊般敷衍了事，而且从不让那家伙开车送自己回家。

焦虑地等到临近下班，终于收到"魔女区"的快递。

跟从前的文件袋不同，这回是个正方形的纸盒，大小相当于骨灰盒——晕，怎么会这样比喻？可能是刚经历过父亲葬礼的缘故吧。

回到家她费劲地拆开纸盒子，里面塞着一团废报纸，却没看到任何照片，只有一面椭圆形的镜子。

一千块钱买来这么一面镜子？地摊上恐怕只要十块钱。

她恐惧地拿起镜子，以为会看到另一张脸，抑或店主本人的脸？

可惜，她看到的只有自己的脸——二十八岁的田小麦，明亮的双眼略带憔悴，最后的婴儿肥也消失了。她怜惜地抚摸这张脸，面对镜子转动角度，分别照出脸颊两侧，看到耳后诱人的青丝——似乎只有这些青丝，十年来从没改变过，仍然停留在南明高级中学，停留在十八岁少女身上。

鼻子一阵酸涩，若非"魔女区"帮她挽回记忆，她就要不认识自己这张脸了。

可是，她想要看的不是自己的脸，而是隐藏在"魔女区"里的"魔女"的脸。

小麦飞快地打开电脑，点开阿里旺旺，在与"魔女区"的对话框里输入："你骗了我！"

等待了一分钟，店主回答："我没骗你。"

她愣了一下："镜子？"

"你已经看到了我的脸。"

这下小麦火了："把我当白痴？"

"我想你应该是个聪明人。"

魔女就是她自己？

"你会后悔的！"

狠狠地打完这行字，她直接给电脑来了个热启动。

像只饥饿的野兽，小麦紧握拳头来回走动，虽是十二月的冬天，却走出一身热汗——既然魔女不愿现出真身，那么有人会把他的真身抓出来的！

她拿起手机，停顿许久才按下拨号键："喂，是老王吗？"

"小麦？怎么会是你？需要帮忙吗？"

电话里传来警察老王的声音，最近他正负责钱灵的命案。

"我想提供一条重要线索。"

"快说！"

"勒死钱灵的那条丝巾——"停顿片刻，还是咬牙说出来，"我知道是从哪里买到的！"

她觉得自己像个告密者一样将"魔女区"的秘密和盘托出。

"这么重要的线索，怎么不早说？"

"对不起，我本以为那种丝巾其他地方也能买到的。"

"好，感谢你支持我们办案。"

"先别挂电话！"小麦的心情越发沉重，赎罪似的说，"如果，你们抓住了'魔女区'的店主，请在第一时间通知我——我一定要见到这个人！"

"我答应你。"

警察老王挂断电话，小麦把手机扔到床上，感到一阵风掠过后背，变成一只手搭了上来。

她缩在床上自言自语："我出卖了魔女？"

可是，这是为了找到杀害钱灵的凶手。

除非，魔女就是凶手！

窗外的城市已灯火通明，小麦忐忑不安地闭上眼睛，看见十年前的南明高级中学……

2000 年的记忆，第二章

2000 年，一个春天的傍晚。

郊外荒凉的田野，南明高级中学对面，孤零零的小超市，昏暗逼仄的货架间。

田小麦终于认出了他。

这张脸——这张深沟对岸的脸，佘山脚下的黄昏旷野，闪动泪光的悲伤眼睛，转身而去的绝望背影。

她以为，再也不会见到这张脸，再也不会想起这张脸，就像天空中飞过的小鸟。

"小麦。"

当她还没来得及想起他的名字，他几乎也同时认出了她的脸，并轻声说出了她的名字。

是，就是他，就是这张脸。

虽然，时光已相隔五年，足够使一个稚气未脱的男孩成长为风华正茂的少年。但总有些东西无法改变，比如羞涩的目光，不知所措的表情，永远漂泊的异乡人的不安感。

他打开电灯开关，照亮两个人的脸——他的个头长了不少，几乎跟小麦父亲一般高了。眉宇间已有成年人的样子，嘴上绒毛更加浓密，下巴与两腮上冒出一片青色，或许快要用剃须刀了。

"秋收？"

她胆怯地回了一句——1995 年，那个炎热的夏天，他们曾短暂地生活在同一屋檐下，因为他的妈妈被人杀害，无依无靠的他被她父亲带到家里，而她父亲是处理此案的警察。

五年的光阴逝去，当年凶案还未破获，那只恶鬼仍然逍遥法外，被杀害的美丽女人早已化作尘土，她的儿子却已悄然长大。

"你好。"十八岁的秋收低下头，还像五年前初来乍到的少年，躲避妙龄少女的目光，"好久……好久不见。"

当年豆蔻初开的少女，如今已出落得亭亭玉立，她想起与他的上一次见面，还有那条深深的沟，一阵强烈的疼痛感，从小腿的骨头深处传来。

在小麦并不漫长的记忆中，心里最痛的一次是妈妈的去世，身上最痛的那次却是他造成的！他怎么还有脸跟我说话？小麦不禁沉下脸说："我记得你！是你害得我摔到沟里去的！"

"对不起。"

没想到她还在执着于五年前的事，秋收羞愧地别过脸去。

"你害得我打了三个月的石膏！"

她就是得理不饶人的脾气，少年却轻声自言自语："是你不听我的劝告，一定要跨过那条沟，我说过很危险的。"

"你还是不认错！"

小麦气冲冲地跑出了小超市。

一个月后。

春天，一眨眼就快过去，不到两个月就要高考了。作为市重点的南明高级中学，老师和家长们逼着学生拼命复习，每天晚自习都要留到很晚。

从放学到晚自习的空当，总有些大胆的学生跑出大门，去对面小超市买些东西。男生们喜欢漫画书与足球杂志，女生们最爱零食与小配饰。超市是加盟经营的私人店，店主大叔自己进货，卖的全是学生们喜欢的小东西，从可爱的大头贴，到廉价的玻璃手环和坠子。生活必用品也只能在这里买到，比如女生们每个月都要用的东西，在老实巴交的大叔手里买从不会让人感到脸红。

放学以后，小麦和钱灵常常结伴来到小超市，买些不值钱的小东西，好吃的零食，有时什么都不买就随便逛逛——大叔都叫得出她们的名字。

最近的一个月，除了周末回家的那两天，小麦几乎每天都会遇见秋收。

这个十八岁的少年，他总是默默地坐在角落，注视每个经过的人。毕竟是荒郊野外，常有人在小超市顺手牵羊，他的任务就是盯着货架，还真有人被他抓到过。

高中生们不太注意秋收，偶尔有几个女生多看他几眼，虽然觉得他长相不错，但走出超市就说："哎呀，那个乡下人好土啊！"

"听说他是店主大叔的儿子。"

"农民就是农民啊。"

其实，里面的秋收能听到这些话，他自卑地低头忍受，忍受同龄人轻蔑的目光。

有一次，店主大叔生病，只能由儿子顶替守着收银台。小麦独自从货架上拿了卫生巾，却看到竟是秋收在收银。但是，今天必须要用这个东西，再看秋收一副乡下土包子的模样，恐怕他都不知道这是什么吧？于是，她硬着头皮红着脸，拿着卫生巾走到秋收面前。

没想到，秋收在扫条形码的瞬间，同样害羞地把头低下，原来他知道。这更让小麦尴尬不已，她迅速把钱扔给少年，拿好找零就跑了出去。

身后却响起秋收的声音："喂！你买的东西还没拿呢！"

小麦低头转身，像做了错事的小孩，拿起卫生巾就逃跑了。

几天后，她缺席了一次晚自习，抛下钱灵独自走出校门。穿过月光下空旷的马路，步入寂静的小超市。通常晚上不会有学生过来，偶尔有附近居民来打酱油。看来大叔的病还没好，十八岁的秋收坐在收银台前，专心致志地捧着一本书，丝毫没感觉有人进来。

"晚上好。"

小麦突如其来地打招呼，把秋收吓了一跳，手里的书本掉到地上，原来是盗版的《笑傲江湖》，两年前她就看过了。

少年收起书本低下头，他也很意外会遇到小麦，淡淡地说："你好。"

"我来向你道歉。"她在收银台前徘徊几步，看着外面的黑夜，"我不该对你这么凶的。"

"没关系。"

"我刚听说，店主大叔就是你的爸爸，你怎么会来这里的？"

"你比我小半岁，所以我比你早读书一年。去年我在老家高考，可惜没考上大学。我们小县城考大学很难，分数线要比大城市高很多。你们上海是自己的卷子，就更没得比了。"

小麦第一次听到他说那么多话，却像在讽刺自己——你们大城市的孩子成绩平平也能上大学，哪能想象小地方的孩子样样都很艰辛？

但必须承认，他说得有道理，她点点头："真巧，你爸爸的小超市就开在我的学校对面。"

"这不是巧合。"秋收神色严肃地说，"五年前，这里就是我妈妈开的杂货店。"

"哦？"

他平静地看着地面："这里是当年凶案的发生地，她好像就死在你现在站的位置。"

"啊！"小麦吓得跳到门口，摸着心口，瞪大眼睛，"喂，你不是在恶作剧吓我吧？"

"我会拿死去的妈妈开玩笑？"

她也感觉是自己说话太过分："对不起。"

"1995 年，我妈妈被人杀死的时候，杂货店已预付了一年租金。我爸爸心疼那些租金，那年冬天就来到上海，重新开起了这家小店。他在老家就是开杂货店的，在这儿经营得也不错。三年前他重新翻修了店面，加盟了连锁牌子。去年高考失败后，我在老家闲着没事，今年我爸就让我过来，帮他一起看着店里。"

又是一口气听他说了这么多，小麦若有所思道："还是很巧啊，我居然考进了南明高级中学，考到了你爸爸的小超市对面——怪不得我爸爸反对我到这里读书，原来这是他唯一没有破掉的案子的案发地。"

"我会抓住那只恶鬼的。"

少年的话音未落，一阵风吹开超市的玻璃门，阴飕飕地掠过小麦的脖子，让她想起那只让爸爸度过无数不眠夜的恶鬼。

"我回去了,再见!"

她飞快地冲出小超市,再也不敢回头看五年前的凶案现场。

月光洒入荒野中的小店,映射到收银台边的少年脸上。

第二天,放学后。

慕容老师又一次叫住小麦,陪着她在校园散步。她仍然系着紫色丝巾,飘逸地掠过红花绿树,不时引来学生们艳羡的目光。小麦却对丝巾有些害怕,不只因为上次的窒息感,还因为这条丝巾太过耀眼——只要站在系着丝巾的慕容老师身边,田小麦就不再是被众人瞩目的焦点。

"陪我去对面买些东西。"

漂亮的女老师微微一笑,小麦硬着头皮跟在后面。两个人走出学校大门,穿过马路来到小超市。收银台后是店主大叔,小麦下意识地移动视线,在货架之间的角落里,看到了那个十八岁的少年。

小麦不好意思当着老师的面和他说话,好像因此会让自己丢脸?秋收识相地看了她一眼,继续蹲在角落里看《笑傲江湖》。

慕容老师也看到了少年,她姿态婀娜地斜倚在货架上,拿起一包巧克力,用她那清脆动听的嗓音问道:"你是店主的儿子?"

秋收重新抬起头来,目光却落到慕容老师的丝巾上。

紫色的丝巾。

迷人的神秘的带着死亡气味的紫色丝巾。

1995 年夏天的深夜,他也在同样的地方,看到过同样的丝巾,却缠绕在他的妈妈的脖子上——他眼睁睁看着自己的妈妈死去,被这样的紫色丝巾勒死。

少年的目光变得锐利,就像野兽,死死盯着慕容老师的脖子,像盯着一只鲜美的猎物。丝巾下面是慕容老师高耸的胸口,这让她感到不好意思,下意识地伸手拦在胸前。

虽然只要是个人都会觉得这条丝巾漂亮,和系着丝巾的人儿一样漂亮,但对秋收来说却是另一种意义。

小麦也察觉到了他的异样,他平时不都是害羞内向、见到女孩子都会低头的吗?为何此刻面对慕容老师,他的眼睛却变得如此轻浮?

不过，让她更想不到的，是慕容老师接下来的表现。

"你叫什么名字？"

女老师大胆地凑近少年，迫使他站起来回答："秋收。"

"秋天的收获？"

"嗯。"

他依旧目不转睛地盯着丝巾，自然也包括老师起伏的胸口。

"好名字！"慕容老师也不再避讳了，她看出他并无恶意，"几岁了？"

小麦感到有些恶心——老师就像在菜场里询问蔬菜几毛钱一斤。

"十八岁。"

终于，他的眼睛从丝巾上转开，老实害羞地回答。

"你还真是个帅小伙子！"

这回轮到慕容老师目不转睛地盯着他，只差抬起少年的下巴看个仔细。

秋收低头从她身边逃走，转眼他已变成了猎物，美丽的女老师变成了老虎。

接下来的几天，慕容老师经常出入小超市，每次都是晚自习后，这样不会被学生们看到——她却不知道自己最喜欢的学生，正在学校大门边偷偷观察。

隔着月光下的南明路，小麦看着超市灯光下，慕容老师凑近少年说话。每次她都只买几样小东西，却要停留半个多钟头，还时常有意无意地把发丝掠到少年脸上。老师浑身散发着成熟女人的魅力，举手投足间的风韵绝非小麦和钱灵这些小姑娘所能比——别说是秋收这样的乡下少年，就连本地的年轻小伙子，也禁不起这样诱惑。

田小麦为她感到耻辱。

老师不该这样，秋收也不该这样——她居然还感到一丝嫉妒，既为了老师也为了少年。

八点，小超市早早关门。慕容老师却还赖在店里不走，似乎与秋收越聊越起劲。少年的表情很是害羞，恐怕自从妈妈在这里被杀害后，他就再没有跟成熟异性接触的机会。他坐在收银台上，手里抱着一把吉他，低头调着琴弦。慕容老师期待地坐在一边，手托下巴，姿态妖娆。

躲在马路对面的小麦，视线穿过黑夜的玻璃，落在秋收青涩紧张的脸上。十八岁少年穿着廉价的衣衫，细长的手指拨动琴弦，弹出一首节奏简单的曲子，唱出了一首歌。

完全听不清歌词，但很快从旋律中听了出来——《我是一只小小鸟》。

她听过赵传的这首歌，还记得开头几句："有时候我觉得自己像一只小小鸟，想要飞却怎么也飞不高。也许有一天我栖上了枝头却成为猎人的目标，我飞上了青天才发现自己从此无依无靠……"

没错，他就是这样唱的，尽管吉他弹得并不怎么样。但在这样一个春天的夜晚，荒郊野外的月光下，孤独的小超市门已关上，少年声情并茂地抱着吉他，用尽全力弹响一根根琴弦，随同忽快忽慢的节奏摆动身体。

慕容老师一动不动地坐着，她看少年的目光已变为迷恋，仿佛这个小小的超市收银台，已化作万人注目的舞台，正呼唤抱着吉他的少年。

弹到最后的副歌部分，秋收的声音越唱越响，甚至盖过了吉他声，小麦依稀听到几句："所有知道我的名字的人啊你们好不好……世界是如此的小我们注定无处可逃……"

最后一个音符弹罢，秋收放下吉他，微微喘气。慕容老师掏出手绢，替他擦去额头上的汗，却令少年百般尴尬，低下头不敢看她。不知他们又说了什么，老师走出小超市，回头给少年鼓掌："偶像加油！"

慕容老师消失在夜色中，小超市终于熄灭灯光，再也看不清那会弹吉他的少年。

月光，照耀荒野中的小麦。

第二十二章

2010 年，12 月 10 日。

今天，是男友的生日。

镜子里是个二十八岁的女子，总算化上了一些彩妆，每次眨眼都会放射电光。她在恒隆广场精心挑选了三份礼物，分别给男朋友和他的父母。

不过，无论衣服如何搭配，脖子上总感觉缺了什么。小麦看着镜子里的美人，摸着微微跳动的颈动脉，仿佛轻轻一捏就会要了自己的命。

她像患了强迫症似的，从抽屉里拿出那条丝巾，迷人的神秘的带着死亡气味的紫色的丝巾——幸好杀死钱灵的不是这一条。

把丝巾缠在脖子上，打了个别致的花样，镜子里的田小麦终于完美了。

她请了一天假，出门坐上出租车，开车的照例是邻居老丁，两天前就预约好了——第一次去男朋友家，千万别因为打不到车而迟到。

来到虹桥的一栋老别墅门口，周围是富人区，单这栋房子起码值一千万。

她小心地提着礼物下车，按响别墅大门外的门铃。门里响起一阵狗叫声，白马王子为她打开大门。里面是个宽敞的院子，种满各种漂亮的植物。两只憨态可掬的大松狮从后院蹿了出来，本想给客人来个下马威，却在盛赞的指挥下，乖乖地向小麦摇起尾巴，露出蓝色的舌尖。她从小都没机会养过宠物，开心地摸着它们厚厚的毛，似乎和它们也即将成为一家人。

她与男朋友手牵着手，走进富丽堂皇的客厅——不知有多少年轻女孩想嫁进这样的家庭，小麦心底不禁有了紧迫感。

男朋友的父母早就虚席以待，盛先生新吹的头发不输少年，盛太太身上的法国香水格外浓郁。遥想这对夫妇年轻时，必是众人羡慕的神仙眷侣。茶几上放着新鲜的进口水果，盛太太为小麦泡上正宗的大红袍——有人专程从武夷山送来的，全因盛赞的外公离休前在京城身居高位。

小麦拿出精心准备的礼物，这是她最近几年来，第一次在实体店买的贵重物品。三份礼物分别送到盛赞和他父母手中，每个人都心满意足。送礼物并不在于价格多贵，而在于买得恰到好处。

盛太太高兴地把小麦拉到身边，送给她一条白金手链。小麦估不出手链值多少钱，摇着头不敢收下来。还是盛赞硬把手链塞给她，严肃地说："你要是不收下来的话，我妈妈就要生气了哦。"

小麦忐忑不安地戴上手链——全身行头合在一起，恐怕都不及手上这根细细的链条。

盛先生诚恳地说："小麦，以前的事情，我向你道歉！这是我的错误，不该干涉你和盛赞间的感情。自从你们分手以后，我发现盛赞一直闷闷不乐，每次在家里都吃得很少，几乎不再与我们说话，我就知道我错了。"

"伯父，请别这么说！"

她一下子被感动了，转头看着盛赞帅气的脸，想起他为自己茶不思饭不想，既欣慰又难过。

"那天有幸看到了你，我想是命运给我们家的安排，也是给你们两个人的安排——你真的出乎我和我太太的意料，我们非常喜欢你，不仅仅是你的外表，还有你的谈吐和教养，但最重要的是你的真诚。"

"其实，伯父伯母，我还有许多你们不知道的缺点。"

这回轮到盛太太说话了："小麦啊，我看人一向极准，无论是谁，只要和我接触几分钟，无论伪装得多深，我都能看出这个人的品行。请相信我那么多年的眼光——否则，我也不会嫁给盛赞的爸爸了。"

盛太太说罢看了老公一眼，算是当着未来儿媳的面秀恩爱？小麦忍住心头激动，确信自己深得男友父母喜欢。不过，她看得出盛赞很畏惧父亲，这大概是他唯一的缺点。

品尝完正宗的大红袍，接着是盛太太亲手下厨的家宴。他家有个专门的餐厅，够放两张圆台面。她陪着男友父母为他庆祝了生日，也知道他在吹灭蜡烛前，为他们俩的将来许下了什么愿望。席间其乐融融，小麦说起工作上的趣事，几次让盛太太会心一笑。盛先生也说起自己过去，普通人家出身，"文革"年代当知青插队落户，夫妻俩在艰难环境中相遇。那时，盛赞的外公还未恢复名誉和地位，全靠这对小夫妻自己打拼。

家宴之后，盛赞牵着小麦的手上楼。男朋友有一套独立的书房和卧室，地上铺着昂贵的波斯地毯，书桌上有一张年轻人的黑白照片，却又不是盛赞自己。

"他是谁？"

"是我爸爸过去的照片，那时他还是个知青呢。"

"简直就像电影明星啊。"

"不过，我长得像妈妈。"他从背后抱住了小麦，深情款款，"今天开心吗？"

"我还是感到奇怪，为什么他们以前不准我们交往呢？"

这句话让盛赞有些泄气："干吗要刨根问底？还没有原谅我？"

"请把原因告诉我。"

"好吧。我们家一直都不喜欢警察，倒不是觉得地位配不上，而是觉得警察总是与犯罪和死亡打交道，所以警察的孩子受到这方面影响，心理上会不同于普通的孩子。"

"荒谬！"

可是，仔细想想并非没有道理，小麦就因为是警察的女儿，人生才会与其他孩子如此不同。她过早地失去了妈妈，失去了家庭的欢乐，对父亲充满了怨恨，也失去了某些青春的记忆。

盛赞有些胆怯地说："从前，我的父母没见过你，上次偶然在恒隆广场相遇，他们都觉得你与想象中很不一样。"

"想象中什么样？"

"就是警察家孩子的印象嘛。"

"假小子？"小麦对他的消极态度有些不快，"可你知道我不是那样的，你没向他们详细介绍过我？"

"我不敢。"他愧疚地退到窗边，"对不起。"

这句话更让她心里不舒服："你从来不敢对你的父亲说个'不'字？"

"小麦，你干吗这么说我？"

盛赞说着亲吻了她一下，便扫去了小麦的郁闷，让她想起另一件事。

"你不是我们南明高级中学的校友吗？"

"是啊，我的小学妹。"

"切，你只比我高一届嘛。"她恢复了严肃，"你还记得，我们学校对面那个小超市吗？"

"当然记得，我们学校在荒凉的郊外，只有在小超市才能买到东西，我经常偷偷地去那里买游戏卡带，还有盗版的金庸小说——干吗问这个？"

"没……没什么……"她看着窗外摇曳的树枝，微笑着说，"我该回家了。"

"那么急？再留一会儿嘛。"

"还是早点走吧，我想给你爸爸妈妈留下更好的印象。"

小麦是个聪明女人，她知道公公婆婆喜欢怎样的儿媳。

男友一家人把她送到门口，派专车司机送她回家。

坐在宽敞的奥迪 A8 后座，小麦看着高架边上掠过不夜的摩天楼——再也不是儿时记忆中的城市了。

她的心回到了十年前，那个即将逝去的春天。

2000 年的记忆，第三章

2000 年，暮春时节。

雨后，也是放学后，她再次看到慕容老师的紫色丝巾，如同万紫千红里的一点紫，让几位妙龄少女黯然失色。

“你们愿不愿意跟我去一个地方？”

慕容老师穿着身黑衣，扬起脖子上的丝巾，一脸神秘。

“愿意啊，老师。”

眉儿兴奋地回答，还有眼镜妹和大眼妹，钱灵和小麦则默默地跟在后面。

五个女生都是慕容老师的崇拜者，自打放学就被召集起来，高调地走出校门。

小麦往马路对面瞄了一眼，却没看到那沉默的少年。踩着雨后潮湿的地面，小心绕过荒野中的坑坑洼洼。再也看不到姹紫嫣红，只剩路边扭曲的小树，春日疯长的野草。

“我们要去哪里啊？”

眼镜妹胆怯地说了一句，回头再看学校已越来越小，如田野间的一座古庙。

“害怕了吗？”

慕容老师轻蔑地问，继续沿一条小径走去。这个三十岁的美丽女人，带着五个忐忑不安的少女，走入一团荒烟蔓草之地，不时有叫声凄厉的乌鸦掠过头顶，脚下响起蛙声一片。

忽然，小路尽头出现一道大门，两边是残破的围墙，后头矗立几栋废弃的建筑，最醒目的是根高耸的烟囱。

这原本是一家工厂，两年前厂长贪污潜逃，破产的工厂连同附近荒地，全被香港老板买下，但至今仍没动静，像坟墓一样被世界遗忘——几年后人们才明白这叫“圈地”。

紫色丝巾飘过断垣颓壁，女孩们前来凭吊这片废墟。厂区里但凡能卖钱的都拆完了，只剩下裸露钢筋的墙壁，摇摇欲坠的仓库，断裂的房梁和柱子。小麦默默环视四周，看到一扇黑洞洞的窗户，是否还有一双眼睛，躲在窗后惊恐地看着她们？仿佛这群不速之客的闯入，干扰了坟墓里的幽灵。

在一座还算完好的厂房前，慕容老师摸着斑驳的墙壁，柔声说：“你们知道我为什么带你们来这里吗？因为，今天是我的初恋纪念日。”

老师的初恋纪念？那该是多少年前的事？

“再告诉你们一个秘密！”她摆弄着脖子上的丝巾，竟像个娇羞少女，“其实，我也是南明高级中学毕业的。”

“啊，老师是我们的学姐？”钱灵忍不住说了一句。

慕容老师笑了笑：“没错！那是十二年前了，我还是高三学生，当年可是出了名的校花，不知有多少男生追求过我。不过，所有人都被我拒绝了。因为，我喜欢上了一个学校外面的人。"

"学校外面？"

"对，就是这里！学校的外面，我喜欢上了这里的一个工人。"

眉儿又多嘴了一句："不会吧，工人？"

"嗯，一个很帅很酷的小伙子，其实只比我大两岁。我和他经常在路上相遇，时间一长就认识了——他留着乱乱的长头发，骑着一辆破自行车，还会弹吉他唱摇滚，很像八十年代流行的崔健。"

"崔健是谁？"眼镜妹弱弱地问了一句。

慕容老师轻叹道："唉，真是个平庸时代，连崔健都被遗忘了！总之，我喜欢他。他经常骑着自行车，在学校门口等我，再被学校的教导主任赶走。后来他就躲得离学校远一点，等我放学出来找他，让我坐在自行车后座上。回想起来，那感觉真好，坐在摇摇晃晃的自行车后头，轻轻抱着自己喜欢的男孩的腰，把脸贴在他流汗的后背上，闭起眼睛听风从耳边吹过，让夕阳洒在两个人身上，真想……真想永远让他这么骑下去……"

就像她在课堂上念杜拉斯的小说，最后几句，她说得缓慢温柔，带着一丝悲伤。

美丽的老师微笑着说："就在这片墙壁背后，就是这个大车间，是我的初恋男孩上班的地方。他常带我来这里玩，有时是他值夜班——你们别学坏哦，我们顶多也就是拉拉手，每晚八点钟之前，他会准时把我送回学校。他说这间工厂在许多年前，是一片很大的公墓，据说阮玲玉就埋葬在这里。"

"啊？阮玲玉的墓？"

"听说每逢雨夜，她就会出现在附近的荒野。"

看着女孩们恐惧的神色，慕容老师不禁大笑："我倒希望真能见到她！后来，我高中毕业考进师范大学，就与初恋情人分手了。并不是我想要离开他，而是我的父母强烈反对，他们每天给我洗脑——我和他是两个世界的人，我考上了大学，前程似锦，应该找个优秀的男人，最好是领导干部的儿子，而不是无权无势的工人。"

突然，她大声地对着天空喊道："我好后悔啊！我好后悔听了父母的话！我好后悔当初离开了他！隔了那么多年，我发觉我还在心里想着他，想着那双长头发底下的眼睛，想着坐在自行车上抱紧他的后背，想着听他弹吉他度过的每个黄昏——那一切，再也不会回来了。"

最后那句话，慕容老师恢复了冷静，废墟死寂的空气中，只剩下缓缓淌落的泪水，还有五个被她深深打动的少女。大家终于明白，怪不得老师都三十岁了，身边有那么多男人追求，至今却孑然一身，原来是忘不了最美好的初恋。

小麦大胆地问了一句："老师，你初恋的那个工人，后来怎么样了？"

"你想问什么？问我为什么不去找他？是，如果能回到过去，我宁愿放弃现在的一切。可是，就在我大学毕业那年，他在厂里值夜班时自杀了！"慕容老师抹去眼角泪水，"就在这个地方。"

"这里？"

小麦汗毛竖了起来，慕容老师盯着她的眼睛说："他自杀的那天，也是第一次与我相遇的纪念日。"

此话一出，几个女孩吓了一跳，没想到老师带她们来到这片废墟，真是为了祭奠死去的初恋情人！所以，她才会穿一身肃穆的黑色，如同《红与黑》里玛蒂尔德的丧服。

老师摸了摸紫色丝巾，苦笑道："不过，也有人传说他是在值夜班时，被某个可怕的鬼魂吓死的。"

"真的闹鬼？"

眼镜妹双手抱着肩膀，靠在了大眼妹的身上。

"是啊！要我带你们去看看吗？传说闹鬼的地方。"

五个女生都面面相觑，慕容老师却抓起小麦冰凉的胳膊："怕什么？"

绕过这个大厂房，进入背后的一道小门。黄昏的光线暗淡，慕容老师让大家走路小心，别被地上的破砖烂瓦绊倒。前头出现一道阶梯，直直地通往地下，好像古墓甬道。

"这是过去的地下室，胆大的可以跟我下去看看！"

慕容老师往下走了几步，掏出一支早就准备好的手电筒，照着阶梯尽头的那扇铁门。

小麦和钱灵紧跟在旁边，手拉着手增加勇气。她们看清了地下室的大门——就像"二战"电影里的潜艇舱门，有个圆圆的旋转部件，可以把门锁死密封。

"他，带我来过这里。"

老师自言自语了一句，用力转开"舱门"的圆形把手。

门，开了。

一股黑色的烟雾，轻轻地从门里飘出来，好似古墓里的尸气……

"啊！"

先是眉儿惨叫一声，接着眼镜妹和大眼妹也尖叫起来，她们以为鬼魂真的出来了，转身飞快地跑出破厂房。钱灵也吓得大叫一声，拉紧小麦的手往外逃去，仿佛再晚一步，就会被拖进黑暗的地下。

五个女孩安全地逃了出去，却听到身后的厂房里，传来慕容老师骇人的笑声……

第二天。

慕容老师再次出现在语文课堂上，换了一身色彩鲜艳的衣服，似已忘了那恐怖的地下室，忘了那悲伤的纪念日。

入夜，小麦再次缺席了晚自习。

她悄悄来到学校大门口，隐藏在几棵大树后面，看着马路对面的小超市。

下雨了。

隔着漫漫飘扬的雨幕，却看到小超市里有个熟悉的人影——慕容老师。

她又在那里和秋收聊天，两个人越说越起劲。很快到了关门时间，老师走出小超市，却被越来越大的雨困住了。秋收拿出一把大伞，为老师撑开来挡住风雨。三十岁的漂亮女老师，与十八岁的乡村少年，挤在同一把伞下，走进黑夜里重重的雨幕中。

小麦咬住自己的嘴唇，身体微微地发抖——老师究竟想做什么？

她惊讶地看着那两个人，看着慕容老师与秋收在伞下挤得很近，几乎紧紧贴在一起，消失在疾风骤雨的深处。

田小麦像被人打了一拳，低头钻入冰冷雨中，一口气跑回宿舍。

这件事她没告诉任何人，包括钱灵。

雨直到后半夜才停下来。

小麦整晚都没睡好，不到清晨六点就起床了，离早餐时间还有一个多小时。

她拍了拍上铺的钱灵，轻声耳语："醒一醒！陪我出去散步好吗？"

钱灵虽然有一万个不高兴，但死党的要求总是要满足的。她揉着眼睛爬下来，简单洗漱一番，陪伴小麦悄然走出宿舍楼。

有些男生在操场上晨练，还有人大清早在背英语单词，她们低头走出学校大门，进入前天经过的那片荒野。

清晨，大雾弥漫，稍微远些就看不清了，宛如藏着一个幻想中的世界。每寸空气都那么潮湿，浓浓地塞住鼻子，甚至让人有窒息的感觉。

她们走进昨天来过的废弃工厂，在那片古老遗址似的破房子前，钱灵疑惑地问："小麦，你怎么了？"

"我有些难过。"

"为什么？"钱灵是个早熟的女孩，自作聪明地问，"因为哪个男生？"

"不，为了一个女人。"

田小麦冷冷地回答，眯起漂亮的眼睛，试图看清大雾的尽头。

在一堆高高的绿色野草间，却看到异常突兀的紫色。

紫色？

荒野不该有这种颜色！

刹那间，心头狂跳起来，她紧紧拉着钱灵的手，往那片紫色走了几步，终于看到野草底下的人——

美丽的三十岁的女人。

她的脖子上缠着紫色丝巾，仍然穿着昨天漂亮的衣服，全身浸透雨水，沾满污泥。

慕容老师。

她睁大着迷人的眼睛，视线穿过高高的野草，穿过浓浓的大雾，看着那方灰色的天空。

小麦竟也抬起头来，可是她看不到天空，只有一片脏脏的阴霾。

再度低下头来，看着少女时代最崇拜的女人，看着自己心目中不变的女神——已经化作冰凉的尸体。

慕容老师死了，系着那条紫色的丝巾。

她是被谋杀的。

死去的美丽女老师，死不瞑目，她最后的眼神那么不甘，那么困惑，那么不知所措。

梦的召唤？

凌晨时分，小麦在寝室做了个梦，梦见了最喜欢的慕容老师。她梦见这个漂亮的语文老师，在废弃的工厂里向她求救——梦醒的时候，她还清楚地记得这条丝巾。

钱灵发出一声尖叫。

然而，田小麦却出乎意料地镇定，在泪水悄然滑落的同时，却俯身凑近老师的尸体。

她想要知道，并亲手抓住——那个凶手！

心底想起那个传说，死人眼里会留下最后见到的影子——比如凶手的脸。

如果，尸体完全僵硬以后，那个影子也会随着眼球的浑浊而消失。

那么，趁着慕容老师尸骨未寒，她必须要试一下！

就在小麦几乎凑到死者脸上，才看清老师的眼球中只有一团黑雾时，她闻到那条紫色的丝巾深处，有一股淡淡的却又古怪的气味。

这条慕容老师最爱的紫色丝巾，经常缠绕在她雪白脖子上的丝巾，就是最终将她活活勒死的凶器！

第二十三章

2010 年，12 月 10 日，子夜。

刚从男朋友家回来的田小麦，躺在自己小小的卧室，回忆十年前大雾弥漫的清晨，泪水已不知不觉流满脸颊。

她不想擦去这些眼泪，就在自己最重要的这个夜里，在获得男友父母认可的夜里，在即将获得一个幸福人生的夜里。

盛赞打来了电话，小麦却没接听，任由《First Love》响了半天又恢复平静。

仿佛还在十年前的荒野清晨，眼底闪烁着那条紫色丝巾，鼻间残留着那股淡淡的却又古怪的气味。

记忆，嗅觉的记忆——钱灵死亡现场，缠绕她脖子的丝巾深处，也有这么一股古怪的气味！

这是丝巾本身的气味！也许，原本由某种特别的东西包装？可是，为何小麦从"魔女区"买来的同一款丝巾却没有这种气味？难道，杀人的丝巾真与"魔女区"无关？或者，就是从十年前杀死慕容老师的那批丝巾里保存下来的另一条？

再回到十年前，当她们共同发现慕容老师的尸体，钱灵同时也凑近了去看，恐怕也闻到了丝巾里散发的气味。

因为那个刻骨铭心的清晨，钱灵再也不能忘记这种气味，更不能忘记这种丝巾。

小麦想起钱灵曾警告过她：永远不要再去"魔女区"，如果去了就"会死的"！一定是这样的：钱灵早就在"魔女区"里看到过那款 Esfahan 丝巾，虽然只是网上的图片，她仍然认定那就是十年前杀死慕容老师的同一种丝巾，从而感受到了强烈的死亡威胁，这是"魔女区"带给她的最深的恐惧，虽然她已沉迷于此不可自拔了。

或许，也是那款丝巾的缘故，钱灵才会在她遇害的那个凌晨，突然给小麦打电话回忆往事——

"梦到我们高三那年，那个大雾弥漫的清晨，梦到我们看到过的那一切！……那张脸！那张可怕的脸，还有，那条丝巾。"

难道是某种超自然的力量？在慕容老师被杀害的夜晚，小麦在寝室梦见了她的求救！而在时隔十年之后，钱灵被杀害的夜晚，她又梦到了当年死去的慕容老师！

轮回？

不过，这绝非钱灵要告诉小麦的秘密！耳边响起她最后说过的话——

"就算你忘记了所有的事，但还有一件事，这些年来始终藏在心里，也是我最后的噩梦，我想把这件事告诉你！再给你看一样东西，我现在能见到你吗？"

还有一件事！

这件事即便在十年前，恐怕小麦自己也并不知情——所以钱灵才会说"这些年来始终藏在心里"。

毫无疑问，钱灵最后要告诉她的那个秘密和慕容老师的死无关，是另外一件事。

而这件未知的事，可能决定小麦的命运。

第二十四章

第二天。

周六，上午。

她又梦到了那条深深的沟。

急促的《First Love》的铃声，将她从梦中拯救出来，小麦迷迷糊糊地接起电话，听到一个低沉的男声："小麦，我是公安局的老王。"

"老王？"脑中浮起经常出现在父亲身边的警察，她从床上支起身子，"哦，你好！"

"你说的那家淘宝店——'魔女区'的店主，已经被警方抓住了！"

一小时后，田小麦匆匆赶到公安局。虽然她紧张得连早饭都没来得及吃，却没忘记在出门前化个淡妆，反复照了照镜子，希望早起的容颜别太憔悴。

在父亲曾经工作过的办公室，见到了负责钱灵案件的警察老王，她的第一句话："我想现在就见到他！"

"你可能会失望——"

"什么？"

"不是他！我想他是无辜的。"

老王点起一根香烟，看着桌子上小麦父亲与他的合影，那是 1995 年的照片，那时他还是个消瘦的毛头小伙，如今却已是身材臃肿的中年人。

他——"魔女区"的店主，并非杀害钱灵的凶手——听到这个令人失望的消息，小麦原本紧张的心底，反而如释重负。

"我也没说凶手就是他啊！"小麦焦虑地想象"魔女区"店主的模样，"怎么抓住他的？"

"很简单，通过淘宝网杭州总部，查到'魔女区'店主的资料——他叫古飞，现在本市居住。警方连夜查到他的暂住地，带回局里调查。我们调出勒死钱灵的紫色丝巾给他看，店主确认就是他卖出去的。他说除了淘宝网上的'魔女区'外，在中国不可能有第二家店出售这种丝巾。古飞承认他总共卖出过两条这种丝巾，都是在最近一个月内出售的，第一条丝巾的买家叫田小麦——就是你。第二条丝巾的买家叫莫叙友。"

"什么名字？"

她感觉这三个字好怪。老王在纸上写出了"莫叙友"三个字。

"店主交代有人直接在阿里旺旺上找到他，指名购买那种紫色丝巾，而且没有通过支付宝，而是用货到付款的方式——我们查到了淘宝上的'莫叙友'账号，总共只有这一次交易记录，除了送货地址外，也没留下任何其他信息——估计是个假名字。"

"莫叙友——"小麦若有所思地点头，"就是莫须有！"

"嗯，我们查了'莫叙友'的收货地址，是一栋市区的烂尾楼，快十年没动过了，显然不是买家的真正地址。两小时前，我们找到了送货的快递员，送货时间是 12 月 6 日。"

"啊，钱灵不是 12 月 7 日凌晨被杀害的吗？也就是在丝巾快递出来的当天晚上。"

"不愧是警察的女儿，丝巾是在钱灵遇害的十八个小时前发货的，快递员把货送到烂尾楼底下，有个年轻男子等在那里，当场付钱收货就离开了。"

"那个买家长什么样？"

警察老王掐灭了烟头："快递员说那个人长相普通，也就是二十多岁——我们相信快递员说的话。早上，我刚从那栋烂尾楼回来，半个人影都看不到，不可能从中查到什么。"

"线索就这样中断了？"

"很遗憾！"

小麦仍不甘心："店主呢？没问过他别的问题？"

"当然，我问店主是否认识被害人钱灵？他说钱灵是'魔女区'VIP 买家，几乎每天都会在'魔女区'购物，购买各种生活用品乃至大件商品，累计已花掉了几万元——这些都已在淘宝内部资料上查到了。"

"但是，丝巾却不是钱灵自己买的！"

老王点头沉声道："嗯，店主说他从没见过钱灵——也没见过任何买家。"

"你不怀疑他在说谎？"

"我是一个警察，你的父亲也是一个警察，任何人的口供我们都会怀疑！我问过店主，在钱灵遇害的凌晨他在哪里。他说那天去浙江义乌进货。我当即联系了义乌警方，调查店主说的那家宾馆，并调出了监控录像，确认他在案发当晚，整夜住宿在宾馆，直到第二天上午才离开义乌——他完全不具备作案时间！"

"好吧，至少不是他自己干的。"

"警方也调查了店主的个人资料，以及他的社会关系——确实与钱灵没有任何交集。"

"不管他是不是凶手，我都想要见到他！"小麦掩饰着自己的激动，"因为，我想我也许认识他！这样，他就可能与钱灵有交集了！"

老王带着她来到楼下，在打开审讯室的铁门前，他低声关照道："不要多说话！"

审讯室的大门打开，里头坐着个孤零零的年轻男子，抬头露出苍白的脸。

田小麦见到了"魔女区"的店主。

这张脸，一双不大的眼睛，细直的鼻梁，瘦长的脸上长着几颗痘痘，乱糟糟的头发和衣着，说明他是从被窝里给拖到公安局的。

可惜，不是他！

小麦极度失望地摇了摇头。

为什么不是他？！

想象中，"魔女区"的店主，至少应是个神秘莫测的人物，就像哥特小说里的男主人公，有着吸血鬼般冷艳的容貌，午夜幽灵般的锐利眼神，还有巫师般的魔力气质。

可是，眼前被关在公安局审讯室里的这位店主，却是个相貌平平甚至有些猥琐、丢到街上转眼就会被遗忘的路人甲。

店主茫然地眯起一对小眼睛，看着突然闯入审讯室的美女，摇摇头："警官，我都已经说过了。"

显然，他完全不认识田小麦，把她当作便衣女警了。

"你……你……"她终于忍不住问了一句，"你真的是魔女？"

"是。"

他的回答那样自然，就像还在面对警察审问，丝毫没有说谎的迹象。

然而，小麦固执地不愿相信，让自己的脸凑近他问："你也不认识我？"

这个叫古飞的陌生男人揉了揉眼睛，盯着她的脸看了半分钟，还是摇头道："难道你是——电视台主持人？"

晕倒！他以为脸蛋漂亮的田小麦是电视台法制节目的主持人了。

小麦绝望了，心脏又沉到了井底——他不认识我？可是，他怎会卖给我丢失的记忆？那张《101次求婚》碟片、那本高中语文课本，难道仅仅是巧合，因为这部日剧和语文课本，都是她这个年龄的女孩曾经有过的青春记忆，只要看到这些多半就会回忆起什么？

她心有不甘地继续审问，摆出一副女警的英姿："你就是'魔女区'的店主？"

"是。"他怯生生地低下头去，"对不起，这些我都说过好几遍了。"

"你的店里能买到任何人想要的任何东西？"

"没错。"

店主摆出一副自信满满大言不惭的样子。

"你怎么做到的？"

"很简单，我的仓库里有淘宝网上能找到的所有宝贝，这不是一般人能完成的工作。"

"好，还有一个问题，你卖出去的那款 Esfahan 丝巾。"

"是，我承认，就是你们给我看的那件重要证据。但我已经说过很多遍了，那条丝巾卖给了一个叫莫叙友的神秘买家，我不知道那个人是谁？"

"我想，这款丝巾你不单单只卖过一条吧。"

这个问题让店主皱起了眉头："是，上个月还卖出去过一条。"

"那个买家就是我。"

"哦——是你？"他意外地瞪大了自己的小眼睛，"田……田……"

看来店主真的对她不是很熟，小麦无奈地说出了自己名字："田小麦！"

"对不起，我每天要给很多买家发货，不能记住所有人的名字。"

"那你记得住钱灵的名字吗？"

古飞有些不耐烦了："是，这问题我也回答过了，我记得住她的名字，因为她是'魔女区'的VIP用户。不过，虽然她在'魔女区'里几乎什么都买，但没买过那款 Esfahan 丝巾。"

"好吧，最后一个问题，那款丝巾是从哪里来的？"

"伊朗，Esfahan，就是伊朗古都伊斯法罕，那里有许多精美的手工艺品，尤其是伊朗的地毯和传统丝织品。几个月前，我去伊朗购买一批手工地毯，在伊斯法罕的大巴扎发现了这款丝巾。制作这种丝巾的艺人已经去世了，他的手艺也没有流传下来。所以，这款丝巾已经成了绝版，我用高价买下了十条这种顶级丝巾，前不久才挂到了'魔女区'店里。"

他回答得很流利，简直无懈可击，果然是来自伊朗伊斯法罕的丝巾。

离开审讯室前，她又问了一个问题："你真的能卖给我丢失的记忆？"

"'魔女区'可以买到你想要的一切。"

这句回答让小麦哑口无言，她叹息着退出房间。

警官老王疑惑地问："你不认识他？"

"完全不认识。"

小麦还在回想十年前记忆中的那张脸，永远不会再模糊的那张脸。

"他叫古飞，今年二十五岁，老家在黑龙江。七年前，他考入上海一所大学，毕业后留下来工作。他失业已经很久，去年开始全职经营淘宝店。"

除了知道丝巾是被一个"莫须有"的人购买以外，没得到任何有价值的线索——似乎和十五年前的凶杀案一样。

忽然，小麦提出一个问题："老王，你还记得吗？1995年的那桩凶杀案，受害人的儿子，曾经被我父亲带到我家来住过一段时间。"

"当然记得！那年，为了你的安全，我还到你家里去住了两天，就和那个小子住在一个屋里。"老王眼里掠过一丝疑惑，"干吗问这个？"

"你能不能帮我查一下，他现在哪里？"

老王苦笑道："不需查了，我现在就可以告诉你——多年前，你的父亲就查过他的下落，我还记得他的名字叫秋收，很遗憾，2001年，他在老家县城自杀身亡了。"

"他……死……了？"

刹那间，小麦说不清是什么感觉，就像所有的回忆不过是一个幽灵的故事。

"是，秋收在十九岁那年就死了，他是跳楼身亡的。五年前，你父亲专程去看过他的墓。"

小麦低头轻声说："父亲为什么不告诉我？"

"我想，他总有他的理由。"

她不愿再多停留一分钟，离开前问了一句："你怎么处理'魔女区'的店主？"

"下午就会把他放了。"

小麦本想说"把他的电话号码告诉我吧"，可是，话到嘴边又咽了下去，还是不要再见到店主了！她不知道自己该怎么问他——你是如何还给我记忆的？难道要让这个毫不相干的人，再把她的青春说一遍？

她做不到。

半小时后，小麦回到家，重新钻进被窝。她再也无法入眠，心底浮起那张脸，那张永远停留在十九岁的脸……

2000 年的记忆，第四章

2000 年，5 月。

清晨，南明高级中学附近的废弃工厂，慕容老师仍躺在草堆里，看着大雾弥漫的灰色天空。

死者身边站着三个警察，一个身材魁梧的中年人，一个三十岁左右，还有一个一看就是刚从警校毕业。

田跃进低头看着草堆里死去的美人，隐隐觉得有些眼熟，感觉竟与五年前看到死去的许碧真一样，而那桩至今未破的凶案发生地点，距离这座旧工厂仅有数百米远。

丝巾。

他看着死者脖子上缠绕的丝巾，这条美到极致的紫色丝巾，正是勒死慕容老师的凶器。

四十八岁的老田，缓慢却有力地捏紧双拳。他身边的警察小王，也处理过当年的杂货店凶杀案。五年来他已老练了许多，却再一次被美丽的死者与凶器震惊，还有死者永不瞑目的双眼——他还记得这个女老师。

剩下那个小警察，虽然年轻而腼腆，却有一双冷峻的眼睛，一副线条分明的瘦长脸庞和笔直挺拔的身材。他表现出超乎年龄的冷静，毫无畏惧地注视死者，想从她的眼睛里看出答案。检验科的同事很快抵达，采集证据拍摄照片的同时，他默默地在笔记本上写着，不时观察四周环境。

他的名字叫叶萧。

许多年后，许多人都会记住这个名字。

当慕容老师美丽的尸体被人抬走，田跃进缓缓转过头来，看着女儿小麦。

十八岁的田小麦，与死党钱灵一同站在风中，泪水早已打湿衣衫，班主任老师陪伴左右。小警察叶萧已做完笔录，田跃进却不晓得如何向女儿问话？如果由自己讯问会不会加深她心底的创伤？或者，早就对他怀恨在心的女儿，会不会当场和自己吵起来？犹豫许久，他还是没能和女儿说上一句话，挥手示意班主任把两个孩子带走，不要停留在案发现场了。

小麦回头看了一眼，大雾已渐渐散去，荒野的枯树与杂草间，旧工厂残存的烟囱，如匕首直冲天际。几只黑乌鸦停在烟囱顶上，不断发出刺耳的叫声。

夜。

慕容老师死去的第二夜，崇拜她的学生们，都为心中女神的凋落而流泪。午休时间，不少女生结队来到废弃工厂，在老师死去的地方献上鲜花。男生们继续传播各种谣言，不外乎是美女老师的绯闻，导致了她的遇害。至于老师们，大多在课堂上表示哀悼，却在下课时难掩幸灾乐祸的兴奋——教师公敌终于被杀死了。

田小麦和钱灵缩在寝室，不断有老师前来看望。小麦明白这一切都是徒劳，没有任何人能消除自己的恐惧。她的恐惧并不在于看到了老师的死，而是那条她认为史上最美的丝巾，却成了杀死史上最美老师的凶器。

死亡，原来并非遥不可及，或许它就徘徊在你的身边，或者颈边。

晚自习时，小麦独自躲在蚊帐里。墙上贴着日剧《人间失格》与《若叶时代》的海报，那年头她超迷"近畿小子"的堂本刚与堂本光一。她的上铺不断摇晃着，那是哭得没完没了的钱灵。她强迫自己闭上眼睛，却又看到草堆底下的那张脸，看到那张成熟的迷人脸庞，那个浑身散发魅力的身体，那条带来死亡的紫色丝巾。

小麦强烈地感觉到，自己对慕容老师的感情，已远远超过了学生对老师的感情，也不仅仅是对偶像的崇拜，而是像喜欢男孩一样喜欢她，尽管她还从未真正喜欢过一个男孩。

她将一辈子忘不了死去的老师——当自己明白到这一点，就有种小小的冲动涌上心头。她从抽屉里拿出一本书，是老师送给她的《蝴蝶梦》。趁着钱灵还缩在上铺，寝室里也没其他人，小麦夹着书本走出房间。

宿舍楼底层的走廊尽头，有扇永远锁不牢的窗户，可以轻易爬出去，也不会被人发现。

她溜到常与慕容老师逛的花园，采下一束默默吐露芬芳的郁金香。

还剩下半个小时，学校大门就要关闭，必须得速去速回，否则就回不了寝室了。

小麦飞快地穿过马路，看到小超市正在关门，她喊了一声："等等！"

关门的是秋收，他茫然地看着小麦赶到，又把小超市的门打开了。

"有没有手电筒和火柴？"

看着小麦焦急的眼神，少年疑惑地拿出手电筒与火柴。

"谢谢！"

她把两枚硬币交给秋收，又用怀疑的目光瞪了他一眼，匆匆跑向荒野的深处。

月光下。

孤身穿过铺满荒芜杂草的小径，她打起手电筒照亮前方，裤兜里揣着火柴盒，腋下夹着《蝴蝶梦》，另一只手还握着束郁金香。

夜里凉凉的风，夹着枯叶卷过头发，发出某种类似哭泣的声音，触摸泛起鸡皮疙瘩的皮肤。她小心地看着手电光束，不时低头看脚下的路，好不容易分清方向，看到那家废弃工厂的轮廓。也不知今夜怎么如此大胆，难道遗传自警察老爸的基因爆发出来了？恐怕就算是男生也不敢晚上来到这里吧？

走进这片断垣残壁，感觉又与白天完全不同。死寂的墙壁和窗户，如深埋地底的坟墓，只有考古队员的手电光束才能破开亡魂的谜团。小麦就像《聊斋》里的女子，趁夜来给亲人上坟，或者——招魂。

找到慕容老师死去的地方，草堆上已插满鲜花，有的开始枯萎，有的被飞鸟叼走。

小麦嗅了嗅手中的郁金香，轻轻放到草丛中。

她拿出腋下的《蝴蝶梦》，这是慕容老师送给她的书，就还给已在另一个世界的老师吧。

颤抖着擦亮一根火柴，点燃已被翻得起毛的书页。封面是电影《蝴蝶梦》的女主角，那是希区柯克版的琼·芳登，金发女郎迅速被一团火焰吞噬，黄色纸张变成黑色灰烬，飘扬到夜晚的天空，像一团寻找主人的灵魂。一些灰屑飘到小麦眼中，刺激得她再次流下眼泪。

随着整本书全部烧完，只剩一团黑乎乎的灰屑，泪水再也无法抑制。

是，就是这个地方，为什么会选择这个地方？

就在慕容老师遇害前一天，她还带着几个女生造访这家旧工厂——她来祭奠死于此地的初恋情人，祭奠永远回不来的十八岁的似水年华。

可是，她自己也未能逃过劫难，同样死在初恋情人自杀的地方。

不，慕容老师绝对不想死，这不是她想要的结局。

就在小麦抹去眼泪，准备顺着原路返回学校时，突然有只手抓住了她的肩膀。

刹那间，完全反应不过来，只感觉天旋地转，寒冷的月亮已正对眼前，身下却是茂密潮湿的野草——她已被那只手按倒在地，刚要本能地大喊，嘴巴却被另一只手牢牢堵住。

冰冷的手，带着一股烟味，几乎让她透不过气。眼前是剧烈抖动的月亮，仿佛即将脱离轨道。小麦竭尽全力摇头，在看到烟囱阴影的同时，也看到一张模糊的人脸。

一只恶鬼？

她已感觉不到剧烈心跳，以及几乎要爆炸的脉搏，却感到拼命摆动的双手双脚，又被一双大手死死压住。

小麦绝望了：对方不止是一个人！不止是一只恶鬼！

但她并没有放弃，继续全力挣扎，想脱开那两双肮脏的手，逃出这片坟墓。可是，有只手竟摸向她的大腿——这个瞬间，她想到了死。

就在同一个刹那，却听到一个清脆的撞击声，那是拳头击中鼻梁的声音，接着响起一个男人的惨叫。

那只脏手立即放开小麦，她滚到一边的草丛中，匆忙整理裙摆，半蹲着起身，手电早已不知去向，只能借着微暗月光，依稀可辨三个男人，如同剪影混在一起搏斗。

第一个男人被打倒了，第二个男人也被打倒了，将两个男人打倒在地的，是一个瘦长单薄的身影。

两个被打倒的家伙，跌跌撞撞逃出废弃工厂，消失在荒芜的月色下。

最后剩下的那个人，摇摇晃晃靠近小麦，向她伸出了手。

她却不敢站起来，她已不敢再相信任何人。

"小麦……是我！"

月光骤然明亮，洒到十八岁少年的脸上，隐隐现出几道血丝。

"秋收！"

小麦激动地站起来，像只受伤的小鹿，浑身颤抖，伤痕累累，只想找到一个安全的树洞——她不假思索地躲进少年怀中。

一双瘦瘦的却有力的手，紧紧搂住她的后背，沉重的喘息扑到她脸上，他断断续续地说："小麦……没……没事了……我们……我们……走……"

他并未趁这大好机会揩油，而是将小麦从怀中推出来，紧紧搭住她的肩膀，保护她走出这片死亡废墟。

沿着来时的蔓草小径，两人穿过月光下的荒野。惊魂未定的十八岁少女，全身每寸皮肤仍在颤抖，喉咙中不时发出可怕的喘气声，像随时都会窒息。她倚靠在秋收身上，并不在乎他到底是什么人。

秋收半句话都没多说，一路警惕地注视四野，不时摇晃小麦的肩膀，让她感觉自己是安全的。

回到空旷的马路，南明高中的校门口。

"糟糕！"刚从危险中被解救出来的小麦，沮丧地叫了一声，"过了关门时间！"

学校大门已紧紧关闭，她才不敢敲门把保安吵醒，怕引来麻烦的教导主任。

路灯照亮少年清秀的脸庞，也照亮脸上几道血痕——刚才与那两个人搏斗时受的伤。

"谢谢！"

小麦摸了摸他的脸，伤口似乎还在流血。

"没事的。"秋收露出乡下少年的淳朴微笑，"可你怎么回去？"

"我有办法。"

她沿着学校围墙走了很远，几乎绕到南明高中的背面，这里有堵墙特别低矮，外面还有一片建筑废渣，可以轻而易举地翻过墙去。

小麦刚爬上墙头，就有一道手电筒光照了过来，响起一个男老师的声音："谁！"

她当即吓得魂飞魄散，再也不敢翻墙进去，而是转身飞快地跑去，以免老师真的翻墙追出来。秋收跟着她跑到马路边，两个人叉着腰喘气，像一对偷东西被发现的小贼。

"也许，因为慕容老师的死，让学校加强了围墙的戒备。"

她轻声对少年说，远远看着紧闭的校门。

"是我忘了对你说，最近有两个小流氓经常在这里出没。前几天我看到他们拦住了一个返校女生，好在她跑得快冲进学校大门。"秋收捂着自己受伤的额头，"你在我这里买了手电和火柴，我看你没回学校，便担心你会去早上出事的旧工厂，就赶快把超市大门锁好，跑到那里去看你在不在。果然，那两个流氓盯上了你。"

小麦感激地点头，露出警察女儿的本色："我会让爸爸抓住他们，打断这两条脏狗的骨头！"

两个人在马路边等了很久，她却再也不敢回去冒险爬墙了，秋收不禁小心地问："要不，到我那里坐一会儿吧？"

她犹疑地抬头看着他，看到他还在流血的伤口："好吧，我给你涂点药水。"

他们穿讨马路，打开小超市的玻璃门。

秋收刚要把灯打开，小麦却阻拦道："别！对面会看到的。"

转到货架后面，打开一盏小灯，照亮小麦苍白的脸庞，她低声问："有药水和护创膏吗？"

小麦从警察老爸那里学过紧急止血和包扎的办法。她小心地用酒精棉花蘸着药水，涂抹少年额头的伤口，再把护创膏贴上去，差不多半分钟就止血了。

秋收很享受这个过程，却又不好意思地缩回去："谢谢！"

"不，说谢谢的人是我，要不是你救了我的话——"

小麦不好意思说下去了，秋收摇摇头说："这是我欠你的。"

她微微愣了一下，很快明白了他的意思——五年前的暑假，那条深沟后的不辞而别，害得她摔断了腿。

"好吧，现在我们两清了。"

"可我还是欠你——谢谢你，愿意和我说话。"

"店主大叔呢？"

她还是害怕被人发现，包括秋收的爸爸。

"他每天一关门就睡觉了，第二天早上还要开门。"

"不会吵醒他吧？"

"放心吧，我爸爸睡得很沉，打雷都醒不了。所以，几个月前的半夜，店里才会遇到撬门的窃贼——现在爸爸让我每晚睡在收银台后面。"

"怎么睡啊？"

小麦怜悯地摇头，她永远不会明白穷人生活的艰辛。

"这样才能保证安全。"少年打开货架背后的一道小门，"爸爸也给我准备了一个房间，不过我很少睡在里面。今晚，你要是没办法回寝室，就暂时睡在这里吧。"

"不行！"

小麦斩钉截铁地拒绝了他——怎么好意思让一个少女睡在你的房间里！

"对不起。"他更害羞地低下头，看了看马路对面的学校，"我送你回去吧。"

"不——"小麦想起学校墙内射来的手电光线，"我不想回去！"

秋收平静地靠在货架上，等待小麦的决定。

几分钟后，她却问了一个无关的问题："昨晚，我看到你把慕容老师送走了。"

"哦——"少年的脸颊彻底红了，接着又彻底白了，别过头去说，"是的，昨晚大雨，我撑着一把伞正好送她到公交车站。"

"真的吗？"

面对她怀疑的目光，秋收严肃地点头："真的。"

"你看着她上车了？"

"没有，你知道车站有雨棚的，刚到车站，她就让我撑着伞回去了。"

"好吧。"

她不知道该不该相信他，不知道他诚恳的表情底下，是否还隐藏着什么秘密。

总之，她已决定不把这些事告诉父亲。

"今晚，我就暂时睡在小房间里吧！"

小麦突然冒出了这句话，心脏却已紧张得乱跳，只能尽量掩饰自己的眼神。

"请放心，我睡在外面，你在里面可以把门锁起来。我是一个老实人。"

真是此地无银三百两！大概也只有他这种愣头愣脑的乡下小子才说得出。

他退到收银台后面，拖出一张折叠的钢丝床，又从柜子里抱出一床被子，铺上去说："没关系，我每晚都这么睡的！"

小麦退到小房间里，听到薄薄的墙板隔壁，传来店主大叔隆隆的鼾声。

秋收拿出一套崭新的棉被和枕头，小麦接过来说："我自己会弄好的。"

说罢，她插上小门的插销，将自己锁在不到十平方米的小屋里。

胸中的小鹿几乎已跳出来，背靠房门闭上眼睛，她还是第一次在家和寝室以外的地方过夜。

屋子虽小但不显脏，看来秋收父子很爱干净。除了一张单人床，还有个简单的床头柜，几个大纸板箱，估计放的都是店里的存货。

最醒目的，是墙上挂着的一把木吉他。

她小心地检查了房间，确定没有其他暗门或暗窗，是一个完全封闭的密室。她又仔细查看了床铺，没什么脏东西，便把新棉被铺了上去。

就在她要躺下来时，却看到床头柜上有张黑白照片，里面有个年轻漂亮的女人，看上去只有二十出头，却有一双无比迷人的眼睛。

小麦心里有些不舒服——她是谁？

这些天心里有太多疑问了，还是早点睡觉吧。她默默在心里定下一个时间，天亮前必须起床，趁着大家不注意返回寝室，否则就真的惨了！而且，在这种地方过夜，叫她怎么说得清楚呢？说不定警察老爸会扇她耳光，顺便把秋收也收拾一顿。

裹着一床带着棉花气味的新被子，她连衣服和袜子都不敢脱，紧紧蜷缩在单人床靠墙的一边。

今夜，会不会再次梦到慕容老师？

一夜过去，却是无梦。

凌晨，五点。

她被一阵轻微的敲门声惊醒，这晚睡得特别警觉，任何细小的声音都会让她醒来。

强迫自己完全清醒过来，躲到门后轻声问："谁？"

"是我！"门外传来秋收的声音，"我刚去学校后面的围墙看过，现在没有人巡逻，你可以快点翻墙回去。"

小麦重新整理了一下衣服，小心地打开房门。店里一片昏暗，只能看到秋收细长的身影。

"你确定？"

"是——"秋收有些紧张地看着外面，空旷的马路不见半个人影，对面是紧闭的学校大门，还要一个多小时才会开门，"不过，你必须快点过去，说不定又有人要来巡逻了。"

"谢谢！"

她在少年的陪伴下，走出寂静的小超市。月亮仍挂空中，四下黑暗凄凉的荒野不时传来早起的鸟鸣，东方渐渐露起了鱼肚白。

沿着学校围墙一路小跑，来到背面那段最矮的地方。小麦爬上去一看，果然不再有人了，回头感激地看了秋收一眼。

额头贴着护创膏的秋收低声道："小心！"

于是，她趁着黎明翻过了围墙。

墙内是片隐蔽的树丛，谁都不会发现她的踪影。沿着墙根走到宿舍楼，再翻过那扇锁不上的窗，便顺利回到寝室的楼道。

她轻手轻脚地上楼，像只小猫钻进了寝室。当她满以为没人发现，小心地爬回床铺时，上铺却传来声音："你去哪儿了？"

小麦恐惧地缩到床角，随后看到钱灵爬下来，钻进她的蚊帐，顺手打开床头小灯。

昏黄的灯光照着两个少女的脸，钱灵明显一晚都没睡好——也许，她整晚都在上铺等待小麦回来？

看着钱灵冰冷而怀疑的脸，小麦被迫说了一个谎："我害怕！在慕容老师被杀害之前，我在寝室里梦到了她！我不敢留在这里，偷偷回了趟家，刚才翻墙回来的。"

然而，钱灵一句话都没有再问，她的眼神分明已做出回答——不相信！

第二十五章

2010 年，12 月 12 日。

星期天。

小麦预约了老丁的出租车，一大早就从家里出发，前往郊外的南明路。

"南明路？好远啊，干吗要去那里？"

老丁面色似乎不对，坐在副驾驶位上的小麦回答："那是我从前读书的地方。"

出租车穿过沪闵路高架和莘庄立交，进入小麦少女时代的那片荒野。

十年过去，再也看不到那片荒野，路边是无尽的楼房与别墅，还有高尔夫球场与奥特莱斯商城——再也不是十八岁记忆中的世界。

离开高速公路与国道，转进一条岔路，在巨型广告牌下，有块老旧的路牌——南明路。

又往前开了数百米，老丁突然踩下了急刹车，随着轮胎与地面的摩擦，小麦整个人往前冲去，幸好系着安全带才没出事！

车子突兀地停在路口，后面几辆车鸣起抗议的喇叭，从旁边变道飞驰而过。

老丁低头打开双闪灯，趴在方向盘上颤抖着说："对不起！田小姐！"

"你怎么了？"小麦终于发出了脾气，"差点要了我的命！"

他把车子停到了马路边上，看着前方空旷的马路说："我害怕！只要开到这个地方，我就感到后背凉凉的，仿佛有什么东西爬到了身上！"

"这条路上有鬼？"

"十年前，我还是一个卡车司机，有一个下着大雨的夜晚，就在这条南明路上，就在这个地方——我轧死过一个人！"

老丁痛苦地闭上眼睛，倒头靠在座位上。

"天哪！你为什么不早说？"

"十年来，我再也没回到过这里，再也不敢回到这里。对不起，田小姐，今天我不收你的钱。"

"算了，老丁！"她还是按计价器上的数字把钱给了他，"我这就下车吧，反正已经快到了，我会自己再打车回去的。"

"谢谢！"

待到小麦走下出租车，老丁立即掉头飞快地逃走。

风，冬天寒冷的风，卷过郊外的南明路，却已不是少女时代的凉爽的风，而是带着一股淡淡的烟尘味。

她竖起大衣的领子，孤独地走在路边的人行道上。两边盖起许多别墅，还有几间巨大的厂房，唯独看不到大片的田野。

小麦叹息着往前走去，终于看到南明高级中学的大门——熟悉的校门，竟与十年前没什么变化，只是门口的梧桐树又长大了。

再看马路对面的小超市，却已经彻底消失，就像从未存在过。小超市原来的位置，变成一个新建的楼盘。小区大门同样正对着校门，不时有私家车进进出出。门口穿着制服的保安，煞有介事地向车主们敬礼。

小麦站在南明路边，母校与住宅区的大门之间。回忆中那座小小的房子，它真的存在过吗？还是，完全只是自己的幻觉？包括那个命运悲惨的少年。

她回到母校门口，犹豫许久却不敢进去——那里埋藏着她消失的青春，埋藏着十年前的欢乐与眼泪，也埋藏着某些最可怕的秘密。

周日的学校大门，有不少学生进进出出，大概是提前返校的住读生，以及家在外地的学生——这所全市有名的重点中学，许多外地家长用高价买来入校名额。这些学生与当年记忆中的自己，已有很大不同。虽说大多还穿着校服，却几乎人手一部手机，手里捧着各种电子产品，有人腋下夹着iPad。有的女生梳着前卫的发型，公开与男生手拉着手。他们并没有多看小麦几眼，完全把她当作另一个世界的人。

学校里走出一个她认识的人，竟是当年的教导主任，这个身材魁梧的男人，当年以严厉著称，如今却已经秃顶，一副快要退休的颓废样子。小麦没和教导主任打招呼，冷漠地看着那个人的背影远去，就像看着自己的青春远去。

在校门口徘徊数分钟，她选择了离开，沿着十年前常走的那条路，前往曾经遍布蔓草的小径。

可惜，再也没有空旷的荒野，学校四周全是新建的楼盘，只有一个地方还是空白。

她看到了那块空白——虽然它也即将从地图上被抹去，许多楼房之间，隐藏着那根高高的烟囱，还有坟墓似的残垣断壁。

穿过两个楼盘间的小道，脚下的荒草间小道若隐若现，她看见了十年前的旧工厂。

废墟周围新造了一堵简易围墙，画着某某开发商的 Logo，想必很快要被拆掉了。

好在门口没有人看管，她毫无阻碍地走进废弃工厂，踩着地下的野草与碎石，一切都与十年前相同。只是冬天草木枯黄，寂静的废墟更显凄惨，不像当年到处是绿色的五月。

她想起了慕容老师——如果活到今天，也有四十岁了吧，想必她还是漂亮的女人，依旧充满成熟魅力，让许多男人动心。十年前的那个下午，老师就是如此抚摸这堵墙壁，抚摸她死去的初恋的灵魂。

很快，老师就死在了这里，死在小麦此刻站立的地方，被那道紫色的丝巾活活勒死。

十年之后，同样的丝巾，又勒死了小麦唯一的死党——也是共同发现慕容老师尸体的钱灵。

丝巾的轮回？

紫色的轮回？

还是，恶鬼的轮回？

田小麦转进厂房，冷冷的阳光从开裂的屋顶射下，恰好照亮那道通往地底的阶梯。

这也是慕容老师说过的——传说中闹鬼的地方。

她借助手机屏幕的微光，走下深深的地道，照出一道紧闭的铁门。

地下室有个圆形的旋转门把，很像潜艇或轮船上的水密舱门，一旦旋紧就算海水也冲不进来，恐怕是以前保存贵重物资的仓库。

小麦抓住金属的把手，尽管已布满了铁锈，但双手用力转动，把手慢慢松动起来。

随着"吱呀"一声，通往地狱的舱门缓缓打开……

刹那间，她闻到一股腐烂的气味。

她立即屏住了呼吸，迅速从包里掏出手帕，牢牢蒙在自己的口鼻上。

两分钟后，这股味道才渐渐散去，小麦仍然小心地蒙住口鼻，慢慢踏入黑暗阴冷的地下室。

四周如坟墓般寂静无光，只有手机屏幕照出方寸区域，完全看不出地下室有多大，倒是鼻子里充满奇怪的味道。

忽然，心底产生某种异样，似乎有谁在喊自己的名字！

她惊讶地转过身来，用手机屏幕照向四方，却害怕突然照到某张恶鬼的脸……

手机光束里什么都没有，除了地下扬起的一团团灰尘和烟雾。

小麦尽量向旁边摸过去，终于触到冰冷的墙壁，却在手机屏幕扫过的刹那，看到墙上还写着几个字。

把手机对准那些字，居然是自己最熟悉的字——

田小麦

墙上写着她的名字！

不，这不是写上去的，分明是用石头之类的硬物，生生地刻到墙壁上去的！

三个字刻得歪歪扭扭，有的笔画还重叠在了一起，像二年级小学生写的字。

小麦惊讶地看着自己的名字，就像自己整个身体被刻在了墙上！

紧接着，她又在旁边半尺之外，看到了同样的三个字，也是用坚硬物体刻上去的。

田小麦……田小麦……田小麦……田小麦……田小麦……田小麦……田小麦……田小麦……

她看到了无数个"田小麦"！

全是同样刻上去的字，同样歪歪扭扭的笔画，如某种古老的咒语——十年来的种种不顺与悲伤，难道全是因为这些墙上的诅咒？

在许多自己名字的后面，还跟着各种各样的标点符号，有逗号、顿号、句号、省略号、惊叹号、破折号、书名号、问号，甚至还有大叉！

她看到有一个"田小麦"的上面，刻着一个深深的大叉，仿佛死刑判决书上的名字。

地底的诅咒？

突然，田小麦的手机电量用尽，黑暗一下子笼罩了全身。她惊慌失措地跑出地下室，几乎连滚带爬地冲回地面，才看到屋顶上的阳光。

2000 年的记忆，第五章

2000 年，万物茂盛的五月。

又是晚自习的时间，月光照耀南明高级中学周围的荒野，如同披上一层银纱。

小超市再次显得寂静落寞，灯光下只有秋收独自一人，在收银台后面低头看书。

田小麦悄悄穿过马路，屏着呼吸走进敞开的门，少年丝毫都没发觉她的到来。她蹲下来躲在收银台外，解开脑后扎马尾的皮筋，模仿刚看过的《午夜凶铃》里的贞子，将头发全部披散在面前，突然起身出现在秋收面前。

"啊！"

他吓得一阵惨叫，整个人从椅子上摔了下去。

"不要——"

小麦也叫了出来，心想这下可闯祸了，急忙转到收银台后面，先将脸上的头发拨开，伸手拉起倒地的秋收。

"啊，是你啊！吓死我啦！"

看到电视机里爬出来的山村贞子，转眼变成十八岁的美丽少女，少年这才嘘出一口长气。

不过，小麦长得不像贞子，而像电影里的松岛菜菜子演的女主人公。

秋收爬起来摸了摸屁股，想是刚才摔疼了，小麦抱歉地说："对不起，我没想到你胆子那么小。"

他哭笑不得地摇摇头："算了，谁碰上都会被吓死的！"

头上的护创膏撕掉了，只剩一道浅浅的红印子，配着明亮闪烁的双眼，少年的脸更显清秀帅气。小麦也觉得他有了某些变化，比如头发不再乱糟糟的，每天都刻意梳理过，衣服穿得更加正式，而不是乡下少年的学生服——总之，比起上个月的初次重逢，他已更能吸引她的眼球。

两人身上的所有变化，都是因为那个悲伤的夜晚，秋收奋不顾身地救了小麦，有幸保护了少女的清白。

那晚之后，已过去了十几天。每天中午和傍晚，她都会悄悄走出校门，瞒着钱灵她们跑到小超市。但是，只要店里有其他同学，她就不敢与秋收讲话，顶多不经意间抛给他一个眼神。而他也很识相地从不主动理睬她，只是接到眼神时会心一笑。唯有在晚自习时间，这里不再有其他高中生，她才会坐下来与他聊天。

秋收和小麦有个共同的爱好——看书。

他们经常互相交换书籍，她给少年看自己喜欢的书，比如《简·爱》《呼啸山庄》《红与黑》。秋收则送给她很多武侠小说，最主要的不是金庸，而是小麦很少接触的古龙。每当两人单独相处，少年就不再内向沉默，偶尔露出爽朗的笑容，从某个角度看去竟有些玉树临风，焕发出让女孩子怦然心动的魅力。

小麦也会推荐给他看 VCD，比如她看了至少七遍的《大话西游》。在几个晚自习的间隙，他们挤在小超市的角落里，用一台破旧的彩电和二手的 VCD 播放机，断断续续看完了这部周星驰的片子。当年，这部无厘头的电影改变了许多人，而小麦每看一遍都会哭得稀里哗啦，秋收看到最后却是平静地说："如果我是至尊宝，也会一个人悄悄地离开。"

"那……那不是……太可惜了吗？"她用手帕擦了擦眼泪，几度哽咽，"我们……到底还有很多地方……不一样……"

再看电视机的屏幕，师徒四人已走上西行之路，孙悟空吃掉最后一根香蕉，背影消失在大漠深处。同时，响着一首凄凉的歌，再度催下田小麦的眼泪——

"苦海，翻起爱恨。在世间，难逃避命运。相亲，竟不可接近。或我应该，相信是缘分……"

虽然秋收听不懂粤语歌词，但他感到有些胸闷，便起身走到超市外面，看着荒野上的月亮……

除了看书与看片，她常说起学校的功课，还有正在做的题目——这些秋收大多也做过，他的答题水平甚至更好，只因老家分数线太高，只有凤毛麟角的人才能考入大学。从高考落榜那天起，秋收就明白了这一点，虽然也有机会复读，或去读志愿外的学校，但他还是决定放弃。

"人生，总有适合我的道路。"

几天后的夜晚，坐在小超市的收银台上，少年扬起头如是说。

小麦还不能完全理解，却点头赞同："我也厌倦现在的生活，可我别无选择。"

"总有一天，你会有选择的。"

看着超市外头的月光，小麦沉默了半晌，想到个问题："你的小房间里，有一个年轻美女的照片，她是谁？"

刚问出口她就后悔了，她想少年不会回答的，没想到秋收坦然道："我的妈妈。"

"啊？"

她完全想不到，照片里如此迷人的女孩，居然是这个十八岁少年的妈妈？

"那是她和我爸爸结婚前的照片，是不是大美人？"

少年早已接受妈妈被杀的事实，居然还带着调侃的语气。

"是。"

田小麦心中想到的却是那位美丽的女子五年前死在这里的情景。

"不过，我长得像她的地方却不多。"

"还好你没往自己脸上贴金！"

"我会为她报仇的，亲手杀了那只恶鬼！"

原本轻松的气氛，突然被这句话所打破。

小麦怯生生地看着他，看着那双忧郁深沉的眼睛，穿越窗外重重的黑夜，寻找那只隐藏在空气中的恶鬼。

"我想听听你弹吉他。"

少年回过头，面带羞涩地说："我弹得很烂。"

"没关系，我想听！"

看着小麦执着的目光，他老实地走进小房间，取出那把旧旧的木吉他。

秋收小心擦拭吉他上的灰，不断调整琴弦位置，轻轻拨了几下，琴箱发出清脆悦耳的共鸣。

小麦好奇地问："你在哪儿学的？"

"去年高考失败，我闲在家里没事，在县城的琴行里学的，这把吉他花掉了我半年的零花钱。"他先关了小超市的门，摆出一副弹吉他的架势，"我真的弹了哦。"

"好！"

她开心地鼓起掌，他低头拨动琴弦，一段长长的抒缓旋律过后，少年闭上眼睛唱起来——

"走在寒冷下雪的夜空，卖着火柴温饱我的梦。一步步冰冻，一步步寂寞，人情寒冷冰冻我的手。一包火柴燃烧我的心，寒冷夜里挡不住前行。风刺我的脸，雪割我的口，拖着脚步还能走多久。有谁来买我的火柴，有谁将一根根希望全部点燃。有谁来买我的孤单，有谁来实现我想家的呼唤……"

刚听开头就知道了，他唱的是熊天平的《火柴天堂》，恰好也是小麦非常喜欢的。这首歌有另一个版本，没有其他乐器配乐，只有简单的吉他伴奏——正如此刻少年的深情弹唱。

其实，他的声线并不怎么好听，更不像熊天平般的细腻嗓音。然而，秋收的表情极其悲伤，紧锁的眉头下是一双闭着的眼睛，偶尔几次睁开眼睛，仿佛是看到了妈妈，眼眸中滚动闪烁的泪光。

这是一首唱给妈妈的歌，唱给早已死去的妈妈。五年前死去的灵魂，死在这个地方的灵魂，一定会被这歌声吸引，幽幽地来到儿子身边，看着已经长到十八岁的少年，看着他对妈妈的思念。

唱到副歌部分，吉他琴弦拨动得越来越快，秋收也更加投入地摆动身体，几乎全身的每个部位都在用力，同时爆发似的大声唱起——

"每次点燃火柴微微光芒，看到希望看到梦想，看见天上的妈妈说话，她说你要勇敢你要坚强，不要害怕不要慌张，让你从此不必再流浪。妈妈牵着你的手回家，睡在温暖花开的天堂……"

最后他的声音完全唱破了，却感染了他唯一的听众——小麦的眼里布满泪花，因为这首歌也是唱给她的妈妈，唱给多年前离开人间的妈妈。

在妈妈死后的无数个夜晚，想起安徒生笔下的卖火柴的小女孩，她都会有相同的悲伤，仿佛自己就是握着最后那团火焰的可怜的小女孩。

一曲终了，秋收大汗淋漓，抱着吉他不断喘息，泪水模糊了他的双眼。他许久都无法走出刚才的情绪，似乎妈妈正等待自己点燃最后的火柴。

忽然，他听到了一阵激动的掌声，小麦痴痴地站在他眼前，几乎就要撞到他的鼻子，流着眼泪颤抖着说："谢谢你！谢谢你为我唱的歌！"

"这也是为我自己唱的。"

秋收靠在收银台上一动不动，小麦却毫无预兆地抱住他，那火热的身体，几乎要让他的心跳停止。

在少年反应过来之前，她飞快地逃出小超市，一溜烟地穿过马路，跑回南明高级中学的大门。

第二天，周五。

中午，小麦来到小超市里，趁着同学们结账时，她朝角落里的秋收做了个鬼脸。

少年起身走到她的身边，货架阻拦了其他人的视线，他对她耳语道："我做了一只风筝，如果你愿意的话，下午等别人走了以后，我们可以去荒野上放风筝。"

下午，四点。

今天是住读生们回家的时间，每次她都会和钱灵一起坐公车回家，这次小麦却说："你先回家吧，我在学校还有些事。"

"不会吧？"钱灵再次露出怀疑的表情，"你不是谈恋爱了吧？"

小麦尴尬地摇头："怎么会！"

送走钱灵，她又在校园里等了好久。直到大多数同学都已离开，她才兴冲冲地跑过马路，看到店主大叔正在收银，秋收换上一身运动服，手里拿着一个巨大的风筝。

两人相视一笑，走出小超市，看看四周，确认没被其他人看到，才跑向旁边的荒野。

秋收选择了一块平地，放眼望去只有遍地野草。风筝是他自己做的，用的是店里废弃的材料，上面还画着好看的图案，有一双漂亮的大眼睛——他悄悄地对小麦说："这是按照你的眼睛画的！"

"瞎说！"

小麦嗔怪了一声，却咪咪地笑了起来，风筝上画的还真有些像自己的眼睛。

野地上的风很大，正适合放风筝。少年让她抓住风筝，他自己抓住线盘。就在他要小麦放手时，她却大声喊道："秋收，我们上一次放风筝，你却突然跑了，这次你还会跑吗？"

上一次——已是遥远的五年之前，他的那次逃跑，让小麦付出了沉重的代价。

"不会！只要有你在，我永远也不会逃跑！"

少年忘情地喊出来，却让小麦有些尴尬，她沉下脸说："不要说这种话！"

就在秋收感到羞愧时，她却放开手中的风筝，大叫道："快点拉啊！"

他立即向后跑去，抬手把风筝拉起来，小麦跟着一路奔跑："起来了！起来了！"

乘着一阵东风，风筝迅速抬起，他在一路放线的同时，反复提拉给予风筝力量，直到风筝完全飘在风中，反过来给手中的线以强劲的力量。

小麦仰头看着风筝，那个神奇的家伙，像一只张开翅膀的大鸟，飞翔在高高的云端。仿佛回到很小很小的时候，她还是个小女孩，跟着爸爸妈妈来到郊外草地，看着风筝飞到很高很高的空中，好像接下来他们就会把她也系在线上，放到远离生老病死等人间痛苦的天国。

秋收把线交到小麦手中，让她也感受风的力量——这根细细的线上似有双无形的大手，正在不断向上抽动，源源不断地施加无穷的神力。她感觉自己在与天空对话，似乎能听到自己未来的命运。

至少，在放风筝的瞬间，田小麦感觉到了幸福。

最简单的幸福。

长时间仰着脖子，好不容易才低下头来，小麦突然看到空地外的马路边，站着一个面色阴沉的男人。

"爸爸！"

小麦松开了手里的线。

差不多同时，秋收也看到了穿着警服的田跃进，立刻就认出了他是谁，手中的线盘也坠落到地上。

刹那间，风筝断了线。

就像一只被子弹打中的飞鸟，风筝急速地坠落下来，挂在很远的路边的树枝上。

风筝在枝头晃了几下，落在田跃进的身边，秋收也不敢去捡，低着头跑回了小超市。

田跃进冷冷地看着少年的背影，毫无疑问也认出了他——五年前被杀害的许碧真的儿子。

"爸爸，你怎么来了？"

待到老警察走到女儿身边，小麦才怯怯地说出话来。

"今天我到这里的派出所继续调查你的老师被杀害的案情，顺便来看看你是否回家了。"田跃进狠狠地瞪了她一眼，"看来你玩得很开心嘛。"

往常，小麦总是大胆地与父亲吵架，此刻却畏惧地低下头，跟着父亲回到路边。

一辆警车停在那里，开车的是小警察叶萧。

田小麦抓起书包坐进去，父亲沉默地坐在旁边，看着窗外五月的原野。

很快经过南明高级中学的门口，田跃进看着小超市说："他终于回来了。"

女儿明白老爸说的"他"是谁——但担心的是，老爸也看到了她和少年亲密地放风筝，会不会……

警车里，广播电台正在讨论"千年虫"问题，那是当年的头等大事。

等车子开进市区，田跃进终于说话了："你老师的案子，比五年前的南明路杂货店凶杀案更加棘手，除了那条紫色丝巾，几乎找不到任何线索。死者生前的人际关系很复杂，我们正在排查大量的嫌疑对象。"

"哦，你一定要抓住凶手！"

田跃进没有立即点头，茫然地看着女儿好久，才说了一句："我会尽力的！"

父女俩又沉默了片刻，还是父亲先开了口："以后，不要再和秋收来往了。"

　　"为什么？"

　　"这是我的命令！"

　　"你不喜欢他？"面对父亲蛮横的态度，小麦终于发作起来，"既然如此，当初干吗把他带到家里来？"

　　田跃进不想再和女儿吵架，他耐心地看着小麦说："五年前，我还把你当作孩子，秋收也是一个孩子。但是，现在你已经不是小女孩了，你是个十八岁的漂亮的大姑娘，而他也已经离开学校进入社会——他是一个成年人！你明白爸爸的意思了吗？"

　　"我明白。"

　　小麦第一次乖乖地向父亲低头，无助地蜷缩在车窗边，遥望天边的晚霞。

　　在警车的后视镜中，她看到叶萧复杂的目光。

　　这个年轻警察的目光让少女田小麦难以猜测，她想这绝不是一个简单的人，或许在很多年后，他会成为一个出色的警察。

　　两天后，周日，傍晚。

　　田跃进坐着公交车，把小麦送回到南明高级中学。

　　一路上父亲的神色严厉，观察着女儿一丝一毫的变化。

　　小麦被"护送"到学校门口，穿着制服的警察老爸才威严地转身离去。她没有回寝室，而是躲藏在校门后的绿化带里，悄悄观察父亲的背影。

　　她猜得没错，父亲并没有远走，而是快步走过南明路，来到学校对面的小超市。

　　隔着夕阳下的马路，她看到超市收银台后面的秋收。父亲走到他面前说了几句话，她没有看清少年的表情，只看到父亲停留了几分钟，然后独自离开。

　　"小麦！"原来钱灵刚好走进校门，发现了鬼鬼祟祟的死党，"你在干吗？"

　　"哦，没干吗！"小麦只能从树丛中走出来，"你先回寝室吧，我很快就来。"

　　"别太晚哦！"

　　钱灵的目光依然充满怀疑，和几个女生一起走向寝室。

　　天，差不多全黑了。

　　确信父亲已坐上公交车走远，小麦才重新走出校门，穿过马路来到小超市。

　　此刻，店里没有其他高中生，秋收独自坐在收银台后面发呆，突然他惊讶地抬起头来，更惊讶地看到了小麦的脸。

"刚才，我爸爸对你说了什么？"

她直截了当地提出问题，态度就与警察老爸一样严厉。

秋收仿佛受审的犯罪嫌疑人，低着头交代道："你爸爸只是来关心我，已经五年没见过了。他又说了慕容老师的案情，问我有没有见过可疑的人。"

"他只说了这些？"

"是——是。"

少年支支吾吾地点头，小麦却一眼看出他在说谎，或者说他这样的老实人只要说谎就会当场露馅！

"为什么？"小麦咄咄逼人地靠近他，"你为什么骗我？！"

看来她深得父亲的审讯之道，这句话立时让少年的心理防线崩溃，他瞪大眼睛坦白："好吧，我说出来——你爸爸刚才警告我，不要再和你说话，让我离你越远越好。否则，他就对我不客气。"

"浑蛋！"小麦狠狠地咒骂了一句，随后又失望地看着少年，"你答应他了？"

"是。"

小麦的脸色变得铁青，一言不发地冲出小超市，像只逃避猎人的小鹿，飞快地穿过马路逃回巢穴。

第二十六章

2010 年，12 月 12 日。

周日，晚上。

这是自两天前男友过完生日后，他们第一次出来约会。

盛赞知道她不喜欢恒隆广场这种地方，也不喜欢故作高雅和装腔作势的高级餐厅，便陪她在龙之梦楼上寻找好吃的。没想到小麦选择了最便宜的小龙虾，排队等候好久，才忍着呛鼻的辣味坐进狭窄的座位。

"怎么？你不喜欢这种地方？"

小麦难得心满意足地剥着虾壳。

"不会啊，这里适合你的宅女风格。"盛赞总是顺着女朋友的心意说话，"不过，我的爸爸妈妈恐怕从没吃过小龙虾呢。"

"对，他们吃惯了澳洲大龙虾吧？"

"你在讽刺？"

这位外科医生面露几分不快，小麦只能安慰道："不会啦！"

盛赞最大的优点是宽容，很快他便恢复了笑容："下个周末，我们全家准备去郊外自驾游，妈妈预订了一个度假村的别墅，想请你也一起去！"

大概又是男友父母对自己的一次考验吧？小麦平静地点头："好的，没问题。"

吃完小龙虾，他们去顶楼看了一场电影。这部国产片号称有几大明星出场，剧情却乏善可陈，每当主角声泪俱下之时，往往引起观众们笑场。

盛赞对电影并不在意，趁着午夜散场出来，他亲密地搂住小麦肩膀，嘴唇凑上来要亲吻她。

没想到，小麦皱起眉头推开了他，低头站在影院出口阴暗的角落。

"干吗闷闷不乐的？"

男朋友面子上有些过不去，又不是第一次约会，早到了谈婚论嫁的程度，哪里又惹她不开心了？

她只能重新振作精神："没有啊。"

明显就是强颜欢笑，盛赞忧虑地拉紧她的手，却感觉她的手背异常冰冷，便对她耳语了一声："你爱我吗？"

她不置可否地看着高大帅气的男友，他有一张让所有女孩喜欢的脸庞——真想亲吻他那薄薄的嘴唇。

可是，她却有一种恐惧感，当他靠近自己的双唇，当她闻到他鼻中呼出的气息，她竟产生本能的厌恶。

走进只有他们两人的电梯，她抚摸男友光滑英俊的脸，轻声说："白天，我去了南明高级中学。"

"我们的母校——干吗不告诉我？我也想一起去看看呢。"

比小麦高一届的盛赞看起来还很向往南明高级中学，她却冷淡地回答："我没有进去。"

"为什么？"

"十年前的荒野已经消失，学校对面的小超市也没了，变成了一个新楼盘。"

"哦，早就该拆掉了嘛。"看来盛赞对此丝毫不心疼，"我想南明路上应该有了不少大超市。"

"你还记得慕容老师吗？"

"教语文的？"

盛赞几乎是不假思索，想必这位漂亮的女老师给高中时代的他留下过深刻印象。

"是，我是语文课代表，也是她最喜欢的学生，她也是我最喜欢的老师。"

电梯下到地下车库，他摸着车钥匙说："我是你的学长，怎会忘记慕容老师？她可是我们学校的话题女王，我们每次上她的语文课都很兴奋，特别是夏天——因为她的穿着非常大胆，我想现在的女老师也不会像她那样吧。"

"喊！你们这些男生！"小麦终于露出鄙夷的神色，"根本就不了解她！"

"好像你很了解似的？可惜，等到我高中毕业后的第二年，就听说她在学校附近被人杀害了——那桩案子似乎一直悬而未决。"

"你很关心慕容老师？"

"以前，我有个很要好的男同学还暗恋过她呢！"

"很要好的男同学？"

小麦想起那些打电话给电台谈心节目的听众们，总是说"我有个好朋友"爱上了有夫之妇或是未婚先孕了，然后就被主播万峰打断并怒斥道："就是你自己吧！"

"不相信？"

"算了。"她看着午夜空旷幽暗的车库，想起了另一个地方，"你还记得，在我们学校附近有一个废弃的旧工厂吗？"

"哦，那里啊——我们几个胆大的男生，经常结伴去那里玩呢——有个地方是禁区，在地下通道的深处，有道封闭的舱门，据说里面埋藏着许多可怕的东西，以前学长们管那里叫'魔女区'。"

"什么？"小麦的心被最后三个字揪了起来，"你再说一遍！"

"魔——女——区——"

盛赞一字一顿地念出这三个字，在坟墓般寂静的地下车库，传来可怕的回声。

"魔女区？"

脑中浮起"可以买到你想要的一切"的"魔女区"，同时想起那道通往地狱的"舱门"。

他总算找到自己的奔驰 C200，打开车门坐进去说："你们女生当然不知道，因为'魔女区'的传说只在我们男生之间流行——只有胆子最大的男生，才敢去'魔女区’冒险，很遗憾我不是其中之一。”

"既然如此，为什么还有人敢去呢？"

小麦面色严峻地站在车外，并未随他一起坐进去。

"上车！"男朋友向她挥了挥手，"因为，传说'魔女区'可以让你拥有一切。"

"够了！"

小麦非但没有坐上奔驰车，反而把车门重新关紧："对不起，我自己打车回家吧！"

"喂！田小麦，你怎么了？"

他使劲按了按车喇叭，小麦却自顾自地走远，回头抛下一句话："别担心，我会给你打电话的！"

通过电梯回到一楼，商场大门已空无一人，耳边不断回响着"魔女区"三个字，仿佛这座庞然大物般的商场，已化作那家潜伏在网络深处的小店。

她来到子夜的月光下，赶在盛赞从车库把车开上来前，拦下一辆出租车坐了进去。

刚报出要去的地址，小麦就感叹世界太小了，因为司机竟是邻居老丁。

上午，老丁还带着她去了南明路，又从他的伤心地落荒而逃，子夜行将收工之时，却在龙之梦门口巧遇了小麦。

车子飞快疾驰在黑夜之中，疲倦的老丁没忘记道歉："田小姐，上午我很抱歉。"

"没关系。"

话音未落，小麦手机便响起了《First Love》，她知道是盛赞打来的电话，大概还在龙之梦门口等她？但她拒绝了来电，发出一条短信——

"非常抱歉，亲爱的，你说的'魔女区'让我心里很乱，我想一个人安静片刻。明天，我会再给你打电话的，请原谅，你的小麦！"

老丁不断调着电台，耳边响起各种声音，从新闻到小说连播再到卖药的广告，忽然飘过一段熟悉的旋律——

"还记得年少时的梦吗？像朵永远不凋零的花……"

歌声转瞬即逝，被调到了下一个频率，小麦立即喊道："等一等！就听刚刚那个！"

于是，音响里又唱起那首歌："那些为爱所付出的代价，是永远都难忘的啊，所有真心的痴心的话，永在我心中，虽然已没有他……"

飞驰的出租车已变成空旷的舞台，过滤了其他所有声音，只有《爱的代价》的旋律荡漾在耳畔。田小麦无力地靠在座位上，全身放松闭起眼睛，听着早就能背出来的歌词。

泪水突然无法抑制地涌出来。

"也许我偶尔还是会想他，偶尔难免会惦记着他，就当他是个老朋友啊，也让我心疼也让我牵挂。只是我心中不再有火花，让往事都随风去吧，所有真心的痴心的话，仍在我心中，虽然已没有他……"

2000年的记忆，第六章

2000年，他还活着。

最黑暗的六月，还有几周就要高考，田小麦和她的同学们仿佛随时会崩溃的琴弦，被迫每天每小时甚至每分钟都在练习同样的曲子。

上个星期，派出所抓住了两个小流氓，最近他们经常在南明路附近活动，傍晚时分出来骚扰女学生，结果正好被巡逻的警察逮住。两个浑蛋对所有坏事都供认不讳，他们承认最大胆的一次犯罪，是一个晚上在旧工厂的废墟，意图强暴一个单身女孩，看样子是南明高级中学的女学生，但没想到出现了一个见义勇为的男孩，居然把他们打走了。派出所的所长大为惊讶，还有这种人？警方想要寻找传说中的黑夜英雄，却始终一无所获。

田跃进听说了这件事，照例也过来审讯了一番，这两个流氓自然成了杀害慕容老师的嫌疑对象，不过审问了几次都没有结果，田跃进没有刑讯逼供的习惯，也认为这两个家伙没有杀人的狗胆，便作为一般的刑事案件处理了。

不过，若要是让田跃进知道，两个流氓意图强暴的女孩就是他的女儿，他们恐怕都会被他打成残废。

田小麦也始终没有对任何人说过这件事。

又是一天晚自习，钱灵在认真地背单词，小麦溜出来穿过马路，来到对面的小超市。

月光洒在四周黑色的荒野，店里寂静得让人发慌，小麦没有见到店主大叔，只看到坐在收银台后面的少年。

秋收抬头看了她一眼，却没有说一句话，继续低下头发呆。小麦皱起了眉头——他居然无视自己？何况，旁边并没有其他人。

既然他是这种若无其事的态度，田小麦也不主动跟他说话，而是故意把脚步踩得很响，到货架上拿了瓶洗发水，重重地放到收银台上。

秋收拿起洗发水扫过条形码，淡淡地说："十五块九毛。"

她掏出二十块钱，在接过找零的同时，终于忍不住问："为什么不和我说话？"

"对不起。"

"你怕被人听到？这里除了我们俩，连个鬼都没有！"

秋收这才忧心忡忡地说："我还记得你爸爸警告过我的话。"

"你怕了？你就是这么一个胆小鬼？算我看错你了！"

"你为什么一定要和我说话？"

"因为——"她倒是被这句话问住了，一时语塞，看着少年忧郁的双眼，沉默了一会儿，说出了心里话，"只有和你说话的时候，我才会感到无拘无束，不用考虑什么后果，想说就说，想唱就唱！"

"你不是有死党吗？"

"钱灵？是，她是我的死党。不过，有些话只能在女孩子之间说，有些话却是不能在女孩子之间说的。"

"我不懂。"

小麦瞥了他一眼："我看你根本就没接触过女孩子，哪能懂这些！"

"可是，好像除了很小的时候以外，我从来就没有无拘无束过——许多话我都不敢说出来，许多话都要反复地在脑子里盘旋。"

"因为你自卑！"

秋收深深呼吸了一口，果然露出自卑的眼神："也许吧。"

"但我从你的眼睛里看得出，在你对别人表现自卑的同时，也隐藏着强烈的自尊心。"

"不，你不会真正了解我的，因为我们是生活在不同世界的人。"

"没有什么不同的世界！只有一个世界！我们生活在一个世界里。"

"以前，我也是这么认为的。"他茫然地摇摇头，不敢再看她的眼睛，"等你再长大一些，就会改变这个看法。"

小麦咄咄逼人地说："别再谈论这些沉重话题了好吗？我想要告诉你，不用理睬我爸爸的话，我从来都没把他的话放在眼里，他更没有权利这样要求你！放心，他不会来找你麻烦的，否则我和他没完！"

月光洒在小超市的窗户上，秋收摸着冰凉的玻璃说："你忘了五年前的教训？你一定要跨过那条沟，结果怎么样呢？"

五年前？她尝到过那个滋味——下意识地摸了摸腿，这条摔断过的腿，现在小腿肚子上还有道疤痕。

跨过那条沟的教训？

正当她不知如何作答，却发现身后多了几个女生，恰是同班同学——她们都看到小麦和少年说话了，纷纷窃窃私语，指指点点，似乎当场抓到了某个八卦。

原来，明天还有最后一次模拟考试，今晚的自习会持续到深夜，大家都想趁着小超市关门前，过来买些吃的充饥。

这回她却不再躲闪回避，无所畏惧地给了同学们一个白眼，继续靠近秋收说："我不怕！"

秋收羞怯地看着她的眼睛，同时看着她身后那些女生们，低声说："我怕！"

"你不是这种人！"

"我有些不舒服，我让我爸爸过来收银。"

说罢，他叫出后屋的店主大叔，便扔下店里的女生，一个人跑到外面的月光下。

小麦大胆地追出去，完全无视身边的同学们，却在门口撞到了一个人——她最好的朋友钱灵。

"你怎么了？"

钱灵也是出来买消夜的，疑惑地看着心急火燎的死党。

小麦半句都没回答，绕过门口挡道的钱灵，径直向着少年方向追去。没想到他骑上一辆自行车，消失在南明路的深处。

她的嘴唇几乎被自己咬破，捏紧双拳回过头来，看到许多女生异样的目光。

"看什么看！"

沉下脸对同学们大喊了一句，快跑着穿过马路，将目瞪口呆的钱灵抛在身后。

她没有回教室自习，径直钻进寝室的蚊帐大哭了一场。

不是为少年的逃跑而哭，而是为了自己——为什么偏偏是他？为什么不是自己班级的帅哥班长？也不是隔壁班级的篮球队长？或者学校里的其他某个男生？如果是钱灵和她的那些追求者，没有人会用那种目光看着他们，只要不影响高考复习，就算老师看到，也会睁一只眼闭一只眼。

因为，他们都是同一个世界的人！

而他，却是另一个世界，甚至另一个物种！

人和人，竟是那么不一样。

忽然，蚊帐被人掀开，就像藏身的地洞被人打开，钻进来的却是钱灵。

她打开床头的小灯，照亮小麦满脸的泪水——她还从没见过小麦哭成这样。

田小麦立即抹掉眼泪，强颜欢笑道："你不去自习？"

"你不去，我也不去！我们不是死党吗？"

"好吧，我只想一个人休息下。"

钱灵抓住她的肩膀，看着她红红的眼圈说："小麦，我看到了，我看到你出去追他，其他同学们也看到了，真是不可思议——怎么会是他？我还以为是三班的眼镜帅哥呢！"

"够了，你想到哪里去了？我可没有谈恋爱，从来都没有谈过！"

"你骗不了我的，我怎会看不出你的变化呢？最近这段时间，我们在一起的时间越来越少，每次我说要一起散步的时候，你就说要去干吗干吗。好几次晚自习的时间，你都悄悄地一个人溜出去。以前我们喜欢一起逛小超市，可是你都不再陪我逛了，是不是想甩开我单独行动？"

这番话说得小麦心里发慌，果然是死党才这么有心，一举一动都没逃过她的眼睛。

"对不起！"

钱灵说话的眼神里，带着一种淡淡的嫉妒，那是女人对情敌才有的嫉妒："为什么不对我说实话？我们是最好的朋友，无话不谈的朋友，我们不是说过吗？任何心里话都跟彼此分享，我愿意和你分享，你呢？"

"亲爱的！我知道，你是最关心我的人。"小麦情不自禁地掉下眼泪，紧紧抱住死党，抱住那个温暖的少女身体，就像她们还是小姑娘那样，"可是，我现在心里很乱，只想一个人待着，以后会跟你说的。"

"好吧。"钱灵在退出蚊帐前，又警告道，"小麦，你一定要小心！小心不要跨过界线！你明白我的意思吗？"

她怔怔地看着死党的眼睛，低头轻声回答："明白，谢谢！"

第二天。

慕容老师的三七。

二十一天，迷人的女老师死去已有二十一天，小麦本该悲伤地度过这二十一天——不过，因为有了另一个人，她的悲伤却减轻了许多，反而多了些从未有过的快乐。

可是，月色凄凉的今晚，所有悲伤又涌上心头，关于死去的慕容老师，也关于田小麦自己的。

走出校门，隔着马路眺望小超市，还是只有秋收一个人。他也知道今晚是慕容老师的三七，没像往日那样在收银台后发呆，而是不停地徘徊，看着窗外的月光长吁短叹。等到他出来要锁门时，小麦飞快地穿过马路，用力拍拍他的后背。

十八岁的少年吓得魂飞魄散，转身才看到小麦的脸——还以为会见到死去的慕容老师。

她特意穿了一身白衣白裙，黑夜里如传说中的聂小倩："有火柴和手电筒吗？"

秋收将两样东西拿给她，收完钱轻声地说："我知道你要去哪里。"

"嗯，今晚是她的三七祭日。"

"你忘了上次遇到过的危险吗？"

"没忘。"她看着黑色的荒野，并不知道那两个流氓已被逮住了，"所以，我来找你。"

少年从外面把小超市的门锁好："如果我不去呢？"

"那我一个人去好了！"

话音未落，小麦就往旧工厂方向走去，身后响起少年的声音："等一等！我陪你！"

秋收瘦长的身影出现在她的身边，两人一同没入黑夜的海洋。

夏夜，满地荒草是秋虫的乐园，此起彼伏着蛙声与蟋蟀声。

他警惕地看着四周。月光很快消失，夜空布满浓密的乌云，冷风呼啸着掠过发际，只能看到眼前摇曳的树丛与野草，还有身边少女闪烁的目光。

几分钟后，总算摸到了废弃工厂，高高的烟囱也看不清了，只剩噩梦般的黑色剪影。秋收用手电光线四处扫射，好不容易找到慕容老师的蒙难地。

小麦从背后掏出一本书，没等秋收看清书名，她已擦亮火柴，如坟墓上的一团鬼火，点燃了书的封面——火光燃烧纸张的刹那，似乎照出一个女人的容颜。

少年哆嗦着问："什么书？"

"《简·爱》。"

她平静地说出那个家庭女教师的名字，这本书同样也是慕容老师送的。上周她把这本书借给了秋收，前几天他刚还回来。

"这本书不错，干吗烧了？"

"也许——"她看着火焰渐渐吞噬整本《简·爱》，就像吞噬一个女子的尸体，"慕容老师在地下也想再看看这本书。"

秋收不再说话了，看着一身白衣的少女小麦，看着荒野里的一团火焰，看着灰烬如柳絮飞上夜空，转眼消失在黑暗的深处。

小麦的白衣白裙牢牢裹紧她纤瘦的身体，不知是被烟火熏的还是悲伤惹的，泪水忍不住滑落脸庞，她捂嘴轻声说："老师！老师！你能听到小麦的话吗？我知道许多人不喜欢你，这个糟糕的世界对你很不公平——你走了！可我还留在这里，留在这个糟糕的世界，我觉得好孤单好害怕，我觉得自己和所有人都不一样！我也会被所有人抛弃？我该怎么办？"

忽然，打湿白裙的不仅仅有泪水，还有从天而降的雨滴。

火焰迅速熄灭，荒野上飘满凄风苦雨。秋收下意识地拉起她的手，想要往外面冲去，却被眨眼间赶来的雨点打了回去。

荒芜夜晚的工厂废墟，已被黑色的倾盆大雨覆盖，这雨像一堵冰冷坚硬的水墙，阻断了这对少男少女的逃生之路。

小麦茫然地看着风雨如晦的夜空，那些重重砸在身上的雨点，全是慕容老师在天上的眼泪？她已收到了化为灰烬的《简·爱》？还想对最爱的学生说些什么？

眼看全身就要从里到外都被淋湿，两人就地寻找避雨之所。秋收打着手电照出一条小路，紧紧抓着小麦颤抖的胳膊，冲进后面残存的厂房。没想到屋顶早就开裂，露出筛子似的无数缝隙，里面同样下着瓢泼大雨。

手电慌乱地四处照射，突然闪过一条地下通道，照出一道船舱似的铁门。

地宫般的"舱门"。

少年抓着她跑下地道，用力转开"舱门"上的圆形把手，这才摆脱头顶倾泻的大雨。

同时，小麦闻到一股呛鼻的气味，蒙住口鼻猛咳嗽了几下。秋收被迫让铁门敞开着，流通空气渐渐驱散异味。幸好门外有道排水沟，只有极少的雨水渗进来。

手电往地下室里照了照，看不清深处藏着什么，只能照到近门的墙壁上，布满厚厚的蛛网和斑驳的裂缝。

"别再往里照了！"

小麦终于发出声音，她害怕照出某具可怕的尸体，抑或真正隐藏的恶鬼。

于是，手电光停留在了她的身上。

全身湿透的十八岁少女，白衣白裙紧贴在身上，露出凹凸有致的线条。她如一株雨后破土的萌芽，诱人地站在黑暗的地底，等待某个幸运儿的采摘。

"别看我！"

她又尖叫了一声，双手小心地护在胸前，蜷缩起来躲到墙边。但她又不敢脱离手电的光线，更不敢退入秋收看不到的黑暗深处，只能尴尬而害羞地低下头。

战栗片刻，她打了一个喷嚏。

"不行，你这样会感冒的。"

秋收又用手电往里照了照，才发现有一大堆木材，大多是门窗的木框和板材，大概是厂子倒闭时，拆下来又没来得及运走的。他扯下几块还算干燥的木板，放到靠近墙边的空地，上面还连着一些破布和窗帘，全是最容易燃烧的东西。

他从小麦手里拿过火柴："不要都受潮了！"

连续划了十几根，终于点亮一缕微弱的光芒，火焰上下跳跃片刻，把整块木材都烧着了。他又往上加了好几块木头，只要不被雨水浇灭，还足够支撑好一会儿。

于是，秋收把手电交给小麦说："你去火边坐着，快点把衣服烤干，千万别着凉。"

"不行！"

她警觉地看着少年，难道就这样穿着衣服烤火？

"我话还没说完呢！"他径直走到"舱门"口，"我在外面等你！"

"别！"

小麦刚说出一个字，少年就走出地下室，重新把舱门关上了。

她的后半句话都没来得及说出口："别把我一个人丢在这儿，我害怕！"

火光，照亮了她苍白的脸。

渴望温暖的本能，迫使她挪到火堆旁，脱下身上的衣服，祈祷可以快一点烘干。舱门并没有被少年关紧，而是故意留了一道缝隙——当然不是为偷看少女的身体，而是让烟雾从舱门排出，否则小麦会在地下活活被熏死。

黑暗神秘的地下室，一个魔女正在围炉取暖，她除去了身上所有衣物，就像文艺复兴大师们笔下的少女，光与影围绕着她的身体与容颜，那是最诱人最骄傲的身体，也是最恐惧最彷徨的灵魂。

她并不知道，自己就是一个魔女。

许多年后，魔女才会知道这里就是"魔女区"……

数十分钟过去，她已往火堆里添加不少木柴，身体也从冰冷变得温暖。她看着火光下自己的身体，竟反射出红色与金色的反光，像宗教油画里的光晕，童女圣母的身姿——这个十八岁的身体，是一块刚挖掘出土的玉石，尚未被雕琢过哪怕一次，白璧无瑕地守候在大雨之夜，未曾给任何人看过，更未曾许诺给过任何人。

终于，那身白衣白裙差不多快干了，长长的秀发也干了一半，她飞快地重新穿戴整齐，打开舱门喊道："秋收！我好了！你快进来！"

浑身湿透的少年冲进来，跑到火堆旁边脱下上衣，露出瘦弱的肩膀和胸脯，浑身哆嗦着上蹦下跳，驱散雨水带来的寒冷。

白衣白裙的少女田小麦，站在火堆旁，散开长发继续烘干。她看着秋收湿漉漉的后背，看着他裸露的肩膀和胸口，看着火光里他忧愁的眼神——像一匹孤独的幼狼，总有一天要发出荒野的呼唤。

于是，她伸手轻轻触摸他的嘴唇……

第二十七章

记忆。

记忆到这里，中断了。

2010年，小麦睁开眼睛，泪水已模糊视线，打湿寒夜的枕头。

缓缓地，颤抖着，从黑暗中爬起来，拉开窗帘看着深夜两点的上海，看着窗外星星点点的灯火，再也感觉不到六月雨夜的潮湿，感觉不到那片地底的"魔女区"，只剩下自己孤独的身体和包裹这个身体的干燥冬天。

闭上双眼，泪水却已奔流，那些丢失的东西，在心底滋生发芽蔓延，布满浑身每根血管每寸皮肤，竟有几分难以言说的幸福，也有几分莫名的忐忑不安。

然而，无论如何转动记忆的齿轮，她都无法再回到十年前，无法把那段往事连接起来。

接下来发生了什么？

她拿起枕边的一本旧书，厚厚的书页发出霉烂的气味，蓝色封面上印着一行黑色的书名：追忆似水年华，作者的名字叫马塞尔·普鲁斯特。

　　也许，对有些人来说，追忆就是活下去的最大意义。

　　田小麦光着脚在床边徘徊，冰冷的地板刺激着脚底，让她想起了另一个"魔女区"。

　　于是，她焦虑地打开电脑，进入淘宝网的"魔女区"。

　　"本店可以买到你想要的一切。"

　　在这段文字烟雾底下，她看到店主的阿里旺旺显示在线，点开与店主的对话框——

　　"魔女？"

　　不消几秒钟，店主就有了回应："是。"

　　"你究竟是谁？"

　　"魔女。"

　　"魔女又是谁？"

　　"魔女就是魔女。"

　　这样的回答让小麦抓狂，她几乎想砸掉屏幕了，忍住冲动用力敲打键盘："为什么叫'魔女区'？"

　　"因为，女人的左边有魔鬼。"

　　好像在哪里听过这个说法？小麦迫使自己冷静下来："可你不是女人！"

　　"但你是。"

　　"和我有什么关系？"

　　店主却回到了刚才的话题："婚戒戴在左手无名指，是为了镇住女人左边的魔鬼。"

　　看到"婚戒"两个字，她情不自禁地想起了盛赞，立即打字回应："也许，我很快就会戴上婚戒。"

　　"恭喜！"

　　她讨厌别人的假客气，直截了当地问："魔女区，就是魔女们的聚集之地？"

　　"或者说，是女人身上的魔鬼聚集之地。"

　　"我身上的魔鬼是什么？"

　　小麦紧张地等待答案，却看到一行敷衍的回答："对不起，这要你自己去发现。"

"那好吧，我再向你购买一次记忆！"

"时间？"

"2000 年，6 月。"

这回店主没有回答，直接发来一个链接，是个开价五千元的定制产品。

完成购买之后，店主从阿里旺旺上消失了，小麦也关了电脑，重新蜷缩在被窝里，耳朵贴着床单，似乎能听到床下的动静。

不，是地板下面的动静。

第二十八章

田小麦的地板下面，是出租车司机老丁的家。

两个钟头前，他做完最后一单生意回家，孤零零地坐在屋里，看着挂在墙上的照片。

照片里是个戴着红领巾的男孩，背景是长风公园的铁臂山，眉目之间颇有几分像老丁，一看便知是他的儿子。

烟灰缸里堆满了烟头。

老丁闭上眼睛，却再次回到了南明路——黑色的雨，午夜的闪电，飞溅的鲜血，凄厉的惨叫，残破的四肢……上午，当他载着楼上的田小麦，来到那条郊外马路的瞬间，当年的残肢和鲜血似乎全部喷溅到挡风玻璃上，喷溅到他的眼球上面……

十年前，他是一个长途货车的司机，每月替老板拉货，能挣好几千。妻子在百货公司做营业员，儿子成绩优秀，还是大队长。房子是旧区改造原地回迁的，那午头也算全家其乐融融。

这一切的改变，源自那个夏天的午夜。

大雨。

无尽的大雨笼罩天地，老丁知道卡车已经超载，每次转弯和减速都小心翼翼。但他必须按照老板的意思拉回来，如果深夜两点到不了市区，饭碗可能就要砸掉。一路开着刺眼的远光灯，反正是在午夜的荒郊野外，一路也没遇到对面来车。雨点像电视屏幕上的雪花，密集地砸上玻璃又被刷去，但只能看清不到一秒钟，重新又被"雪花"覆盖。飞驰的车轮溅起高高的水花，飞溅到数米开外的荒野，如横冲直撞的冲锋艇在水中乘风破浪。

忽然，灯光里照出一个模糊的人影，他下意识地鸣响了喇叭，同时拼命地踩下刹车——

太晚了。

等到车子完全停下来，那个人影已经彻底消失了。

老丁没有逃跑，而是战栗着跳下车，瞬间浑身就被淋湿了。等到发现车轮下横流的鲜血，还有飞出来的几截断肢，他的眼前一黑昏倒在地。

2000年的夏夜，他轧死了一个人。

从此，老丁的长途司机生涯永远结束了。

为了赔偿死者，他向亲戚朋友借了十几万，而老板拒绝出一分钱。他跟老板吵了一架，随后被人打了一顿。驾驶证被吊销，他没有其他技能，只能在家靠妻子养着。当他重新领到驾驶证，准备买辆出租车时，却收到了妻子的离婚协议书。

打了半年官司，妻子带着全部家产跑了，转眼嫁给一个襄阳路上卖A货的男人。

老丁得到了这套房子和儿子的监护权，还有一屁股债务。

他拼命开着出租车，想要尽早把债还清，却因几次普通的交通事故，经常连油钱都挣不回来。他没日没夜地干了三年，终于不再欠别人一分钱了，接下来要为儿子读书存钱。

然而，当他第一次为儿子买了双正品耐克鞋，想等在学校门口送给他一个惊喜，却得知儿子中午过马路时，被一辆金色的法拉利撞死了。

老丁大哭了一个月。

肇事司机不但酒后驾车，竟然还超速闯了红灯。不过，那年头开法拉利招摇过市的，自然是富二代贵太子，虽然依照交通肇事罪被起诉，但没过几个月便不了了之。

对方赔偿给他的上百万元，至今仍然存在银行没动过。老丁固执地保留儿子的几缕头发，期望许多年后科技发达，可以动用银行里那笔钱，用那些头发把儿子克隆回来。

此刻，老丁颤抖着伸出手指，抚摸照片上儿子的脸。

一切都发生在十年前，那条传说中恶灵出没的南明路，彻底改变了他的命运。

妻离子亡——老天对自己的报应？

如此独自苟活于世，还有什么意义？老丁掐灭最后一根烟，来到敞开的阳台上。

冬夜，凌晨的寒风，呼啸着灌入他的胸腔。

双腿已骑到了阳台上。

终于，十年来无数个噩梦之后，他第一次看清了雨夜下的那张脸。

第二十九章

白昼。

田小麦坐在陆家嘴的写字楼里，口中不时咬着圆珠笔，犹豫再三还是拿起手机，拨通了男朋友的号码——

"盛赞，对不起，我向你道歉。"

"就为昨晚的事？放心，我可没这么小心眼，过去你不是也经常这样发脾气吗？"

他的态度怎么就这么好呢？真的是天生好男人？还是所有男人谈恋爱时都是这样，结婚后就变成另一副嘴脸了？

小麦真有些不好意思："谢谢！以后我会控制住自己的情绪，不会再任性了。"

"好啦，我也会让着你的——周末的活动准备好了吗？"

"哦，你是说全家自驾游？"小麦停顿了一下，看着窗外冰凉的钢铁建筑，"没问题！"

"好！亲一个。"

还是像过去那样亲密，她轻轻吻了一下手机。

盛赞却暧昧地问道："今晚，有时间吃饭吗？"

"今晚？"

她知道今晚他想要什么。

"不好吗？"

"明天是钱灵的葬礼，今晚我不想。"

"好吧。"他没显露出不高兴，"明天再打你电话。"

挂完电话，小麦胸中的小鹿却跳个不停，今晚——其实，她还是有时间的，只是……她说不清为什么。

"田小麦！快递！"

她跑到前台签收了快递，还是上次那个戴着头盔的快递员，发件人一栏写着"魔女区"。

这次的快递就是个薄薄的快递袋，完全摸不出里面藏着什么，也许只是几张纸？

差点忘了自己买过什么，回到办公桌拍了拍脑袋，才想起凌晨时分拍下的记忆。

2000 年，6 月。

记忆链条中断的地方。

趁着旁人不注意，小麦悄悄拆开快递袋，里面却是一张小小的字条。

泛黄的小字条。

上面写着一行陌生的字迹——

我们之间有一条深深的沟，谁想要跨过去就会粉身碎骨！

小麦的手指微微一颤，字条落到了键盘上。

突然，心里被深深扎了一下，想起多年来纠缠自己的噩梦，荒野上那条深深的沟……

字条背面好像还有字，小麦小心地翻过来一看，却是自己的笔迹——

我已经跨过一次，我不怕再跨第二次！

她想起来了。

这是自己写的字！也是经由自己的双手送出去的字条！

记忆的链条，终于被重新连接了回去。

这就是十年前的记忆，十年前高考前夕的黑色六月，她在这张字条上亲手写下的字。

她已经跨过一次，还有第二次吗？

2000 年的记忆，第七章

2000 年，6 月。

清晨，六点。

大雨，终于停了。

田小麦用皮筋扎好马尾，从小超市出发，穿过马路。她不敢明目张胆从大门进去，只能沿着学校墙外一路走去，来到围墙最低矮的那个地方。

小麦手忙脚乱地爬上围墙，翻过去落在小树丛中，却听到一个男人的声音："谁？"

她慌张地想要逃跑，却迎面撞上一个魁梧的男人——教导主任，江湖人称"终结者"。

田小麦终于被终结了。

一个小时后，她走出教导主任的办公室，身后很多异样的目光注视着她，他们对着她的背影指指点点，仿佛她成了第二个慕容老师。班主任是个中年妇女，觉得自己在同事们面前丢尽颜面，当即把她骂了个狗血喷头。还好小麦平日一贯循规蹈矩，学习成绩优异，才没被拎到课堂上当众批评。无论教导主任或其他老师怎么审问，甚至动用了各种威胁手段，小麦都没有说出昨晚去了哪里。由于她抗拒到底的态度，她必将得到严厉的惩罚。

早上第一节课之前，她终于见到了钱灵，彼此却不知道说什么好。同寝室的几个女生，都知道她彻夜没有回来，纷纷交头接耳传播着八卦。

小麦坐在自己的课桌前，整理书本和笔记的时候，却发现口袋里多了张字条——小超市卖的那种便笺纸，上面写着一行秋收的笔迹——

我们之间有一条深深的沟，谁想要跨过去就会粉身碎骨！

粉身碎骨？

她怔怔地看着这行字，心底却冰凉一片，昨晚地下室里的火焰，似乎已被彻底熄灭。

这是清晨临别的时候，少年悄悄塞到她口袋里的。

此刻，数学老师进来上课，钱灵也坐到她身边，小麦用手背盖住字条，塞回自己口袋。

整个上午，她都魂不守舍地坐着，没有跟同桌的死党说话。她有一种可怕的感觉，数学老师在讲台上看她的目光，好像要把她浑身上下的衣服扒光似的。

等到午休时间，她没再走出校门，而是独自来到花园发呆，看着雨后潮湿的泥土，满地残花败叶。

"小麦。"

一个声音在背后响起，转身看到钱灵漂亮的脸。四下再没其他人了，从前她们也经常这样躲在角落，彼此说交心的悄悄话。

"你们都知道了？"

"不知道！"钱灵坐在她的身边，"昨晚，你去了哪里？"

"对不起，我不能说。"

"我知道——"钱灵冷峻地盯着她的眼睛，"昨晚，我在学校大门里面，看到你去了小超市，然后和他一起走了。"

小麦的脸色大变："你跟踪我？"

"因为我们是死党，我必须关心你。"

"我不认为这是关心！"

钱灵并不介意她怎么想的，咄咄逼人道："你承认了？昨晚，你和他在一起？"

无言地看着花园半晌，小麦等于默认了。

"天哪！真的？"

钱灵依然感到极其意外，或者她期待那不是真的。

"我不知道你说的'真的'是什么？"小麦捏紧自己的衣角，摘下一片可怜的叶子，"我满十八岁了，有足够的民事行为能力，不是小孩子！"

"小麦，你还不明白我的意思？我从来没反对你谈恋爱，我还觉得三班的眼镜帅哥很适合你呢！我只是反对你和那样的男孩在一起！"

"哪样的男孩？"

她明白钱灵的意思，只是不喜欢那种说话方式。

"店主大叔的儿子！说得够清楚了吗？我们都知道，店主大叔是个乡下人，他是来打工的，本质上和工地里的农民工没有区别！他的小店也全靠我们这些学生，否则根本没办法在这里生存——他没有钱，没有地位，没有户口，更没有未来！他就是一个农民工的儿子！"

"行了！"她用手捂住耳朵，颤抖着低下头来，"不要再说了。"

"小麦，你从没意识到这些？"钱灵下定决心不放过她，"真是好傻好天真！你以为还生活在幼儿园里？周围都是和你一样的小朋友？每个小朋友家里都有差不多的收入和地位？时代不一样了！现在的人和人，差别实在太大！有的人是人上人，有的人就是人下人！"

"你不觉得你这些想法太现实、太功利了吗？"

田小麦感觉眼前的死党已变成一个完全陌生的人，不再是十八岁的高中女生。

"对不起，这不是我的想法——而是这个社会的现实如此！不用我这样去想，每个人都会按照这套规则行事！而且，我相信真正功利的人绝不是我，而是你喜欢的那个人！"

"钱灵，你什么意思？"

她气呼呼地站起来，眼看就要翻脸了。

"拜托动动脑子好不好？别再一根筋了！你想想看，像他这样一个农民工的儿子，整天坐在那里看店收银的，他能有什么前途？小麦你就不同了，你是一个正宗的上海女孩，即将高中毕业考进大学，你未来的人生一片光明——如果，他真的侥幸可以和你在一起，那么他的人生就可以彻底改变，他将依靠你而在这里长久立足，可以得到他和他的家人一辈子都得不到的很多东西！"

"不，他根本就不是这么想的。"

"你打开他的脑子看过？你能知道每个人的心？"钱灵的反驳让她哑口无言，"他可以利用你得到一起！可是，你能从他身上得到什么？你想过没有？他不会带给你任何有价值的东西！那间不值钱的小店？对不起，如果你再一意孤行，我可以看到你的未来——悲惨的未来！你将失去你可能得到的一切，你无法变成一个真正的上等人，也不会变成被所有同学羡慕的女人，你永远只能和一群下等人混在一起，永远为了柴米油盐而挣扎！你的青春将比大多数人都短暂，你会比别人快几倍地老去，到那时你肯定会追悔莫及！后悔当初为什么没听死党的话！"

小麦的牙齿都开始哆嗦了，可她仍然不肯向钱灵低头，就像念琼瑶剧里的台词那样说："你觉得爱情就是等价交换？"

"从本质上来说，是的！"

"钱灵，你居然是这样想的？太可怕了！"

"帅哥与美女，不是英俊与美丽的等价交换吗？美女与有钱人，是美丽与财富的等价交换；美女与干部子弟，是美丽与权力的等价交换；帅哥与富家女，是英俊与财富的等价交换；帅哥与干部女儿，是英俊与权力的等价交换；富家子弟与干部女儿，是财富与权力的等价交换——永远是等价交换，不管是爱情还是婚姻！"

"可是，青春美丽都是最容易消逝的——到那时候我们怎么办？"

钱灵早熟地笑道："在最青春美丽的时候享受到了，就已经足够了！到了美丽消逝的时候，我们自有办法为未来着想。"

"天哪，这些想法都是谁告诉你的？"

"社会。"她再一次搂住小麦的肩膀，温柔地耳语道，"其实，我也相信爱情是最美好的，可是没有未来没有希望的爱情，却是最最恐怖的！你不能只看到眼前的快乐，你还要看到有没有明天？是，我也觉得店主大叔的儿子很帅，每当他沉默寡言地坐在店里，就有一种特别的气质吸引着女生。"

"不仅仅是这些！"

不过，小麦并不想把十三岁那年的事说出来，也不想说出她与秋收的许多相同之处，比如听到《火柴天堂》时的共同悲伤。

"好吧，就算还有其他许多原因。但我要告诉你，因为我有这个经验——年轻女孩总是容易被爱情冲昏了头脑！"

她固执地摇摇头："我没有昏头。"

"切，我才不信呢！你的爱情小说看太多了吧？是，我们都爱读《简·爱》这样的故事，以为爱可以跨越许多界线——家庭的，阶级的，种族的，社会地位的——可是，那是小说，不是现实！因为在现实中不可能实现，或者每次实现都是以悲剧告终，所以那些终生得不到幸福的女作家们，才会在小说中满足自己的幻想——对了，这是一个幻想，也是一个幻觉，无论你想得有多真实多美丽，最终都是会破灭的！"

"真实的幻觉？"

看着小麦茫然恐惧的眼神，钱灵感觉即将要说服她了，三寸不烂之舌继续道："没错！要知道这样的男孩，与你在两个不同的世界，你们跨越不了这条界线的！即使可以跨越，真正受伤害的人也是你，说不定只要达到他的目的，就会很快又把你甩了！"

"住嘴！不要这样诅咒我！"

钱灵却不依不饶地说下去："小麦，我不想因为那个很有心机的卑贱的农民工的儿子而失去你！我们是南明高级中学的两生花，我们应该永远都是好朋友，没有什么能够拆散我们！"

"说来说去，你还不是为了你自己？"小麦忍不住又站了起来，终于对死党扯破了脸皮，"钱灵，只要你不阻拦我干涉我，我仍然把你当作最好的姐妹。如果，你一定要反对我的话，那我们就只能形同陌路了！"

话音未落，田小麦已摆脱钱灵的纠缠，飞快地跑向教室方向。

满园的花草间，钱灵孤独地站在那里，就像又一朵含苞的花，却带着淋漓的雨水。

两生花之间，已裂开一道深深的缝隙。

于是，钱灵埋头大哭了一场。

傍晚时分。

小麦知道老师已盯住了她，却仍大摇大摆地走出校门，穿过马路来到小超市。

这回是店主大叔在收银，秋收躲藏在货架后面看书。她轻手轻脚地靠近他，故意咳嗽了一声，秋收紧张地抬起头来，看着她的脸却沉默了。

他们都不知该怎么和对方说话。

僵持几分钟，她掏出那张字条，正面写着秋收的字迹"我们之间有一条深深的沟，谁想要跨过去就会粉身碎骨"。

字条背面却写着小麦的字迹——

我已经跨过一次，我不怕再跨第二次！

——这是她在数学课时悄悄写下来的，她必须要让他知道——田小麦不是胆小鬼。

店里还有其他学生，有些人已留意到了他们，她依然执着地要把这张字条还给秋收。

少年看着自己早上写的字，翻过来才发现背面小麦的字——默默念了一遍，随后把字条塞进口袋。

秋收笔直地站起来，看着她那双瞪大的眼睛——放射执着目光的眼睛，他的嘴唇微微颤抖一下，果断地抓住了她的手。

光滑的细腻的少女的手。

火热的有力的少年的手。

两只手紧紧地捏在一起，像两块被打碎了又加水糅合的泥砖。

在这个傍晚的瞬间，他们竟然天真地相信，世界上再也没有把这两只手分开的力量了。

第二天，学校决定了对小麦的处罚——因为夜不归宿，她被记过处分一次。

考虑到她是个女生，向来品学兼优，老爸又是警察，即将面临高考，为了不影响复习，学校还是手下留情，没有公开向全校宣布。

不过，这种八卦新闻哪能瞒得住？当天全班同学就都知道了。

田小麦却无所谓，她不在乎别人怎么看，也不在乎大家的指指点点，更不在乎班主任老师对她的惋惜，她唯一在乎的是钱灵的悲伤。

可是，她也不好意思去安慰钱灵，她知道自己伤了死党的心，哪有脸再去主动说话呢？

既然如此，小麦也不再遮遮掩掩——吃完午餐，她公然走出校门，来到对面的小超市，找到十八岁的少年秋收，与他手拉手一起吃冰棍。店主大叔看到他俩很尴尬，小麦依然很有礼貌地向他打招呼，他索性低头就当没看见。

中午，店里有许多学生来买东西，大多是高一高二年级。他们惊讶地看着穿着校服的小麦居然与店主大叔的儿子手拉着手，坐在货架后面快乐地聊天，像社会上的小情人那样亲密。小麦已毫不避讳，如果被同班同学看到，她反而更靠近秋收的脸。倒是少年有时还会害羞，红着脸躲到阴暗角落去，不敢被那些异样的目光扫及。

接下来两个星期，每天中午和傍晚，她都会把自己打扮得漂漂亮亮，在众目睽睽之下来到小店，旁若无人地与秋收谈天说地。他的性格也开朗了许多，也会跟小麦开玩笑猜谜语了。有时他悄悄蒙住她的眼睛，而她安静地坐在那里，捂住他的手不让放开，感受被心爱的男孩蒙住眼睛的幸福。她还会让他拿出吉他，托着下巴听他弹那些曲子。虽然他翻来覆去就是那几首，几乎让她都把歌词背出来了，可她依然愿意听他唱。只有在弹吉他的时候，他才是无拘无束的。

她把小超市看成了自己的家，偶尔帮着他一起看店，还帮店主大叔收银找钱，这让来买东西的同学们惊讶不已。

有一次，她摸着货架大声地对秋收说："如果将来我能遇到一个店，能够买到所有我想要的东西，甚至可以买到美好的梦，买到未来的希望就好了！"

一刹那，少年默默地看着她，目光里闪烁着某种东西。

下午放学后，秋收常骑着辆破自行车，带着小麦去附近的荒野转悠。只要天气晴好，他们就会在荒野中放风筝。看着少年自制的纸风筝，乘风直上遥远的云霄，似乎带走了他们全部的烦恼。

许多个自行车上的傍晚，她心满意足地坐在后座上，紧紧地抱住少年的后腰，不时让他痒得笑出声来。而他有时会伸开双臂，模仿《泰坦尼克号》的那个镜头，只是豪华邮轮变作了自行车，大西洋变作了郊外小道。更多的时候，小麦把头贴着他的后背，闭上眼睛听风吹过耳边，感觉自己的裙摆飘动，感觉路边的树叶沙沙作响，感觉天上的云朵变幻，感觉夏日的池塘荡漾……就这样任他带着自己远走，永远离开这座城市，永远离开那些注视他们的异样目光，前往另一个自由的国度。

很快，偌大的学校全传遍了，无论老师还是各年级的学生，都知道高三（2）班有个叫田小麦的女生，也是南明高级中学出了名的校花，竟跟对面小超市的乡下少年谈恋爱了！

清纯校花爱上农民工儿子——这条八卦成为学校的头条新闻。

学校领导开会紧急商议，全面强化对每个学生的管理。每天晚上，田小麦都会被老师重点"照顾"，宿舍底楼的窗户被铁条封死，后面那堵矮墙也被临时加高，确保不会再有翻墙行为。门口值班的老头也认准了小麦，每次她出校门都会细加盘问，有时就干脆不准她出去。

至于班里的同学，还有寝室里的女生，都把田小麦当作了怪物——她已被划入非正常行列。最让她悲伤的是，曾经无话不谈的死党钱灵，几乎不再与她说话了。

不过，所有这些压力都不重要——小麦最在乎的是学校对面的少年，只盼望每天中午与黄昏，与他相遇的短暂时刻。

第一次的爱。

First Love。

第三十章

2010 年 12 月。

周二，钱灵的葬礼。因为在公安局做尸检，所以比正常时间晚了好多天。

身为钱灵最忠诚的老同学兼死党，也是最早发现她的目击者，不管田小麦心底有多恐惧，她必须准时出席。

老丁还活着。

她坐着老丁的出租车，前往上个月永远送别父亲的地方。

出租车在高架上飞驰，小麦发现老丁的精神并不集中，不时伸手搔着头发，脑袋也是东摇西晃，这迫使她不停说话提醒他。当车从宜家旁边的匝道下来，居然丝毫都没减速，差点撞上前面的大巴。老丁自己也吓了一跳，紧急把车闪进相邻车道，又几乎被后面车子追尾。小麦摸着心口听天由命——这是最近第二次去参加葬礼，接下来就要轮到自己了吗？

心惊胆战地开到殡仪馆，老丁黑着眼圈连声说对不起，小麦不好意思责怪他，匆匆走进钱灵的葬礼现场。

小麦有过处理后事的经验，便帮着钱灵父母接待来客，却发现两个对自己而言非常特别的男人——一个是她的男朋友，一个是男朋友的爸爸。

盛先生是钱灵公司的老板，参加员工的追悼会理所当然，可是盛赞一起跑来干吗？

父子俩低调地走进来，过了几分钟便匆匆离去，都没有看到小麦。而她也不好意思过去打招呼，在这样的场合该怎么说呢？尤其是对自己的男朋友。

葬礼结束后，她不敢一个人离去，坚持陪伴钱灵的父母——两个老人早就哭得痛不欲生，几乎连走路的力气都没有了。小麦带着他们坐上出租车，回到钱灵家的老房子。中学时她也来到过这里，时隔十多年再次造访，心底却是掩不住的悲凉。

家里还有许多钱灵的遗物，他们决定在葬礼后全部烧掉。小麦也想顺便再寻找一下，看看能否发现钱灵的日记本。她帮着钱灵父母翻箱倒柜，整理出大量少女时代的衣服，许多件都在她恢复的记忆里出现过，包括她同样也保留着的那套校服。摸着那些散发着樟脑味的衣服，似乎摸到了那个十八岁的身体，摸到了她们共同的青春。

衣橱下面的抽屉里，她看到一堆厚厚的影集，随便打开一本，是钱灵的高中时代——也有不少与小麦的合影，有一起去周庄旅游拍的，也有在春天的南明高级中学校园拍的，更有两人在寝室的私密照。

照片里的钱灵，明显比同龄女孩早熟，无论是身体发育还是表情气质，都更像二十多岁的年轻女子，怪不得她会说出那种现实的话——她从来都是生活在现实中的人，过早地失去了天真的梦幻，不知是幸运还是不幸？

至于照片里的小麦，为什么看上去那么萝莉呢？都已经高三了，脸上仍然残留着婴儿肥，身体也好像还没发育完全，一双明亮的大眼睛，弯弯的眉毛与翘翘的鼻子，摆出一副淑女的微笑看着镜头。

小麦发现那时的自己，如今看上去是那么陌生的一个人——怪不得一切都被自己忘记了，因为她早已不认识自己了。

翻开其他几本影集，是从钱灵的大学时代到刚毕业参加工作的照片。她的拍照风格都很大胆，穿得也很是清凉性感，其中有不少与帅哥的合影。

忽然，小麦看到了一个熟悉的帅哥。

自己的男朋友——盛赞。

钱灵和盛赞的合影，两个人亲密地抱在一起，面对镜头笑得那么灿烂，一看就是如胶似漆的情侣。

心像被刀划了一下——紧接着她看到更多这两个人的合影，背景有北京后海也有杭州西湖，甚至还有埃菲尔铁塔和吴哥窟……每张合影都那么甜蜜，还有两人自拍的大头照，脸与脸紧紧贴在一起，身后似乎是宾馆的床——漂亮性感的钱灵，与高大帅气的盛赞，看上去像是天生一对那么般配！

小麦双手剧烈颤抖，将影集拿到钱灵妈妈面前，低声问道："阿姨，这是钱灵的男朋友？"

"嗯——应该是吧，钱灵从没把男朋友带给我们看过。但两年前她确实谈过一场恋爱，听说是公司老板的儿子，但谈了不到一年，她就主动提出了分手。"

小麦不想再问下去了，"公司老板的儿子"——毫无疑问就是盛赞！自己现在的男朋友！

陪伴钱灵父母烧掉那些衣服，但把所有影集留了下来，小麦还拿走了高三那年的影集。

可是，她没有找到最想得到的东西——钱灵的日记本。

只有找到那个秘密，才能解开钱灵之死的谜底。

忙碌到晚上十点，终于告别死党父母，田小麦打了一辆车回家。

根据钱灵妈妈的说法，钱灵是在一年多前与盛赞分手的。按照这个时间计算，不久之后，钱灵就把他介绍给小麦相亲。为什么？她干吗要把刚甩掉的男朋友推销给闺密？这算是什么逻辑？她就是这样对待好朋友的？盛赞为什么从来没说过？当然，他哪敢对小麦说这种事，这会让他丢尽脸面！何况钱灵尸骨未寒，凶手逍遥法外……

今天，盛赞还来参加了钱灵的葬礼，他知道田小麦也会过来的，也知道会被小麦看到，可他还是来了！他心里还在想念钱灵？可是，像盛赞这么优秀的男人，钱灵又不是富家女，凭什么把他甩了呢？到底是谁甩了谁？不过，如果是被甩掉的怨妇，是绝不会再给他介绍女朋友的。正因为她主动提出分手，感觉愧对或伤害了盛赞，才会再给他介绍女朋友，免得以后他再来纠缠她？也算是某种补偿？

但是，她为什么偏偏选择自己？选择中学时代最要好的死党。想到这里，小麦越来越气，自己不是钱灵的替代品！

回到家里，小麦孤独地坐在床上，看着从钱灵家里带出来的影集。

手机铃声响起，是盛赞的来电——这个曾与自己的死党谈恋爱，被甩掉后又与她谈恋爱的男人。

她没有接电话，任由《First Love》的铃声响了一分多钟。

听着宇多田光的歌声，她想起自己第一次的爱。

记忆，回到十年前的夏天……

2000 年的记忆，第八章

2000 年，初夏。

放学后的黄昏，小麦独自穿过马路，来到小超市的门口。她没有看到店主大叔，只有秋收站在收银台后面，跟前却有三个南明高级中学的男生。

一个人高马大的男生对着秋收吼道："喂，凭什么说这张钱是假的啊？"

秋收不想跟人吵架，举起一张百元人民币，耐着性子解释："你自己摸一摸，手感与真钞完全不同，还有灯光下的水印，明显就是假的。"

说罢他将这张钞票放入验钞机，果然发出假钞的警告声，高中生却毫不买账："放你的狗屁！我看你的验钞机才是假的呢！"

少年忍受着无礼的挑衅，低头说："对不起，如果实在不相信，你们可以去银行检验。"

"老子才不要浪费时间去银行！你到底收不收这张钱？信不信我们把你的店拆了！"

秋收并不惧怕这样的威胁，抬头默默看着对方——三个男生似乎是来找碴儿的，捏起拳头剑拔弩张起来。

"你们想干什么？"

突然，田小麦冲到收银台旁边，狠狠瞪了那些高三男生一眼。

"关你什么事？"他们是隔壁班级的学生，当然不会不认识身为校花的小麦，不禁冷笑，"原来是你啊？大家都知道你们的事情了，果然是夫唱妇随，来保护你的小情人吗？"

"闭嘴！"小麦紧紧抓住秋收的手，别人越是说他们在一起，她就越是要做给他看，"你们快点给我滚出去！"

她的愤怒没有打退三个男生，他们纷纷坏笑起来，刻薄地讽刺："切，你真要做老板娘啊？真是可惜了，一朵鲜花插在牛粪上！他只是个农民工的儿子，我们还听说他的妈妈是个烂货，五年前在这里被人勒死了！"

最后那句话，彻底激怒了秋收——再大的挑衅和侮辱，他都能委曲求全地忍耐，可是一旦触及他的妈妈，就像引爆了一座酝酿已久的火山。

十八岁的乡村少年，狂暴地自收银台后跳出来，一拳重重打在说话的男生脸上。

随着鼻血喷溅而出，另外四只手抓住了秋收，紧接着是飞起的拳头与腿脚。

小麦尖叫着想要去拉，却被一个男生用力地推开，三个人围着秋收一个人打，自然是双拳难敌六手——很快他被打倒在地，雨点般的拳脚落在身上，而他也硬忍下来伺机反击，几次踢中敌人的要害。

两分钟后，三个高中男生也吃不消了，他们东倒西歪地退出小店，指着小麦的鼻子说："你等着！"

夕阳洒在小超市的玻璃上，只剩下田小麦和秋收，她心疼地扶起地上的少年，替他抹去满脸鲜血。

"天哪！你怎么了？你不要有事！千万不要有事啊！"

她抱着秋收大哭起来，像所有拳头都落在自己心上。她小心地抚摸那些伤口，再也顾不上被人看到了，忘情地亲吻他的额头，只希望能减轻他的痛苦。

"我……没……事……"

终于，他发出微弱的声音，对她露出浅浅的微笑。

秋收越装作若无其事，就越让小麦心如刀割，看着他流血的额头，她将自己的脸颊贴上去说："我送你去医院！"

"不……不用了……我自己……可以……处理。"

"找死啊！"小麦对他发火了，又立刻温柔下来，"对不起，你一定要去医院，听我的！"

"可是……可是……我没有社会保险……"

这句话说得好是无奈，这座城市里有千千万万人，有着与他一样的无奈。

"付现金就是了！"

她摸了摸口袋里的钱包，搀扶着少年来到马路边，他却着急地回头喊道："门！关门！"

原来，他是怕店门开着被人偷了。

小麦只能回去帮他把店门锁了，继续扶他等待出租车。

天空布满晚霞，吹来带着泥土味的凉风，不时飞过几片枯叶。两个人脸颊贴着脸颊。有些高中生走出校门，惊讶地看着他们，纷纷皱起眉头，面露厌恶地掉头而去。

一辆出租车经过，小麦扶着秋收坐上车，前往最近的一家医院。

半小时后，秋收在医院完成了止血包扎，医生说他只是皮外伤，无须缝针。小麦不停地跑上跑下，挂号、付费、化验、买药——她自己生病都没这么折腾过，一切都由老爸田跃进搞定。

最后，她搂着秋收坐在医院的长椅上，在他没包扎的地方涂抹药水。他像一个大男人那样坚强，咬紧牙关看着小麦的手，在医院的灯光下，发出炫目的金色反光。那时少男少女在一起还很稀奇，不时有人经过投来反感的目光。小麦丝毫不在乎旁人，好像医院只剩他们两人，自己可以静静等待他康复、长大。

赶在晚上八点学校关门前，他们坐公交车回到南明路。小麦的眼角还噙着眼泪，依依不舍地摸着他的额头，深深拥抱了他一下，千叮咛万嘱咐要按时涂药水，第二天记得躺在床上休息不要出来。

最后，她一步一回头地走进校门，才发现自己哭得一塌糊涂。

"田小麦！"

一个严厉的声音从背后响起，原来是她的班主任老师，这下正好被抓个现行！

她怯生生地低下头："老师，对不起，我只是陪他去医院，他受伤了。"

"够了！小麦，你的心里只剩下他了，是不是？就连高考也不重要了？"

小麦不敢反驳班主任的话，只能跟着她去了教师办公室。

晚上八点，办公室的日光灯下，只有她和老师两个人。

"离高考还有两个星期，你是不是不想读大学了？"班主任真的怒了，板着脸批评，"你是我很喜欢的学生，无论学习成绩还是道德品行，我也一直把你当作班上同学学习的楷模——可是，你现在也太不像话了！

"老师，我保证一定会考出好成绩！"

"你有这个心思吗？"

小麦拼命地点头，最近她并未耽误功课，也确有把握考出高分："有的，我会好好复习，尽量少见秋收，只要等到高考结束就好了。"

"你还是永远不要见他才好！"

班主任冷冰冰地抛下一句话。

"不，我做不到！"

"唉，你这个小姑娘啊，真是太傻了。"老师长吁短叹一番，惋惜一朵鲜花就要被糟蹋了，"你还年轻，别以为十八岁就是成年！以前也有一个女学生，喜欢上外面的社会青年，寻死觅活地退学了。后来，我听说她被那个男的甩了，被迫去做不干不净的营生，可悲啊！"

"老师，我不是那种人！"

"希望你不是！"班主任觉得她已无药可救了，"你回寝室去吧！用脑子想想清楚！"

小麦轻轻应了一声，刚要走出去，却听到班主任补了一句："我会打电话给你爸爸的！"

她恐惧地转回头来："求求你，老师，不要——"

"我这也是为了你好。"

看着班主任冰冷的表情，她一句话都说不出了，只能默默地回到寝室。

曾经的死党钱灵和室友们，都用看怪物的眼神看着她。小麦把大家都当作空气，无声无息地钻进蚊帐，任泪水布满脸颊。

熄灯，梦到秋收……

第二天，星期五，学生们回家的日子。

下午，小麦独自背着书包，走出校门刚想过马路，就看到一辆警车停在面前，父亲阴沉着脸走下来。

"跟我上车！"

父亲粗暴地抓住她的胳膊，硬生生地把她拖上了后排座位。开车的照例是小警察叶萧，就像押送通缉犯一样，载着她向市区疾驰而去。

她焦急地趴在车窗后面，看着马路对面的小超市，发现额头包着纱布的秋收，跑出来朝她大喊着什么。

"给我坐下！"

父亲强行把她按在座位上，而她摇着头说："是那个女人给你打电话的吧？"

"请对你的班主任老师尊重一点！我很感激她告诉我一切。"

"她说了什么？"

"该死的，你自己干的还要问我？我都没脸说出口！"

他控制不住火暴的脾气，也因为慕容老师的命案迟迟未破，各种烦躁的情绪互相交织，他举起大手就要打下去。

"你打啊！"小麦毫无惧色把脸贴上去，"你又不是没打过我！"

终于，田跃进把手放下来，恢复了身为人父的冷静，耐心地说："我比你更了解秋收！五年前，就是我在案发地发现他的——你知道吗？他是看着自己的妈妈被人杀害的，也只有他看到过凶手的脸，可是他又说不清凶手长什么样。这件事一定对他造成了沉重的心理伤害，这也是他住在我们家的时候，长时间沉默寡言的原因。"

"这又怎么样呢？他是一个好男孩，我喜欢他！"

"小麦，他和一般的男孩子不一样，请相信你的爸爸，我干了那么多年警察，什么样的人没见过？我能从他的眼神里感觉到，他心里藏着一种强烈的怨恨，觉得世界对他太不公平了——"

"没错！"小麦打断了父亲的话，"世界是对他太不公平了，他小小年纪就失去了妈妈，从此不再有别的孩子都拥有的幸福，他现在来到这里也不快乐，他被周围所有人瞧不起，人家总说他是乡下人——换作是你，你会高兴吗？"

父亲皱起双眉摇头："看起来你很同情他？也许你并不是喜欢他，只是单纯地同情一个命运悲惨的少年。"

"不，我既同情他又喜欢他！"

"够了！小麦，我只想告诉你，现在的他已不是五年前的小男孩。他的眼神非常可怕，也非常具有欺骗性——最容易上当受骗的，就是你这种同情心泛滥的无知少女。"

"我不是无知少女！"

就像小时候那样，几乎父亲说的每一句话，她都要大胆地顶嘴。

"你已经够糊涂了！总之，我也无法想象他会做出什么事。请相信我的预测——当他真正长大成人以后，会变成一个极其危险的家伙！"

"你就是反对我谈恋爱，想出种种理由来拆散我们！"

田跃进对女儿所说的每一句话，都经过了深思熟虑："错！我不反对，你已经十八岁了，不再是小女孩了，当然会有喜欢的男孩。如果你喜欢的是同班的男生，我最多反对现在就谈恋爱，等到高考结束上了大学，我还是会支持你们来往的！"

"你的意思是——你不反对我谈恋爱，只是反对我和秋收谈恋爱？"

"嗯，是反对你和秋收那样的人谈恋爱——像他那样身世悲惨的男孩，一个外地农民工的儿子，值得你对他动心吗？"

小麦绝望地靠在车窗上："你们说的怎么都是拷贝不走样的话？"

"我不管谁还跟你说过什么话，我只知道你是我的女儿，我有责任保护你不受伤害！小麦，你还年轻，不懂得人生的很多事。你早晚要走出校园，要面对复杂的社会，要面对怎么生存的问题。秋收能给你一个美好未来吗？他做不到！顶多只有那间破店，他还能给你什么？其实，赚钱倒是其次，将来你还要面对亲戚朋友，面对你自己的社交圈子，你怎么介绍他？你的男朋友，一个农民工的儿子？而别人的男朋友，要么是政府部门的公务员，要么是外资企业的白领，无论如何都是身家清白，在上海滩堂堂正正说得响的！"

田跃进第一次像个女人那么唠叨，平常跟女儿说话从没超过三句——这种私房话本该是妈妈说的，可是小麦早就没有了妈妈，他只能代替死去的妻子说出这一长串。

"爸爸，我从来没像你说的这样想过！秋收难道身家不清白了？"

"那我告诉你——这就是你天真的地方！我还要告诉你，那小子的妈妈——"

可是，想到秋收的妈妈，想到 1995 年的夏天，那具缠着紫色丝巾的美丽尸体，想到那双死不瞑目的谜一样的眼睛，田跃进突然像一只泄了气的皮球，再也不想说出任何评价了。

田小麦反而来劲了，浑身颤抖着说："爸爸，虽然我们父女关系一直不好，但我从小到大都很尊敬你，觉得你是一个有血性的男人，不像外面那些不像男人的男人。可是，你刚才对我说的那些话，让我彻底改变了对你的看法——你和那些被你瞧不起的人们一样，也不过是个龌龊的小市民和势利眼！"

"闭嘴！你是怎么长大的？你爸爸什么时候让你吃过苦？至少，你的老爸是个警察，无权无势但也旱涝保收！何况，我的同事们几乎都认识秋收，让他们知道我的女儿喜欢上了他，你让老爸的脸往哪儿搁呢？"

"你永远为了面子活着！为了别人活着！对，你从来没有为了你的女儿活着！"

她刚想要彻底发作，但看到父亲凶狠的眼神，只得缩回座位里，她知道老爸一旦真的发起脾气，那可是异常可怕！

田跃进知道自己已经震慑住了女儿，便用命令的口吻道："总而言之——不准你再和他见面！"

警车载着父女俩回到家里。

小麦把自己关在闺房，不想再和老爸吵架，一个人埋头看书复习。

周六，田跃进在家里守着女儿一天。

星期天的早上，接到同事电话，慕容老师的案子有了犯罪嫌疑人——他飞快地丢下女儿赶往公安局。

终于，家里只剩田小麦一个人，不再像蹲监狱了。昨天从早到晚复习得天昏地暗，感觉脑袋满满当当的。她在想最好明天就是高考，保证门门都是高分。

可是生活里好像缺了什么——两天没见到秋收，他的脸庞不时浮现。昨天晚上翻来覆去睡不着，小麦便幻想自己坐在自行车后面，脸贴着他温暖的后背，听着夏天的风掠过耳边……

小麦换上一身漂亮裙子，在镜子前反复照了照，怎么看自己都像个高中生。趁着天气不是很热，赶在上午九点出门，坐了一个小时公交车，来到学校门口。因为对面的学生都回家去了，周末小超市生意最清淡，有时店主大叔干脆关门一天，还能省下一点电费。

果然，今天是铁将军把门，小麦拍打着铁门喊道："有人吗？秋收！"

片刻过后，小超市开了半道门，露出少年消瘦的脸庞。额头上的绷带已经解去，只留下两块红色结疤，过不了几天就会脱落。

惊讶之余，秋收开心地抓住小麦的手："今天不在家好好复习吗？"

"全都复习好啦，保证能考高分！"

小麦得意地笑了笑，再也不必担心对面那些异样的目光。

"我去拿自行车。"

他还准备骑车带她去荒野里放风筝，她却摇头说："不，今天我想带你去市区玩。"

"市区？"这个词对他来说如同外国，"今年来上海后，我还从没去过市区。"

"那你等于没来过！"她拉着秋收走向公交车站，惬意地看着夏日白云飘过头顶，"你想去哪里逛？"

"我不知道。"

"那就跟着我吧，我罩着你！"

走到空无一人的公交车站，秋收忽然有些害怕，怔怔地说："真要去市区？"

其实，他是对这个车站感到恐惧。

恰巧一辆公交车开到，小麦拽着他的胳膊："跟我上车！"

少男少女上车，坐在最后一排长椅上，肩靠着肩头靠着头，随着颠簸的车厢一路摇摆。

没坐几站到了莘庄，他们下车走进一号线地铁站，秋收却越发紧张，对她耳语："我从没坐过地铁。"

"以后，你会经常和我一起坐的。"

小麦微微一笑，拉着他穿过检票口，走下还不是很拥挤的站台。

一辆列车呼啸着进站。

当年，这里还是终点站，他们从容地挑选座位，紧紧坐在一起。随着列车启动的惯性，小麦把头靠在他的肩上。没过几站就进入地下，秋收瞪大眼睛看着窗外，黑暗的隧道急速向后退却，要带他们去另一个世界。

少女穿着漂亮的红裙子，少年却是一身洗得发白的球衣，两人看起来那么不相称——没有人觉得他们在谈恋爱，要么认为这两人根本不认识，只是恰好紧挨着坐在一起。

地铁一路坐到淮海路，小麦才拉着他匆匆下车。头一回来到繁华的马路上，少年紧张地环视四周，遇到打扮时髦的年轻人走过，他又自卑地低下了头。小麦却愤愤地说："怕什么？我带你去买衣服！"

"不用了吧。"

他可抵不住小麦的热情，迅速被拖进一家大商场，这里卖的衣服都不算贵，却很得年轻人的喜欢。她千挑万选了一件 T 恤，颜色大小都很适合秋收。强逼着他走进试衣间，出来时已换了一个人——不再是土里土气的乡下少年，变得时髦洋气了许多，但还是保持内敛的气质，更像生于斯长于斯的大学生。

秋收穿着新衣服走出商场，还是感觉不太习惯，感觉自己就像换了一身皮肤，或者已戴上了一副面具。小麦狠狠捏了他一把说："一定要喜欢哦！"

他们在麦当劳吃了午餐——这居然是他第一次吃麦当劳，以前也只吃过一次肯德基。

吃饱喝足之后，他俩各端着一杯可乐，穿过南北高架下的天桥，她开心地靠在少年身上说："想不想唱歌？"

"哦，要是早点说，我就把吉他带出来了。"

"不是啊，我是说卡拉OK！"

原来，走过天桥就是好乐迪KTV，那年头钱柜还是有钱人的奢侈品，能去好乐迪消费的学生也不多。

几分钟后，小麦把他拖进了卡拉OK厅。

其实，这也是她第二次出来唱歌，上一次还是寒假时候钱灵带她来的呢。幸好中午包房很空，价格相对比较便宜，正好可以选择双人包间。

秋收从没来过这种地方，一坐进狭窄密封的小屋里，就局促不安地四肢颤抖，好像随时都会发生火灾之类危险。小麦伸手压住他的胳膊，渐渐让他镇定下来，笑着说："怕什么？怕我会关起门吃了你？"

她点了数首王菲、许茹芸、林忆莲、彭羚的歌，那年头正流行她们的歌。她又把秋收推到点歌屏幕前，手把手教他怎么点歌，而他却不知所措地点不下去。

"你不是很会唱歌吗？"

"可我从没对着话筒唱过。"秋收不好意思地低下头，像做了错事的孩子，"我只有抱着吉他才会唱歌。"

"不行哦，今天走了那么远的路，带你来就是为了听你唱歌的。"

小麦先唱起了她的歌，第一首就是王菲的《我愿意》，她的声音并不适合王菲，却还是拼命往上提嗓子，直到"我愿意为你被放逐天际……"。

第一首歌，她就唱得几乎哑了，回头向秋收伸了伸舌头，继续唱《爱与痛的边缘》与《人间》。

《人间》，她只是单纯地喜欢这个名字。

"你到底唱不唱啊？"

小麦拍了拍他的脑袋，而他傻笑了一下说："就听你唱歌好了。"

"切，我唱得又没你好听。"

"唱吧，我给你去倒点水。"

他一溜烟地跑了出去，小麦沮丧地唱了一首《感谢你用心爱我》，唱到高潮"此刻的我不求太多，千言万语化成旋律，悠悠地唱着这首歌，感谢你用心爱着我……"。

他却没有听到。

等到少年回来，小麦已经唱了很久了。

"你到底唱不唱啊？"

她硬把话筒塞到秋收面前，他却恐惧地退到角落里。

看着沉默的少年，小麦越唱越难过，全是超级绝望的歌，几乎不把人唱哭不罢休。

最后，她唱了一首郑秀文的粤语歌，有个超长歌名《萨拉热窝的罗密欧与朱丽叶》。

几年前，小麦在电视上看过一个新闻——内战中的波黑孤城萨拉热窝，一个塞尔维亚族小伙子与一个穆斯林族姑娘相爱，两个民族正经历血腥的残杀，却无法改变两人的深情。他们决定寻找一个自由天地，冒险逃出战火蔓延的危城，却在穿越战线时，双双中枪身亡！郑秀文的《萨拉热窝的罗密欧与朱丽叶》，就是献给那对异族小情人的——

"是对青春小情人，眼睛多么闪又亮，像晴天留住夏天，每度艳阳笑也笑得善良。男士是个高高青年人，女的娇小比月亮，二人都承诺在生每日共行，纵有战火漫长。纵各有信仰混乱大地上，战斗要把各样民族划开，他跟她始终从没更改立场，永远共勇敢的理想唱这歌。"

虽然，田小麦的粤语发音一塌糊涂，却先把自己感动得一塌糊涂，也把秋收感动得一塌糊涂。他完全理解歌词的意思，目不转睛地盯着屏幕，嘴角微微颤抖。昏暗的包房光线里，他那双带着泪光的眼睛，也把她的眼泪催落。

最后的副歌，小麦仿佛已身处遥远的萨拉热窝，挽着来自不同世界的小情人……

"恋情怀做依靠，沿途甜或酸仍然互相紧靠。恋从无要分宗教，无民族争拗，常宁愿一生至死都与你恋。情怀作依靠，沿途甜或酸仍然互相紧靠，恋从无要分宗教，从未惧枪炮，常宁愿一生至死都与你恋！"

唱完最后一句，包房里骤然安静下来，她却抓着话筒大喊——

"我好羡慕萨拉热窝的罗密欧与朱丽叶可以双双拥抱死在一起！"

沙哑的少女嗓音响彻这间小小的包房，也让秋收惊讶地瞪大眼睛。

忽然，他从背后抱住了小麦，轻轻地说："不，我不要这样，我要我们都好好地活下去。"

"可是，如果不能在一起，活下去还有什么意思？"

十八岁的少女，心中总是这样梦幻而冲动，秋收却已预感到了什么，冷静地回答："无论发生什么事，你都要活下去！"

小麦默默看着他的眼睛，半晌才说出话："我带你去一个地方。"

结账离开好乐迪，他们快步走向地铁站，秋收问："要回去了吗？"

"不。"

两人坐进星期天的地铁，还是返回莘庄的方向，却提前在锦江乐园站下车。

她带着少年上到地面，隔着沪闵路高架，看到一座巨大的摩天轮。

走过马路就是锦江乐园，上海最老的游乐园，里面有旋转木马、云霄飞车、飞碟船……

已是下午四点，小麦匆忙买了两张门票，拖着秋收跑进锦江乐园。

他是第一次来到这种地方，好奇地看着转来转去的怪物，听着游人们刺激的尖叫声。

小麦带着他径直来到摩天轮下，坐进吊在大转盘里的舱位，像个小小的空中房间，此刻只属于他们两个人。

摩天轮缓缓转动上去，秋收害怕地看着窗外，好像随时会摔下去。他们一点点远离地面，远离这个喧闹的尘世，远离这个冰冷的人间——回到只属于两个人的地方。挂在摩天轮上的短暂时光，不会再有人来打扰他们了，隔着玻璃眺望夏日的上海，就像眺望另一个陌生的世界。

小麦紧紧抓住他的手，将头靠在他的肩膀上，似乎只有这样才能保证安全。而他一句话都没有说，只是无声地看着外面，抚摸她的头发和脖子。

即将转到摩天轮的最高点，她咬着耳朵说："传说只要在摩天轮上许愿，就一定会实现。"

她闭上眼睛，在心底许了个愿。

终于，来到摩天轮的最高点，距离地面达到 108 米，相当于几十层楼的高度。

他们可以看到几乎半个上海，蚂蚁般密集渺小的汽车，无数不断长高的建筑，像一片杂乱无章的森林。把视线投向另一个方向，还能遥遥眺望到佘山，那是五年前他们分别的地方。佘山那头就是坠落的夕阳，金色的光芒穿过空气，洒在这对少男少女的唇上。

"秋收，你有没有想过我们的未来？"小麦整个人倚靠在他身上，如一株攀缘在大树上的藤蔓，"明年、后年，甚至，十年以后，我们还能在一起吗？还能像这样开心吗？"

他，却是无语。

就在同一个刹那，摩天轮上两个人所处的舱位，开始从最高点往下降落。

第三十一章

2010 年，12 月 18 日。

周六。

别克 GL8 旅行车经过沪闵路高架，小麦的心跳加快起来，下意识地往车窗右侧看去，果然看见那座巨大的摩天轮。

昨晚的记忆暂停于此。

锦江乐园的摩天轮，仍然如十年前那样转动着，只是最高的那个舱位里，必然载着另一对年轻男女，她祝愿他们可以得到幸福。

转头却见到男朋友的脸，他微笑着将小麦紧紧搂住，丝毫未曾在意车边掠过的摩天轮。

前面坐着盛赞的爸爸妈妈，这对当年的神仙眷侣，各自换上出游的休闲服，完全看不出已五十多岁了。盛先生驾着车，一路讲着他年轻时的故事，听起来颇为风趣。盛太太不时让小麦吃水果，已把她看作一家人了。

其实，早上出门之前，她犹豫了十几分钟。

都已换好衣服化好妆了，她在镜子前看着自己的脸，仍然年轻迷人，唯独缺了十八岁的婴儿肥，再也不能伪装成高中生了。然而，出门前她不停地徘徊，抬起手腕看看时间，看手机里有没有男友催促的短信。

心烦意乱之间，她的手指不由自主地动起来，在手机上写了一条短信——

"盛赞，我突然生病了，不能陪你全家出游，非常抱歉！"

她没这样欺骗过别人。

可是，短信临到发出之前，却被她自己删除了。

田小麦没有勇气这么做，她无奈地提起包冲出家门。男友一家的旅行车，早已等在楼下。

此刻，车子已穿过沪闵高架，进入沪杭高速公路。

盛太太有她这个年龄少有的乌黑长发，如同年轻女孩那样披在座位靠背上，散发着独特浓郁的香水味。从第一次见面开始，田小麦就对这种香水感到好奇，不时凑近鼻子去分辨。没想到盛太太突然回过头来："小麦，你在闻我身上的香水味？"

"哦，伯母，对不起，我从没闻过这种迷人的香水。"

"这是法国最稀有的一个香水品牌，配方只掌握在一个男性单传的家族手中，从路易十五时代就开始为王室调配香水，说不定再过几年就要完全停产了。他们擅长将各种珍稀的天然香料混合在一起，但最核心的是法国普罗旺斯地区格拉斯城的薰衣草。"

"格拉斯城？我想起来了，聚斯金德的《香水》。"

盛太太终于找到知音了，开心地说："哎呀！没错，你也喜欢看那部小说？"

"太喜欢了，无论小说还是电影。"

"我还为了膜拜这本书，专程去过法国的格拉斯城呢！"幸好车内的空间宽敞，她情不自禁地转身拉着未来儿媳的手，"真高兴啊，小麦，我们肯定还有许多共同喜欢的话题。"

盛太太像是献宝似的，从自己包里拿出一小瓶香水。包装真是精美极了，瓶身上印着洛可可风格的图画，简直就是让·巴蒂斯特·格雷诺耶时代的古董。她非常大方地打开瓶盖，对着小麦的手腕喷了两下——光这一点一滴可能就值几欧元。

小麦将手腕放到鼻尖嗅了嗅，果然是各种奇妙香味的混合，在令人眼花缭乱的奇花异草的背后，她看到了法国南方普罗旺斯格拉斯城外紫色海浪般的薰衣草田野。

那是许多女人神往的归宿。

第三十二章

第一站是佘山脚下的高尔夫球场，人高马大的盛赞却说肚子饿了，拉着全家人去了一家高级饭店。

他点了一个巨大的包房，落地窗户可以看到山顶的教堂。包房里有与钱柜相同的唱歌设备，丰盛的午餐过后，盛太太高兴地拿起话筒，唱起她最爱的红色歌曲。贵妇人一连唱了七八首，直到自己都不好意思了，才把话筒交给小麦说："你们年轻人也唱几首吧。"

小麦却是一点唱歌的心思都没有，还是盛赞说："至少唱一首吧，给我妈一个面子。"

她被迫挤出笑容，在点歌系统寻找许久，点了一首《我们都是好孩子》。

唱到最后，自己却有了一丝感动，竟真的潸然泪下——

"你说要一直爱一直好，就这样永远不分开。我们都是好孩子，最最天真的孩子，灿烂的孤单的变遥远的啊。我们都是好孩子，最最可爱的孩子，在一起为幸福落泪啊……"

她抹着眼泪放下话筒，却尽量保持着笑容说："没关系，大概是眼睛比较疲劳。"

盛赞扶着她坐到沙发上，又给她倒了一杯热水，却没想到盛先生平静地说："小麦，你想到过去了吗？"

这个大胆的问题让小麦吃惊地低下头，盛太太捅了他一下："乱说什么啊！"

午餐过后，一行人去了高尔夫球场。小麦从没打过高尔夫，只能坐在旁边看他们玩。盛先生夫妇玩得很开心，看来是这里的常客，他们不时与路过的球友打招呼，估计都是非富即贵的主。

男朋友过来教她打球，可她学了半天都不会，摇摇头说："对不起，我大概天生就不适合高尔夫吧。"

她抬头看着阴沉的天空，只看到山顶的教堂，却没有看到风筝；低头看着脚下，是一片进口的草坪，即便寒冬还保持翠绿。

其实，她想起了十五年前，那个异常倒霉的暑期——如今豪华的高尔夫球场，当年是佘山脚下的一片荒野，草丛间隐藏着一条深深的沟。十三岁的小麦与秋收分别的那天，她就是在这里掉下深沟摔断腿的。

十五年后，当然再也看不到这条该死的深沟了，但心里的那条沟，非但没有填平，反而越来越深了。

傍晚，旅行车载着他们来到淀山湖畔，一家顶级的度假村。

盛先生预订了一套独栋别墅，他和太太住在二楼，把三楼让给了盛赞和小麦。

冬夜，屋外寒风呼啸，可以听到冰冷的湖水不断拍打湖岸的声音。

房间里却是温暖如春，男朋友倒在床上，幸福地搂着小麦说："你开不开心？"

"你骗了我。"

这句突如其来的回答，却让盛赞不知所措地坐起来："你说什么？"

小麦也充满戒备地坐到椅子上，冷冷地盯着他的眼睛："钱灵。"

一听到这个名字，盛赞的眼神便闪烁不定，答案已不言而喻。

"你——知道了？"

"是的，在钱灵遗留下来的影集里。"

盛赞微弱的抵抗宣告崩溃，他重新倒在床上，沉默许久之后才说："我承认——我和钱灵谈过恋爱。"

"你承认得太晚了！"

"小麦，请你原谅我！我只是觉得那是过去，我不可能再和钱灵有什么了，而且她是你最好的朋友，我也不想让你感觉尴尬——何况，她已经死了。"

"她已经死了——"小麦霍地一声站起来，"看起来你很高兴？"

"对不起，我不是这个意思！自从和她分手以后，我们真的没有藕断丝连，她也从没纠缠过我，反而一直鼓励我和你谈恋爱。"

"说得倒轻松！"

他抓狂地从床上跳起来："小麦，不管你信不信，当初是钱灵提出分手的，那是在她去日本出差回来后。我也感到很突然，但她的态度那样坚决，让我根本无从挽回，只能接受这个事实，并且终日以酒浇愁。不到两个月，她就把你介绍给了我，说你的性格更适合我——果然如此，我发现你才是我真正的理想伴侣，是值得与我共同度过一生的人。"

"够了！你可以早点告诉我的，为什么等到现在？等到钱灵死了以后——如果我没有发现那些照片，这个秘密就会永远烂在你的肚子里？"

"不，以后我一定会说的。"

"以后？等我们结婚以后？等到我生了孩子以后？等到我老了以后？"她苦笑着看了看窗外的黑夜，"前提是真的有'以后'！"

"小麦，你到底什么意思？"

"对不起。"

他却执着地摇着头："今晚，我有很重要的事情跟你说！"

"请让我一个人冷静一下，我想换一个房间。"

盛赞当然明白她的意思："没关系，我可以去隔壁房间。"

他匆忙拎着包退出去，为了避免与小麦吵架，还是让她独处一夜比较好。

重重地锁上房门，她靠在门后，泪水滑过脸颊，寒冷的漫漫长夜，又该如何熬过？

她想起了高高的摩天轮……

2000 年的记忆，第九章

2000 年。

六月，最后一个星期天。

夕阳由金色变成血色，洒在秋收的新 T 恤上，也洒在身后的摩天轮上——另一对幸福的年轻人，正处在刚才他俩经过的最高的位置。

走出锦江乐园的路上，他们两个都没有说话。小麦不断理着额前发丝，再也不敢回头看摩天轮。

在传说能得到幸福的地方，他却没有给她一个答案。

而她自己也不能给出一个答案。

一道无解的数学题？

周日的傍晚，地铁里挤满回家的年轻人，田小麦陪伴他回到莘庄。

走出车站的时候，秋收终于说话了："不用再送了，我一个人坐公交车回去。"

"我还想陪着你。"

小麦拉着秋收的手不放，他露出一个淡淡的微笑："明天不就能看到了？"

"是。"

"快点回家去吧，万一被你爸爸知道了，你可就要惨了。"

"我不怕。"

在莘庄地铁的站前广场，十八岁的红裙少女痴痴地看着少年，无声地洒下眼泪。

秋收也颤抖着低头不语，忽然紧紧抱住小麦，亲吻她的脸颊。

他干裂的嘴唇，从她细腻的脸上滑落。突然，他无声无息地转身，快步走入站前广场的茫茫人海。

两个人紧紧缠绕的手指，几乎也在同时挣脱开来。

小麦早已泪流满面，不断摩挲自己的指尖，似乎还残留着他的体温。

一分钟后，等到重新擦干眼泪，却再也看不到她的少年了。

天，彻底黑了。

她在夏夜的风中站了片刻，像一尊广场上的雕塑，引起无数路过的人们注目，却感觉身边所有人都不存在，因为他已不在身边。

终于，田小麦转身，进站，上地铁，回家。

父亲正在家里等着她。

"你到哪里去了！"

田跃进狂怒地对女儿吼起来，而她一声不吭地回到卧室，把门锁住不让老爸进来。

这天晚上，她第一次做了那个梦——

梦见自己来到黑夜的荒野，脚下是一条深深的沟，她不敢……不敢跨过那条沟……

凌晨，她从梦中醒来，感觉自己坠落到了沟底，腿骨居然剧痛起来，仿佛已再次摔断。

枕套、枕头和席子，都被少女的眼泪打湿了。

星期一，父亲用警车押送她去上学。

警车开到南明高级中学的校园，田跃进亲手把女儿交给班主任，反复嘱咐老师一定要把她看住。

于是，从早到晚都有老师跟在身边，有时是班主任，有时是英语老师，有时是数学老师，有时直接就是教导主任——就像一个不良少女，成为学校重点的监控对象。

不再有老师喜欢她了，也不再有同学愿和她说话，每个人都像看外星人一样看她。原本用羡慕的目光看她的女孩，却改换成鄙夷的目光；原本用爱慕的目光看她的男孩，却改换了惋惜的目光——如同看着一朵掉入臭水沟的花。

中午，田小麦说要到对面小店买些东西，却被牢牢拦住——门卫已接到校长指示，无论什么理由都不能放她出门，必须要严防死守。

傍晚，她再一次要出校门，仍然被班主任拒绝。班主任寸步不离地守在她左右，就是不准她踏出校门半步。老师陪着她在食堂吃晚饭，亲自监视她在教室上晚自习。晚上八点，她就被"押"到了宿舍楼，前前后后多了好几把锁，显然是像防犯人逃跑一样防着她。管理员径直将她送入寝室，接下来就让室友们负责看守她。

学校围墙已加装了铁丝网，每夜都有老师轮流值班巡逻，简直就是一座肖申克的监狱！而她连放风的权利都没有。

熄灯之前，小麦趴在寝室的窗口，眺望学校外的荒原夜色。她想到对面的秋收，一定正在焦急地等待着她——昨天不是说好了？今天一定会见面的，可她却哪里都去不了，成了被关押在学校的囚犯！老天做证，只要一天看不到他，她就感觉被判处了无期徒刑。

泪水忍不住地滴下去，正好落到楼下的花丛中。底楼的灯光下，依稀照出一个熟悉的背影。

钱灵——不用看脸就知道是她，正蹲在一株梅树底下，似乎在泥土里挖着什么，又似乎把某样东西埋进土中。她知道钱灵最喜欢的是梅花，以前她俩常在这株梅树下散步，冬天还能欣赏绽开的梅花。

好像心有灵犀，梅花树下的钱灵仰起头来，正好看到把头探出寝室窗口的小麦。

"不！不要！"

钱灵恐惧地大喊起来，她以为小麦想要跳楼自杀吧？

小麦却关了窗户回到床上，不想再让更多人注意她。

一分钟后，钱灵回到寝室，直接掀开小麦的蚊帐。曾经的死党，南明高级中学的校花，沉默地注视对方。

还是钱灵打破了沉默："你没事吧？"

"我没事。"小麦继续蜷缩在床上，"你刚才在楼下干吗？"

"我在埋葬。"

钱灵脱了鞋跳到小麦身边，像从前躲在一个蚊帐里那样。

"埋葬？"

小麦放下了蚊帐，里面成为两个女孩的小世界。

"你还记得我床头的大头贴吗？"

"我们两个人的合影。"

"是。"钱灵停顿了片刻,仰头叹息,"我把大头贴埋到了我最喜欢的梅花树下。"

"为什么?"

小麦感到一阵悲凉,就像自己的青春也被死党埋葬了。

"既然在你的心里,我已不再重要,何必再留着我们的大头贴呢?"

"钱灵。"小麦战栗着抓住她的手,"不,你在我的心里永远重要,谁都不可能代替你。"

"你的心只有他。"

钱灵把手挣脱了出来,怨恨地盯着她的眼睛。

"不,我不能失去你。"

小麦从来没有想象过,她会到这种众叛亲离的地步,她仍想挽回与钱灵的友情。

看着她真实而单纯的眼神,还有顺着脸颊滑落的泪水,钱灵也心软了下来,噙着泪花问:"真的吗?"

"真的!"

小麦紧紧抱住钱灵,无法想象失去她的生活,如同无法想象失去秋收的生活。

可是,她却难以衡量,天平两边哪一个更重?

两个十八岁的少女,在蚊帐里相拥大哭一场,直到寝室熄灯陷入黑暗。

眼泪,分别打湿了枕席。

她们挤在狭窄的床上,互相抚摸对方发丝,交换口鼻呼出的气息。

钱灵在她耳边说起悄悄话:"告诉你一个秘密,高二那年暑假,我喜欢上了邻居的男生,那是个大学一年级的学生,长得又高又帅还爱摆酷,简直和流川枫一模一样。可是,我和他只持续交往了一个月,等到我们重新开学的时候,原来那种感觉就彻底没了,我再也不想见到他了。"

"不会吧?那说明你们爱得不深。"

"当时爱得死去活来呢!可是,只有三分钟的热度,这就是绝大多数的初恋,每个情窦初开的少女都会遇到这种情况,千万不要因此影响未来一辈子。你还有太长太长的人生路要走,会遇到更多更好更适合你的男孩子,给自己留更多的机会吧。"

小麦却背过身去淡淡地说:"为什么你的口气那么像老师呢?"

"好吧,我不说这些了,只要你还把我当作死党。"

"嗯,我们要好好地在一起。"

黑暗无声的女生寝室，田小麦靠在钱灵的身上，居然渐渐地睡着了。

她梦到了秋收。

第二天，小麦刚去食堂吃早饭，就有个老师盯在旁边，一直盯到早上第一节课。

一天一夜，她像蹲监狱似的失去自由，只能来往于教室、食堂、寝室之间。学校派三个老师轮流盯守她，更严禁她踏出校门半步。

终于，她憋不住对老师说："我有这么可怕？"

"对不起，这是校长的指示，也是你爸爸的要求，我们必须对你负责。"

就这样熬到星期三，小麦已三天没见到他了，不知道他是什么心情？会不会同样痴痴地等在学校门口？最不敢想象的，就是秋收可能觉得她变了心，突然之间就要一刀两断。

每个夜晚她都心如刀绞，趴在寝室窗口直到熄灯，做着各种稀奇古怪的噩梦。幸好有钱灵陪伴左右，否则自己一定会疯的。每次睡不着的时候，她就会拉着钱灵说悄悄话。她会把自己内心所有的秘密，包括对秋收的看法都告诉死党。

钱灵耐心地开导她，告诉她那只是少女的幻想，并不能模糊两个世界的分界线——这条泾渭分明的鸿沟，是谁都无法跨越过去的。至于那些爱情小说里写的，爱情歌曲里唱的，都只是一些幻觉——不可能成为现实的东西。

小麦承认她说的每句话都有道理——可是，如果是幻觉的话，为什么她感受得那么真实呢？

周四，高考前在学校度过的最后一个夜晚。

她依然趴在寝室的窗台，眺望朦胧不清的黑暗荒野，期望能看到某个光亮，无论是手电筒还是篝火，她都相信那是秋收给她点的。

可是，随着熄灯时间到来，她被迫回到蚊帐里，再也没有看到哪怕一丝的光。

昏昏沉沉地睡到后半夜，听到窗外响起什么声音，她警觉地睁开眼睛，推了推身边的钱灵："你听到了吗？"

"嗯？没……好困……睡吧……"

小麦刚刚躺下，心里就被深深刺了一下，下床打开窗户，果然听到了那个声音。

窗外，女生宿舍楼下，那堵高高的围墙的后面，就是凌晨荒芜的原野。

学校围墙的背后，传来一阵吉他弹奏声——分明就是那把破旧的木吉他，是秋收的手指弹出的声音，没有什么花哨的旋律，只有流浪汉似的不羁节奏，响彻了校园的这个角落。

寝室里的女生们都醒了，楼上楼下很多人都听到了，钱灵也下床跑到她的身后，摸着小麦的肩膀说："我也听到了，你没事吧？"

她却没有回答，只是怔怔地趴在窗台上，听着黑夜里传来的吉他声，听着秋收的歌声——

"喝醉了以后，还能想些什么？是纯纯的爱，是飘飘的愁……"

为了能让寝室里的小麦听到，又为了避免被吉他声掩盖，秋收唱得特别疯狂特别大声，几乎惊醒了南明高级中学所有的女生。

小麦紧紧地咬着嘴唇，无法抑制自己的泪水，大颗地从窗口滴落而下。

凌晨的夜空，继续飘荡着吉他的弹唱——

"不要说你我，都无法挣脱，只要闭着眼睛，你就会感动。将一个天空，画上一道彩虹，有绿绿的树和暖暖的风。给我一杯酒，我轻轻地说，只要忘记曾经，你就能自由。是谁将我的梦敲破，太阳下的河水，它不停流……"

茫茫的黑夜里，始终看不到秋收，但他的吉他和嗓音，却像无处不在的空气，渗透到学校里每个角落，也渗透到这个夜晚每个人的记忆里。

她伸出手触摸着空气，宛若也触摸着他的琴弦。

听到副歌部分，竟连钱灵也被打动落泪。她紧紧抱着小麦，以防在窗边有什么意外。

看不到的墙外，秋收的声音早就唱哑，却依然在向天空诉说愿望，他知道小麦一定可以听到，荒野里所有的幽灵也能听到。

也许，还包括死在马路对面的妈妈……

第三十三章

2010 年，12 月 18 日。

淀山湖畔，寒冷冬夜。

看着窗外一片虚无的黑色，小麦抹去脸上的泪花。

耳边却仍回响着十年前炎热的夏夜，那首少年用吉他弹唱的歌。

许多年后，她才知道这首歌是《美丽新世界》，原唱是位摇滚诗人，他的名字叫伍佰。

独坐到十点钟，忽然有人敲门，她小心地在猫眼里一看，却是男朋友的爸爸。

他来干什么？

小麦整理了一下头发，才缓缓地打开了房门。

"伯父，有什么事？"

眼前高大魁梧的男人，先露出周润发似的微笑，又皱起浓密的眉头问："小麦，你和盛赞是不是出了些问题？"

"哦，没什么，只是一些过去的事。"她赶紧让开来说，"请进来说话吧。"

盛先生很有礼貌地走进来，像慈父那样坐下："如果盛赞做了什么错事，请你告诉我。"

"没有——"小麦踌躇了几秒钟，看到盛先生亲和有力的眼神，给人一种安心的感觉，还是咬咬牙决定说出来吧，"几天前，我在好朋友钱灵的葬礼上，看到了伯父你和盛赞。"

"嗯，你也知道，钱灵是我的公司的重要员工，我应该去参加她的葬礼——至于盛赞嘛，我可以像你坦白，从前他和钱灵谈过恋爱。"

她没想到盛先生如此坦率地承认了："谢谢。"

"你一定觉得很伤心，为什么如此重要的事情，钱灵和盛赞都没有告诉过你。你觉得自己被关系最好的两个人欺骗了？"

真是一个善解人意的父亲，小麦悲伤地点头："是的，伯父。"

"两年多以前，我就知道钱灵和盛赞在谈恋爱，当时我既不支持也不反对。但是一年多以前，钱灵主动提出要跟他分手，我也不知道什么原因。不过，我知道自从他和你谈恋爱以后，就再也没提到过钱灵半个字，我相信我的儿子不是那种轻浮子弟。在他很小的时候，我就教育他为人不能欺骗，无论对他爱的人还是爱他的人——当然，他不该对你隐瞒，但至少他没有背叛过你。"

他说了一长串为儿子辩护的话，也可看出这个父亲的良苦用心：不希望儿子因为这个原因，再次失去最喜欢的女子——而这个女子也深得他们夫妇的欢心，似乎已注定是理想中的儿媳。

"好吧，我也知道他不是那种人。"

"希望你们能够幸福。"

盛先生微笑了一下，即便到了这把年纪，依然有成熟男人难掩的魅力。

"我会耐心听他解释的。"

小麦把男朋友的爸爸送到门口，他却突然转回头说："对了，盛赞说你最大的爱好是在网上购物？"

心底不由得一阵紧张，是有钱人瞧不起宅女的兴趣？但以前不就说过了吗？她决定还是继续坦白下去："是的，因为网上购物又便宜又方便。"

"其实，我也不觉得网购是什么丢脸的事，也请你不要把我想得那么难以接近。小麦，我会支持你的！加油！"

盛先生给了她一个淳厚的微笑，便退出房间下楼去了。

重新关上房门，小麦摸着狂跳的心口，嘴里默念着"魔女区"……

只安静了十分钟，门外又响起了敲门声，这回猫眼里看到的是男朋友盛赞。

打开房门放他进来，小麦平静地说："是你让你老爸来求情的？"

"我父亲从没欺骗过任何人，从小他就是我心目中的偶像，我想他说的话，别人是不会不相信的。"

看来他还蛮有把握，觉得只要老爸出马，就没有摆不平的事情。

"看得出，你父亲是个优秀的男人。"她还是有些失望，"可是，你自己就不能说吗？"

"我说了啊，可你不信。"

"不是不信，而是感到难过。"

盛赞从背后搂住她，温柔地抚摸她的秀发，鸡啄米似的亲吻她的耳朵，喃喃耳语："对不起，亲爱的，我是多么喜欢你，不想失去你。"

恐怕任何女人都受不了帅哥这样的攻势，小麦也感觉坚硬的心渐渐融化了。

她无力地倒在床上，看着眼前英俊的脸庞，竟像做梦一样，不知还可以麻醉多久？

忽然，盛赞从背后拿出一个小盒子。

看到那个玫瑰色的盒子，小麦便不由自主地心跳加快，恐惧地蜷缩在床头。

他故作神秘地打开盒子，拿出一枚耀眼的钻石戒指，放在女朋友的眼前闪烁光芒。

小麦认出这是卡地亚的最新款，因为淘宝上有类似的假货——尽管如此，这枚价值数万美元的钻戒，仍然让她感到意外。双眼被刺痛的瞬间，却已怦然心动。

盛赞的双手不住颤抖，似已排练过好几次，但说话还是结结巴巴——

"小麦……虽然……我知道……知道……这有些……突……突然……但我……我不想再……再等待了……嫁……嫁……嫁给我吧！"

她看着他的眼睛，他目光里闪烁的激动，再看他手上闪烁的钻石，仿佛一切都那么不真实，只是一场太过真实的幻觉？

三个月前，盛赞向她求过一次婚，记得那时他拿的是另外一款卡地亚。当时，小麦泪流满面地答应了，没想到他不久后却提出了分手，而她立即将那枚钻戒还给了他。

这一次，又将会是怎样的结局？

就在她沉默不言的时候，盛赞却再次坚定地大声说："田小麦，你愿意嫁给我吗？"

田小麦几乎就要投降了，慌忙中却想到一条理由："可是，我身上戴着重孝，过几天还要去给父亲下葬。"

"没关系，我可以等！"他似乎早已预料到小麦会这么说，不慌不忙地抓住她的手，"小麦，我们可以一年后再结婚，但希望你现在答应我！"

他求婚的样子真的很帅，就像传说中的白马王子，也像一个无情的职业杀手，哪个女人都逃不过他手心。瞬间，小麦被他的眼神刺中要害，深深钻入心底，似乎已没得选择。

终于，她投降了，缓缓伸出了手指。

盛赞牢牢握紧她的左手无名指，小心翼翼地将戒指戴上去。

就像为她定制似的，尺寸居然一分不差！小麦在心底叹息一声，这大概就是所谓的"天意"。

"这是我一生中最幸福的一天！"

男友热烈地抱住了她，不停吻着她的脸和嘴唇，她却是默默地承受。

他像个孩子似的跳起来，由衷地笑着说："明天上午，我们全家要去看松江的独栋别墅，那将是我们的新房——放心，父亲只会给我出首付的钱，以后的贷款全部由我自己来还。我会加倍努力地工作，让那套房子真正属于我们两个。"

"其实，等你爸爸退休以后，他的整个公司不都归你了吗？"

"话是这么说，不过我也不能守株待兔吧。"他压根就没听出讽刺的意思，"何况，至少现在我仍是一个外科医生。"

"好吧。"

她淡淡地笑了一声，又低头看着手上的戒指，真是要了命的漂亮啊。

盛赞又吻了她的额头，刚想要继续吻下去，却被她温柔地推开了。

"今晚，我还想一个人独处。"

明显是赶他出去的意思，但她都戴上了婚戒，盛赞也不再担心什么了。

他规矩地退出房间，给了她一个飞吻："晚安。"

田小麦再次靠在门后，将戒指放到嘴里轻轻咬着，难道自己就要嫁给他了？

可是，她又极度不合时宜地想起了十年前。

2000 年的记忆，第十章

2000 年，夏天。

周五，高考前留在学校的最后一天。

凌晨时分，整个女生宿舍都能听到墙外的吉他弹唱，小麦流着眼泪趴在窗口，直到秋收的歌声越来越微弱。

忽然，管理员闯入寝室，命令所有人回床睡觉，又把窗户重新关紧。

钱灵搂着不住战栗的小麦，两个人一同流泪到天明。

上午，课间休息的时候，小麦听到几个男生聊天——

"昨晚，那个鬼号得我没法睡觉！"

"你不知道吧？后来，那小子想要翻墙进来，结果被值班的门卫痛打了一顿。"

"打得好！我也想揍他一顿呢！"

几个男生说话特别大声，故意要让小麦听到。

她愤怒地抓起书包冲出去，却被班主任老师在门口拦住。

"老师，求求你了！我只想去看他一眼，只要五分钟，好不好？"

"不行！"班主任像典狱长，板下面孔命令道，"哪也不准去，给我回教室！"

小麦却怎么也听不进了，她绕过老师跑出教学楼，向着学校大门狂奔而去。

身后响起班主任的尖叫："快抓住她！抓住她！别让她跑出去！"

就像在公交车上丢了钱包，狂喊群众要抓住小偷。

小麦穿过开满鲜花的园林，跑过空旷无人的足球场，袜子和裙摆上沾满了泥土，扎马尾的皮筋也掉了，头发如瀑布倾泻在脑后，像一个公开越狱的囚犯，没有任何力量可以阻挡住她。

然而，就在她冲到校门口的时候，却被魁梧的门卫紧紧地抱住，如同抱住一只小鸡，任凭她如何拼命地挣扎叫骂，都再也不能前进一步。

好几个老师冲了过来，两个抓手两个抓脚，小麦的身体完全横了过来，像被绑在十字架上，硬生生地抬回教室。

回到原来座位上，小麦披头散发地沉默着，衣服和裙子早已弄脏，像古井里爬出来的贞子，双目凶狠地低沉下来。老师们上课也感到害怕，连钱灵都不敢和她说话，同学们纷纷远离她，似乎谁靠近都会惹上一股怨念。

下午，最后一堂课上完，所有高三学生都要回家——他们将在家里复习一个星期，迎接决定命运的高考。

田跃进坐着警车来到学校，从老师们手里接过女儿，看到她那副可怕的样子，班主任抢先解释道："这孩子还想着对面的小流氓，老田你回家可要继续管好她，千万别再让她溜出来了！"

"谢谢！"

他像抓犯人一样，把倔头倔脑的女儿关进警车。

驶出校门的刹那，小麦转脸看着马路对面，小超市里只有店主大叔一人，没看到秋收。

她再也看不到他了。

车子飞快地远离学校，远离空旷的南明路，远离这片郊外的荒野。

回到市区家里的时候，她的眼泪差不多也流干了。

田跃进一句话都不想再跟她说了，他能做的只有老本行——看管犯人！

第二天，上海下起多年罕见的暴雨。

在这高考前复习的关键一周，老田向局里请了事假，也是十几年来破天荒第一次。领导爽快地批准了这个请求，反正女儿高考一辈子就一次，慕容老师的命案暂由其他人负责。

老田在家里多装了好几把锁，从里面把大门反锁起来，钥匙都在他手中，没有钥匙就没办法出门——学校是监狱，家里仍然是监狱，这是比死刑更要命的惩罚。

父亲二十四小时守候在家，一切吃的喝的全由亲戚送来，整个家族出动为她的高考服务。小麦却是心乱如麻，几乎什么也做不了什么也想不了——想到秋收就忍不住大哭起来，索性逼迫自己不要再想，打开书本复习功课。

她天真地以为，只要高考成绩没问题，收到第一志愿的大学录取通知书，她就可以再回去找秋收，他们仍然可以好好地在一起。

于是，她有两个星期没有再见秋收。

直到高考结束的那天。

酷热的七月。

重获自由的小麦，虽然不知道分数多少，但有种预感成绩还不错。父亲重新投入了案件，不会再像对待罪犯一样看着她了。她再次把自己打扮得漂漂亮亮，像个女大学生那样，忐忑不安地坐上了公交车。

回到南明高级中学，学校已彻底放假，大门紧闭宛如坟墓。

小麦不想再走进这道门，她顶着火辣辣的太阳，独自穿过寂静的南明路——那是魂牵梦萦的地方，就像茫茫沙漠中的绿洲，辽阔大洋上的岛屿。

可是，小超市的铁门同样紧闭。

大概是暑期的缘故，没有学生，因此也没有生意了——她在外面用力拍打喊道："喂，有人吗？秋收！秋收！"

几分钟后，店里没有任何的动静。

她把眼睛贴着玻璃向内看去，却发现所有货架都是空的！收银台上也是什么都没有！好像整个小超市一下子被搬空了。

小麦焦急地站在店门口，一个钟头过去，却见不到半个人影，烈日曝晒底下几乎中暑晕倒。

她知道附近还有居民区，便带着浑身汗水走过去，总算找到了居委会。

秋收家的小超市，也是这里唯一能买东西的地方，居委会阿姨们都认识店主大叔。

听说小麦要寻找秋收父子，阿姨们长吁短叹起来："小姑娘，你不知道？他们家破人亡了啊！"

"啊？"

居委会阿姨娓娓道来——就在小麦离开学校不久，秋收悄无声息地失踪了。店主大叔焦急地四处寻找儿子，几天后的暴雨之夜，他在南明路上被一辆大卡车撞死了。少年至今仍然无影无踪，店里遭到一伙流氓洗劫，还是居委会帮忙给小超市关的门。

小麦一句话都没再说，顶着烈日回到小店门口，靠在树荫下等待她的秋收。

从上午等到傍晚，不知流了多少汗水，直到夜幕完全笼罩了她，泪水才簌簌地流下来。

深夜，她回到家里，又抱着枕头哭到天明。

2000 年的暑假，田小麦再也没有见到过秋收。

后来，她又去过几次南明路，发现小超市已被其他人盘下，人们忘了那对来自西部乡村的父子，似乎他们从没来过这里。

在那个炎热的夏天，她无聊地闲在家里，等来了大学第一志愿的录取通知书。她也学会了用电脑上网，第一次在"榕树下"网站读到了今何在的《悟空传》，就像电影《大话西游》一样，再次让她泪流满面。

两个月后，小麦成了大学生。

虽在不同的学校，钱灵依旧是她的死党，两人却始终未能恢复到高中时代的亲密。

田跃进头上增添了许多白发，他仍未破获慕容老师的凶杀案，第二条致命的紫色丝巾，还躺在公安局的物证库里。

四年后，田小麦顺利地度过大学时代，成为一个令人羡慕的外企职员。

至于那个叫秋收的少年，却在残酷的时间洗刷下，从她的记忆中消失了。

时间，人世间最残酷的是时间。

第三十四章

2010 年，12 月 19 日。

冬夜，凌晨。

田小麦从回忆中醒来，恍然若失许久，才确信今夕是何夕。

她感到一阵撕心裂肺的痛。

打开昏黄的台灯，看着镜中自己的脸，二十八岁的脸，竟然如此陌生。

低下头来，看到手指上的卡地亚钻戒。

一点一滴，一分一毫，从坟墓中挖掘出被自己遗忘的记忆，挖掘出十八岁芳心破裂后的碎片，这才明白这么多年来痛苦的源头，也明白了难以治愈的抑郁症的病根——还有，那个站在深沟前的梦的缘起。

也许，曾经发生过的所有一切，都是她自己的放弃造成的。

她本可以和那个少年私奔，本可以远远逃离学校和父亲——可是，高三学生的她做不到，恐怕任何人都做不到。

这是命运注定的。

她不敢面对那道深深的伤痕，害怕一想起来就再也无法自拔，更不敢面对自己曾经的怯懦，担心一想起来就再也无法宽恕自己。

所以，她选择了遗忘。

她不是不能回忆，也不是不愿回忆，而是不敢回忆。

在十年的漫长的无意识中，她抹去了记忆中关于秋收的一切，似乎这个身世凄凉的少年，从未来到这不幸的世界上。

然而，那个梦却永远都遗忘不了，就像一个无法删除的程序，定期在深夜悄然启动。

这辈子再也走不出这个噩梦了。

凌晨三点，小麦再也无法入眠，听窗外淀山湖的波涛声，她穿戴整齐，想要出门走一走。

因为，她有些后悔，为什么要回忆起来？发生过的这一切，还是彻底遗忘更好吧。

悄悄走下楼梯，屏着呼吸打开大门，来到寒冷的月光底下。别墅大门正对着湖岸，不时吹来寒冷刺骨的风，幸好她已裹上大衣，又加了一条围巾，瑟瑟发抖地来到湖边小径。

虽是凌晨，湖边却亮着一排路灯，不知是给人用还是给鬼用的？

小麦一身白色大衣，孤独得像个幽灵走过。湖水就在脚边拍打，她渴望这样的夜晚越冷越好，冷得可以冰冻心底的记忆，不要再跳出来折磨自己了。

忽然，她看到前方的路灯底下，躺着一双男人的黑皮鞋。

湖水不断打到鞋尖上，两只鞋差不多都已湿了，再看四周并无半个人影——难道有人半夜下水游泳？在这么寒冷的水里不是自杀吗？

小麦越想越奇怪，蹲下来仔细看那双鞋子，若是正品起码得上万元。皮鞋尺码也比普通人大一些，应该是个身材高大的男人穿的，看风格又像是中年以上有钱人的——

她想到了盛赞的爸爸。

虽然小麦从不注意男人的鞋子，但今天盛先生穿的确实是一双黑皮鞋。

又一阵寒风带着湖水扑上来，几乎打湿了她自己的鞋子，令人莫名其妙地哆嗦了一下。

她沿着湖边跑回别墅，拍打三楼男朋友的房间。

盛赞打开门，揉着惺忪的双眼，突然兴奋地抱住她说："你终于来了！"

"你想哪去了！"她用力挣脱，"快去看看你爸爸还在不在？"

"什么？你什么意思？"

"快啊！"

小麦拖着他来到二楼，敲响他父母的房门。

等待片刻，盛太太打开了门，盛赞面色尴尬地问："爸爸呢？"

"你爸爸？"她回头喊了一声，"喂，老盛！"

房间里什么声音都没传来，盛太太打开所有的灯，回去找了一圈，才露出疑惑的神色："奇怪，你爸爸不见了？"

第三十五章

星期天。

从凌晨时分开始，度假村全体人员出动，四处寻找盛先生的下落——可惜除了一双皮鞋以外，没有他的丝毫踪迹。

清晨六点，警方也赶到淀山湖畔，派出巡逻艇到水面搜索。根据留下皮鞋的位置，怀疑他可能投水自尽。不过，自杀一说被盛赞母子矢口否认，盛太太坚称丈夫性格坚强乐观，最近事业顺利生活稳定，绝无任何轻生理由。

盛先生的手机留在别墅里，随身物品也都还在，只是穿走了身上的外套。显然不太可能故意出走，要么就是遇到意外，落入寒冷的湖水之中？警方开始组织水面打捞，忙碌到下午也没结果。盛赞母子害怕得不敢看水面，担心真会浮出一具尸体。警方又怀疑盛先生是否被绑架或谋杀？盛太太表示丈夫做人向来低调，从来没有仇家，不太可能遇到这种事。

田小麦和男朋友一起着急，安慰流泪的盛太太，好像已成了盛家的儿媳。她是真心实意为盛先生担心，祈祷他不要出事，也让盛赞和他妈妈非常感动。

盛赞的情绪越来越差，看得出父亲的失踪对他的影响巨大，他不敢想象父亲会遇到什么危险。没有了父亲的存在，他就像一片孤独的落叶，即便缩在小麦怀中也会抽泣。

黄昏时分，站在寒冷的湖水旁，她低头看着手中戒指，这枚耀眼夺目的卡地亚钻石，是否给盛赞的爸爸带来了厄运？

盛赞和妈妈留在度假村，至少还要再等待一夜，绝不放弃任何希望。他们决定让小麦先回去，不必留下来一起折腾，由司机开车送她回市区。但她还是放心不下，想要第二天请假陪伴他们。盛太太拉着她的手说："小麦，你的心意我们都明白，但无论如何请先回去吧，盛赞的爸爸一定不会有事的，听我的话，好吗？"

　　未来婆婆的这番话语，让小麦告别了他们，坐上旅行车离开度假村。

　　晚上八点，她疲惫不堪地回到家里，给自己煮了一碗面，又给男友打了个关心电话，依然没有盛先生的消息。

　　坐卧难安许久，想着昨晚发生的一切——最后一次遇到盛先生，是在她和盛赞发生矛盾之后，盛先生进来给儿子说情。记得他要离开的时候，却出人意料地提到了网购，难道他也是一个深藏不露的网购爱好者？或者就是一个资深的淘宝买家？因此，他才不介意未来儿媳沉迷于淘宝？难道，盛先生也在"魔女区"买过东西？甚至，他也是"魔女区"的受害者？

　　小麦忧心忡忡地打开电脑，进入淘宝阿里旺旺，呼叫"魔女"。

　　"魔女"并不在线，她打出十几行"在吗？"，等待了一个钟头，却没等来神秘的店主。

　　小麦愤怒地敲打拳头，眼皮却如铅般沉重。从凌晨三点开始，她就没有再合过眼，没有休息过一分钟。面对电脑屏幕上的"魔女区"，她再也坚持不下去了，迷迷糊糊地倒在了床上……

第三十六章

　　她做了一个梦。

　　还是多年不变的荒原，梦中的她终于分辨出——那是南明高级中学外的原野，是慕容老师带自己走过的小径，是跟少年一同放风筝的乐园，也是那束黑夜火焰点燃之地。

　　缓缓走过遍地的野蔓，却如这个季节一样枯黄萧条，再也没有麦浪似的未来，只有布满荆棘和碎石的荒漠……

　　再次，看到那条沟。

深深的沟。

她，跨了过去。

坠落，无限地坠落，坠落到时间与空间的尽头……

田小麦落在了自家阳台上。

一阵寒风迫使她睁开眼睛，同时听到嘈杂的汽车喇叭声，来自十几层楼下的马路。她站在阳台的栏杆边，腰腹紧紧贴在上面，就像即将伸展双手，跃下万丈深渊，真正坠入地狱下的深沟。

本该是吓得浑身冷汗，当即倒在阳台地砖上，她却异常冷静地站在原地，好像这并非一场梦游，而是自己深思熟虑后的选择。

为什么没有勇气跳下来？

或是，怯懦地逃避？逃避让她痛苦的世界，逃避从坟墓里挖出的记忆，逃避即将到来的婚姻生活……

低头看着手指，卡地亚钻戒依然闪耀。

这不是她的人生！

她的人生在十八岁那年，与少年在地铁站前广场分别的时刻，就已经画上了休止符。

至于，接下来度过的十年，不过只是一场幻觉！真实的幻觉！

既然是幻觉的人生，那还有什么好珍惜的？

小麦回屋披上一件大衣，出门走出大楼。子夜时分的街灯，照亮她脸上的泪光，头发被肆虐的北风吹起，似乎只要再猛烈一些，就能将整个人卷到空中。

她想走过马路，却没有选择斑马线，而是笔直地从车流中穿过——晚上十二点，依然有许多汽车飞驰而过，这种时候多半是超速行驶。最近常有几个富家子弟，开着改装过的大排量跑车呼啸而过，发出震耳欲聋的轰鸣，侵扰居民们的好梦。

其实，在田小麦蒙眬的眼中，这条车流如织的午夜马路，已变成空旷无人的南明路，变成十年前那片黑色荒野，她只是想去学校对面的小超市，寻找曾经属于过她的男孩。

突然，一辆黑色的马自达6，以七十码的时速穿过路口，毫无减速地冲向马路中间的她。

直至离她不足十米之遥，司机方才醒了过来，发出急刹车的刺耳声音。然而，车子仍以不可阻挡的惯性，眼看就要撞到一动不动的小麦身上。

不到一秒钟，一只手紧紧抓住她的胳膊，将她整个人往旁边横拉过去，差不多拽开一米多的距离，马自达6正好从她原来的位置冲了过去——若再晚半秒，她当场就得血溅五步！

小麦这才意识到危险，发现自己仍站在马路上，拽住自己的那只手已脱开，同时旁边响起金属的摩擦碰撞声——午夜路灯底下，有一辆黑色的轻型摩托车，刚刚擦着地面飞出去，溅起许多骇人的火花。轻摩上坐着个黑衣男子，幸好戴着结实的头盔，否则会死得很惨。

终于，马路上所有的车都停了下来，包括差点撞死小麦的那辆马自达6。

轻摩上的男人艰难地起身，将沉重的车子扶起来，仿佛恶灵骑士般跨上车座，重新发动驶到小麦跟前，并向她伸出了手。

风，吹乱了她的头发，也吹乱了她出窍的魂。

田小麦下意识地将手伸出，紧紧握住"恶灵骑士"的手，听到一个沉闷的声音："上来！"

她根本无法抗拒这个男人，就像得到神的命令，跨坐在轻摩的后座，从背后抓住骑士坚硬的腰。

"坐稳了！"

骑士转动一下把手，车子如箭似的飞了出去，留下前后数辆车里目瞪口呆的人们。

夜，越来越沉的夜，没有月光的夜，寒风凛冽的夜，千里走单骑的夜。

穿过数条宽阔的马路，小麦紧紧贴着他的后背，感觉他的身体那么温热。而他的肩膀受了伤，几滴鲜血从外套里渗透出来。

毫无疑问——刚才是他救了田小麦，若没有这辆轻摩及时赶到，冒险将她往旁边拉了一把，她必然被刹不住车的马自达6整个撞飞！而他也是高速赶到，在拯救小麦的同时，自己也刹不住车，贴着地面飞了出去，才会为她而受了伤。

再也看不清周围的路，他也没说过一句话，向着城市边缘飞驰而去。寒风从耳边狂啸而过，似乎所有头发都要冲上天去。她把脸贴在他受伤的肩膀上，毫不在意刚渗出来的血痕。

寒冷刺激得她瑟瑟发抖，午夜狂奔的速度冲击着心脏，她感到自己随时都可能摔下去。但在这样的瞬间，心底却流动着一阵强烈的幸福。

因为，小麦有一种感觉——是他。

第三部

秋收

偶然在春天的小路上遇到也好

在夏天的操场上

或是秋天的图书馆里

或是冬天的福利社里也可以

希望，我们能从第一次见面再次开始

而你也一定会发现我的

——日剧《若叶时代》，编剧：小松江里子

第一章

是他？

她闻到了他的气味，听到了他的心跳，摸到了他的脉搏，嗅到了他的血腥。

可是，他不是早已死去了吗？难道真是恶灵骑士？穿梭在城市的黑夜，只待拯救她的时刻降临？

轻摩的速度渐渐降下来，拐进一条狭窄的巷子。小麦趴在他的肩上，浅黄色的路灯下，只能看到密集的居民楼的黑影。接着转过好几道弯，才停在一栋旧楼门口。他把车子在楼下锁好，抓起她颤抖的手，往漆黑的楼道走去。

像进了山洞般什么都看不清，脚下不时绊到一些东西，比如拖把、纸箱和废报纸之类。踏上一道水泥楼梯，昏暗的灯泡，照出墙上无数歪歪扭扭的手机号码——不过是些常见的垃圾小广告。他带着她来到三楼，掏出钥匙打开防盗门，她自然而然地跟了进去。

关上门，打开灯，照亮乱七八糟的房间，里面堆满了大大小小的纸箱。

终于，他摘下轻摩头盔，露出一张年轻男人的脸。

他。

就是他。

十年生死两茫茫的他。

不思量，自难忘。

原本白净清秀的脸庞，已黝黑粗犷了许多；单薄瘦弱的身体，宽阔结实了不少；就连少年脸颊上，都爬满了黑色胡楂；唯一不曾改变的，是明亮忧郁的眼睛，睫毛覆盖出一片阴影，隐藏着闪烁滚动的目光。

人生若只如初见。

什么都不用说了，他还明白无误地活在眼前，或许就一直活在自己身边？她却把他遗忘了那么多年，遗忘成一个幻觉——此刻，她却可以摸到他的脸庞，摸到他的鼻梁与嘴唇，摸到他扎人的下巴。

真实的幻觉。

眼泪，眼泪不是幻觉，这是她自己的眼泪，无法抑制地滴落下来。

她抱紧了他。

他却无动于衷地站着，任由她的双手抓住自己的后背，任由她的眼泪打湿自己的脸颊。

"秋……秋收……对不起……十年了……我……好想你……"

千头万绪，千言万语，千悲万痛，她早已语无伦次，不知道该说些什么——有太多太多的话憋着，却又不知道该选择哪一句话。

他却像尊雕塑一样，沉默了好几分钟，才轻轻拍着她的后背，发出低沉的声音："小麦，我也一直想你。"

等待了那么久，终于等到了他的这句话，田小麦趴在他肩头失声痛哭，就像当年高考结束后去找他，却再也找不到他的踪影时那样。

"你……你……为什么……"她边哭边吐出模糊的音节，"为什么……走了……我等得你……好苦……好苦……"

秋收却后退了半步，冷冷地回答："你不知道？"

"什么？还发生过什么事？"她痛苦地摇着头，确信记忆并没有错误，"我不知道啊！"

"看来，你还是没有全部回忆起来。"

他失望地叹息了一句，来到晾着几件男式衣服的窗前。

"我都记起来了啊，直到我们最后一次见面，莘庄地铁站前的广场。"

"对不起，我也不想再回忆这些，每次想起都是钻心地疼！"秋收回过头来，露出十年前那副表情，"为什么要寻死？"

"谢谢你救了我——今晚，你一直在楼下守着我，是不是？"

"是。"

她苦笑了一声："怪不得，今晚魔女不在线。"

"回答我的问题！"

"当我全部回忆起来，才发现，对我来说，十八岁，生命就已经结束了。"

秋收轻抚她的头发，仍是十年前习惯性的动作。

"我也是，十八岁以后，我不再是一个人，而是——幽灵。"

"秋收，就算你是个幽灵，就算你真的已经死了，我也不会再把你放走了！"

他却皱起双眉摇头，踌躇许久才说："可是，我恨你。"

这句话让小麦心底一凉，他还在怨恨什么？恨她没有和他一起逃走？恨她没有对学校对父亲抗拒到底？这究竟是谁的错呢？

"为什么？恨我还要救我？"

"我，我不知道。"

两个人都沉默片刻，田小麦这才想起来："你的肩膀还疼吗？"

"没事，这样的外伤，我受过好几次了。"

"不行，让我看看！"

她强行剥下他的外套，又脱掉他的毛衣，还有里面的衬衫与内衣。每脱下一件衣服，他都想要反抗，不想让她看到自己的身体，最终却暴露出整个上半身。小麦打开空调，抚摸他肩上的伤口，鲜血也早已凝固结疤，仍需清洁和包扎处理。这个房间就像个大仓库，几乎什么都可以找到，她很快翻出药水和绷带，仔细地处理伤口，小心翼翼地包扎起来。

这个男人成熟的身体，再也不是当初青春期的少年模样，胸口和臂膀健硕的肌肉，线条分明的腰腹部，粗糙的皮肤和老茧，说明他从事过艰苦的体力劳动。从2000年到2010年，多么漫长的十年，作为一个法律上已经死亡的人，他究竟是怎么活下来的呢？又究竟受过怎样的磨难呢？无法想象他经历过的风风雨雨，但现在田小麦只想知道一件事。

"秋收，这么多年来，你一定有过别的女人吧？"

这个直截了当的问题，让他愣了一下，又不太自然地摇了摇头："谁会看上我呢？一无所有的穷光蛋，连身份和户口都是假的。"

小麦心里已经有了答案——他在说谎。

不过，这对她而言并不重要，若说他在十年的飘零中，没有过别的女人，那才是不正常呢。

看来秋收想要转移话题，指着她手上的钻戒说："你要嫁给那个人了？"

她无语了，低头用右手盖住左手，不再让这枚戒指刺激他。

"没关系。"他淡淡地一笑，"小麦，你找对老公了！他是个非常好的结婚对象，你和他是同一个世界的人，我祝你们幸福！"

越是说得这么大方，就越让她心底疼痛难忍，不禁瞪大眼睛问："那么，我们就是不同世界的人吗？"

"当然，从我们出生的那天起，就已经注定了！而且——到死都不会改变。"

秋收说得并没有错，他永远是一个乡下孩子，即使扎根在这座城市，却还披着一件农民工的外衣。

他与她，确实是两个世界的人。

"不，我们可以改变的！"

"我曾经以为，只要有足够的勇气，就可以跨越我们之间的深沟。"

看着他颤抖的嘴唇，小麦若有所思地点头："我也这么想过。"

"可惜，那只是一个幻觉，真实的幻觉。"

他的这句话说得悲伤至极，小麦用手指封住了他的嘴："什么都别说了！"

"只是……只是……有时候……我还会想起你……"

"因为这个吗？"

她再次深深地抱紧他，无所顾忌地亲吻他的嘴唇。她也毫不理会自己光滑的脸颊被男人坚硬的胡子扎痛。

秋收开始有些惊讶，很快就回以更猛烈的吻。

在这寒冷干燥的冬夜，孤独简陋的破房子里，她吻到了一团火焰，黑暗地底燃烧的火焰，同时烧着了自己的身体，与这个男人一起化为灰烬……

第二章

凌晨，四点。

老丁已经开了一夜的车，疲倦的眼睛又红又肿，总算回到了自家的楼下。

有人在街边伸手拦车，他摇下车窗大喊道："下班了！"

未承想那人竟拉开车门，把一张鬼魂似的脸探下来。

"有毛病啊？"

老丁有着所有出租车司机都有的火暴脾气，那人却得寸进尺地坐进副驾驶位置，着急地说："师傅，我有个朋友要自杀了，我必须去救他！"

"打110！"

"不行，除了我以外，谁都救不了他！"那人掏出了一大沓钞票，"你把我送到那里，我给你两千块！"

两千块！开一天都挣不了那么多，老丁开始动心了："真的？"

"你看我钱都放在这里了！"

他直接把钱放到排挡的位置，老丁用手摸了摸还不是假钞，心一横，看在人民币的面子上，拼着老命走一趟吧。

"去哪里？"

"先往莘庄方向开！"

老丁给自己点上一根烟提神，咬着牙踩下油门。

凌晨时分一路畅通无阻，车子以八十公里的时速飞驰在高架，不消半个钟头就到了莘庄立交。神秘乘客让老丁走地面国道，不久穿进一条寂静的马路，两边都是新造的楼盘与别墅。

"先生，你到底要我去哪里啊？"

老丁有些害怕，那些半夜劫车的人，通常会选择到这种地方作案。要不是看在那沓钞票的面子上，他也不会让一个男人坐到副驾驶座上。

"前方路口左转！"

他只能按照乘客的意思，将车子转进那个路口，在巨型广告牌底下，远光灯照出一块路牌——南明路。

老丁吓得魂飞魄散，踩下急刹车说："对不起，我不能再往里开了！"

"为什么？"

"对不起，请你现在就下来吧，我不要你的钱了。"

神秘乘客却发火了："不行，你必须要开进去！"

"求求你了，我不能进去。"

老丁心底后悔莫及，真想一拳把那家伙打下去！

"我知道——你为什么不敢开进去。"

此话让老丁猛颤了一下："你……你……什么意思？"

"你还记得吗？"副驾驶座上的男人目露凶光，"十年前，一个大雨倾盆的夏夜，就在这条南明路上，你撞死过一个男人！"

第三章

清晨，七点。

田小麦睁开眼睛，看着开裂发霉的天花板，墙角还有一大摊透水的印子。

她下意识地摸了摸枕边，却是空空的一片，就连残留的体温也消失了。

"秋收！"

紧张地呼唤着他的名字，才发现屋里只剩自己一人，孤独地躺在这张钢丝床上，仿佛子夜的一切都不曾发生过。

冬天的晨曦，透过薄薄的窗帘照进来——比起外面堆满了纸箱和垃圾的客厅，这间卧室还稍微像个人住的样子，窗边有张简陋的电脑桌，一边是个塑料布做的衣橱，另一边却是个写字台加书柜，但总共也没放几本书，更多的是些乱七八糟的杂物。除了铺在身下的床单以外，房间里的一切都是旧的，散发着一股淡淡的陈腐味。真不敢想象他就住在这种地方。

至少，他还活着。

他才是"魔女区"的店主，真正的"魔女"。

小麦把衣服穿戴整齐，打开卫生间一看，勉强还能使用，一看就是糟糕的单身汉使用的，看不到任何女人的痕迹。这个发现倒给了她一些安慰，毕竟那么多年过去，她也谈过几次恋爱，如今已到谈婚论嫁的地步——他必定也拥有或者曾经拥有过其他女子吧。

客厅乱得几乎没有下脚处，墙壁粉刷脱落大半，温暖的角落还有蟑螂爬过，这都几月份了啊？窗外装着密密麻麻的防盗栏，更像布满铁窗的监狱，一看就是七十年代的老住房——二十年前，小麦和父母就在这种房子里住过。

天晓得他去了哪里？不会是去给她买早饭吧？小麦却不奢望，能与他重逢并且相拥，已是老天恩赐的最大的礼物，至于普通男女间的幸福，她是连想都不敢想的！

她痴痴地找了个角落坐下，看着一个破纸箱里的东西，居然是几件漂亮的女装；再看另一个破纸箱，竟是典藏版的变形金刚，这两种东西也差得太远了吧？

不过，这就是"魔女区"——可以买到你想要的一切。

等到八点多钟，看来他暂时回不来了，才想起今天还要上班。走到窗口往下看了看，是几排差不多的六层楼房，每个窗户都安装防盗栏，看上去破破烂烂的，一看就是城市平民与蓝领阶层的社区，这样的小区在中环与内环之间还有许多。

虽不知在哪个区，但从昨晚的方向来看，距离上班的陆家嘴很远。小麦犹豫片刻，还是决定早点出门别迟到，下班以后还可以来找他。

找到纸笔写下一行话——

秋收：

请你别走！等我回来！

爱你的小麦

她将纸放在铺好的床上，再用笔压在上面，确保秋收回来可以看到。

小麦锁好房门，没忘记看清楚门牌号码。楼道里果然堆满了杂物，墙上贴着苍蝇似的无数小广告。对面的房门打开，走出来两个年轻小伙子，看起来大学刚毕业的样子。那扇门敞开的时候，她无意识地往里看了一眼，屋里还有好几个年轻男生，也能看到房东隔出来的几道小门——明显就是群租房，怪不得环境那么糟糕。

两个小伙子走过她的身边，向她投来暧昧的目光，显然这道门里从没来过女生，早上突然出现一个漂亮女子，自然会令他们浮想联翩。她尴尬地把头低下，先让这两个人走下去，看着他们廉价外套的背影，还有乱糟糟的头发，大概就是所谓的"蚁族"吧。

来到破烂不堪的楼下，却不见那辆黑色轻摩，秋收肯定已骑着它远去了，看来还是不要死等的好。现在正是上班时间，不断有年轻人走出楼道，既有刚才那样的小伙子，也有不少相貌平凡的女生。有的看上去就是大学生，有的却好像步入社会已久。只是大多数人的脸上，看不到从容和快乐，全是匆匆忙忙忧心忡忡，肩负着眼前和未来的重担。

走出破旧的小区大门，是条杂乱无章的马路，许多小贩摆着早点摊位，许多年轻人就在这里解决早餐。小麦肚子也饿了，找了家鸡蛋饼的摊位，排在好几个年轻女孩身后。她们的衣着打扮都很简单，若是姿色出众恐怕也不会住这里。总算排队买到一张鸡蛋饼，就连卖饼的也是个年轻小伙，像是刚刚大学毕业。小麦好几年没吃过鸡蛋饼，没想到只要两块钱，也不管有没有地沟油，拿起来就赶紧吃了。

忽然，有人高喊一声："城管来了！"

所有小贩都像快进画面里那样，收拾各自的东西，向着四面八方逃去。

小麦快速离开这条小路，身后突然袭击的城管已抓到两个不幸的小贩。

她清楚地记下路线，保证回来不会迷路，才拦下一辆出租车，赶往陆家嘴去上班。

出租车刚开出没多远，小麦就想起另一个男人——盛赞，这个可怜的为人子者，他的爸爸找到了吗？

于是，她打了一个电话。

结果令人遗憾，盛赞和他的妈妈依然在度假村，警方继续在淀山湖组织打捞，但没发现盛先生的任何踪迹。电话里他说着说着竟哭起来，她只能用语言来安慰盛赞，却想起数小时前的秋收——该如何面对"未婚夫"？

挂断电话，她闭上眼睛，靠在车窗边，看着天边阴冷的云，摘下手指尖闪耀的钻戒。

第四章

下午。

秋收回到了家里。

再也没有小麦的踪迹，他孤零零地躺在床上，感觉自己会一觉睡到明天。他想起昨晚那短暂的温柔，想起她在他耳边说的那些话。那种感觉既是那么陌生，又是那么熟悉；既好像已远在天边，又仿佛还在他的胸膛。他相信小麦说的这些话，全都是发自她的肺腑，绝没有掺进半点夸张。

可是，他却对小麦说谎了。

当小麦问他：这么多年来，你一定有过别的女人吧？

他有过。

她的名字叫阿春。

那是在六年前，那年秋收二十二岁，在东莞的一家电子代工厂打工，干的是最普通的装配工，每天十几个钟头站在流水线上，不断重复那些简单动作。那时他的头发留得很长，胡子却刮得很干净，远看很像当年流行的 F4 中的某一个。

秋收第一次见到阿春，也是他第一次踏进这个工厂。那家工厂的宿舍像个迷宫，为了防止工人私自外出，每个窗户都用铁栏杆封死。他在宿舍区转了好久，都没找到自己的床位，又不小心转到了女工宿舍，正巧撞到刚从职工浴室回来的阿春，把她怀里的脸盆也撞掉了。他立即尴尬地帮她捡起脸盆，没想到两个人同时弯下腰去，两个头就撞到了一起。刚洗完澡的阿春，湿润柔软的头发扫过他的脸颊，她身上混合着香波的气味，被他深深地吸入胸中。等到他重新抬起头来，看着阿春的眼睛时，两个人彼此都愣了一下。

她长得并不是很漂亮，娇小而清秀。她直勾勾地盯着他，两只眼睛像盯着一团烧灼自己的火焰，怔怔地说出两个字："哥哥？"

女孩操一口浓重的西南口音，秋收想了一下才摇头说："抱歉，你认错人了。"

秋收的普通话字正腔圆，显然不可能来自女孩故乡，阿春怯生生地退回到角落里。

第二天，秋收又一次遇见这个女孩，原来是同一条流水线上的装配工。他站在上游，她站在下游。那些 DVD 上的小零件，每次都是先经过秋收的手，变得完整一些以后，再传到阿春的手上。她只比秋收小一岁，是贵州农村出来的女孩，说一口乡音浓重的贵州普通话。幸好秋收以前打工的地方，有不少四川和贵州来的工友，因此大多也能够听懂。

没过两天，短暂午休的空当，阿春主动来找他说话，没想到还是上次的问题："你到底是不是我的哥哥？"

"不，我从没去过贵州。"

"可是，你的工号牌上，写着我哥哥的名字。"

秋收低头看了看自己的工号牌，上面写着"李罡"两个字。

"全中国叫这个名字的人有很多，有穷得出来打工的，比如像我；也有家里富得流油的，比如像——"

"别说了！"女孩悲伤地打断了他的话，"既然你的名字叫李罡，为什么别人都叫你阿秋呢？"

"我喜欢秋天，所以小名叫阿秋。"

"算了，你和我哥哥长得真像啊。"

听到这句话，秋收的心里一紧，他已经明白她的哥哥是谁了。

"哦，真巧啊。"

"三年前，我哥哥刚考上大学，没多久他就离开学校出走，再也没有回过家，我的爸爸妈妈在老家哭干了眼泪，到现在也没有过他的消息。"

"既然如此，我就认你做干妹妹吧。"

从此以后，无论阿春遇到什么事情，秋收总是竭尽全力地帮助她。有一天厂里加班加点到半夜，主管把阿春留下来单独谈话，却是想要吃她的豆腐，结果她奋力尖叫反抗。刚下班的秋收听到呼救，立即冲过去把阿春救了出来，还勇敢地扇了主管一个耳光。此事闹得整个工厂都知道了，老板决定把秋收开除。好在此事责任全在主管身上，几百名工人聚拢在经理室门外，齐心协力为秋收讨说法，老板被迫取消了开除决定，但扣发了秋收两个月工资。

虽然秋收与阿春一直以兄妹相称，但工友们都暗中要撮合他们成一对，说阿春与阿秋是天生一对的"春秋组合"。她是个善解人意的好女孩，经常悄悄为他做些好吃的，只要发了工资就给他买新衣服。每次他回想往事而流泪时，她并不问他过去发生了什么，而是静静地把头靠在他的肩上，好几次甚至还掉下眼泪。而秋收最看不得女人流泪，一见她这样就反过来安慰起她来了。她最爱听秋收弹吉他，在每月难得几天的休息日，在宿舍狭小的床上，有时会拥挤着十几个人，有时则只有他们两个人，他抱起吉他唱起那些老歌，就像真的在开演唱会。

后来，秋收坚持不要再让她为自己买衣服。他知道阿春家里非常穷，全家人辛辛苦苦种些玉米，供她哥哥考上大学，哥哥却再也没有回来过。她十五岁就坐上南下的火车，跟随村子里的姐姐们，到广东的各个工厂里打工。虽然已出来好几年，但她很好地保护着自己的身体，有几次在街上被一些中年女人看中，说要介绍她到洗浴中心工作，而她总是吓得落荒而逃。

终于，在认识秋收半年以后，她把自己的全部给了他。

不久，她提出想要和他结婚。秋收却犹豫了好久，并不是因为他恐惧结婚，更不是因为他不爱阿春——而是，他觉得自己还有一件事没有做，这件事对他如此重要，以至于许多个夜晚都会从睡梦中哭醒。

它的名字叫复仇。

今生今世，乃至下一辈子，秋收一定要复仇，为 1995 年死在他面前的妈妈，亲手抓住那只恶鬼。

然后，亲手杀了他。

在完成这件事之前，他觉得自己并不是一个真正活着的人，而是一个飘荡于尘世的行尸走肉，他没有资格真正享受人世间的幸福与快乐，更没有资格给予另一个女人以幸福。

所以，他不能结婚，但他没有把这个理由告诉阿春。

阿春很难过，虽然不知道原因，但她原谅了秋收，没有再提过结婚的事情。

除此之外，还有一个原因让秋收无比恐惧——有几次当他紧紧地抱她吻她，她陷入对他深深的痴迷，完全丧失了自我意识，嘴里喃喃地念出两个字"哥哥"。每当此时，秋收就会条件反射似的松开双手，转身抱着自己的肩膀，想起那个鲜血淋漓的夏夜，仿佛自己早已粉身碎骨。也许，在阿春的潜意识里，仍然把他当作自己的哥哥，失散几年杳无音信的哥哥。

而他几乎就要把那个秘密告诉她了——她的哥哥已经死了。

不过，这是秋收永远也不能说的秘密。

他再也难以面对阿春，感觉亏欠了她太多太多，再这样下去只会耽误她的青春，不如让她去找一个更值得依赖的男人，而不是像自己这样的"死灵魂"。

于是，在一个炎热的夜晚，秋收悄悄地离开这家工厂，离开深深眷恋他的女子，背着吉他，他坐上一辆长途巴士，前往珠三角的另一座城市，并更换了手机号码。

几个月后，他从电视上看到一条消息——东莞的一家工厂发生火灾，有数十名工人不幸遇难。秋收立即赶到东莞，赶到曾经打过工的厂子里，却只剩下大火后的残垣断壁。他只想找到阿春，最后是在遇难者遗体中间找到了。他看到被烧得惨不忍睹的阿春，看到她死时胸口吊着的金属卡片，上面印着阿春与阿秋合影的大头贴，只是已被烟熏黑了，他再也看不清她的脸。

其实，遇难的工人们都是可以逃生的，但是工厂的宿舍窗户全被铁栏杆封死——当时广东的许多血汗工厂都是如此，火灾中人们根本无法逃生，阿春就是抱着窗口的铁栏杆，活活被大火烧死的。

秋收为她痛哭了几天几夜，他不敢想象阿春在烈火中死去时，是否还在想着几个月前逃跑的自己？

他打了自己很多个耳光，为那个胆小鬼似的决定后悔莫及。他不知道自己能否救出阿春，抑或跟她一起在铁栏杆中被烧死？但如果能够再选择一次的话，他绝对不会选择逃跑。

六年光阴，转眼流逝，此刻的秋收，摸着自己茂密的胡楂，躺在床上默默流泪。

忽然，他似乎听到了敲门声。

第五章

傍晚，下班。

小麦中午就给老丁打过电话，想让他的出租车准时来接她，以免在陆家嘴排队等车耽误时间。不过，老丁的电话始终关机，又加深了她心底的焦虑。

她决定去挤地铁，穿越黄浦江下的隧道，来到最靠近秋收住处的车站，再到地面去打车。如此辗转将近个把钟头，才赶到三十年前的工人新村。

七点，冬夜早已降临，路边照例挤满了小摊小贩。小麦记得这里的每个细节，包括阳台上挂的东西，所以很快就找到早上的楼道。踏上狭窄的楼梯，她努力调整呼吸，避免因太激动而失态，直到敲响三楼房门。

等待片刻，门缓缓打开，露出一张年轻男人的脸。

这张脸有些陌生，但她很快认了出来。

不是他，不是她的他。

门里的男人也有些意外，他有双不大的眼睛，平凡的脸上长着青春痘，就跟租在这里的"蚁族"们一样——他就是第一次见到的"魔女"，曾经被带到公安局的"魔女区"的店主。

小麦还记得他的名字，他叫古飞。

"是你？"他也认出了田小麦，这个在公安局审问过他的女子，"是警察给你的地址？"

她尴尬地摇摇头，不好意思把昨晚在此过夜的事说出来，只能后退一步，轻声问道："请问，秋收在吗？"

"你是说阿秋？"

阿秋？应该就是他吧，小麦点点头："是，这是他的家吗？"

"不，这是我租的房子，他不住在这里。"

小麦心想怪不得屋里乱七八糟，原来是你这小子住的，秋收当年还是很爱干净的。

"现在呢？"

他警惕地摇摇头："我不知道，今天没见过他。"

"请把他的手机号码告诉我。"

"不，我不能说。"

她强迫自己保持着礼貌："对不起，能不能现在给他打个电话？就说小麦想要和他说话。"

"不行，除了我以外，谁都不能给他打电话。"

"那你到底又是什么人？"

"我是——"古飞搔了搔乱糟糟的头发，"你不需要知道。"

"求求你！昨晚，我和他就睡在这个房间里！"她什么也顾不上了，也不怕被他知道这些，"你一定是他的好朋友，请你也为他想一想。"

他却冷酷地摇头："对不起，这一切都是他的意思，你就不要一厢情愿了。"

"什么？"

最后那句刺痛了小麦的心，一厢情愿？

"请你离开吧，我会告诉阿秋，你来过这里的。"

说罢，古飞无情地关上了房门，把她一个人挡在了门外。

小麦用力地敲打着门，大声喊着："请现在就告诉他，他会马上回来的！"

门内却像坟墓似的，再也没有任何声音了。

倒是对面房门打开，一个年轻人下班回家，再次投来暧昧的目光，觉得她和古飞有一腿？小麦羞愧地低头离去，直冲到楼下剧烈喘气，好像刚才差点就要窒息了。

在黑夜的小区徘徊片刻，好不容易找到三楼古飞的窗户，除了昏黄的灯光，什么都看不清楚。

一直等到九点，腹中早已饥饿难耐，她才打了一辆出租车离去。

回到家里，小麦一边泡着方便面，一边打开电脑上网。进入淘宝网的"魔女区"，赫然发现店主在线。

立即用阿里旺旺打出一行话："在吗？"

然而，"魔女"很久都没有回复，仿佛在电脑那端睡着了。

她忐忑不安地抓着鼠标，等了半个钟头，直到双眼发酸流泪，才跳出"魔女"的回复——

"在。"

如此简单的一个字，却仿佛上天恩赐的圣诞礼物，田小麦不假思索地敲下键盘："你是秋收还是古飞。"

"秋收。"

单单看到这个名字，就让她暗自激动起来："你为什么要逃避我？我现在就想要见到你！"

"可是，你还没有完全回忆起来，你遗漏了对我来说最关键的一件事。"

小麦要被他弄疯掉了："什么？我不知道啊！"

"既然如此，你还可以买一样东西。"

出现一条链接，打开是个价值五千元的定制产品。

迅速用支付宝完成付款，"魔女"却已悄然下线。

她捧起泡好的面，痴痴地对着屏幕，这样孤独的夜晚，该如何度过？

第六章

"她来过了。"

古飞将手机放在耳边，坐在一堆纸箱子中间，似乎闻不到那些陈腐气味。

"你说了什么？"

电话里响起秋收的声音。

"什么都没说。"

"谢谢。"秋收停顿了许久，"现在，可以结束了。"

"太好了！"

这话说得很是兴奋，说完又令古飞怅然若失。

"晚安。"

挂断电话，古飞依然陷在纸箱中间，摆弄一个即将发货的长毛绒玩偶，很像多年前的自己——那个充满自信的十八岁少年，第一次来到这座城市，走向捉摸不定的人生道路。

他的家乡在冰天雪地的东北，他好不容易考入上海的一所大学。虽是最普通的经管专业，但他相信未来可以大展宏图，在这里牢牢扎根下来，实现许多儿时的梦想。然而，当他真的走出大学，却发现找工作实在太难，连续投了数月简历，参加了至少二十次面试，才幸运地被一家公司录取。他在那里干了一年，开始只有两千元月薪，原以为第二年可以加到三千，未承想老板压根就没想过加薪，继续让他干最苦最累的销售。他果断递交了辞职信，又经历几个月的挫折与磨难，耗尽了原本不多的积蓄，才找到一家贸易公司。因为有一年工作经验，收入比过去提高了五百元，工作强度却毫不逊色。但他觉得这家公司有更好的前途，才又咬牙坚持了一年。

大学毕业后，古飞找不到合适的房子，只能跟同病相怜的外地同学们合租——就在这片小区的另一套单元房，因为大学就在附近，可以经常去蹭学生食堂。当他找到工作并且换工作时，依然没能搬出这个地方，因为以他微薄的月薪，若真租下一个一居室，差不多就只剩下伙食费了。至于那些报纸上的楼盘广告，对他来说等于糊墙的纸——那些哭着吵着买不起房的本地年轻人，要比古飞这些生活在同一座城市，却从来想都不敢想买房这件事的人幸福许多倍！

一年半前，公司以经济危机为由，突然把他裁员。他毫无准备地被赶出公司，只拿到三千块钱的补偿金，继续四处投简历的生涯。原本那些宏大的理想，如今都已成了漂亮的肥皂泡，轻轻飘散到被污染的天空去了。

他看不到希望。

就在最苦难的时刻，古飞接到老家打来的电话，说是父亲生病住院急需很多钱。而他一直骗父母说自己在上海混得很好，每年至少能挣十万元，住在很宽敞的房子里，还交了个漂亮的女朋友——这些都是他的梦想，或者说是用来安慰自己的幻觉。

他绝望了。

那时，刚失业的古飞为节约房租，与别人挤在不到八平方米的小屋内——那人就是秋收。

古飞初识秋收便感觉奇怪。不知道他到底是干什么职业的，只见他大多数时间泡在网上，偶尔出门一两个钟头，每个月都要离开上海好几天，偶尔还在狭窄的陋室里弹吉他。

秋收很快知道了古飞的烦恼，便主动借给他五万块钱。古飞极其惊讶，为何一个没有正当工作的人，而且是住在这种合租房里，竟会借这么多钱给一个并不相熟的室友？

他不敢要这笔钱，因为知道起码一年内还不出来，秋收就让他跟着自己干活——原来是在淘宝网上开店，几乎什么东西都能卖。秋收总能找到最便宜最好的进货渠道，又能长时间在线应付买家，所以生意出奇地好，很快就忙不过来，需要找个帮手。

古飞有了一份新工作，秋收每月付给他五千元工资，利润则是以每月翻倍的速度增长。

不久，秋收决定开一家新店，名字叫"魔女区"，这家店的 Logo 就是"本店可以买到你想要的一切"。

这家店是以古飞的身份证注册的，所以在淘宝网的资料里，店主的姓名显示为古飞。

古飞只是秋收的助手，主要帮助他进货和发货，能让他有更多时间做在线客服。秋收也从不隐瞒经营情况，每个季度都会分配给古飞几万元，让他单独租下这套一室一厅，顺利还清了从前的债务，还能经常往东北老家汇钱。

不过，现在可以结束了。

第七章

对于秋收来说，一切还没有结束，只剩下最后那条丝巾。

刚接完古飞打来的电话，他平静地坐在门后的地板上，喝着冰箱里拿出来的汽水，却丝毫感觉不到冰冷。傍晚来敲门的是房东，他已结清了房租，几天之内就会搬走。

忽然，手机铃声响了起来，屏幕上是外地的固话，他随意地接起来："喂。"

"阿秋？"

是个女人的声音，头一秒钟的迷惘之后，第二秒，秋收的心揪了一下。

他沉默了。

"阿秋！是你吗？"

没错，就是她……他还记得她的声音，下意识地回答："是我。"

"你听出我的声音来了？阿秋？"

"是。"他握着手机叹息了一声，"你终于找到我了。"

"是啊，找得好苦，不知道问了多少人，也不知道打错了多少个电话，直到五分钟前，我还以为这个号码也是错的，没想到……真的是你。"

"对不起，我不会回去的。"

"阿秋，我没有让你回去，我只是想告诉你，我过几天就要结婚了。"

这句话让他尴尬地停顿了一下，随后才说："恭喜你！"

"好了，我只说这些，没有别的事。"

"你……没有恨我？"

"现在不恨了。"

"谢谢。"

电话那头却等了几秒钟："你呢？现在怎么样？"

"我……我现在很好。"

"那就好啊。"她的声音似乎有些哽咽，"对不起，打扰你了。"

"应该我说对不起。"

"阿秋，再见。"

电话挂断了。

秋收的身体僵硬了许久，才轻轻地放下手机，开始回忆刚才与他通话的那张脸。

他抓紧了拳头，又放开了。本来，这拳头是要打到自己身上的。

是的，他想起了那张脸。

2005 年初，东莞的那场大火之后，他带着阿春的骨灰去了一趟贵州，见到了她的父亲与母亲。那是个海拔两千米的山村，偏远到徒步数小时才能进入，全村人在山间梯田种些玉米。阿春不到五十岁的父母，因为常年在山间艰苦地劳动，已经老得像七十岁的人了。他们的眼睛差不多接近失明，误把秋收当作出门多年的亲生儿子，而他将计就计没有否认。秋收打工几年下来的积蓄，只有五千多元，几乎全都给了阿春的父母。他继续假扮成阿春的哥哥，陪伴他们度过了春节。

过完正月十五，秋收告别阿春的故乡，再度回到广州打工。

他没有再回那些工厂，而是去了天河区的一家花店，每天开着轻摩出去送花。花店老板叫冬姐，是个二十九岁的广州女人，长得颇有几分像松岛菜菜子。她大学刚毕业就嫁给了一个小混混儿，不到半年女儿出生，女儿还没断奶那小混混儿就进了监狱。离婚以后，她独自抚养女儿，为了生存才经营起花店。没想到这几年生意不错，她买了房子和车子，把女儿送进最好的幼儿园，花店里也雇了五六个人，直到她遇到那个叫阿秋的二十三岁的男人。

阿秋习惯于沉默寡言，每天闷头开轻摩送花，没想到好几次他送花过去以后，别人订花的电话又会接踵而至，指名还要阿秋再把花送过去——原来是接收鲜花的女孩子们，发现了送花的男孩是个帅哥。甚至还有客户留给他电话号码，想要约他出去吃饭，可是每次都被他拒绝了。冬姐因而特别注意了他，有时也会单独与他聊天，常常一聊就是两三个钟头。晚上花店关门以后，当她一个人清点剩余的货时，秋收也会留下来帮着她干活。因为他的车骑得很稳，有几次她来不及开车去幼儿园接女儿，就让秋收代替自己骑轻摩去。

有天晚上，冬姐刚走出花店大门，就被一个骑摩托的飞贼拉走了脖子上的白金项链。正好秋收骑轻摩送花回来，马不停蹄追了上去，他的车子骑得飞快，居然在三个路口之外，追上了那辆摩托车，一把将其揪下来。飞贼当即扔掉项链，从附近的小巷逃跑了。当秋收把白金项链拿回来，花店里只剩下冬姐一个人了，她露出感激羞怯的表情，让他把项链戴到她的脖子上。虽然他万分不好意思，但还是轻轻地把手绕到她的背后，在她洁白的后颈上系紧搭扣。他能感到冬姐呼出的气息，重重地扑打在自己的脸上。接着，冬姐把头靠在他的肩上，紧紧抱住他结实有力的后背……

花店的清晨，当他从一堆被压扁的百合花中醒来，鼻息里全是各种各样的香味，冬姐抚摸着他的胸口说："秋收，我喜欢你，你愿意和我在一起吗？"

秋收明白，经历过一次离婚、身为单亲妈妈的她，绝非一个轻率的人，她所说的"在一起"，就是法律上承认的在一起。

他却说出了一个虽然真实，却很愚蠢的理由："可是，我的身份证是假的。"

"没关系，只要你是真的。"

"可是，我也不是真的。"他离开冬姐的怀抱，迅速穿上衣服，"因为，我是一个死人。"

这才是他真正的理由。

秋收走出花店大门前，回头亲吻了这个大他六岁的女人，有几分留恋地看着这张似曾相识的脸，却又断然地摇了摇头。

忽然，耳边响起一阵熟悉的旋律——

"苦海，翻起爱恨。在世间，难逃避命运。相亲，竟不可接近。或我应该，相信是缘分……"

原来是隔壁卖盗版碟的音像店，正在放这首卢冠廷的《一生所爱》。在广东打工好几年的秋收，已经会说结结巴巴的粤语了，这才听懂这段歌词的意思。

他没有流一滴眼泪。

秋收跨上轻摩，带上吉他，再也没回过广州。

第八章

第二天。

下午，田小麦从上班开始就魂不守舍，手指不停地旋转着圆珠笔——这是她在高中时代养成的坏习惯，大学时代费了好大的劲才改掉了，没想这几天又重新捡回来了，就像上瘾那样再也无法戒除。

果然，小麦遭到了老板的批评，她只能口是心非地接受，心却还在那个人的身上。

"田小麦！"

前台小姐再次不耐烦地叫起来。

这是今天最有价值的声音！她飞快地冲到公司门口，接到一份薄薄的快递，发件人果然是"魔女区"。田小麦飞速签完字，戴着头盔的快递员刚要转身离去，她却感到某种熟悉的气味，前天半夜在他身上闻到的气味，还有十年前那不变的气味——

"等一等！"

她大声地喊道，快递员却加快脚步向电梯冲去。

小麦牢牢将快递捏在手中，不顾一切地追到电梯口。正好电梯在这层开门，她和快递员同时进了电梯。里面还站着好几个人，都是穿戴整齐的白领，对突然闯入的快递员，投来轻蔑和厌恶的目光。田小麦就当周围人都不存在，粗暴地掀开快递员的头盔——

她看到了一张熟悉的脸。

没错，她的秋收就在眼前，穿着快递员的衣服，背着快递员的包，瞪着一双惊讶的眼睛。

电梯里的其他人，都被她的疯狂举动吓住了。而她将沉重的头盔扔在地上，激动地抓住秋收的衣领，无法抑制地亲吻他的嘴唇，这更让旁边的人目瞪口呆——美女白领在顶级写字楼电梯内当众亲吻快递员！

"以前也一直是你送的快递？"她紧紧搂住她的秋收，忍不住激动地喊道，"你一直就在我的身边？一直悄悄地看着我？是不是？"

秋收极不好意思在狭窄的电梯里当着那么多双眼睛接触她的嘴唇，尽量转头让开说："是，从你第一次找到'魔女区'开始。"

她用左手抱着他不放，用右手重重地打他的肩膀，想起他这里受过伤，便心疼地将手收回来说："对不起。"

"我，只是一个幽灵。"急速下降的电梯里，他摇着头淡淡地说，"十年前，就已经被你杀死了。"

"不，不是这样的！"

"杀死我的人，就是你！"

他的话音未落，电梯门就已打开，外面是底楼大堂。秋收飞快地捡起头盔，挣脱开她冲出电梯。

"站住！"

她十万火急地追了出去，让进出写字楼的人们目瞪口呆——美女追赶快递员。

保安也不知所措，眼睁睁看着秋收冲出旋转门，跨上黑色的轻型摩托车，一溜烟地开上马路。

在后面紧追不舍的小麦，差一点就能抓住他的衣角，却这样与他失之交臂，茫然地冲到外面大街上，再也看不到他的身影。

绝望地坐倒在路边长椅上，看着风把自己的长发吹起，遮住眼睛再也看不清这个世界。

忽然，她想起手里还捏着的快递，手忙脚乱地硬拆开来，却发现只有一张小字条。

字条上写着一行熟悉的笔迹，那是她自己的笔迹——

　　　对不起，我终于想明白了，我们生活在两个不同的世界，注定不可能跨越那条深沟。下午，我就要回家准备高考了，四点钟我会在舱门里等你，当面和你说清楚！

看完最后一个字，小麦的眼球几乎掉了出来。

这是十年前自己写的字吗？高考前离开学校的那天？她现在记得非常清晰，那天是老师把她交到父亲手里，由警车押送着回家的——自己根本没机会去递这张字条，更没机会跑到舱门里去等他。

"舱门"又是哪里？

对，是那个废弃的旧工厂，那个有着潜艇舱门似的地下室。

绞尽脑汁地回忆一番，完全不可能是自己写的！可是，字条上分明就是自己的笔迹，从字条泛黄老旧的程度来看，也不可能是秋收伪造的。

又是一个秘密？

秘密？

她想起了钱灵临死前说的秘密——钱灵！

对，记得在她们的中学时代，两个女孩经常彼此模仿对方的笔迹，尤其是钱灵的模仿简直能以假乱真！

小麦再低头仔细看那行字，果然在一些笔画的细节中，发现了难以察觉的破绽。

这张字条是钱灵写的！

秋收哪能想到是钱灵呢？除了小麦以外，换作任何一个人都想不到啊！

这就是他说的遗忘的记忆——十年前，他就已经被她杀死了！

不，如果字条真的能够杀人，那也是钱灵杀了他！一切都是这个错误造成的？这也是钱灵死前来不及说出的秘密？

泪水，大颗温热的泪水，打湿了这张死党冒充她写的字条。

又一阵寒冷的风袭来，气温想必已接近零摄氏度。小麦穿着办公室里穿的毛衣，再坐下去就真的要感冒了。她把这张字条捏在手心，匆匆地低头跑回写字楼。

回到温暖的办公桌前，她立即上网打开淘宝，也顾不得旁边有上司经过，直接进入了"魔女区"网店。

然而，这回却与以往任何一次都不同。

"魔女区"首页已不见任何宝贝，底下黑色页面全是空白，只有一条简单的公告——

　　本店从即日起关闭，亲爱的用户们，所有货物都已经发清，如有需要退款或退货，请与古飞联系。

下面是古飞的阿里旺旺、QQ、MSN、手机号码。

"魔女区"关门大吉？就像十年前学校对面的小超市，在小麦最想找到他时人去楼空？

她痴痴地看着电脑屏幕，丝毫不理会身后上司铁青的脸色。

第九章

最后的"魔女区"。

走进即将拆除的废墟，满地乱石与枯黄野草，头顶高耸的烟囱摇摇欲坠，似乎多年来又矮下去几米。绕过一片瓦砾堆，走进破旧不堪的厂房，开裂的屋顶倾泻寒冬的阳光，如同白色的剑刺入眼底。

在最不起眼的角落里，有道通往地下的水泥阶梯，他很熟悉地走下去，一直来到地底的那道舱门前。

他并未推开紧闭的铁门，而是把耳朵贴在冰冷锈蚀的门上，仿佛能听到里面的声音——时间，漫长时间的回声。

静静地听了几秒，终于听到一个声音，却是他自己的声音，清脆而稚嫩的声音，十年前的自己。

十年后，这里是唯一没有改变的地方。

他在颤抖，耳朵在颤抖，双手在颤抖，身体在颤抖，记忆也在颤抖。

2000年，夏天，他还是个十八岁的少年，守在小超市，痴痴等待他的小麦出现。

自从地铁站前广场的分别后，已经快一周没见到她了。凌晨，他在学校墙后拼命弹唱，希望她能听到自己的声音。可是，在他要翻越围墙时，却被闻声赶来的门卫痛打了一顿。

周五，炎热的下午，他看着对面学校大门里，陆续出来许多回家的学生。

他渴望看到小麦，却意外地看到了钱灵。更意外的是钱灵走过马路，径直进入了小超市。

父亲在后面的屋子睡午觉，只有他一个人守着收银台。钱灵背着书包准备回家，从冰柜里拿了个冰激凌，来到收银台结账的时候，却悄悄塞给他一张字条。

店里还有其他高中生，他也不敢跟钱灵说话，只是默默地给她找了钱。等她离去后，他才紧张地打开字条，看到一行小麦的字迹——

> 对不起，我终于想明白了，我们生活在两个不同的世界，注定不可能跨越那条深沟。下午，我就要回家准备高考了，四点钟我会在舱门里等你，当面和你说清楚！

原本充满热情的心，瞬间凉了。

他一动不动地看着字条，看着上面的每一个字，每一个小麦亲手写上去的字。

没错，这就是她的意思，也是他早就说过的话："我们生活在两个不同的世界，注定不可能跨越那条深沟。"

咬着嘴唇几分钟后，他凄凉地苦笑了一声，在心底对自己说：总会有这一天的。

忽然，他又想起了什么，立即冲出小超市，对着刚刚走过马路的钱灵大喊起来："喂！请一等！"

钱灵微微颤抖一下，回过头来很是害怕。

他飞快地跑过了马路，还差点被一辆大卡车撞到。来到钱灵跟前，他从背后摸出了一张纸和一支笔，将纸垫在学校的外墙上，草草写下几个字——

我心里难受你

写完他把这张字条塞到钱灵手里说："请务必把这个交给小麦！求求你了！"

钱灵恐惧地点了点头，便把字条塞进口袋里，飞快地逃进了学校。

此刻，南明高级中学的门卫正警惕地看着他。

他退回到小超市的收银台，祈祷田小麦能看到他写的小字条。

等到将近四点，他把收银台交给父亲，跑出了小超市。经过那片夏日的荒野，心底越来越难过，像被人狠狠打了一拳，痛到无法叫喊出来。

希望不是最后一面。

来到废弃的旧工厂，对此他已经熟门熟路，进入那个破烂厂房，找到神秘的地道走下去。

打开厚厚的舱门，他向黑暗深处喊了一声："小麦！"

只听到自己的回音。他小心地走进门里，摸索黑暗的墙壁，期望能摸到那个温暖的身体。

突然，他听到身后有了脚步声，当他紧张地回头，才发现舱门已被人关上！

转身冲回门口，沉重的舱门已被关紧，外面响起旋转把手的声音——那种船舱里才的旋转把手，一旦旋紧就连海水的压力也难以冲开！

"开门！小麦，别开这种玩笑！"

他大声叫喊起来，用手拍打着舱门，发出沉闷的碰撞声。

然而，那道舱门纹丝不动了，显然已被彻底旋紧，从内部是绝对无法打开的！

"小麦！小麦！你干什么啊？快点开门！"

无论怎么声嘶力竭地叫喊，门外再没有任何动静，恐怕小麦早就跑远了吧。

他发出愤怒与绝望的吼声，但在这空旷荒凉的破工厂，除了那些孤魂野鬼，又有谁能听到呢？

大叫大嚷了不知多久，反正也看不到日出日落，身边永远是无边无尽的黑夜，他终于筋疲力尽地倒在地上，倒在这片曾经生起过篝火，拥抱过那个温暖身体的地方。

在地上苦思冥想半天，嘴唇开始剧烈颤抖，不知什么时候才能出去，也不知有谁会来发现自己。真后悔出门前没告诉父亲自己是去哪里，现在老爸大概正在到处找他吧？除非——小麦自己会回来开门。

他开始默默祈祷，默默祈祷那个少女的出现。她可以永远地离开他，可是为什么要这么对待他？不知道在没见面的几天里，她发生了什么变化？是她的父亲还是她的老师？还是她的那个传字条的死党？大概就是她们两个合谋来害他的吧？

为什么偏偏是她？

他有一种把自己眼珠子挖出来的冲动！反正，在这个没有任何光线的地方，眼睛仅仅只是一种装饰品。

时间，已成了奢侈的幻觉，只感觉腹中饥饿难忍，过很久饿过了头，再过很久又感到饿了——如此周而复始许多个轮回，力量渐渐消失，连喊救命的力气都没了，只能躺在地上绝望地爬行。

秋收强迫自己保持清醒，他明白现在只要睡着，就永远无法醒来了。

就在他又饿又渴几近昏迷时，忽然发现靠近舱门的地方，渗透进来一小摊水——外面想必下起倾盆大雨，许多积水流入地道，才会渗进几乎密封的舱门。渴得几乎烧起来的他，再也顾不上是否卫生，趴在地上喝起那些水来。

大雨不知道下了多久，等到雨水完全消失，他才感到了真正的绝望。

没有水，更没有任何吃的，他又不是神仙，很快就会变成一具僵尸。

小麦没料到这样的后果吗？或者她以为会有人来救他的？还是吓得再也不敢回来了？

于是，他从地上捡起石块，在墙上刻起田小麦的名字，刻了一个又一个，反正也看不到刻成什么样。许多个名字后面加了标点符号，有的"田小麦"三个字上面还有大叉！

他恨她。

终于，他倒在地上昏迷了过去，只待死神将他接到另一个世界……

他也梦到了那条深深的沟。

幸运的是，最终来迎接他的并非死神，而是一个流浪汉——想在这片废墟里搭个窝，出于好奇旋开地下室的舱门，才发现奄奄一息的少年。

流浪汉是个善良的中年人，因为家乡土地被强行征用，导致家破人亡流离失所，一路乞讨流浪到上海郊区。流浪汉把身上仅有的馒头给了少年，还给他弄来干净的水，总算从死神手边救回了他。

等到少年恢复过来，跑回阳光底下，眼睛差点被光刺瞎，只能半睁半闭摸回小超市。

然而，他才知道在那个大雨滂沱的夜晚，父亲焦虑地到处寻找他，结果在南明路上被一辆大卡车撞死了！

同时，当他看到日历才知道——自己被关在地底超过了三天三夜！

他知道所有学生都回家准备高考了，他也没再去找小麦——就算找到她又有什么意义呢？能换回父亲的生命吗？他没有去惊动居委会，好像自己依然在外失踪，任由别人把店里的东西搬空。他只是去了一趟殡仪馆，悄悄接走父亲的骨灰，带着父亲和伤心的记忆，头也不回地离开上海，踏上回乡的道路。

他不知道自己是否还能回来……

第十章

傍晚，下班时间。

田小麦跟顶头上司吵了一架，就拎起包冲出公司。依然打不通老丁的电话，再次挤进沙丁鱼罐头似的地铁。她依照昨天走过的路线，来到群租着无数"蚁族"的工人新村。

刚走到那个楼道口，《First Love》的铃声就响了，接起来却是盛赞的声音："小麦，你还好吗？"

听到"男朋友"充满温暖的关心，她却感到极度愧疚，看着还残留着戒痕的无名指，支支吾吾道："哦，我，我还好啊。对了，你爸爸怎么样了？"

"唉！一言难尽！"

"怎么了？"

这回她的关心是真心诚意的。

"还是没有找到！在整个淀山湖打捞了三天，今天却在湖面上捞起一条丝巾。"

"丝巾？"她下意识地问道，"什么颜色的？"

"紫色的——对了，就跟你戴过的那条一样！"

小麦的心脏再次遭受刺激："啊？可是，我根本就没有把那条丝巾带出来啊。"

"我并没有怀疑你！不过，在丝巾上检出了父亲残留的毛发，警方并不排除……"说到这里，电话中的盛赞有些哽咽，"并不排除……父亲……已被人谋杀的可能！"

"不，不会的！"

"我也希望不会这样，可是我妈妈却说——他恐怕已经死了！"

还是女人的第六感厉害，或者说是妻子对丈夫的第六感更强烈，小麦已不知怎么安慰他了，言不由衷地说："亲爱的，你在哪里？我明天过来找你？"

"我还在度假村，你不用过来，我们会处理好的。"

"盛赞，你要挺住，要坚强！再见！"

挂完这个电话，小麦心乱如麻，看来盛先生很可能死了——他极可能是"魔女区"的买家。湖面上发现的那条紫色丝巾，会不会是盛先生在看到田小麦戴的神秘丝巾后，出于对它的喜爱，也找到"魔女区"买了一条相同的呢？就在他与"魔女"在黑暗中交易时，他……

"魔女"？还是用丝巾杀人的魔鬼？

她恐惧地抬头看三楼窗户——无论他到底是什么人，她一定要再找到他！

鼓足勇气走进昏暗肮脏的楼道，当她刚刚走上三楼，却发现那扇房门开了。

门里出来的是古飞，他背着一个又大又沉的旅行包，似乎把所有家当都背在了身上。

楼道昏暗的灯光下，他皱起眉头看了她一眼："怎么又是你？"

"你——你要出远门？"

小麦狐疑地看着他这副装扮，而他走下楼梯说："是，我要去火车站。"

房门已被他牢牢锁住，秋收不可能在里面，她便跟在古飞身后追问："你要离开上海？"

"是！"他停下来叹息道，"而且，不会再回来了。"

"为什么？"

"你没在网上看到公告吗？我的使命已经结束了，'魔女区'也没有存在下去的意义了。"

他继续往楼下走去，小麦跟着问道："那么秋收呢？"

"我不知道。"

古飞已走到楼下，正好底楼棋牌室开着灯，照亮了他复杂的表情。

小麦跟着他往小区门口走去，这是她唯一知道秋收所在的地方，如果古飞就此搬走的话，她就可能再也找不到秋收了！

临到马路边上，古飞厌烦地回头说："拜托你，别再跟着我好吗？"

"请告诉我，你离开的原因，'魔女区'关门的原因。"

"因为这座城市不属于我，即便我为之流汗流泪甚至流血，它依然不属于我！甚至也不属于你，而属于另外一些人。"他对着月光长叹一声，"如果不是因为阿秋，一年多前我就应该离开这里了。"

小麦还是抓着他不放："请把秋收的电话号码告诉我！"

"不行！"

眼看着一辆出租车过来，古飞拦车就要离开时，小麦疯狂地紧紧抓住他，在他外套口袋里摸来摸去，引来街边许多人围观。古飞不好意思对女人动粗，大声嚷着："别动！你干吗！放手！"

终于，她摸到古飞的手机，不顾一切地掏出来，转身向后跑去。

"哎，她抢我手机！"

古飞也没想到她会来这一招，目瞪口呆地追了出去。虽然，旁边围观了许多人，但都以为是恋人吵架，谁都不敢上来干涉。

小麦像母鹿般快捷，轻巧地钻进一条小巷，趁着夜色躲入楼房之间，很快就从小区另一边逃了出去。

她确信背着沉重旅行包的古飞，不可能在黑夜的小巷追上自己，放心地来到另一条马路，打上一辆出租车离去。

手心里，仍然牢牢捏着古飞的手机。

坐在飞驰的出租车上，她完全忘记了饥饿，翻出这部手机的通讯录，找到了"阿秋"的电话号码。

谢天谢地！她赶紧把这个号码存到自己手机上，然后就用古飞的手机给他打电话。

手机铃声响了半天，他却没接电话——可能，古飞已用街边电话通知了他。

小麦又试着拨了几次，开始是不接电话，后来干脆是"现在无法接通"，显然是设了拒绝来电。

她激动地喘息，迅速打开自己的手机，给秋收发了条短信——

秋收，我看到那张字条了——太可怕了！那张字条不是我写的！钱灵冒充了我的笔迹！高中时我们曾互相模仿对方笔迹，几乎可以以假乱真！我完全不知道这件事！请你相信我，那天下午，我是坐在爸爸的警车上被带走的，根本没机会去舱门等你——到底发生过什么？

发完这条自我救赎的短信，她浑身打着冷战，看着口中呵出的团团热气，仿佛身体和心脏都已冻僵。无论如何，必须当面说清楚，纵然他听完就转身离去永远不会再见——只要能让他知道，那不是她写给他的字条，甚至也不全是钱灵的错，而是命运给他们开的玩笑。

沉默了十分钟，还没有收到秋收的回复，她再次发出一条短信——

我的一生，只爱过一个人。

第十一章

世界上最遥远的距离
不是生与死
而是我就站在你面前　你却不知道我爱你

世界上最遥远的距离
不是我就站在你面前　你却不知道我爱你
而是明明知道彼此相爱　却不能在一起

世界上最遥远的距离
不是明明知道彼此相爱却不能在一起
而是明明无法抵挡这股想念
却还得故意装作丝毫没有把你放在心里

世界上最遥远的距离
不是明明无法抵挡这股想念
却还得故意装作丝毫没有把你放在心里
而是用自己冷漠的心对爱你的人
掘了一条无法跨越的沟渠

——中文互联网

火车站，寒冷拥挤的站台。

白色灯光打在秋收脸上，他已在寒风中站了好久，终于看到背着行囊的古飞。

"阿飞！"

他深深拥抱了一下古飞，就像拥抱自己的手足兄弟。

"阿秋！"古飞也有些伤感地抱着他，抬头看着他的眼睛，"对不起，我的手机被她抢走了，我实在追不到她。"

"算了，她刚才给我打过电话，还发过短信。"

临别的古飞犹豫再三，还是决定说出来："阿秋，我想告诉你，那个漂亮的女人真的很喜欢你，也很在乎你！"

秋收沉默了许久，抬头看着苍茫的夜空。

"我想，她的心是真的。"

古飞又补充了一句，可是秋收继续沉默着。

"我很羡慕你！"古飞自顾自地说下去，"如果能有这样一个女孩，不顾一切地喜欢我就好了！我在这儿待了那么多年，没有一个上海女孩看得上我，当我穷困潦倒的时候，就连来自家乡的女朋友也离开了。现在，我很难再真正喜欢一个女孩了。"

"我更羡慕你。"秋收爽朗地拍了拍他的肩膀，"没有这些被羡慕的事情，也就没有那么多痛苦了！兄弟，快点上车吧，祝你一路顺风！"

古飞微笑着点点头："阿秋，能在生命中遇到你，是我最大的幸运！"

随后，他攀上北行的列车，向秋收挥手告别。

这辆车将穿越冬天的大地，碾过白雪皑皑的北国，带着一个青年和他破碎的梦回到家乡。

送别古飞以后，秋收低头离开站台，穿过长长的地道，回到火车站前的广场。

还是这个宽阔的广场，四周竖立着霓虹灯与广告牌，中间是不计其数行色匆匆的旅人们——身边走过一群刚出站的年轻人，他们可能第一次来到这里，满眼忐忑与憧憬的目光，渴望在这座城市圆梦。另一些人却是面目灰暗垂头丧气，有的已不再年轻，脸上充满岁月刻画的痕迹；有的依然保留孩子气的脸，却再没有孩子天真的目光，他们背着沉重的行囊，带着无数已经破碎的梦，像个失败者逃离这座城市。

他也不知道自己还要留多久？

1995 年的夏夜，十三岁的少年秋收，同样茫然地来到上海，紧张而兴奋地仰视这座城市——只是当年到车站迎接他的妈妈，就在那个夜晚被人杀死在他的眼前。

妈妈，早已化作幽灵的妈妈！已经十五年过去了，似乎再也记不清她的容颜，唯一记得的是那条紫色丝巾。

妈妈的脸记不清了，爸爸的脸却永远不会忘记，那是他被关在地下室里想念最多的脸。

十八岁的夏天，秋收捧着父亲的骨灰回到老家安葬。

不久，他收到了撞死父亲的司机的赔偿款，他用这笔钱给父母修葺了坟墓，偿还了父亲遗留下来的所有债务，所剩无几。他跟着外婆相依为命度过一年，在小县城的网吧和餐厅打零工挣钱，差不多也能养活自己。

他总是从那个噩梦中惊醒，荒野上深深的沟，还有通往地狱的舱门，无边无际的黑暗与寂静……这样活着还有什么意思？

他想到了死。

秋天，深夜，他爬上小县城的一座楼顶，默默地数着天上的星星，准备数到第一百颗的时候，就从楼顶跳下去落个干净。

未承想楼顶又出现了一个人，与他同样年轻，身材相貌都非常像他，普通话却带着浓郁的西南口音。他看到同在天台的秋收，就像找到了一个倾诉对象——他说自己老家在贵州的农村，全家靠种玉米为生，父母四处借债，才勉强供他读了大学。但他每天都活在自卑里，经常被来自城市的同学们欺负，为凑足生活费做了学校的清洁工。家里的妹妹只读过小学，十五岁就出去打工了，父母卖玉米的所有收入，全都用来还他读书借的债。他所在的大学很一般，很多学长毕业找不到工作，看不到未来的任何希望。他觉得因为自己的存在，才让父母与妹妹受了那么多苦。从学校逃了出来，用身上仅有的钱买了火车票，他来到这千里之外的小县城。

现在，他决定结束自己的生命。

秋收劝他不要轻生，至少他比自己幸福多了，还能拥有父母和妹妹——秋收想一个人独自死去，不想有人陪着他一起死。

然而，那个人把钱包交给秋收，说里面有自己的全部证件。

没等秋收反应过来，那个可怜的农村孩子，已先一步跳了下去。

他的名字叫李罡。

深夜。

楼下是空旷的大院，没人发现有人跳楼自杀。秋收心惊胆战地跑下去，发现李罡死得异常惨烈，头部着地面目全非，完全看不出长什么样了——如此血腥的场面，却让秋收打消了自杀的念头。

心底掠过一句话——反正，一年前我已经死在地底了，我现在是个幽灵。

秋收掏出自己的身份证，塞到死者的衣服口袋里。

随后，他带着死者钱包里的证件，溜回家带上吉他，买了张火车票永远离开了县城。

渐行渐远的火车上，他想自己最对不起的，就是一直爱着自己的外婆。至于其他亲戚，才不会来关心自己，更不会有人去验 DNA，死者身上连个包都没有，警察看到秋收的身份证，再看看大致相仿的年龄和身材，谁都会以为是秋收跳楼自杀了。

他在法律上已经死了。

第十二章

2010 年 12 月 22 日。

冬至。

一年中白昼最短黑夜最长的一天，也是江南传统扫墓的日子，很多人选择在这天给死去的亲人下葬。

所以，今天也是田小麦给父亲的骨灰下葬的日子。

但在去殡仪馆取骨灰之前，她先去了一个地方——锦江乐园。

午后，冬日的阳光触摸着四野，暂时融化凛冽的寒风。这天乐园里游人稀少，小麦穿着黑色大衣，仰望高高的摩天轮，看着口中呵出的白气，迅速消失在风中。差不多和十年前一样，几乎没有什么变化，摩天轮四周的景物也还是那样，只是季节从高考前夕的夏天，变成了如今寒冷的隆冬。那年夏天，十八岁的田小麦与十八岁的秋收一同坐进这架摩天轮，被送到高高的天际，又缓缓地降落下来。

　　她已经在遗忘中等待了十年，等到二十八岁即将青春逝去，终于有一天等到了那个人，却又要再一次擦肩而过？昨晚，仍然不停地给秋收打电话，发去十几条短信，但他从没接起过一次，也没回复过一条。

　　田小麦给自己买了张票，冷静地坐进摩天轮。六个座位的悬挂客舱中，只有她孤零零的一个人。看着窗外的世界慢慢变化，不知是自己在缓缓上升，还是世界在渐渐下降？

　　就在她随着摩天轮而升起，努力眺望城市的远方时，却并未发现在数十米外，大约六七个客舱之后，有一双眼睛正注视着她——她不知道自己正苦苦思念疯狂寻觅着的这双眼睛，同时也在看着摩天轮里的自己。

　　秋收同样独自坐在一个客舱里，在这个冬至的午后，巨大的摩天轮上，六十多个悬挂的客舱之中，竟只剩下他和小麦两个人。

　　虽然隔着六七个客舱的距离，仿佛是在两栋高楼之间，一个在十楼窗口，一个在二十楼窗口，他却还能依稀看到她的背影。他看到小麦像尊雕塑似的，趴在玻璃后头面向远方——尽管就在同一架摩天轮上，但秋收确信她看不到自己。

　　因为，人们往往会忽略近在眼前的事物。

　　当小麦被摩天轮带到了最高点，距离地面108米的高空，几乎俯瞰大半个城市，远方那些此起彼伏的高楼，明显比十年前密集了不少——那时还没有环球金融中心，也没有世博会那些场馆，胶州路那栋楼还是好好的，十八岁的她和他还一起坐在摩天轮上。

　　"传说只要在摩天轮上许愿，就一定会实现。"

　　这是十年前她对他说过的话，可惜摩天轮并没有为她实现愿望。

　　此刻，就在她独自哭泣的时候，秋收脑中浮起的也是同样一幅画面。只是他强压着自己不让眼泪流下，依旧仰头看着田小麦那小小的身影。他的右手插在口袋里，手指反复摩擦着手机屏幕。这是他的另外一部手机，平时用来和淘宝买家联络的，而不是小麦从古飞手里抢去的那个号码。

　　他的手指微微颤抖，在手机里输入一串号码，然后又迅速地删除。但是隔了几秒钟，他又重新输入一遍，轻轻按下拨号键。

　　对方铃声只响了两秒钟，他就看到摩天轮彼端的小麦，慌忙从包里翻着什么，随后拿出手机放到耳边。

"喂……喂……你好……喂……请说话……喂……你是谁……是你吗……秋收……是你吗……说话啊……我想要告诉你……十年前……"

秋收的手剧烈颤抖片刻，却还是把手机挂断了。

赶在小麦重新打回电话之前，秋收立即关掉了手机。为什么还是放不下她？本来不想再见到她的，可是一想到几天之后，可能这辈子再也见不到她了，便又忍不住要来看她一眼。于是，这一眼就从她家跟到了锦江乐园，跟到了记忆中无法删除的摩天轮。

很快，小麦就从摩天轮的最高点缓缓地往下降落。而秋收所在的客舱，已爬到了108米的最高点，这回轮到他居高临下地看她了。

田小麦反复地拨着电话，却永远都是"您拨打的电话已关机"。她悲伤地仰起头来，可惜隔着那么多空空的客舱，她无缘看到就在摩天轮上的秋收。

十分钟后，她回到了地面上，再也不敢回头看伤心的摩天轮，匆忙离开锦江乐园，前往不远处的龙华殡仪馆。

第十三章

两小时后。

墓地。

荒凉肃杀的郊外，虽然有不少扫墓的人，却还保持几分安静，谁都不敢打扰安息的亡魂。田小麦手捧着父亲的骨灰盒，陪伴在旁的还有父亲生前的同事们，比如负责钱灵遇害案的老王警官。从追悼会到火化再到下葬，全是由他们来安排的，也让小麦省了不少的心。

妈妈的坟墓也在这里，十多年前买的时候就是双穴——父亲老早就给自己安排好了，迟早要埋到死去的妻子身边。

墓地距离南明路倒是不远，小麦心想父亲在地底是不会安心的。他就算到了另一个世界，也不会忘记1995年和2000年在南明路上的两桩凶杀案，不会忘记缠绕在许碧真和慕容老师脖子上的神秘的紫色丝巾。那只恶鬼，是父亲终生唯一没有抓住的凶手。

现在，这个任务落到了警官老王的手中，也落到了田小麦的心头。她手捧着父亲的骨灰盒，那个高大魁梧的男人，曾经结实沉重的身躯，如今竟已化作一堆骨片与灰尘，还有没烧化的半块金属，那是越南战争中留在他身上，又折磨了他半辈子的美国佬的弹片。

化为骨灰的父亲，安静地躺在独生女的怀中，就好像小时候的她躺在爸爸宽阔的胸膛里——每个孩子都要经历这个过程，从躺在父母的怀抱里，直到父母躺在自己的怀抱里。

只有在这个时刻，孩子才真正长大了。

终于，大家来到久违的墓碑前，两个墓穴并排躺在地上，属于妈妈的那个早已被水泥封死，上面覆盖着一层厚厚的尘土。而属于爸爸的那个墓穴，只是盖着一块大理石板。几个老警察一边抹着眼泪，一边打开田跃进墓穴的盖板。然后，田小麦亲手把父亲的骨灰盒埋进妈妈身边的墓穴里。她轻轻吻了一下骨灰盒，这是与父亲的最后一面了。

随后，老王警官提来一桶水泥，亲手把田跃进的墓穴封死了。

"再见！"

整个下葬过程中，小麦并没有流泪，她不想把自己悲伤的情绪再传递给墓穴中的父亲。至少，他已经和妈妈在一起了。希望他们在那个世界不要再吵架，希望他们就像自己刚出生的时候那样幸福。

"爸爸，请原谅女儿，你一定要开心啊！"

她对着墓碑大喊起来，老警察们已为墓碑上"田跃进"三个字描上颜色，并将他的陶瓷相片镶嵌进墓碑。

几分钟后，父亲和母亲的名字以及照片，都刻在了同一块墓碑上。

老警察们又陪伴小麦站了好一会儿，老王喃喃自语地说："十五年前，我只有二十五岁，刚刚调到我们局里，是你爸爸手把手地教会我，应该怎样才能成为一个好警察的。很遗憾，十五年过去了，南明路那桩凶杀案还没有破获，就连受害人的丈夫儿子也都离开了人世。而你爸爸也已经不在了。但抓住那只恶鬼，是他永远的心愿，我到死也不会放弃的！"

受害人的儿子还活着！

刹那间，小麦几乎说出了这句话，却又被自己硬生生咽了回去。

她再度看着父亲的墓碑，看着两个大理石盖板下的墓穴，又一阵寒风吹过她的发际，触动了脑中的某根神经。

一句话如同字幕从脑海中打过——

"等你来，我们一起把秘密从坟墓里挖出来。"

这是钱灵临死前发给她的短信。

坟墓，此刻站在坟墓前的田小麦，突然明白了什么叫作坟墓。

入土为安。

第十四章

两分钟前，秋收隔着数排密集的墓碑，远远地看着田小麦，看着她在一群老警察的陪伴下，坐上警车离开墓地。

冬至夜，不到五点天就快黑了。传说今晚是鬼魂出没的日子，人们警告孩子晚上不要出门，以免惹上不干不净的东西。

秋收早已在墓园门口买了一束鲜花，他终于走到田跃进的墓碑前，将花束放在刚刚入葬的田跃进跟前，放在田小麦和老警察们共同献上的那些鲜花中间。

还记得十五年前的夏天，那个大雨的清晨，当他躲在南明路小杂货店里，第一次见到田跃进的情景。虽然田跃进没有如承诺的那样，为少年抓住那只恶鬼，但秋收依然感激他，感激他为自己所做的一切，感激他把孤独的自己带到家里，感激他让自己认识了他的女儿小麦，也感激他在自己逃跑以后，还专门写了一封信寄到西北小县城来。

在那封信的末尾，田跃进写道——

你可以成为任何人，但我不希望你做贼。我是警察，你如果做贼，我一定会抓住你！

许多年后，秋收才明白为何田跃进的信写得如此不客气——因为老警察看过太多的案例，那些父母一方被杀害的孩子，尤其是亲眼看着父母遇难的孩子，内心往往遭受了无法弥补的创伤，接下来在单亲或重组的家庭中成长，免不了会遇到种种问题，不少孩子因此成为问题少年，甚至变成未来的罪犯。

田跃进只是提前警告这个少年，让他时时刻刻保持一颗警惕之心。

十年前田跃进坚决反对秋收与小麦在一起，甚至还专门为此教训过秋收。

此刻，面对老警察的墓碑，他却丝毫恨不起来。

他只是默默地看着墓碑，直到冬至的天色越来越暗，一切都隐入黑色的混沌。

2001年，秋收在法律上死了，田跃进听说这个消息，一定为之难过了很久吧？

那时，"死后"的秋收，正坐在拥挤嘈杂的南下火车里，看着许多满怀憧憬的年轻目光，却不知道自己还能向往什么。仅有的愿望，也只是"活下去"三个字。

这时候，他认为生活就是"生下来，然后活下去"。

秋收的第一站是广州，在这里，他开始颠沛流离的打工生涯。幸好有替他死的那人的身份证，可以很容易找到工作。他使用身份证上"李罡"的名字，起先在工厂打工，后来骑助动车做过快递员，然后是在餐馆端盘子的传菜员，又做桑拿房和夜总会的保安，最体面的一份工作是推销员，可以得到老板发的一套白衬衫。大多数时间他都住在员工宿舍，有时也跟许多人在城中村合租，一日三餐基本靠盒饭打发。

那一年，孙志刚还活着。

那一年，秋收在同一座城市打工。

那是一家香港人开的成衣工厂，老板在一夜之间逃出关门，秋收和一群工人被赶到了大街上。只有十九岁的秋收对这样的变化毫无防备，一下子也找不到其他工作，茫然地背着唯一的行李——吉他，流浪在横跨珠江的一座座桥下。

桥洞，不幸流离失所的人们最好的天堂。

秋收也在桥洞下露宿过几夜，好在那是一年中最热的几天，只要垫几张破报纸就能睡觉。

直到一天晚上，他在睡梦中被人拎了起来，抓到一辆拥挤的面包车里，里面挤满了和他差不多的人。而他最后清醒的意识，就是拼命抓着自己的吉他。他们被送到一个院子，那是当年的收容所。秋收没敢拿出李罡的身份证，他被认定为一个盲流，将被送上火车赶出这座城市。

他在收容所里度过了悲惨的几天，即便身上最后的一分钱都被人抢去，他还是死死抱着吉他不放。然而，他并没有像别人那样被遣返原籍，而是被一个强壮的汉子领了出来。

秋收看到那个汉子就有些害怕，但心想总比死在收容所里好吧。于是，他跟着汉子来到了一个出租屋里，在那里认识了大哥、二哥、三哥……直到六哥。

秋收成了他们的老七。他们每天待在出租屋里打牌，准时吃到新鲜的饭菜，晚上还能出去洗热水澡，日子过得煞是惬意。然而，他总是怀疑这些人的来历，不晓得他们的钱是从哪里来的？

一个月后，有天晚上，六个哥哥回到出租屋，还带来一个四五岁的小女孩。他们关照秋收，必须把小女孩看紧，二十四小时寸步不离。可是，小女孩不停地哭喊，整夜不肯睡觉，拼命叫着爸爸妈妈，他从小女孩穿的衣服判断，多半是有钱人家的孩子——秋收突然才明白，这是一个专门绑架勒索的犯罪团伙！

白天，"哥哥"们要出去干活了，大哥临行前再次关照秋收，说只要照看孩子三天。大哥随手给了秋收两千元，答应只要三天过去，就会把小女孩送回给她父母，秋收还可以得到十倍于此的奖励。

等到"哥哥"们远去以后，秋收带着小女孩逃出了出租屋，还没忘记带上吉他。小女孩基本只会粤语，更说不清自家的地址。秋收费了好一番波折，才找到她家的门口。那是一栋别墅，但他没敢进去，更不敢见她的父母，而是迅速逃跑了。他没走远，躲在附近树丛中，看到别墅大门打开，一对夫妇惊讶地抱紧女儿，痛哭流涕，他这才悄悄地离去。

然后，秋收找了一部公用电话，拨打了110，告诉警方"哥哥"们的出租屋地址。

几周以后，他在广州找到了一个夜总会保安的工作。员工宿舍里有台二手彩电，秋收在申视新闻里看到了戴手铐的"大哥"，警方说他们专门绑架有钱人的小孩，赎金到手以后就撕票。报道里提到警方已追捕多年，最近根据一条市民提供的线索，迅速果断地抓获了这个绑架团伙。

"谢谢！"

数年之后，秋收大声地对墓碑下的田跃进说。

第十五章

冬至夜。

小麦从郊外的墓地赶回市区，虽然搭乘老王的警车，还是堵了两个多小时，只能在车上吃些饼干充饥。她让警车开到市中心一条幽静的小路，停在一栋老房子前——老王这才明白，小麦这是在重返钱灵遇害的现场。

"需要我陪你进去吗？"

"不，我自己可以应付。"

小麦拒绝了一车警察的好意，独自下车让他们早点回家。

过早黑暗的天空下，她按响了钱灵生前租住的房门。开门的照例是房东太太，小麦说想看看钱灵住过的房子——因为成了凶宅，至今还未租出去。房东太太很是郁闷，再次看到小麦自然不会有好脸色。不过，当小麦塞给她一大沓钞票后，她和颜悦色地开了门，把小麦引入曾经的凶杀现场。

还是那幽静的小院，在冬至夜的黑暗覆盖下，竟显出墓地般的凄凉。房东太太害怕引来晦气，急忙闪身离开了，只留小麦独自站在寒风里。

她看到了那棵树。

当离开父亲的墓地，小麦就不停地看着手机，看着钱灵最后发来的那条短信——

"等你来，我们一起把秘密从坟墓挖出来。"

还有什么秘密？

她低头回忆自己和钱灵的少女时代，回忆高考前夕的每个共同度过的夜晚……

等一等！小麦想起了什么……那棵树……树……

入土为安。

此刻，发生过凶案的庭院里，那棵孤零零的梅树却长得更旺盛了，很快就会开出冷艳的梅花——钱灵最喜欢的就是梅花，高二那年寒假，还拖着小麦去苏州赏过梅。高考前夕她们不开心的时候，钱灵就把她们两个合影的大头贴，埋葬到宿舍楼外梅花树下的泥土中，就好像把她们的友情埋进坟墓。

坟墓——梅花就是钱灵所说的坟墓！这也是她在绝笔短信里的意思——等你来，我们一起把秘密从坟墓挖出来。

小麦痴痴地看着这株梅树，只有它才不害怕寒冷，希望它也不要害怕挖掘。

回到钱灵遇害的屋里，她翻箱倒柜找出一把不锈钢叉子，拿着这把可笑的工具，回到梅树底下挖起泥土。

没想到这把小叉子还挺管用，她用手机屏幕照明，挖出一个足球大小的坑。在挖到梅树根须的同时，也戳到某个金属物体。双手小心地去除泥土，她发现一个铁皮盒子——那是钱灵高中时放在宿舍的饼干盒子，小麦记得自己和室友们经常偷吃那些饼干，还几次惹得钱灵生气呢。

小心翼翼将饼干盒捧出来，回到钱灵住过的客厅，好似已被死去的她灵魂附体。

田小麦闭上眼睛默默祈祷，然后对着空气说："亲爱的，我来把秘密从坟墓挖出来了！"

她打开了饼干盒子。

盒子里有一个厚厚的笔记本，拿出来一看，正是钱灵的日记本！小麦将它牢牢放在心口，钱灵会不会是因为这个秘密而死的？

颤抖着打开日记本，果然是钱灵的字迹。第一页是 1998 年 11 月 19 日，钱灵的爸爸把这个日记本作为礼物送给女儿，从此她决定每天都在这个日记本上记录自己的心情。记得高中时，常看到钱灵晚上趴在上铺写日记。每当小麦悄悄爬上去，她就会一脸严肃地合上日记，坚决不让别人看一个字。平时，钱灵把日记锁在抽屉里，这是对死党唯一保留的秘密。

此刻，这些秘密全部大白于小麦的眼中，想必也是钱灵死前的遗愿。

她翻着当年死党的日记，几乎每一页都会写到"小麦"两个字，描写少女之间的金兰情，还有每个夜晚说的悄悄话，以及钱灵对许多老师和同学的评价，大多是令人喷饭的挖苦。

从这些已被埋入坟墓的字里行间，看得出自己在钱灵心中的地位——没有任何人可以替代自己，就像她生命中最珍贵的快乐，有几页甚至这样写道——

"我爱小麦，就像那些漂亮男生那样爱小麦，小麦也这样爱我吗？"

小麦看到这里，对于钱灵假冒她写字条的愤怒与怨恨，全变成大颗大颗的眼泪，打湿了那些多年前的圆珠笔迹。

她不愿再看这些内容了，直接翻到 2000 年 6 月，高考前夕最黑暗的那个月。

2000 年 6 月 28 日　星期三

我讨厌他！我讨厌他出现以后，小麦就对我越来越冷淡！一个什么都没有的乡下孩子，凭什么和我的小麦在一起？他完全配不上我的小麦！听说他的妈妈过去也在对面开店，却被人活活勒死了——天知道是什么原因！有这种妈妈的小孩，心理肯定有问题，小麦跟着他一定会倒霉的！

2000 年 6 月 29 日　星期四

我很难过！这些天看着小麦难过的样子，其实我的心里比她更难过！她还在想着那个小子，不知道他用了什么魔法。我嫉妒他！我嫉妒他夺走了小麦的心！就算我们阻拦他们不再见面，但是等到高考结束以后，他就可以正大光明地来找她了，这太可怕了！小麦就要被他毁了！不，我要救她！

2000 年 6 月 30 日　星期五

对不起，小麦！今天，我做了一件对不起你的事情，但我都是为了你好！是的，我模仿你的笔迹，给他写了一张分手的字条，要把他骗到那个可怕的地下室。他却让我带给你一张字条，当然我是绝对不会交给你的！

下午四点，天知道我是哪来的勇气，我悄悄地守在旧工厂里，等到他走进地下室，便拼命地关上那道铁门，再用尽全力将门把手转紧——无论如何他都出不来了。

现在，我已经回到家里，他一定非常后悔认识小麦。

钱灵日记的这一页里，也是最让小麦震惊的这一页里，却夹着一张发黄的字条，上面写着一行潦草的字迹，这是秋收的笔迹——

我心里难受你

"我心里难受你？"

小麦轻轻读出了这句话,这句秋收写给她的话,却迟到了十年才收到,似乎又成了自己此刻心情的写照。

如果,十年前的高考前夕,小麦能够看到这张字条,而不是被钱灵中途扣下的话,说不定所有人的命运都会在瞬间改变。

等一等——真的会因此而改变吗?她低头想了一下,却又无奈地摇了摇头。

唯一可以确定的是,她心里也在难受他。

他同样也应该是如此吧?

小麦将这张小字条紧紧护在心口,又放到唇边碰了碰。

继续看下一页的钱灵日记——

2000 年 7 月 1 日　星期六

今天,从早到晚都在复习,但我有些担心——他会不会还被关在地下?如果一直关在那里的话,他会不会饿死呢?天哪,我为什么没想到这一点?他会死的!天哪,他会死的!我该怎么做?跑回去把门再转开?不,我不敢再去那里了。如果把那扇门打开,愤怒的他一定会当场把我打死,或者报警把我抓起来,那样我就无法参加高考了!不,我不能去!我好害怕!

2000 年 7 月 2 日　星期日

大雨,从没见过那么大的雨。特别是今晚的电闪雷鸣,有个响雷几乎刺破耳朵,就像专门为我打的,我吓得缩在床上不敢动。

他,是不是已经死了呢?

对不起,我不是故意的!对不起!

2000 年 7 月 3 日　星期一

雨,还没有停。

害怕害怕害怕害怕害怕害怕害怕害怕害怕害怕!

2000 年 7 月 4 日　星期二

我不会再回去了,永远不会再回南明高中了。

2000 年 7 月 5 日　星期三

他，肯定已经死了！

2000 年 7 月 6 日　星期四

我杀了他！

这是钱灵的日记的最后一页。

从此以后，她没在日记本上写过一个字，却仍然小心地珍藏在身边。直至她搬到这里，正好庭院里有棵梅树，便将这个记录着"杀人秘密"的日记本，埋葬在梅树下的泥土中。

小麦合上日记本，再也流不出泪水了，急促的呼吸让她差点昏厥。她终于明白钱灵临死前写的"我杀过人"，指的就是将秋收关在地下室这件事！

如果钱灵知道秋收其实还活着，能不能减轻她的内疚和痛苦？

她的目光飘出窗外，落在冬至夜孤独的梅树上。

第十六章

还记得许多年前的春天

那时的我还没剪去长发

没有信用卡也没有她

没有二十四小时热水的家

可当初的我是那么快乐

虽然只有一把破木吉他

在街上在桥下在田野中

唱着那无人问津的歌谣

如果有一天我老无所依

请把我留在　在那时光里
如果有一天我悄然离去
请把我埋在这春天里

还记得那些寂寞的春天
那时的我还没冒起胡须
没有情人节也没有礼物
没有我那可爱的小公主
可我觉得一切没那么糟
虽然我只有对爱的幻想
在清晨在夜晚在风中
唱着那无人问津的歌谣……

午夜的地下通道，两个满头长发的流浪歌手怀抱吉他，唱着这首汪峰的《春天里》。

这里距火车站不过两百米，头顶就是通往遥远北方的铁轨。地下通道里有常年无法散去的气味，顶上昏黄老旧的灯光坏了一半，剩下一半也不时如鬼火闪烁，正是标准的恐怖片外景拍摄地。坟墓般寂静的通道，只剩下这嘶哑激越的歌声，只剩下两个流浪歌手，还有一个偶然路过的男人。

路过的男人停下脚步，看着流浪歌手的吉他，像尊雕塑似的独自围观。

他的名字叫秋收。

同样的冬至夜，冰冷彻骨，黑夜茫茫，同样的孑然一人。离开郊外的墓地，秋收没有回去清理密密麻麻的货款账目，而是像个行尸走肉孤魂野鬼，游荡在难得清冷的街头。他习惯性地来到火车站，在冬至这样的夜晚，广场上仍有过夜的人群，散发着浓郁的乡土气味。他看到两个巡警走了过来，便低头走入附近的地下通道。

他听到了《春天里》。

也许有一天，我老无所依，请把我留在，在那时光里。如果有一天，我悄然离去，请把我埋在，这春天里。

他想，自己注定将老无所依。

如果一定要为自己找一个埋葬的所在，他希望是十年前的春天。

两个流浪歌手依然在歌唱，也许是今晚找不到住宿的地方，索性一夜高歌抵御寒冷。看着那两把不断发出共鸣的吉他，秋收禁不住想起了相同的地下通道的岁月。

他在广东漂泊了七年，广州、东莞、中山、南海、顺德、佛山、惠州、珠海……几乎珠三角每个城市都跑遍了，却从没去过近在咫尺的香港和澳门。

最后一年，他在深圳——严格来说是富士康深圳厂区，他是一线的操作工，没日没夜扑在流水线上，只有加班才能挣到超过最低工资的钱。最后一个月，他感觉双脚都与流水线连在一起，双手也被粘在操作台上，如同机器传送带上的零件，不停组装那些 iPhone 手机部件。身体里仿佛不再有血液流动，双手碰撞时发出金属声，肌肉也变成灰色的钢铁，关节变成液压齿轮，躯干布满电线和开关，密密麻麻印满操作说明。他的脸上已没有眼睛、鼻子和嘴巴，而是一块闪烁着数字的屏幕！整个厂房再没有一个人，只剩一台台类似人形的机器，每一个都有金属手臂，两条金属支架固定在地面，顶上布满红色数字的机器，一丝不苟地操作着，以超过人类十倍的效率，飞快装配着漂亮的 iPhone……

那个瞬间，秋收感觉再在富士康这么干下去，随时随地都可能再度跳楼自杀。

他选择了辞职。

刚好碰上全球金融危机爆发，许多外贸工厂裁员，等了两个月都没找到工作。这是秋收最落魄的时刻，只能从群租房里搬出来，一日三餐都无着落，怀里只剩几十块钱，唯一值点钱的东西，就是那把跟随多年的木吉他。他栖身在火车站外的地下通道，在汹涌的人潮经过时，像个乞丐边弹边唱，期待路过的人们扔点钞票。午夜无人的时刻，他依然在地下通道弹着吉他，只想驱散寒冷与寂静。至少，有一把忠诚的吉他陪伴，要比当年被锁在地底的那几天幸福多了。

秋收弹得最多的歌，是伍佰的《美丽新世界》……

三个月后，他带着地下通道里弹吉他挣来的三千块钱，买了一张北上的火车票，重回那座给他伤心记忆的城市。

回到阔别多年的上海，这座城市又已变换了模样，秋收住进滚地龙般的群租房，用六百块钱买了台二手电脑，开始淘宝店主的生涯……

第十七章

2010 年 12 月 23 日。

田小麦向老板请了几天事假，同事们都以为她陪男朋友出国度圣诞去了。

她必须找到秋收，不仅为了自己，也为了死去的人们。

上午，她仔细查看古飞的手机，在密密麻麻的通讯录里，有个名字后面带着"（仓库）"——"魔女区"的仓库管理员？从网上看那么多的货物，堆在古飞房子里只是个零头，必然有更大的仓库。

她冷静地想了套说辞，然后用古飞的手机拨通那个号码。

"喂？"

电话那边响起一个中年男人的声音，小麦用春风拂面般的语气说："您好！我是阿秋的朋友，现在我已接替了古飞的工作，阿秋让我到仓库来看一下货。"

"他不是都折价处理给我的老板了吗？"

幸好她脑筋转得快："是，但有件货他想自己带走。"

"好吧，下午再过来吧。"

"对不起，能告诉我具体地址吗？我第一次去怕找不到。"

对方不耐烦地报出一个地址，果然是位于郊区的工厂仓库区。

午后，小麦早早出了门，包里藏着钱灵的日记本。

她不敢打扮得太好，怕被仓库管理员看出破绽，在衣橱里翻了半天，找出一件大学时留下的羽绒服，穿起来很像刚毕业的大学生，这样就符合伪装的身份了。

不过，她没急着坐电梯下去，而是去楼下老丁的家门口，敲了好久的门。连续几天找不到他了，也没在小区里看到过他的出租车，难道他莫名其妙地失踪了？

小麦在路边拦了辆出租车，前往外环线附近的那间仓库。

一路看着萧瑟的冬景，来到那条集装箱卡车出没的路上，两边都是各种工厂和仓库，好不容易才找到门牌号码。穿过一条深深的走道，她见到一座巨大的建筑，体积如同世博会的某个场馆。仓库有个供卡车直接进出的大门，她绕到一扇小门前，按响外面的门铃。

等了好久，才有一个中年男人打开房门，正是上午通过电话的男人。

他一看是个穿着普通的女孩，又未化什么妆，便没对她产生怀疑，带着她走进仓库内部。

小麦惊讶地看着仓库，至少有两个宜家那么大！货物从地面堆到十米高的架子上，既有木箱装载的庞然大物，也有许多个堆在一起的小纸箱，仅从外表难以看出装着什么东西——但她相信这个仓库里装着整个世界——本店可以买到你想要的一切。

"没吓着你吧？"管理员见怪不怪地说，偌大的仓库充满他的回声，"这里全是阿秋的货，他经常亲自押送大宗货物进来，阿飞差不多每天都来提货。我亲眼看着他们的生意越做越大，也不知道是怎么卖掉的，我估计现在仓库里的货至少值一千万吧。"

小麦按照既定的计划，装模作样掏出手机说："哎呀，我的手机没电了！大叔，能不能借我手机用一下？我要给阿秋打个电话。"

"小姑娘，你怎么做事的啊？"

看着管理员不爽的表情，她强迫自己摆出撒娇的样子："大叔，求求你了，我有急事找他呢。"

大叔到底心软，经不住女孩这么纠缠，就把自己的手机交给她："快点哦！"

"谢谢！"

小麦接过手机躲到一边，迅速输入秋收的号码，给他发了一条短信——

"仓库失窃！你快回来，帮我想想办法！急！"

短信发出后，她立刻将它从已发送短信中删除，免得被管理员发现。她又装模作样说了几句，好像是跟秋收通过电话，才把手机还给管理员。

随后，小麦离开仓库，但没走远，就躲在进入仓库的路边。她找了一个背风的角落，将羽绒服领子竖起来抵御寒冷。

第十八章

下午五点，夕阳差不多快要落下，天色已经暗淡下来。

郊外仓库的小道边，田小麦等了足足两个钟头，不停地在风中跳着保持体温。她决心就算等到明天早上，也会永远这么等下去。

暮色中的西风越发猛烈，带着冰冷刺骨的寒流，将她的长发高高扬起。就在冻到鼻子几乎塞住时，她远远看到辆黑色轻型摩托，上面是一个戴着头盔的黑衣男子。

即便看不到他的脸，她也能确定就是他！

等到轻摩飞快地靠近，小麦突然从旁边冲出来，冒着被他撞倒的危险，迫使他紧急减速。无法看清头盔后面的表情，但她猜得出秋收一定非常惊讶——她怎么会在这里？

但他立即反应了过来，无情地甩开她抓住轻摩的双手，掉转车头向外面飞驰而去。

小麦拼命地在后追赶，一直追到黄昏的马路上，但双腿怎快得过轻摩轮子？只见那个黑色的骑士已在夕阳中渐渐远去……

她站在马路的中心，绝望地大喊起来："秋收！我要告诉你，我一直爱着你！我的一生，只爱过你一个人！我从来，从来没做过伤害你的事！请你回来！"

喊完最后一个字，她虚脱地倒在马路上。含着泪水的眼睛，看着寒冷的天空越来越暗，看着夜色渐渐布满荒野，看着细雪从浓云间飘落下来。

雪，今年冬天的第一场雪，就在这个时刻降临到她的脸上。

倒在马路中间的小麦，当即阻塞了交通，许多汽车停下来，包括几辆粗野的集装箱卡车。附近也有人跑来围观，有些司机跳下车来，很快就围了许多人，但谁都不敢来扶小麦——也难怪，在如今的社会，谁敢惹这样的麻烦做好事？万一被倒地的人抓住要你负责岂不倒霉？

她看不见那些冷漠的围观的人们，也看不见前后那么多排队的汽车，只看到一片片晶莹的雪花飘落，冰冷地轻巧地落在她的脸上，转眼被温热的泪水融化，却带来一种奇怪的热量，像要把皮肤燃烧起来。

雪，她想让这场雪把自己埋葬。

这时有个警察走过来，是来疏导交通堵塞的，严厉地吼道："喂，你没事吧？"

她茫然地摇摇头，就当警察要蹲下来扶她时，却听到一辆轻摩由远及近的声音。

警察下意识地转头看去，小麦继续躺在地上，在愈下愈大的雪幕之间，在早早亮起的路灯之下，看见一个黑色的骑士，飞驰到自己的身边，就像踏着七彩祥云而来的盖世英雄。

他来了。

小麦看到长长的腿，靠近自己半蹲下来。

然后，她看到一张脱下头盔的脸——被她遗忘了十年，也悄悄储存了十年的脸。

黑夜提前降临，她看不清秋收的表情，只能感受到他有力的双手，抱起了躺在地上的自己，秋收将她稳稳地放到轻摩旁边。她搭住秋收宽阔的肩膀，本能地跨到轻摩后座上，如同坐上十年前的自行车后座。

警察以及围观的人们，措手不及地看着这一幕发生，看着秋收戴上头盔，发动车子呼啸着离去——此刻，交通广播电台的女主播，欣喜地告诉听众，这条路的交通堵塞解除了。

郊外的黑夜，荒野的道路，狂风与大雪，骑士与美女。

小麦侧脸靠着他的肩膀，将整个身体紧紧贴着他的后背，双手绕过他的腰交握在一起，似乎就要这样与他融为一体，永远飞驰在这条没有尽头的路上……

黑色长发，沾着刚落下的白雪，透着融化了的雪水，带着轻摩散发的汽油味，飘扬在 2010 上海冬夜。

第十九章

雪夜。

小麦满足地闭着眼睛，坐在轻摩后面回到市区。这是五角场的外围，附近有几所著名大学，不少准备过圣诞的大学生在街上逛着。轻摩转进一个居民小区，并不比古飞住的地方好到哪里去，秋收在一个楼道前停了下来。

她重新睁开眼睛，仍然拉住他不肯放手，她怕像从前一样，一旦把手放开，他就会消失得无影无踪。楼梯昏暗的灯光下，照出秋收平静的表情，他带着小麦走到四楼，打开一扇不起眼的房门。

这里才是秋收住的地方，要比古飞那里干净许多，房屋装修也是中规中矩，风格竟和小麦家里差不多。客厅摆着沙发和电视机，还有张看似很久没用过的餐桌。这是个两室两厅的单元，还有个房间是朝北的书房，却一字排开三台电脑——

这是开淘宝店吃饭的家伙，大概同时开几台电脑方便客服吧。她没看到其他值钱的东西，家具和摆设估计都是房东留下的。

小麦回头埋在他的怀里说："你的'魔女区'生意这么好，为什么不住得更好一些？"

"月租两千，我觉得已经住得很好了。"秋收温柔地揉着她的头发，就像摸着自己养的小宠物，"你有没有跟十几个人合住在一个单元里？有没有试过住在违章搭建的临时房里？有没有在夏天的大桥底下过过夜？有没有躺在火车站的人行通道里睡死过？"

"别说了！"小麦心疼地封住他的嘴巴，"我知道这么多年来，你受了很多很多的苦，这些全是我不好，我应该把你照顾好的，这是我的责任！"

"没关系，这些苦并不算什么。"

她明白他的意思——十八岁那年发生的事情，才是真正毁灭他的苦难。

"是，我知道没办法弥补你受到的伤害，但是未来可以变得更好！可以住在更好的房子，可以过上更好的生活，我们一起来！"

"更好的生活？这不是我的目的，我在淘宝网上开店，苦心经营'魔女区'的真正目的，是为了找到杀死我妈妈的凶手，并且替她复仇！"

"你找到凶手了？"

秋收却不置可否地闭上了眼睛。

"听着，我不在乎凶手是谁！对我来说，最重要的是你！我要跟你说清楚，不能再让这个错误继续下去。"

"小麦，那么多年过去。"他走到窗边看着楼下，黑夜里的雪渐渐积起来，"其实，我早已经原谅你了。"

"不，这还不够，你必须要知道一切！"

说罢，她从包里掏出了钱灵的日记本。

秋收疑惑地接过日记本，坐到沙发上小心地翻看。

她的心底也在乱跳，紧张地说了一句："你可以直接翻到2000年6月下旬。"

五分钟后，秋收缓缓地合上日记本，将头埋到膝盖之间，身体微微地颤抖起来。

他不想在女人的面前流泪。

可是，无论他怎么控制情绪，都不能抑制内心的伤痛，很快就痛哭流涕。

小麦温柔地抱住他，在他耳边安慰："这就是命运，我们都不能埋怨任何人！"

他痛哭了数分钟，红着眼圈站起来："我恨了你那么多年，却恨错了对象！其实，我并不恨那张字条，也不恨你要和我分手，甚至都不恨你把我关在地下室。我恨的是那件事导致的后果——我的父亲，在那个大雨的夜晚，为了找我而被卡车撞死，他才是最无辜的人！"

秋收的眼泪已经停止，小麦的泪水却涌了出来："你知道吗？当我高考结束以后，我又到学校对面去找你，可你已经消失了。"

她重新打开从泥土里挖出的钱灵的日记本，抽出十年前秋收写给她的小字条——

我心里难受你

秋收看着十年前自己写下的字，怅然若失："我以为，那时候你已经不在乎我了。"

"我在乎的，我心里也难受你……只是，后来暂时遗忘了。"她躺在秋收怀中，抹去眼泪问，"秋收，你经过了太多太多的事，我想有些事你一定比我更清楚。"

"也许吧。"

"最近几个月，我始终在想一个问题，但得不出真正的答案。"

"你想问什么？"

秋收平静地看着她的眼睛，还是那双十八岁少年的眼睛，只是多了一些岁月的阴霾。

"人生是什么？"

"我们生下来，然后又死掉。"

他淡淡地说出答案，就像说一件无关紧要的小事，又浅浅地微笑一下。

小麦没想到如此复杂的问题，却得到一个如此简单的答案。她皱着眉头思量片刻，觉得这可能是唯一正确的答案。她也给了秋收一个浅浅的微笑。两个人相视微笑，似乎是十年来最放松的时刻。

"秋收，我们第一次见面是什么时候？"

"十五年前，1995 年。"

田小麦变作了十八岁时的表情："是啊，那年我们都只有十三岁，还记得那时的情景吗？"

"那天，在我妈妈死后，我已无家可归，你爸爸带我住到你家里。"

"我想起来了！对不起，那天我对你非常冷淡，我真后悔！为什么那时候不对你好一些？"

"没关系，因为那时候你看不起我。"他早已不再介意了，摸着她的嘴唇，"在这座城市里，从没有人看得起我。后来，除了你。"

其实，除了她之外，还有另一个人，只是那个人早已经化为幽灵。

"对不起！"她又一次控制不住泪水，抬头却看到墙上挂着的木吉他，"这就是当年你为我弹过的那把？"

"是啊。"他站起来抚摸老旧的木质表面，多年来保养得还不错，"当我最穷困潦倒的时候，这是我身上最后最珍贵的东西，就算穷得连包子都买不起，我也舍不得卖掉它。"

"你再为我弹唱一首歌吧。"

她想，这个要求并不过分。

秋收摘下吉他："想听哪一首？"

"就弹十八岁那年，当我们被分开以后，你在学校的围墙外弹的那首歌。"

他的眼皮跳了一下，那个凌晨声嘶力竭的歌声，以及随后遭到的殴打，全都涌上了内心及身体。稍稍调整了琴弦，他闭上眼睛深吸了一口气，手指拨出一串音符。

喝醉了以后，还能想些什么，是纯纯的爱，是飘飘的愁……

十年前的凌晨，小麦趴在女生寝室的窗台上，看不到黑夜里他弹吉他的样子。此刻，他就坐在她的面前，只弹给她一个人听。即便再也无法挽回错失的十年，她仍然深深念着这首歌，念着这个唱歌的少年——如今是一个男人。

他的声线已改变许多，技术也有所进步，想必苦闷的时候一直在弹。唱到副歌部分，并未如当年那样吼起来，那是少年的激情，如今他已不需要火山似的爆发，只要像溪流一样源源不断。

有一个美丽的新世界，它在远方等我，
那里有天真的孩子，还有姑娘的酒窝。

有一个美丽的新世界，叫我慢慢地走，

海浪它总是一波波，不要停歇不回头。

啦……啦……啦……

第二十章

天，亮了。

雪再度乘着风势飘舞起来，漫天遍野地覆盖大地。

平安夜的雪。

今夜，许多年轻的恋人，将会站在雪地里祈祷幸福。

但对于秋收来说，活到二十八岁，却从没享受过圣诞节——以前每到圣诞时节，就是工厂最忙碌的时刻，他总是被迫或自愿地不停加班。还记得去年今天，是"魔女区"订单最多的一天，人们都在购买各种特别的圣诞礼物。

踩着一地坚韧的白雪，缓缓穿过冬天的荒野。十年前这片广阔破旧的工厂，已被各种建筑挤压殆尽，只剩这座最后的废墟，如同即将被爆破的暗堡。

他不知道小麦是否醒了，是否还在重温昨晚的欢愉，但他想，自己永远不会再回去了。

一颗雪粒，轻轻落到他的眼里，又迅速地融化，像泪水一样淌下来。

转入那间残破的厂房，走下地道，再度将耳朵贴在"舱门"上。

这道囚禁过他三天三夜的"舱门"，永远改变了他的命运的"舱门"。

"舱门"里才是真正的魔女区。

门里传来一阵奇怪的声音，那不是十年前留下的回声，而是此时此刻从舱门里响起的。

魔女区里有人？

然而，秋收丝毫不惊讶，反而陷入了回忆之中，比如那条神秘的紫色丝巾。

但在他的记忆里，不仅仅只有这条丝巾。

一年前，"魔女区"网店经营已初具规模，积攒起了一笔不小的积蓄，足够在上海买半套房子了。秋收想起了留在老家的外婆——世界上他最后的亲人。

于是，他与回家过年的农民工们一同坐上开往大西北的火车，带着一张二十万元的银行卡，时隔八年回到黄土地里的小县城。秋收没有故意伪装自己，这些年来他的形象已大为改变，就像经历过数年监狱生涯的基督山伯爵，即便回到少年时的玩伴们跟前，也再没有人认得出他了。当他回到老宅门口的时候，却发现门口早已布满了尘土，只待拆迁队来把它送入坟墓。

外婆已在两年前离世了。

秋收又找到了外婆的坟墓，就在郊外一片荒凉的田野深处，爸爸妈妈也埋在那里。

他趴在外婆的坟前哭了很久，又跪在父母的墓碑前，平静地说——

"妈妈，我会亲手抓住杀害你的凶手，然后亲手杀了他，我发誓。"

"爸爸，我也会为你报仇的。"

说罢，原本晴朗的天空骤然下起了鹅毛大雪。

他痴痴地在雪地里站了很久，直到整个世界变成了白茫茫一片，就像眼前埋葬在墓里的人们，也像是他自己被毁灭了的人生。

秋收顶着大雪回到县城，他还想再看出生长大的老宅最后一眼。满地积雪的街道空无一人，他轻松地越过几乎倒塌的院墙，打开早已破败的窗户，进入布满陈腐气息的屋中，这个寂静的世界如同冰窖，大概外婆身处的墓穴里也没有这么冷吧？

自从外婆离世以后，老宅就再也没有了人，不时有梁上君子光顾这里。他们把所有能搬的、能拿的都偷光了，就连父母结婚时的大木床，也被邻居拆散掉当作冬天的柴火烧了。最后剩下的只有一个大木箱子，那几乎是妈妈结婚时唯一的嫁妆。因为实在太过于沉重，没有人能单独把它搬走，方才幸运地等到了少主人归来。

木箱上的大锁早已锈死，秋收找了一把铁铲，费尽全力才把锁打开。翻开沉重的箱盖，里头全是以前的旧衣服，其中大部分都属于妈妈——看款式都是八十年代的。在秋收童年的记忆里，妈妈是个爱漂亮爱打扮的女人，即便在这偏远的小县城，也被大家当作明星看待。人们都说秋收的爸爸虽然老实巴交，却有着前世修来的好福气。

秋收的双手微微颤抖，轻轻翻着妈妈穿过的衣服，好像还在抚摸二十年前妈妈的身体，那个早已化为灰烬的冰凉的身体。

妈妈，应该是他爱过的第一个女人。

就在这个古老箱子的最底下，他看到了一条丝巾。

紫色的丝巾。

第二十一章

2010 年 12 月 24 日。

田小麦睁开眼睛，透过窗帘的晨曦，倾泻在她长长的睫毛上。她温柔地转过头去，却发现枕边人再次消失，记忆中最幸福的一个夜晚，就以这种残酷的方式结束了。

她彻底清醒，开始大声呼唤秋收，着急地打开每个房间，再也没有了他的身影。已是上午九点，她给秋收打电话，却发现他已关机。

于是，她狂乱地给秋收发了一条短信——

为什么？你又一次离去？为什么？不给我与你一起醒来的机会？为什么？不给我每天早上将你吻醒的机会？

打开窗户才发现满地积雪，就像儿时见过的大雪天，白茫茫一片铺满地面与屋顶，仿佛世界瞬间变得不真实了。她呼吸着窗外寒冷的空气，一团团热气消散在风中，真想与他手挽着手，踏过茫茫雪地，消失在沉沉雪夜。

她耐心地替秋收整理房间，将每样东西归置整齐。打开衣橱看他的衣服，几乎全是单调的颜色，廉价的牌子，完全不是"魔女区"里卖的那些高档货物。不过，她没看到女人的东西，可以放心他是真正的单身。小麦打开他的冰箱，几乎什么都没有，除了十几包方便面，这个习惯倒与她相同。她取出一包面到厨房煮起来，想着以后她会努力学习烧菜，每晚都让他有好胃口。吃完早餐，她倒在铺好的床上，想象未来的二人世界——还要等待几分钟？几小时？几天？几个月？几年？还是，下辈子？

小麦打开他的电脑上网，去天涯娱乐八卦或晋江耽美闲情，是她除了网购外的最大爱好。

还没打开网页，她先看到桌面上有个文件夹，名叫"客户照片"。好奇地点开来，发现里面密密麻麻的照片，几张脸还有些眼熟——其中一张竟是钱灵的照片！

就在钱灵租住的房子门口，刚好出门的样子，一看就是在马路对面偷拍的。更多的照片却是田小麦自己，大部分都在她家楼下，有她疲倦下班回家的照片，也有她匆忙出门坐进老丁的出租车的照片。

没错，他早就掌握了小麦的情况，也知道小麦是淘宝控的宅女，这个通过淘宝网来人肉搜索不难。同时，秋收也掌握了钱灵的情况，他通过某种方式让钱灵知道了"魔女区"，很容易就让她上瘾了。他的买家里有百分之八十都对"魔女区"有不同程度的心理依赖，而只有钱灵可能影响到小麦。这就是他的精心设计，总有机会通过钱灵的介绍，让小麦来到"魔女区"。

而他也相信，那款紫色的神秘丝巾，就是对田小麦最好的诱饵。

不过，这些照片中最让小麦震惊的一张，竟是在盛赞的家门口。

就是12月10日那晚，她去参加盛赞的生日家宴，结束后盛赞父母一起送她出来，照片把四个人全照了进去。

后面几张照片虽是同时拍的，重点却不在的小麦身上，而是另一个人——盛赞的爸爸。

为什么要反复拍他？其他人都被秋收忽略掉了，有几张瞄准盛先生面孔的特写，在电脑里看得特别清晰，小麦看着有些害怕——不知盛先生现在是死是活？

就是这种心灵感应，让她接到一个电话，恰是盛赞打来的。

早不打晚不打，偏偏在这个时候。她犹豫地接起来，还是保持礼貌："你好。"

"嗯？干吗那么客气了？"盛赞感觉这不是情人间的说话方式，但没意识到更严重的变化，"已经两天没接到过你的电话了！"

语气里有责怪她的意思，小麦也确实是心存愧疚，模糊地回答："对不起，这些天身体不太好，你爸爸怎么样了？"

"唉，现在还是音信全无。我和妈妈都已经回家了，期待警方可以找到他吧。"

"一定会找到的！"

"小麦，今晚我在外滩预订了位子过圣诞节，我下午来接你吧？"

"圣诞节？"

老天！现在她才想起来，今天是12月24日，平安夜。

"是啊，好不容易才订到的，是外滩看江景最好的位置。"

"哦……可是……可是……"她的嘴唇在颤抖，并非是犹豫要不要去，而是想怎么说才能不让他伤心。不，早晚都要向他坦白的，暂时的逃避并不是办法，"对不起！今晚，我不能陪你去了。"

"为什么？"

电话那头的盛赞又惊又急，好似遭遇晴天霹雳。小麦不知该如何解释，悲伤地摇头："抱歉，以后我会跟你说的。但是，今晚真的不行！再见！"

她强行挂断电话，可以想象盛赞此刻的表情——父亲生死未卜，共度圣诞的邀请遭到女朋友的拒绝，无异于屋漏偏逢连夜雨。

不到一分钟，盛赞又打来了电话，她狠下心拒绝了来电。

接下来，每隔几分钟，他都会打个电话过来，最后逼得小麦索性关机。

将近中午，还是没有秋收踪影，她决定不再犯上次的错误，这回要长期蹲点守候，不信秋收不会再回来了。不过，她还得先回家一趟，带些日常用品和内外衣服，总不能一直穿现在这身衣服吧。为了出门以后还能回来，她在房间里翻了半天，总算翻出一大串备用钥匙。她在房门口试了试钥匙，确认后才离开。

下楼来到冬日的阳光下，踩着柔软湿滑的积雪，她像个单纯的小女孩，紧张又幸福地伸开双手，用脚踢起一团团白雪，仿佛在为自己跳舞。

"圣诞快乐！田小麦！"

俯身抓起一团雪球，她在心底祝福自己。

第二十二章

下午。

小麦回到自己家里，心急火燎地收拾好衣服。但她想想还是不放心，又带上许多小东西，像要准备搬家似的——从此将和他一起生活？

出门前，她又想起什么。回头打开父亲的房间，将他三十六年来的工作笔记，全部塞入一个大包。她想把父亲留下的这些文字，也给长大成人的秋收看一看。

当她坐电梯下楼的时候，却极其意外地碰上了一个人——老丁。

老丁还好好地活着，正好下楼开车，顺便带了小麦一程。出租车再次绕过被封的胶州路，看到那栋被烧得焦黑的大楼，她突然悲从中来：是谁谋杀了我们的似水年华？

车子很快开上高架，电台里正在播放一个访谈节目，嘉宾是公安局的专家，与主持人谈犯罪心理学。巧的是小麦认识这个专家，从前是爸爸的同事，还经常来家里做客。专家已说过很多案例，正在谈犯罪心理学上的"模仿犯"——他说有一个特别的案例：凶手在青少年时代，目睹过自己的亲人被杀害，遭受到了严重的心理创伤，长大后就产生了心理变态，模仿当初亲眼见过的杀人手段，残忍地连续杀害了七个人！

小麦听到这里不禁起了一身鸡皮疙瘩——模仿犯？

她不敢再看窗外的城市，闭着眼睛越想越怕……

2000年的慕容老师、2010年的钱灵，是不是也死于"模仿犯"之手？

她们不都是死于那条紫色丝巾？遇害时所有的特征和细节，都与1995年南明路杂货店许碧真命案相同！

唯一有可能的"模仿犯"，就是秋收！

他？

田小麦几乎咬破自己的嘴唇，她这·生唯一爱过的一个人，是他吗？

不错，只有他亲眼看见过1995年的命案，只有他亲眼看到过凶手是怎样用紫色丝巾把女人勒死的！2000年，十八岁的秋收，是最后与慕容老师在一起的人，谁知道那个刻骨铭心的雨夜，他把老师送走以后发生过什么？

钱灵也是他的"魔女区"的VIP客户，当年正是她欺骗了他，害得他在地下室内里关了三天三夜，并导致了他的父亲车祸身亡——虽然他一直以为字条是小麦写的，但钱灵毫无疑问也是帮凶，他依然有充足动机杀了她！

真的是他？

十年前的慕容老师，也是被秋收勒死的？

动机？情杀？其实，他也喜欢慕容老师——反正老师蛮喜欢他的！或者，他觉得慕容老师的私生活不干净，是个不纯洁的女人就该被杀？至少，慕容老师被杀害的那晚，他是最后一个出现在她身边的人，他有充分的作案时间，本就该是第一嫌疑人！没错，他用老师脖子上的丝巾，将她勒死抛尸在废弃的旧工厂！

还有谁？

她想起盛赞的父亲，不是说在湖面上捞起一条紫色丝巾？如果这些丝巾全都来自秋收和他的"魔女区"，那么很可能也是他干的！动机——就是嫉妒！对，他嫉妒小麦和盛赞的关系，他觉得盛赞的一切都来自父亲，就杀死他的父亲来报复。好像这个理由有些勉强。对了，盛先生不是提到过"魔女区"吗？说不定他是在"魔女区"买了某样东西，从而触发了秋收的杀机！

电台节目早已结束，车子开到了她的目的地。

付钱下车，小麦本想以冲刺的速度跑回秋收住处，却鬼使神差地转进路边超市。手里已经有很多东西了，她先寄存在超市的箱子里，然后到货架上狂扫一遍，就像即将结婚的小媳妇，购买了大包小包吃的用的，收银员还以为她是新搬来的租客呢。

加上从家里带出来的东西，手里提着几十斤的重量，好不容易走上楼梯，她手忙脚乱地掏出钥匙，打开四楼的房门。

房间还与她临走时一样，中午秋收没有回来过。小麦将从超市买来的水果放好，把速冻食品放进冰箱，好像他很快就会回来，需要给他削一个苹果，或煮一包汤圆？

等到她满心欢喜地关上冰箱，心头却"咯噔"了一下——他还会回来吗？

回到秋收的电脑前，继续查看硬盘里的文件——大部分都与货物有关，还有网店经营的资料，包括与买家的联系记录。

忽然，她看到有张吓人的照片，居然是将人勒死的画面——照片里的死者是个外国人，大概是国外的网站里，专门给变态们看的图片。

秋收当然不是有那种癖好的人，他看这些照片只有一个目的，就是学习如何迅速准确地将人勒死！

果然，还有很多类似的资料，其中不少都是英文网页，有些来自美国法医的报告，讲解各种各样的勒杀与扼杀案例。资料里将人勒死的工具五花八门，最主要的是各种绳子，还有些日常生活中常见的东西，比如电话线、电源线、男式领带、丝袜等。

最后是丝巾。

第二十三章

魔女区。

秋收站在地底的舱门前。

寒风夹着雪粒从头顶落下，在他的头发上缓缓融化。好冷啊，与昨晚漫长的缠绵相比，已完全是另一个世界。虽然脸颊和手背的皮肤几乎已被冻僵，但肌肉深处仿佛残留着小麦的体温。好像还有一团火焰未曾熄灭，依旧灼烧着他的血管。

数小时之前，他们拥抱得那样紧，几乎全身每寸肌肤每根毛发都不留空隙地贴合在一起，仿佛要把两个人彻底揉碎之后，再重新糅合为一个人。她迷醉地闭着眼睛，不停呼唤着他的名字，简直要融化为一汪滚烫的水。而在那个瞬间，他几乎就要放弃了，为了紧紧拥抱着的这个火热身体，为了轻轻摩擦在他胸口的那片温柔，为了她每一次忘我的颤抖与喘息。

但在她幸福地睡着以后，他的身体迅速恢复了尸体般的冰冷，他把手从她的颈后抽出来，打消了任何与放弃有关的念头。

已经酝酿了十五年的计划，已经坚持了十五年的誓言，绝不会为了一个短暂的夜晚而放弃的。

此刻，在改变了他一生的魔女区，在那道致命的舱门跟前。他举起自己的双手，在昏暗的光线下，看着掌心的老茧，全然不属于这个年龄的老茧。他还有超出常人的臂力，那是以前做搬场工锻炼出来的，能搬起超过自己体重的物件，还能轻而易举打开某扇锈死的大门。

秋收相信自己这双有力的大手，一定还能干些其他什么事情。

他握紧了拳头，握得是那样的紧，以至于指骨之间还发出了声响。

十五年前，就在距离这里不远的南明路上，他目睹了妈妈如何被人勒死，牢牢地记住了那条杀人的丝巾——带着奇妙植物花纹的迷人的紫色丝巾。

自从在淘宝上开了"魔女区"，他耗费极大的工夫，辗转各地花了一年多时间，才找到这种丝巾的来源——伊朗的伊斯法罕，一个世代生产手工丝巾的家族，曾向中国少量出口过这种丝巾，五年前因为家族断绝传人，从此不再有丝巾生产了。三个月前，他派古飞专程去了一趟伊朗，在伊斯法罕的大巴扎找到了这种丝巾的存货，总共也只剩下十条而已。根据秋收的指示，古飞花了一万美元，将这十条顶级丝巾带回中国——这也是全球最后的十条。

秋收把这种丝巾命名为 Esfahan，拍摄了精美的实物照片，放在"魔女区"里并不起眼的角落——他想要守株待兔捉到凶手！

然而，第一个购买 Esfahan 丝巾的人，却是田小麦。

不久以后，就有第二个人来购买丝巾，这个人却不是钱灵，而是一个自称莫叙友的家伙。

　　无疑是一个假名字，而且要求货到付款，不在淘宝网留下交易记录，说明心里有鬼。秋收指示古飞叫了一个快递公司去送货收钱。他还记得那天是 12 月 6 日，他悄悄瞒着古飞，独自来到收货的烂尾楼，想知道那个买家是谁？

　　结果，他看到快递员把货交给了一个年轻人。

　　收货的年轻人相貌平常，他离开烂尾楼，拦下一辆出租车。秋收骑着轻摩紧跟在后，直到城市彼端的一座别墅。秋收亲眼看着那个年轻人带着装有丝巾的快递袋走进别墅，一分钟后就空着手出来了。

　　秋收继续跟踪那人，却看到他坐上一辆公共汽车。跟踪了十几站地，他才下车走进一个居民小区。秋收下了轻摩紧跟在后，看到他走进底楼一扇房门。这是一个陈旧破败的小区，居民大多是退休工人和外来租客，实在没有购买 Esfahan 丝巾的可能。

　　秋收在门外守候了许久，直至夜幕降临，那个人才再度出门。秋收无声无息地跟在后面，直到一个僻静所在，突然将那人推到墙角，紧紧掐住对方脖子，使他无法反抗与呼救。

　　"饶了我吧！我把所有钱都给你！"

　　常年艰苦的体力劳动，令秋收的胳膊相当强壮，轻松就夹紧了那人单薄的身躯。

　　"我不要你的钱！只问你一个问题——今天上午，你去一栋烂尾楼收了一个淘宝的快递，是你自己买的？"

　　"不是！不是我买的！"

　　"那是谁？"

　　秋收的语气相当严厉，听起来很像是黑社会。

　　"昨天……昨天晚上！"对方终于露出小混混儿本质，"我在大街上被人追债，其实也就欠了一万块钱，但我一直没找到过工作，越欠越多一分钱都还不出。几个债主终于抓住了我，我差点就要给他们跪下来了。正好路边停着一辆轿车，大概是看到了我的情况，车里的司机下来打圆场——我可不认识他，更没想到他替我垫付了三千块钱，暂时打发掉了那些债主，然后让我为他办件事。"

　　"这个人长什么模样？"

　　"就是个普通的中年司机，再加上夜里也看不清。他让我在阿里旺旺上注册一个叫'莫叙友'的账号，又给了我一个叫'魔女区'的淘宝店网址，让我当晚与店主联系，购买一种叫伊斯——"

这个家伙记不清丝巾名字了，秋收给他补充了一句："伊斯法罕！"

"是，就是那种丝巾，他先给了我一千九百元，还要卖家送到指定的烂尾楼。然后，让我再把丝巾送到另一个地址，到时候再给我五千块钱酬劳。今天上午，我拿到了丝巾，送到那个人手里了，没想到是一户有钱人的别墅。"

"你看到买家的脸了吗？"

"还是前天晚上的司机，长得没啥特别，就是给老板开车的——我只知道这些。"

"没了？"

"我全都说了，饶了我吧！"

这小混混儿也就如此水平，贪生怕死胆小如鼠，以为遇到了江洋大盗，随时会要了他的小命，不像是说谎的样子。

"滚吧！"

秋收松开结实的胳膊，闪身退到黑暗深处。

他明白了，真正的买家不愿亲自出面，也不愿暴露本人的淘宝账户。这个神秘莫测的家伙，找了一个负债累累的街头混混儿代替他到"魔女区"购买丝巾——小混混儿不敢拿着一千九百块逃跑，因为他还欠着一屁股债，必须完成神秘人指定的任务，才能拿到后面的五千块。

差一点就是天衣无缝的计划。

究竟是什么样的人，要如此煞费苦心地遮掩自己的面目呢？

第二十四章

五角场附近的一条小路。老丁将小麦放下车以后，并没有立刻开走，而是在路边打起双闪，抽了一支烟。

他想起几天前的那个凌晨，自己载着一个神秘的客人，来到他最害怕的南明路。无论如何他都要开回去，对方却突然说出一句致命的话——

"十年前，一个大雨倾盆的夏夜，就在这条南明路上，你撞死过一个男人！"

此话一出，把他吓得灵魂出窍，难道是当年死者的幽灵回来复仇？

老丁有一种感觉，自己的生命走到终点了。前些天他就尝试过自杀，如今冤有头债有主，也该是自己还债的时候了。

于是，他坦然地靠在座位上说："你杀了我吧！"

"你想起来了？"

那个人打开车里的灯，露出一张二十多岁的脸，却并非想象中的凶恶。

"是的，那么多年过去了，但我知道这一天总会来到的。"

看着老丁从容的目光，那个人摇摇头："不错，我曾经非常恨你，恨你撞死了我的父亲！恨你彻底毁掉了我的人生！当查到你的住址后，我很多次都想杀了你——可是，我现在已经不恨你了。"

最后那句转折，让老丁很是意外，但他并无死里逃生的兴奋，而是继续绝望地说："你杀了我吧，我活着也没有多少希望。"

"我就是为这个而来的，我知道你的妻子跟你离婚了，也知道你的儿子是出车祸死的，你的人生可能比我更加不幸——我还知道你想要自杀！那天晚上，我看到你在阳台上站了很久，为什么没跳下去？"

老丁惊讶地看着那个人，原来自己的一切他都知道。他茫然地摇摇头，不知道如何回答。

年轻人接着说："老丁，我想说的是，活下去吧！好好地活下去！在你撞死我的父亲以后，我也曾经想过死，想过从高楼上跳下去——可是，我想我以后再也不会做这种事了……好了，你没有背负什么罪，最应该恨你的人，已经不恨你了！"

"你不是来杀我的，而是来救我的？"

"可以这么说吧。"他拍了拍老丁的肩膀，"那你答应我吗？好好地活着。"

"我……答应……你……"

"再见！"

神秘的年轻人跳下车，像幽灵似的钻入南明路边的树丛，很快就被茫茫的黑夜覆盖。

老丁像做了一场梦，痴痴地抓着方向盘，心想那个人是天使吗？

他决定彻底改变自己的人生。

第二天，他暂停了出租车生意，自费去外地旅游了一次，虽然花了不少钱，却没遇到他中意的单身中年女子——自从十年前的那场车祸以后，他还从没去过任何地方旅行。

今天，老丁才回来重新开始工作。

最后一截烟灰坠落，老丁用力地将烟头按下去。他从后视镜里看了看自己的微笑，大概乘客们会喜欢这样微笑相迎的司机。随着脚下离合器慢慢抬起，出租车开向路边招手的人们，12月24日可是一年中生意最好的一天呢！

第二十五章

魔女区。

秋收掏出一把钥匙，缓缓拧开旋转把手——原来门早已锁死，还配上了一把崭新的铜锁——用钥匙将沉重的大门打开。

走进黑暗的地下室，他打亮手电筒，照亮了一张脸。

这张脸看起来五十多岁，显得异常苍白憔悴，正虚弱地闭着眼睛昏睡。这个躲在魔女区里的人，却是被绑在一张椅子上，怪不得不能动弹。身下积着一摊摊污秽之物，想来已被绑在此地好几天了。

在这个可怜的人醒来之前，秋收再度进入回忆——

12月6日，夜。

他回到上午经过的别墅门口，这里也是购买"魔女区"丝巾的真正买家的藏身之地。他仔细观察了别墅，一直等到子夜时分，未见别墅里有什么动静，困得实在不行就回去了。

第二天，秋收查到了别墅主人——名叫盛世华，一家大型商业集团的董事长。巧的是钱灵正是在这家公司上班。但盛世华一贯低调，在媒休和网络上从没有照片。他也到那家公司蹲守过，却发现盛世华去北京出差了，不知何时才能回来。

于是，秋收大部分时间都在别墅前蹲点。而这栋别墅有很好的安全系统，二十四小时用人在家，擅自潜入的危险很大，只能继续守候等待机会。

12月10日，潜伏在附近汽车里的秋收，极其意外地看到了田小麦。晚上九点，他看到田小麦走出别墅，主人全家都出来送她。

刹那间，秋收仿佛石化了一般——门口的灯光异常清晰地照出一张男人的脸。

就是他！

这张永远都不会忘记的脸！

十五年前，一个下着大雨的夏夜，南明高级中学对面的小杂货店。十三岁少年秋收，被妈妈关在里面的隔间，却听到外面响起奇怪的动静。当他好奇地戳破糊窗的画报，却看到一个男人用丝巾勒住妈妈的脖子！他想要大声地喊出来，却一句话都喊不出来，他想要冲出去救妈妈的命，却无法打开被反锁的门。少年只能眼睁睁地看着妈妈，看着妈妈被活活勒死——同时，秋收也看到了那张杀死妈妈的脸，那只恶鬼的脸！无论过去多少年，无论这个世界如何变化，无论自己遇到过多少痛苦，无论这只恶鬼老了多少岁，他都不会忘记这张脸，即便无法准确描述这张脸，但绝对能在千万张脸中，毫无疑问地认出它来！

没错，就是他！就是这张脸！十五年来，一直出没于他的噩梦中的脸！

盛世华。

秋收记得他的名字，也记得他的公司和社会地位。

然而，无论他的外表伪装得多么完美，无论他在田小麦面前看起来多么风度翩翩，多么像个慈祥的父亲，都不能改变这个人的性质——恶鬼。

潜伏了十五年的恶鬼，杀死了他妈妈的恶鬼。

盛世华——也是他出现在 1995 年 8 月 13 日的虹口体育场，却意外地被少年秋收认了出来，差点被田小麦的警察爸爸抓到。

从此以后，这只恶鬼与秋收失之交臂了十五年。

当他看着小麦坐进汽车远走，看着盛世华和他的妻子、儿子回到家里，心底也下定了决心——他要亲手杀了这只恶鬼。

这也是秋收这些年能够活下来的唯一目的。

一周之内，他完成了所有准备工作。他通过跟踪盛世华的司机，查到了盛家的周末出游计划，知道他们将在淀山湖畔的度假村过夜，那里将是他的预设战场。他提前租了一辆小汽车，放在度假村附近的停车场，但又不在度假村的监控范围内。他注意到度假村有一角没有围墙，可轻而易举地潜入不被发现。

那天晚上，他潜伏在度假村等待盛世华出现。原本想等到清晨动手，却没想到深夜两点，盛世华居然独自出来散步。秋收拿出准备好的 Esfahan 丝巾，从背后勒住盛世华的脖子，用棍子将他打晕。然后，他将盛世华的皮鞋留在湖边，又将丝巾扔进湖中，伪造他被当场勒死再沉湖的假象。秋收事先调查过保安的巡逻时间，他选在最安全的时候，将盛世华拖出度假村，绑住后扔到租来的小汽车上，连夜前往早已圈定好的监狱——魔女区。

选择在这里是因为，这附近就是一切灾难的起点，是当年恶鬼杀死妈妈的地方。

而在这个可怕的"舱门"里，十八岁的秋收被关过三天三夜，他感觉当时看到过真正的鬼魂！就让这只恶鬼与幽灵为伍吧，让他享受秋收受过的苦难，让他知道自己的行为造成过的所有后果。

他不能让恶鬼就这么轻松地死去。

黑暗地底的魔女区，秋收走到他的囚犯面前，拍了拍盛世华的脸。

恶鬼，醒了过来，却变成虚弱的老头。他眼皮颤抖着睁开，喉中发出干渴的呻吟。

秋收掏出一瓶矿泉水，拧开瓶盖往他的嘴里塞。盛世华本能地咬住瓶口，狼狈不堪地喝下大半瓶水，嘴角还漏出来不少，打湿了昂贵的外套。秋收又拿出一个面包，塞到曾经的恶鬼面前，像喂条狗似的，一口面包一口水，两分钟就全喂了下去。

盛世华痛苦地喘息半天，抬起头嘶哑着说："谢谢！"

他已完全没了老板架势，只是个可怜的五十多岁的老男人，也不再是那只可怕的恶鬼，而是一只等待宰杀的老弱绵羊。

秋收用手电照照他的脸，接着又把手电光对准自己的脸，厉声道："看着我的脸！"

恶鬼艰难地抬起双眼，第一次看清绑架者的面孔，在"舱门"内的手电光线中，他看到一张年轻而冷酷的脸——多么熟悉的这张脸啊，他仿佛产生了某种幻觉，真的是他？

"十五年前。"秋收决定把一切都告诉他，继续用手电光照亮自己的脸，必须要他看清楚这张脸，也许会看到被他杀死的许碧真的影子，"当你用紫色丝巾勒死我妈妈的时候，我就躲在杂货店后面的小房间里，透过画报上的两个洞眼，我看到了你的脸！"

恶鬼的浑浊的目光里只剩下惊讶："你——真的是许碧真的儿子？"

"是。"

"你——不是十九岁那年就死了？"

"死的人不是我！"秋收昂起头以胜利者的姿态说，"我之所以能够活下来，没有别的原因，就是为了今天，为了亲手抓住你这只恶鬼！"

"真的是你？"

手电光线依然对准秋收，盛世华努力瞪大红肿的眼睛，发出越来越恐惧的目光。

"是。"

"不，你不能杀我！"

秋收不想再和他说话了，从包里拿出一条毛毯，裹在他的身体外面，以免他被冰天雪地冻死。

随后，他无情地走出舱门，重新将把手牢牢旋紧。

回到破厂房的门口，秋收看着白茫茫的天空，无边无际的风雪。

第二十六章

下午，两点。

田小麦依旧痴痴地等在秋收的房间里。

看完电脑里那些可怕的图片和资料，她已心乱如麻魂不守舍，难道刚刚找回的天堂，转眼就要化为生离死别的地狱？难道秋收早已继承恶鬼衣钵，成为潜伏在"魔女区"的魔鬼？

她下意识地打开冰箱，掏出一听刚买来的啤酒，也不管外面的空气有多冷，便猛地灌进喉咙。这个牌子的酒淡而无味，每当心情郁闷的时候，她就会把它当作冰汽水来喝。心脏几乎要被冻僵了，她趴在卧室的窗口，看着飞雪飘零在天空——他现在在哪里呢？

附近违章建筑的顶棚上，楼下停的汽车和自行车上，都积满白花花的雪。几个提前放学的孩子，开心地打着雪仗，不必考虑人间的烦恼，他们才是小麦最羡慕的人。

坐在这个看雪的窗口，她喝完了最后一口啤酒，便拿起从家里带来的东西——父亲留下的工作笔记，其中就有 2000 年的那一本。

决定自己命运的一年，也是慕容老师被杀害的一年，这本笔记里肯定记录了老师的命案——她有些后悔，为什么当初没有告诉父亲，在慕容老师被杀害的那个雨夜，最后是秋收陪着老师一起走的？因为，她从没想过秋收可能是凶手！更重要的是，那时她已对秋收有了好感，她不想成为一个告密者，而给他惹来不必要的麻烦。

带着深深的愧疚，小麦打开父亲在 2000 年的工作笔记，却发现关于慕容老师的案情记录很少，只剩下时间地点人物之类只言片语，而没有任何描述性和结论性内容。耐心地翻到 2001 年，那正是秋收从法律上死亡的年份，依然没有什么她能感兴趣的内容。继续打开 2002 年的笔记本，翻到中间居然是很多世界杯观球心得！2003 年和 2004 年，依然与南明路上两起凶案没有任何联系。

2005 年，这本笔记本似乎更旧些，那正好是 1995 年凶杀案的十周年。

小麦直接翻到 8 月份，那是 1995 年案发的时间。

2005 年 8 月 6 日

许碧真遇害十周年忌日。

西部，县城，坟墓。

秘密……

2005 年 8 月 6 日。

田跃进走出这座西部县城的火车站，除了背着行囊的农民工，看不出还有其他什么人。小县城被一片土黄色覆盖，土黄色的天与地，土黄色的房子，甚至土黄色的脸。四处都是低矮的砖瓦房，要么是沿街的小楼房，与西部任何一座小城镇没有区别。十分钟就可以穿越全城，总共只看到一栋十层高楼，四年前不满二十岁的少年秋收，就是从那栋楼楼顶跳下来的。

他在火车站租了一辆三轮车，前往城外二十里的荒野。蹬车的是个打着赤膊的老头，在烈日底下挥汗如雨，田跃进多给了他一百块钱，老头蹬得更卖力了。

终于，在一片布满黄土的原野，老田看到了许碧真一家的坟墓。

他是来给十年前的受害人上坟的。

许碧真与丈夫的坟墓合在一起，旁边还有一座坟墓，墓碑上刻着秋收的名字，生卒年月是"1982.2 － 2001.11"。

五十三岁的田跃进，跪在许碧真的坟前说："对不起，我曾经发誓要为你抓住凶手，可是我没有做到！那只恶鬼仍然逍遥法外，我不知道这辈子是否还能抓到他，我只想说一声对不起！虽然，这只是一句废话。"

　　他站起来拿出纸钱，放在黄土堆上烧起来，看着黑烟和灰烬滚上天空，他轻抚着秋收的墓碑，感到万分的内疚——也许，当初不阻挠女儿和他谈恋爱的话，这个少年也不会走上这条绝路。他很后悔，女儿现在并不快乐，一直怨恨着他，医生说她有轻微的抑郁症，大概就是五年前的心理创伤。可是，她却已忘了秋收，再也没在自己面前提起过他一个字——不，她不可能忘得了，迟早有一天她还会记起来，那时的她该如何面对自己？

　　此刻，坟墓前来了一个老太太，看起来七十多岁的样子——原来是秋收的外婆，许碧真的老母亲，也是在忌日这天来上坟的。

　　田跃进陪伴老太太烧完纸钱，又想办法安慰她说："他们一家三口都不在了，但是活着的人还要保重身体。"

　　没想到老太太突然说了一句："不，秋收他爹应该还活着。"

　　"秋收他爹？"

　　老田看了看许碧真和秋建设的墓碑，他不是五年前就死于车祸了吗？老太太年纪大脑子糊涂了？

　　"嗯，这里埋着的秋建设，并不是秋收的亲爹。"

　　这个秘密倒是第一次听说！

　　田跃进瞪大了眼睛："啊，那么请问，秋收的亲爹又是谁？"

　　"这个事情啊，说出来丢脸呢！现在也只有我这老婆子一个人知道，可怜秋建设替别人养儿子那么多年，最后为了找别人的儿子枉送性命！现在，这一家子死了那么多年，也没什么好隐瞒了。"

　　"请说下去！"

　　老太太仰头苦笑一声："二十多年前，县城里有一对上海来的知青夫妇，男的在县工厂做工人，女的却是哪个大领导的女儿，刚怀上孩子就拿到回城名额，挺着大肚子回了上海，只剩男的一个人留在县城。那年我家女儿碧真只有十九岁，刚刚高中毕业，已是县城有名的大美人，大家都叫她'赛貂蝉'。她被分配进县工厂，正好与那个上海小伙同事。当年我也见到过他，真是岳云再生一表人才，哪家大姑娘小媳妇不喜欢？何况他的媳妇不在，孤零零的一个英俊小子，眨眼就迷住了我们家碧真！唉，也该是碧真倒霉，刚认识他不到三个月，那男的就拿到了回城名额，明摆着就是他老丈人安排的。那小子没良心，一声不吭离开县城，连个地址都没留下！等到碧真一觉醒来，才发觉肚子里有了他的种！碧真哭得死去活来，但也不知去哪儿找那个男的？到上海去找更没可能，她知道那男的再不会回来了，更不会把她和肚子里的孩子放在心上。但碧真死活要把这孽种生下来，趁着怀孕没到两个月，没人晓得这桩丑事，老婆子我火速物色了一门亲事，把她嫁给杂货店的秋建设。多少小伙做梦都想把碧真娶了，秋建设是捡到天上掉下的金砖，自然欢天喜地办了酒水，第二年便生下了秋收。"

"可是，秋建设就不知道？"

"哪能不知道？碧真洞房那天晚上，就把肚子里有喜这事跟他说了——你说他能有啥办法？把碧真嫁给秋建设，就是看中他忠厚老实，只要能娶到碧真做老婆，真是啥都愿意为她做，就算把不是自己的孩子养大。"老太太说罢感到对不起死去的人，摸了摸墓碑上秋建设的名字说，"建设啊！是老婆子我对不起你，你要是在地下有怨恨，就冲着我来好了。"

田跃进不由得钦佩地点头道："秋建设是个好人啊！最后，他还是为了救秋收而死，那秋收自己知道吗？"

"这孩子哪能知道？这事天知地知，还有碧真他们两口子，加上我一个老婆子知道，秋建设是打算一辈子瞒下去的。"

上坟之后，田建业陪伴着秋收的外婆回到县城。

但他没有立即回去，而是紧急跑去县里的档案局，利用警察的工作证，查阅当年所有上海知青的资料——然而，他发现大约在十年前，所有资料都被调走了，查不到任何人的信息。他还想找许碧真结婚前所在工厂，却发现那家工厂早就关门被拆了，当年的工人大多回到农村，或流散到沿海地区打工，连一个人都找不到了。

折腾三天，这条线索再告中断。

田跃进只能在笔记本里记录下这个秘密。

第二十七章

2010 年 12 月 24 日。

平安夜，下午三点。

最后一点淡淡的酒意都消失了，田小麦颤抖着合上父亲在 2005 年的工作笔记。她颤抖，不是因为秋收是私生子的秘密，而是这个秘密里提供的许多条信息，都让她想到了另一个人……

不会吧？

天底下竟有这样的事？她不敢去想象这是真的，她期望这一切都只是错觉，但她必须要核实清楚！

看着融化在窗玻璃上的雪水，看着雪花短暂的生命消逝，她迫使自己渐渐冷静下来。在心底计算了几个重要的时间点，才拿起手机拨通了一个号码。

几秒钟后，电话里响起盛赞的声音："小麦！你终于开机！你知道我给你打了多少个电话？你到底是怎么了？为什么要这样对我……"

等到他说完一长串类似的话，小麦才控制着情绪说："盛赞，我问你一些事情。"

"说吧！"

"你说你的父母年轻的时候都是知青？"

"是。"

"你虽然是在上海出生，但你的妈妈是在怀孕一个月后，才得到机会回上海的？"

"没错。"

小麦继续问出自己的计算结果："你的爸爸则是在你出生前两个月回的上海？"

"好像——是听妈妈这么说过吧。"

"你的外公离休前是身居高位的领导干部？"

"是，外公在'文革'时期被打倒遭受迫害，八十年代恢复名誉上调到北京。"盛赞说到这里不耐烦了，"小麦，你干吗问这些不相干的事情，我想知道你现在是怎么了？"

"好吧，最后一个问题，也是最重要的——你的父母是在哪个地方做知青的？"

"让我想想——"

随后，盛赞报出一座中国西部小县城的名字。

她心底最后一道防线崩溃了。

不错，就是这座小县城的名字——是秋收出生和长大的小县城，也是盛赞的父母度过知青岁月的小县城！也是盛赞被"制造"出来的小县城！更是一段孽缘开始和结束的小县城！

还有时间——怀孕的时间，出生的时间，离开的时间，回归的时间，竟然全部吻合！

包括，那位早早决定了盛赞全家命运的位高权重神通广大的外公。

时间、地点、人物特征……不可能再有第二件巧合的事了。

"小麦！小麦！你怎么不说话了？没信号吗？"

盛赞仍然在电话那头抓狂地叫喊，小麦却无声地挂断电话，并且关闭了手机。

战栗着缩回到床上，她想起盛赞生日的那天，看到的盛先生年轻时候的照片，当时就觉得非常眼熟。现在，看到二十八岁的秋收以后，她一下子都明白过来了——秋收长得太像盛先生了！竟比盛赞更像他的父亲！

还有一件事令小麦无法面对——秋收与盛赞是同父异母的兄弟！

可是，这对亲兄弟中的一个，却注定别无选择地在小县城长大，别无选择地要承受人间的各种苦难，别无选择地要与相爱的女子分开，别无选择地要在颠沛流离中艰难生存。

她开始讨厌"奋斗"两个字——秋收确实在奋斗，但他是为了复仇而奋斗，而他的这种奋斗是任何人都无法复制的。

至于只比秋收大几个月的同父异母的哥哥盛赞，则根本不需要什么"奋斗"，只要投胎到他妈妈的肚子里，就可以从小养尊处优，不必为生活而烦恼，还能凭借父母的财富与权力，得到许多同龄人难以企及的机会，并给美丽的新娘戴上卡地亚钻戒。

秋收，你在哪里？你自己并不知道，你的亲生父亲就是盛赞的爸爸，你的亲生父亲就是被你盯上的最后一个目标！

于情于理于法于血，秋收——都不能，都不能亲手杀了他！

难道已犯下弑父之罪？

第二十八章

大雪。

许多年，平安夜都没有下过这样的大雪了。

整片工厂废墟都被白色覆盖，只有高高的烟囱外壁还残留黑色，像北欧雪国中的城堡。

秋收站在一片雪地深处，看着口中呵出的团团热气，任由雪花不停地打湿外套。

就在他脚下站的地方，十年前的大雨之夜，慕容老师被勒死在这里。

永远不会忘记那个夜晚，但也永远不会把那个夜晚告诉任何人——那晚，慕容老师被大雨困住，十八岁的少年打着伞送她去公交车站。来到空无一人的车站，他们躲进雨棚看着黑夜。一阵微凉的风雨袭来，美艳的女老师抱着双肩，轻声说："好冷啊。"

随后，她从包里取出了一条紫色丝巾。公交站的雨棚下亮着一盏灯，正好照亮这条神秘的丝巾。慕容老师优雅地系上它，轻轻缠绕着自己的脖子，用来抵御冷风和雨点，看起来更像"二战"老电影里的风雨丽人。

然而，她却看到秋收的眼神充满恐惧，直勾勾地盯着这条丝巾。

"你怎么了？为什么每次看到这条丝巾，你都会那么奇怪？"

"抱歉，我一直想问你一件事——这条丝巾，从哪里来的？"

他的语气越来越急促，沉重的呼吸直扑到慕容老师的脸上。

"怎么了？"

"五年前，妈妈死的时候，脖子上就系着一条丝巾，就和你现在系着的这条丝巾一模一样！"

这句话真的吓到了慕容老师，下意识地摸着脖子说："真的？"

"同样的颜色，同样的花纹，同样的款式，我一辈子都不会忘记的！因为，妈妈就是被这条丝巾勒死的！"

"不！"她摇着头后退了两步，"你怎么知道的呢？"

"我亲眼看着妈妈被一只恶鬼杀死的！"

"对不起！"

慕容老师终于相信了他的话——直到此时，她才想起五年前女店主脖子上的那条丝巾。想要解下脖子上的丝巾，却又感觉自己绕得太紧了，一时半会儿竟解不下来，仿佛已在自己的皮肤上生根了。

然而，她毕竟是个三十岁的女老师，很快就从惊愕与恐惧中摆脱出来，摇摇头说："没关系，我连鬼都不怕，还会怕一条丝巾？"

"你没有回答我的问题，这条丝巾是从哪里来的？"

"抱歉，我的小帅哥，我没有义务回答你的这个问题。"

秋收紧紧咬着嘴唇，他知道自己没有办法强迫她回答，只能摇着头说："那你自己小心！"

"每次看到这条丝巾，你都会感到悲伤吗？"

看来，即便有那样可怕的往事，她依然无法摆脱对这条美丽丝巾的迷恋。

"是的。"

系着丝巾的女老师看着他的眼睛说："秋收，我早就看出了你的悲伤，这种悲伤让人绝望。但你不是一般的男孩，你会成为一个特别的人。可惜，这个世界过分肮脏，容不得过分干净的你！"

慕容老师动情地说完这句话，轻轻地拥抱秋收——这是除了妈妈以外，他第一次被成熟的漂亮女人拥抱，在这个雨夜的刹那，感觉竟然如此美好。同时，他也把头埋到老师的丝巾上，闻着那特别的气味。突然，心猿意马的少年再也控制不住，在她腮边浅浅吻了一下。但他马上害怕地躲到一边，心里痛骂自己为何如此下流？还担心会不会惹得老师勃然大怒。没想到慕容老师并未生气，点了点他的鼻子，微笑道："小坏蛋！"

随后，她就让秋收回家去了，反正在雨棚里也淋不到，她也不再需要雨伞，下了车就是她家门口。他独自撑着伞回小超市去了，却不承想第二天的早上，听说慕容老师被人勒死在废弃工厂。

秋收偷偷哭了好久，他后悔当初没再多陪她片刻，如果一直等到她坐上公交车，恐怕也不会遭此不幸。

2010年的平安夜，秋收已不必抹去脸上的眼泪，因为，眼泪已跟雪水溶在一起了。

忽然，他的手中多了一条紫色丝巾，无比漂亮的来自伊朗的丝巾，他的Esfahan第四号。

他将丝巾缠住手腕，走入地道，旋开舱门，如同刽子手踏入刑场。

魔女区。

手电再度照亮五花大绑的盛世华——就是这张脸，这张恶鬼的脸，不但用丝巾勒死了秋收的妈妈，还用丝巾勒死了十年前的慕容老师，勒死了几周之前的钱灵。

今天，平安夜，秋收要替妈妈复仇，要替慕容老师复仇，甚至也要替他最不喜欢的钱灵复仇——只要清除了这只恶鬼，人间才可以真正得到平安。

盛世华重新睁开眼睛，虚弱地看着他的影子，看着这个影子绕到身后。

他感到一条冰冷光滑的丝绸，紧紧地缠住了自己的脖子——那是他最喜欢的一种丝巾，就像美梦里才有的饰物，必然属于世上最漂亮的女子。

这样迷人的紫色丝巾，可以夺去女人的性命，也可以夺去男人的性命。

在缠绕脖子的丝巾渐渐收紧前，盛世华拼命大叫起来："不，你不能杀我！"

"我是最有权利杀你的人！"

"秋收，你是最没有权利杀我的人！"他不是在为自己喊叫，而是在为秋收喊叫，"你可以杀世界上任何人……但是绝对……绝对不可以杀我……"

"你随便叫去吧！十年前，我被关在这里，叫了三天三夜救命，才有一个流浪汉打开了门，我不相信会再出现一个流浪汉。"

但盛世华宁愿现在就自杀，或被法院宣判死刑立即执行，也不愿被自己的亲生儿子勒死！

终于，他绝望地大喊出来："我是你爸爸！"

这句话凄厉地飘荡在地底的魔女区，像针刺入秋收的耳朵，让他拽紧丝巾的双手松开。

"你——你说什么？"

缠在脖子上的丝巾绞索松开，盛世华痛苦地咳嗽几声，泪水涌出浑浊的眼睛，悲怆地说："秋收，你是我的儿子！对不起！对不起！"

"你以为我是白痴？死到临头用这样的拙劣的伎俩？我的爸爸叫秋建设，他早就已经死了！他是为了我而死的！"

愤怒的秋收抬手抽了他一个耳光。

盛世华仿佛感觉到疼，颤抖着说："不，你妈妈没有机会告诉你这个秘密——十年前我也曾经到南明路的小超市来看你，只是你自己并不知道，因为我一直藏身在车窗背后。可是，八年前我却听说你已经自杀身亡了！"

"不，这不可能，你在骗我！在骗我！"

"好吧，不管你相不相信，秋收，让我把这个故事说完，然后你再杀我不迟！"

第二十九章

1995 年。

那年盛世华刚过四十岁，是一家国有商业集团的总经理，自己做老板还是后来国企股份改革的结果。他的妻子虽不再工作，却是支撑他事业的最重要的因素——自然因为手握重权的老丈人，保证了他的仕途一路畅通无阻：从八十年代一家小工厂的技术员，调到外贸公司做部门经理，直到现在这个令许多人羡慕的位置，还有被提拔为更高级别官员的可能。

那年春天，单位司机载他去郊外办事，经过荒凉偏僻的南明路，看到路边有个小杂货店。那时盛世华的烟瘾很大，刚好身上的香烟抽完了，便让司机停车去买包烟。杂货店的门敞开着，司机进去买烟时，盛世华透过车窗，恰巧看到了女店主的脸。

刹那间，眼前的画面被定格，那张脸深深映入心底——仿佛时空错乱，回到十四年前，那个山高路远的小县城，第一次与她相逢的时刻。

还记得 1981 年那个遥远的清晨，西北的春风并不似杨柳拂面，而是吹来漫山遍野的黄沙。有个年轻女孩裹着一条紫色丝巾，艰难地穿过县办工厂的门口。忽然又一阵狂风袭来，女孩裹得严严实实的丝巾，竟然整个被吹到了天上。在充满黄色沙粒的空气中，丝巾如同一条紫色的彩带，更像一幅荒芜中艳丽的油画。

二十六岁的盛世华，用毛巾包着自己整个脑袋，像个阿拉伯人只露出一双眼睛，痴痴地盯着那条飘扬在天上的紫色丝巾，接着才是那个慌乱地跳着想要抓回丝巾的女孩。最后，丝巾挂到了一棵人槐树上。女孩抱着树干爬不上去，狂风吹乱了她的头发，街上半个人影都没有。突然，眼前出现了一个蒙面男子，身手敏捷地爬上了大槐树上，轻松地摘下了那条紫色丝巾，将它送回到几乎要哭出来的女孩手里。这时，他才看清了女孩的脸，一张沙尘暴肆虐也无法掩盖的脸。已在此插队落户多年的他才相信——最严酷的沙漠里，才能开出最迷人的花。

狂暴的风沙让人张不开嘴，她感激地连连点头。这条丝巾虽然质量一般，却是那年头极度珍贵的上海货。这是她爸爸在省城做了两年建筑工攒下来买给独生闺女的生日礼物，当地妇女裹头的通常是土布或毛线织的围巾，从没见过这种颜色和材质的东西，倒也配得上这张天生丽质的脸蛋。当她重新系上这条本该出嫁时才系的丝巾，他却摘下包裹整个脑袋的毛巾，露出一张戏文里才有的英俊的脸庞。

他先是爱上了这条紫色丝巾，然后爱上了这个十九岁的女孩。

然后，他离开了她。

然后，他差不多遗忘了她。

然后，他重新记起了她。

不，不可能啊，她怎会在这里？怎会如此年轻？时光像在她的脸上凝固，而他却已步入中年……

司机带着烟回到车里，盛世华却自己打开车门下来，缓缓来到女店主面前。

她也看到了他。

她眼前的画面也被定格，时光流逝了十四年，仍然牢牢记着他的脸，时常在梦中见到这张脸——因为她的一生，也只爱过一个人。

盛世华与许碧真就这样重逢了，重逢得如此平凡如此市井，就连一点点传奇与戏剧色彩都没有。

她哭了。

她等待这一天已经十四年了。在她来到上海的这些年来，也一直期待这么一天，能在某个街头邂逅她爱过的男人，邂逅她儿子的亲生父亲。

就在重逢的这天夜里，她和他在郊外的宾馆度过了一夜。

虽然当年是盛世华对许碧真始乱终弃，但她一直对负心郎痴心不改。他也明白十四年前是自己太无情，便竭尽全力弥补过错。他利用自己的权力与社会关系，替她摆平了许多烦恼，比如工商税务卫生的检查和纠缠，比如当地小混混儿的骚扰。他想让她单独搬到市区金屋藏娇，但她不愿放弃小店，经营了那么多年，倾注了太多心血。他们总是在郊区的高级宾馆幽会，尽量避免在南明路附近，他不想让别人特别是他的妻子知道。

他发现她与十四年前相比几乎没有变化，竟比当年的少女更有成熟的风韵，他无法克制对她的欲望，就像她也无法克制对他的爱。

盛世华送过她许多礼物，因为他的公司兼营进出口贸易，大多是从国外进口的奢侈品，包括意大利的顶级靴子、法国的高级内衣、日本的护肤品，都是那时的女人们闻所未闻的。她最喜欢的一件礼物，是来自伊朗伊斯法罕的紫色丝巾——乍一看就像十四年前他们第一次相逢时她系的那条丝巾，当然质量和款式完全是天壤之别。许多年前上海产的那条丝巾，仍然压在老家的箱子底下。而这条进口的顶级丝巾，仿佛让她重回了少女时代，每次与情郎见面都会系在脖子上，偶尔也会在小杂货店里系。

几个月后，许碧真告诉他一个秘密——他们有一个儿子。

这个消息并没有让盛世华开心，反而让他坐卧难安，乃至难以置信！

于是，她拿出儿子的照片，终于使他彻底崩溃。

照片里的乡下少年秋收，几乎与盛世华少年时候长得完全一样，甚至比他和妻子生的儿子盛赞更像他！

更让他绝望的是，许碧真提出了和他结婚的要求。她说自己从没爱过丈夫，只是为了儿子才委曲求全，她会尽快回老家和丈夫离婚，带着儿子来到上海。她期望盛世华也尽快离婚，这样他们一家三口就可以团聚了。

对于这样的要求，盛世华却是连想都没有想过——不可能！绝对不可能！她在做梦！

她虽然漂亮迷人还替他生了一个儿子，但毕竟只是一个乡下女人！毕竟只是一个外地来沪开杂货店的下等人！她怎会提得出这种非分的要求？

盛世华开始含含糊糊，后来明确拒绝了她的要求，他说一定会保证她过上富裕的生活，也可以把秋收接到上海来，但绝不可能和现在的妻子离婚。

然而，许碧真已铁了心要和他长相厮守，每次见面都提出这个要求，不断打他的电话和呼机，还在他的公司门口等他的专车出来——这让他极度恐惧，最怕的就是，万一被妻子知道……他的前途就会彻底毁灭！如果失去妻子，如果让她知道十四年前的秘密，如果得罪了那位无所不能的老丈人，他将变得一无所有，甚至可能死得很惨！如此又能拿什么来给许碧真和秋收带来幸福呢？

犹豫、踌躇、惊悸了几个星期，他决定要彻底结束这场噩梦。

那个夏天的雨夜，他独自坐公交车来到南明路，站在杂货店的卷帘门外，却想起了十四年前——1981年，那也是个夏天的雨夜，黄色泥土在暗夜里被冲刷成无数条小溪，最终汇入黄河东流大海。二十六岁的盛世华，十九岁的许碧真，躲在县工厂后面的土窑洞里。从没人注意过这个地方，这里也成了他们的伊甸园，许多个夜晚的如胶似漆，许多个凌晨的指天发誓。虽是西北的小县城，却已悄悄流行起了邓丽君，每次两个人来此欢愉，还不到二十岁的她，都会学唱那首《小城故事》。那晚，她幸福地在他怀里睡着了，而他无限留恋地看着她的脸，看着她诱人的身体，完全不像这大西北的女人，白得像条东海里刮了鳞的鱼，又像一只出没在黑夜屋顶上的猫。然而，她于他而言，也就只是一条鱼，或者一只猫，需要时可以把玩，不需要时也可以丢弃。一天前，他拿到了返城的通知，他知道那是已经官复原职的岳父发挥的作用，否则已错过第一批返城机会的他，恐怕将要留在这里一辈子。他轻吻了一下熟睡中的许碧真，他想这是他们最后一次温存了。他轻轻地将她放在那堆干草上，迅速穿上衣服离开窑洞，连行李都没有回去拿，更没惊动任何一个人，顶着满地泥腥味的疾风骤雨，永远离开了这个小县城。

他没有流一滴眼泪。

他却不知道，他虽然走了，他的一部分，却已留在她的身体里，留在这片黄色的土地上。

1995 年，8 月 6 日，23 点 19 分。

南明路。

盛世华敲响了杂货店的卷帘门，许碧真颇感意外地打开门，又特地披上那条紫色丝巾，还准备在他最没防备的时候，突然给他一个惊喜——他们的儿子就在这里！

可惜，她还没来得及说出这个惊喜，盛世华就从背后用丝巾缠住了她的脖子。

他从背后勒死了她。

只是，他并不知道在画报上多了两个洞眼，一双眼睛清楚地看到了他的脸。

他并不知道，在这个瞬间，他已变成了一只恶鬼……

第三十章

盛世华和许碧真的故事，讲完了。

秋收用手电照着他的脸，希望这一切全是幻觉。

可惜，这个幻觉是那么真实，那么无懈可击，那么让人无奈。

眼前这个五十五岁的长者，这个有着与他相似容貌的男人，这个记忆中永不磨灭的恶鬼——竟然是自己的亲生父亲！他深深爱着的思念着的妈妈，居然跟这个男人一同赋予了自己生命？可是，为寻找自己而被撞死的父亲，在地下又该做何感想呢？秋收已经无路可退。

"你——配做我的父亲吗？"

盛世华无力地垂下头来："不，我不配。"

"从我出生的时候起，你有没有关心过我哪怕一天？"

"不，我没有。"

"你亲手杀死了我的妈妈，就等于毁了我的明天！"

"是，我不祈求你的原谅，我只祈求不要由你来杀死我——"盛世华像个真正的父亲那样说，"不是为了我自己，而是为了你——秋收，你是我的亲生儿子，请你不要成为杀人犯，更不要成为杀死自己父亲的人。"

秋收坦然回答："我的生命，不过是无足轻重的一片羽毛，十八岁那年就已经死了，现在只是个幽灵，幽灵何惧一死？"

盛世华也不再说话了，他安静地看着儿子的影子，看着那道直射自己双目的电光。

突然，舱门打开了。

秋收立即警觉地跳到盛世华身后，魔女区里亮起数道手电光，照亮了被绑着的盛世华，也照亮了几身黑色警服。第一个冲进来的警察正是老王，时隔十五年后，他再次看到了那个身世悲惨的少年，却不再是那个单薄瘦弱的秋收，而是一个早就在法律上死亡的幽灵。

老王举起手枪对准了秋收。

而秋收开始收紧缠绕在盛世华脖子上的丝巾，就好像十五年前的大雨之夜，盛世华对他的妈妈做过的那样。

然而，面对警察的枪口，他不是在杀人，而是在自杀。

"不！"

发出尖叫的却是田小麦。

秋收苦笑着避开她的眼睛，他知道警察是她带来的。

她想要扑到秋收的跟前，却被两个警察死死拦住，魔女区里响起她的呼号："对不起！秋收！但我必须这么做！你不能做那种事！快点把手放下来！"

一小时前，是她给警方打了电话，说盛世华最有可能被关押在这个地方。

除了魔女区以外，秋收又有什么地方可去？除了魔女区以外，又有什么地方最能触动他的痛苦？

"我不恨你！"

秋收也大喊着回应，手中的丝巾却越收越紧，同时能听到盛世华越发虚弱的呻吟。

"你还认得我吗？秋收，立即松开丝巾！"警官老王大声警告道，"不然我就开枪了！"

"我认得你！可你不认得我手里的这个人。"秋收低头看着盛世华，"他才是杀人凶手！他就是1995年南明路杂货店凶杀案的恶鬼！也是他在2000年杀死了慕容老师！钱灵也是被他杀死的！"

他的声音响彻黑暗的地底，也让在场的每个人大吃一惊。

看到盛世华几乎被丝巾勒得翻起了白眼，田小麦心急如焚地大喊："秋收！你不能杀他，因为他是你的——"

她还没说出"爸爸"两个字，耳边却响起一记清脆的枪声。

第三十一章

"不！"

这个字是在她的心里头喊的。

警官老王射出了一发子弹。

他距离秋收约二十米，如果冲到秋收跟前，最快也要五秒钟，很可能盛世华已经断气了。

子弹准确地打中了秋收。

鲜血喷溅到魔女区的空气深处。

也喷溅到盛世华的脸上，这不是他的血，但这也是他的血。

秋收，就像被人重重地打了一拳，摔倒在冰冷的水泥地上。

几个警察飞快地扑上来，而他没有丝毫的反抗。就像十年前被锁在地下的黑暗空间里，被流浪汉救起的那一刻，他早已化作了对生存毫无期待的幽灵。

田小麦几乎晕倒在魔女区的地上。

警官老王收起了手枪，紧紧地扶着浑身瘫软的小麦。

还有两个警察，迅速松开盛世华脖子上的丝巾，又替他松开身上的绳索，将命悬一线的他往外抬出去。

出人意料的是，盛世华在剧烈咳嗽了几下后，竟还有力气说话："为什么要开枪？为什么不把我打死？他……还活着吗？"

警官老王靠近了他，在他耳边说了几个字。

盛世华脸上还残留着秋收的血，坦白道："是我……是我杀了……许碧真……在 1995 年……夏天……"

老王摇摇头说："我们是来救你的，没想到你自己说了出来，这算是自首吗？"

地下室里又多出了两个人——盛太太和盛赞，他们焦急地冲到盛世华身边，心疼地协助警察把他抬到外面。

然而，盛世华无视妻儿的出现，回头对警察说："等……等一等……我承认……我杀过许碧真……但……我没有……我没有杀过慕容老师……也没有……也没有杀过钱灵……"

第三十二章

平安夜。

大雪纷飞的平安夜。

对于田小麦、秋收、盛世华、盛太太和盛赞来说，这个雪夜并不平安。

魔女区的舱门外，白雪覆盖的凄凉废墟前，狭窄的道路里停着数辆警车。作为十五年前凶杀案的犯罪嫌疑人，盛世华被送进一辆警车，并且禁止家属陪同。这辆警车率先离开，闪着警灯前往市区最好的一家医院，在接受治疗和恢复之后，他才会被送往看守所。

至于秋收，他还活着。

虽然在魔女区的地底，只有警方的手电光照明，但是老王的枪法异常了得，子弹准确地击中了秋收的左臂。

他没有生命危险，还可以自己走路，只是鲜血浸透了半边衣服。警察给他做了简单的伤口处理，也没有给他戴上手铐，押上了警车。他也将被送往同一家医院。

秋收忍着左臂枪伤的疼痛，隔着一窗模糊的雪水，看着泪流满面的田小麦。

雪水打湿了她的头发，她也隔着雪和玻璃看着他，看着他复杂的悲伤的眼神。

突然，小麦不顾一切地推开警官老王，冲向正在发动的警车，拍着铁栏杆和车窗玻璃，向秋收大声喊道："我发誓！五十年后，我依然会这么爱你！"

这是《101次求婚》的男主角对女主角说过的话。

秋收把脸紧贴上冰冷的车窗，张开嘴不知说了什么，又被警察按到座位上。

警官老王赶紧将她拽回来，警车无情地甩开田小麦，经过白雪覆盖的小路，消失在平安夜的黄昏。

老王的大手就像一把铁钳，任由她怎样挣扎都无法动弹——于是，脑中浮起十八岁的初夏，当她要逃出学校去找秋收，在校门口被老师们拦住的瞬间。

她再也看不到秋收了？

十年，漫长的轮回，又回到了起点？

第三十三章

"我发誓！五十年后，我依然会这么爱你！"

魔女区的平安夜。

押送秋收的警车，早已消失在远方，田小麦对他说的那句话，已被所有人听到——包括她的未婚夫。

"田小麦！你！你！你怎么可以？"

盛赞不敢相信，自己的未婚妻居然会对绑架他父亲的罪犯说出这样的话！他绝望地坐倒在雪地中——父亲承认自己是杀人犯，未婚妻居然爱上了罪犯，这个平安夜无异于世界末日。

遭逢如此家变，盛太太也不住地颤抖着，但还能保有几分矜持，将儿子从雪地中拉起来，严厉教训："勿要没出息！"

警车依次开走，还剩下一辆奥迪A8，本来是准备接盛世华回家的。

还是盛太太率先打破僵局，这个坚强的女人说："我们去医院吧。"

已近崩溃的盛赞，被司机扶进副驾驶座。盛太太颇有风度地说："小麦，我们一起回市区吧？我要去医院看我的先生。"

田小麦原以为盛赞母子会抛下她离去，她抹去眼泪，犹豫了一下："好的，我也去看看盛先生。"

当然，她还想要去医院看秋收。而她想要看到盛世华，并不代表对他有丝毫同情——她只想揭开最后那个谜底。

坐在温暖的车里，盛太太没有责怪小麦，反而客气地说："小麦，谢谢你告诉警方这个地方，也谢谢你及时通知了我们，否则我的先生就危险了。"

"这是我应该做的。"

小麦已恢复了冷静，盛赞却回过头来失态地大喊："田小麦！你为什么要对那个罪犯说那些莫名其妙的话？"

"对不起，我早就应该告诉你了。"小麦把头转向了窗外，"可是，那么多年来，那么多事情，都已经被时间谋杀了——直到最近，我才慢慢想起来。"

这个回答并不能让盛赞满意，他刚想要继续发作，发现身边多了一样东西，竟是一枚闪光的卡地亚钻戒。

这枚价值数万美元的钻戒，已在小麦的包里放了好几天，今天终于还给了盛赞。

"儿子，把它收回去吧。"盛太太平静地说了一声，转头对小麦说，"我不会怪你的。"

"谢谢！"

田小麦感激地点了点头，又从包里拿出一条白金手链——这是婆婆给未来儿媳的见面礼，同样归还到了盛赞妈妈的手中。

盛太太一声不吭地接过手链，车厢里充满她身上的香水味，暂时掩盖了她儿子的狂躁。这个下雪的平安夜，盛赞已失去了一切，只剩下一枚无声的钻戒，颤抖着放回到自己怀中。

傍晚，几乎每条市区道路都在塞车，奥迪A8艰难地驶过积雪的街道。路边到处是圣诞节的广告和画面，不时看到浪漫的男女情侣走过。

小麦用力地深呼吸，胸膛剧烈起伏，默默问自己：剩余的谜底会在今晚揭晓吗？

第三十四章

医院。

窗外，仍然是平安夜的大雪。

盛赞母子去了十九楼的特需病房，盛世华正在那里接受医生检查。

田小麦去了十八楼的手术室，秋收正在做外科手术，医生要取出射入他左臂的子弹。

警官老王在手术室门口阻拦住了小麦，严厉地说："丫头，别傻了！他是个罪犯！"

"我爱他！"

她如此斩钉截铁地回答，却触动了老王的某根神经，叹息道："十五年前，记得有一个晚上，你爸爸为了查清丝巾的来历，专程去浙江出差。那时，妈妈被杀害不久的秋收，就住在你们家里，他担心让你们两个孩子单独相处会出问题，就派我到你家里去过夜。我就和秋收睡在同一个房间里，但我无论如何都想不到，后来会发生那么不可思议的事。"

"别说你想不到，我也想不到，他也想不到，任何人都想不到！"她若有所思地闭起眼睛，"但是，如果让我们重来一次，还会是相同的结果！"

老王忽然说了一句真心话："今晚，再回想起十五年前那个晚上，抛开你们不同的出身，单纯地看那一个少年和你这一个少女——你们啊……命……我总算是相信命了……"

命？

命运？

她没有时间再多想了，赶快重新回到现实："老王，我什么时候能见到他？"

"至少今晚不能。"

"他还好吗？不会有事吧？"

"要看手术的情况，但我感觉他的伤不重，胳膊应该不会残废。不过，我担心他会自杀，警方会二十四小时看着他——你明白吗？他本想勒死盛世华，说明他早已一心求死！"

"不要啊！"

小麦在心底默默祈祷：秋收，你可以死于任何人之手，但你不要死于你自己之手！

"好吧，我答应你，我会看紧他的，就像十五年前，你爸爸为他做过的一样。"

"谢谢！"她是真心地感激老王，还感激他的枪法准确，没有一枪就要了秋收的性命，"我还能问你一个问题吗？"

趁着四下无人，老王轻声道："说吧。"

"盛世华最后说的是真的吗？杀害慕容老师与钱灵的凶手是其他人？"

老王开始有些为难，但还是点了点头："小麦，还是看在你爸爸的面子上！1995年、2000年、2010年的丝巾谋杀案现场，警方都提取到了凶手的指纹，我可以明确告诉你——杀死慕容老师和杀死钱灵的凶手是同一个人，但绝不是在1995年杀死许碧真的那个人！"

田小麦转头看着窗外，看着黑夜灯光下的飞雪，才明白确实有两只恶鬼：一只在1995年杀死了秋收的妈妈，另一只分别在2000年和2010年杀死了慕容老师和钱灵！

第三十五章

一分钟后。

同一所医院，十九楼。

这是一间特需病房，十五年前的杀人嫌疑犯——盛世华正躺在病床上，还没从昏迷中醒来。护士刚给他输了液，为他清理了身上的污秽之物，换上一套全新的病号服。盛赞自己就是医生，他和这里的值班医生共同为父亲做了检查。盛世华看起来并无生命危险，只是连续几天没有活动，但之间有过喝水和进食，输液调理之后很快就能恢复。

警官老王陪伴着小麦，一同来到这间病房里。

这时，盛世华正好醒过来，睁开眼睛看到妻子和儿子，淡淡地说了一句："对不起。"

当年的这只恶鬼，转头看到了警官老王，却急促地问："他……他……怎么样了他……"

"正在手术室里。"

老王知道盛世华问的"他"是谁。

盛赞却不明白那个"他"是谁，只是厌恶地瞪了警官一眼，趴在父亲身边说："爸爸，你从来没有杀过任何人，你是无辜的！一切都是那个绑架犯干的，那个畜生才是杀人犯！"

"不，赞赞，他只是一个受害者。"盛世华转头看到小麦，露出古怪的微笑，"而且，我要告诉你们，那个人也是我的儿子！"

"你的脑子受刺激了？爸爸，你需要休息，什么也不要再说了！"

"盛赞，他是你弟弟，同父异母的弟弟，他的名字叫秋收。请不要恨他，一切罪恶都是我造成的。"

"不！我不信！你在骗我！"

"冷静！"

盛太太打断了儿子的疯癫。结婚已将近三十年，她才知道这个秘密——老公居然还有一个儿子。

"盛先生，既然你已承认在 1995 年杀害许碧真，为何否认 2000 年和最近的两桩凶杀案？"

警官老王仍然记得十五年前，第一次见到慕容老师时，她给他留下的深刻印象。

手上还插着输液的管子，盛世华没力气再解释当年的孽缘，只拣最要紧的说："1999 年，盛赞还在南明高级中学读高三，因为我去参加家长会，认识了教语文的慕容老师。她是个很有魅力的女人，懂得诱惑我这样的男人。我很快就和慕容老师发生了关系，秘密维持了一年多的时间，直到她被人杀死——我不知道是谁干的，只听说她是被丝巾勒死的，那条丝巾正是我几个月前送给她的礼物。"

盛赞目瞪口呆地看着父亲，曾经伟岸的形象彻底崩塌，父亲竟已变作另一个陌生人。

"对不起，我的儿子！"盛世华看着妻子的眼睛，"老婆，你最清楚了，我从来都不是一个好男人，只觉得好累，那么多年把自己伪装成一个好男人、好丈夫、好父亲。一年多以前，我去日本出差，同行的有我的下属钱灵。那次日本之行，使我迷恋上了这个女人，她也主动投入我怀中。后来，她提出跟盛赞分手，我们继续保持秘密关系。我怕被公司里其他人看到，所以每次与钱灵幽会，都不用司机开车，自己坐出租车代步，戴上墨镜、帽子还有口罩，我相信没人能看清我的脸。"

盛太太退到小麦身边，一言不发，似无情的冰山，再也不会为丈夫而融化。她的儿子像被雷劈过。父亲是杀人犯？还抢走了儿子的前女友？更没想到未婚妻田小麦竟会爱上一个卑贱的绑架犯，而这个绑架犯恰是自己同父异母的弟弟！

"三周前，我第一次在恒隆广场看到小麦，看到她脖子上的紫色丝巾——就是我当年送给许碧真和慕容老师的那种丝巾，因为伊朗货源中断，这些年再没看到过。"他艰难地转头看着田小麦，"对不起，从前我反对盛赞与你结婚，因为我是个隐藏的杀人犯，我担心儿子娶一个警察的女儿，会引狼入室，令我寝食难安。此外，我还觉得我们家身世显赫，应该与官场上的人家联姻。然而，那天我被你脖子上的丝巾迷住了，就立即改变了想法——看到系着那款 Esfahan 丝巾的你，刹那间我想起了十五年前的许碧真，还有十年前的慕容老师，仿佛你就是她们的化身，我对你产生了无法抗拒的亲切感。我希望你成为我的儿媳妇，希望我每天都能看到系着丝巾的你。"

听到这里，小麦已有了答案：盛世华是个隐藏的丝巾控，外表道貌岸然，内心却变态至极。他尤其狂热地迷恋那款紫色的 Esfahan 丝巾，更热衷于让自己喜欢的女人在他面前系上 Esfahan 丝巾——即便他明白这款丝巾是他杀人的重要证据。

她用眼角余光看了看盛太太，恐怕一般女人早就失心疯了吧，她却只是冷冰冰地看着自己的丈夫，看着他隐藏了那么多年的邪恶欲望显露无遗，这便是"哀莫大于心死"。

病床上的盛世华干咳了几下说："小麦说她的丝巾是在淘宝上买到的。当晚，我回家上淘宝搜索了这种丝巾，发现了'魔女区'。但我不敢让人知道是我买的，便让我的司机出面，找了一个社会青年，让他以假名与店主联络，选在一个烂尾楼交易。然后，他把丝巾送到了我家——我以为天衣无缝没人知道。那天，我去北京出差，临行前与钱灵吃了顿晚餐。我把丝巾送给了钱灵，而她对这条丝巾有些恐惧，不敢系上，只是收到包里带走。第二天，我却听说她死了！"

谜底更清晰了——在钱灵死前那一晚，她从盛世华手里接过丝巾，却在内心感到了恐惧。也许，她早已在"魔女区"网店里看到过这款丝巾，但因害怕而不敢买。当这条丝巾无比真实地躺在手中，她再度想起了慕容老师，想起十年前那致命的清晨，缠绕在死去的慕容老师脖子上的紫色丝巾，这让钱灵整晚都无法入眠，进而想起高三那年所有的往事——包括她冒充田小麦的笔迹，将秋收锁在地下，误以为杀死了他，从此毁掉了小麦的一生。

钱灵必然感到深深的忏悔。

甚至，这条丝巾还让她怀疑起了盛世华，怀疑他为何要把丝巾送给自己，难道他也与十年前的慕容老师的死有关？然而，这些秘密她只能对小麦倾诉，因此才会凌晨打来那个电话，还发短信说要把秘密从坟墓里挖出来！

盛世华要是知道慕容老师和钱灵都曾经目睹过那款丝巾，恐怕也没有胆量把丝巾送给她们。可惜，十年前的慕容老师完全被那款丝巾迷住了，根本没怀疑过盛世华。

盛赞突然再度爆发："爸爸，我为你感到羞耻！"

"对不起……儿子……但我没杀……钱灵……"盛世华说了那么多话，似乎把力气全都用完了，"因为……那晚……与钱灵分别后……我立即赶去了虹桥机场……准点坐上九点半……前往北京的飞机……这个……机场和航空公司……"

最后几句话，他已经没有了力气，转头看着警官老王，似乎已得到了警方的证明。

"那么，凶手又是谁？"

田小麦看着病房的窗外，看着平安夜里的漫天雪花，让这座城市变得像个童话，罪恶的童话……

第三十六章

寂静无声的特需病房，盛世华虚弱地闭上眼睛，可能再度昏睡了过去。没有人再敢说话吵醒他，大家也不知道还能再说什么好，气氛异常沉闷而尴尬。

即便涵养一流的盛太太，也无法坐下去了，她低头走出病房，大概是想一个人独处。

这个年过五旬的美丽优雅的女人，终于露出衰老的疲态，独自坐进医院电梯，走出略显清冷的大楼，来到雪花飞舞的夜空下。

远处的高架灯光闪耀，马路对面的餐厅生意正好，街边有年轻男女们走过，还有叫卖十块钱一枝玫瑰的小女孩。

盛太太在雪地里走了几步，回头看着身后的足迹，也看到了另一个女人的身影——那个女人比她年轻二十多岁，悄悄跟在她的身后，面无表情地看着她的眼睛。

"小麦，你怎么下来了？"

她皱起眉头后退一小步，田小麦却往前靠近她一小步。

两个女人面对着面，小麦在风雪中用力深呼吸着，近到彼此能感觉到对方呵出的热气。

她嗅到了死神的气味。

终于，田小麦轻轻点了点头，确认了所有的判断。

"伯母，我已经知道了——是谁杀死了慕容老师和钱灵！"

"谁？"

盛太太的这声"谁"问得异常平静，似乎她也猜了出来。

"就在我面前。"

小麦说完这句话，发现盛太太的目光闪烁了一下："我？"

"是。"

"小麦，请你别开这种玩笑！"

盛太太的表情异常严肃，这时盛赞也来到雪地中，他狂怒地大吼道："小麦，你发疯了？你是不是和我们家有仇？"

田小麦已把盛赞当作空气了，继续说："伯母，您把自己隐藏得非常好，只是有一点您永远没办法隐藏干净——那就是您身上的气味！"

"香水？"

"是。"小麦再次深深吸了一口气，"当我坐在你们的车里，坐您的身边，闻着普罗旺斯薰衣草香水，却想起十年前——是我最早发现慕容老师的尸体，我闻到她的丝巾上也有相似的气味。"

"这又能说明什么？"

"虽然相隔十年，但只要我恢复了记忆，就不可能遗忘那气味。发现慕容老师的清晨，是我最深刻的记忆。十年后，钱灵死去的那天，我再次从绕着她脖子的丝巾上，闻到了同样特别的气味。虽然这时我已闻到过您身上的香水味，却完全没意识到竟是丝巾上的气味。那天，跟你们全家去度假村的路上，您向我展示了心爱的香水，告诉我那是各种珍贵香料混杂的普罗旺斯格拉斯城的薰衣草香水——却隐隐触动了我的记忆。当时，我才会想起聚斯金德的《香水》——您也许忽略了这本书的副书名：一个谋杀犯的故事！"

盛太太镇定自若，眼神没有任何变化："是的，我身上的香水很特别，而且也确实用了十几年，是世界上独一无二的气味。"

"没错，就是这种气味，独一无二，永不磨灭！这种气味的记忆，将永远藏在人的鼻子和大脑里——伯母，您自然也明白这一点。您肯定会在作案前，仔细清除掉身上的香水味。然而，如果一个人长年累月使用同一种香水，这种气味会渗透到皮肤里，无论如何都不可能彻底清除干净！而您因为习惯这种气味，所以并不会感觉到这一点。"

这句话倒让盛太太哑口无言，但她摇了摇头："这证明不了什么。"

雪粒积满小麦的头发，又慢慢落下来，她从容不迫地说："香水碰上丝巾这种东西，最容易保留气味，哪怕只有一点点味道。当凶手站在慕容老师与钱灵背后，用丝巾将她们勒死，被害人脖子上的丝巾，以及头发和衣服，一定会剧烈摩擦到凶手的头发、脖子还有胸口——假如凶手是个长头发的女人。而头发、脖子和胸口，又是女人身上保留香水气味最多的地方！"

盛太太下意识地摸了摸自己乌黑的长发，轻描淡写地回答："嗯，好像有点道理。"

"就像十年前，慕容老师死后的那个清晨，经过一夜雨水的冲刷，我仍能闻到丝巾上残留的香味。是的，那两条杀人的丝巾，丝巾在说话，丝巾说您就是凶手！"

秋收是通过眼睛辨认出了第一个凶手，小麦却是通过鼻子抓到了第二个凶手。

"胡说！"这回轮到盛赞跳出来了，"你知道要把一个人掐死，需要多大的臂力吗？像我妈妈这样年纪的女人，怎么可能做到呢？"

"对不起，你知道 Esfahan 丝巾的柔韧性有多好吗？这种天然蚕丝的顶级丝巾是最佳的绞杀工具！何况，上个周末在度假村，盛太太您还说过，您年轻时候是知识青年，在西北农村插队落户，经常像男人一样下地干农活，胳膊变得极有力量。您现在身材保持得那么好，无疑是常年坚持锻炼的结果，我相信您的臂力绝不会小！再加上一条合适的丝巾，足够在对方毫无防备之下，杀死一个女人！"

"够了！"盛太太摇摇头说，"小麦，你说来说去还是气味！气味——算是证据吗？"

"当然不算，就算让我出庭做证，也无法证明我的嗅觉是准确的。其实，我也无法通过气味来确定伯母就是凶手。当我把您身上的普罗旺斯薰衣草香水味与慕容老师跟钱灵遇害时丝巾里的气味联系起来，依然不敢怀疑到您——在我的眼里，伯母您是那么高贵善良，怎么可能是一个谋杀犯？而且，您也丝毫没有杀人动机。难道是报复钱灵甩掉了你的儿子？难道是当年慕容老师教过您儿子语文就起了杀机？实在想不到一个合理的杀人理由！但刚才在病房，您的丈夫坦白了与慕容老师还有钱灵的私情后，您的杀人动机终于圆满地符合逻辑了。其实，盛先生在为自己澄清的时候，我悄悄注意到了伯母您——你们的眼神有交流，他知道您就是凶手，只是不愿当场说出来罢了。"

一粒雪落到盛太太的眼里，她的嘴唇有些发紫："眼神？算是证据吗？"

"当然不算！不过，伯母，您有像盛先生一样的不在现场证明吗？"

"没有。"

"还是不要绕圈子吧！"小麦说出了一个最简单的方法，"警方已证实过了，他们提取到了 1995 年、2000 年、2010 年三桩命案的凶手指纹，只要与伯母您的指纹比对一下，就能证明您是不是清白了！"

说到这里，盛太太的脸色已经变了，她脸色苍白地注视着小麦的眼睛，直到她低下头来。

"好吧，我承认！"

这句平静的回答，让盛赞跳了起来："不！妈妈！不是这样的！"

盛太太严厉地对儿子说："你别插嘴！"

灯光下呼啸的风雪，并未模糊小麦的视线，她却似乎看到了慕容老师和钱灵，看到她们挣扎在丝巾的绞索内。

"谢谢！"小麦柔声说。

"其实，1995年，我已发现丈夫不忠的秘密。只是我一直深爱这个男人，我不希望因为别的女人，而与我的丈夫分开，并让我的儿子受到伤害。我只是在等待，等待我的丈夫处理好他的问题。后来，我听说那个女人被杀死了，我知道肯定是我的丈夫所为，凶器就是条紫色丝巾。我不会告发他，我就当什么都没发生过，只要继续好好过日子。"

盛赞真想找个地洞钻下去："妈妈，这都是真的？"

"是。"盛太太抚摸儿子苍白的脸，"2000年，我发现你爸爸无法克服男人的弱点，勾搭上了那个姓慕容的女老师。我像从前一样，等待他处理好自己的问题，但一直等不到他真正的行动。我决定代替他完成——那个大雨的夜晚，我悄悄等在南明路的公交车站附近，我看到那个女人也系着紫色丝巾，还有个少年陪伴在身边。等到那少年离开，车站那儿只剩下女老师一个人。趁着四下无人的雨夜，我无声无息地来到她背后，抓住丝巾用尽全力把她勒死。我担心在车站会很快被发现，就拖到附近的废弃工厂。"

田小麦的目光变得犀利与冷酷："可惜，大雨并未洗去丝巾沾染的你的气味。"

"钱灵也是被我杀死的！半年前，我发现了我的丈夫和她的私情。他已经五十五岁了，却还像年轻时一样。我给了他改正错误的机会，但他同样迟迟没有动手，只能由我亲自出马了。那晚，我趁着丈夫去北京出差，凌晨三点来到钱灵的住所。钱灵给过他一把钥匙，但他平时不用，一直锁在他的保险箱里。我的丈夫并不知道，我早就破解了他的保险箱密码。保险箱里的钥匙自然落到我手里。没想到她那么晚还没睡觉，正好在卫生间里。我看到桌上有条紫色丝巾——与之前我看到你系的那条一模一样，再次看到这条丝巾，它像是对我施了咒一样，让我想起了杀人的老办法。那一刻，这也是让我最解恨的办法。我躲在房间的角落，等到钱灵毫无防备地出来，就用丝巾从背后缠住她的脖子，好不容易才把她勒死！我到底是老了啊。"

"你再次留下了香水的气味。"

"我已经非常小心了，提前两天没用香水，特意换上一套新衣服，却还是留下了气味。"盛太太真是不动声色，到现在连一丝后悔的表情都没有，"杀死钱灵以后，我拿走了她的手机，为销毁她与我丈夫交往的证据。我看过她手机里的短信——但我不知道你是第一个发现慕容老师尸体的人，直到今晚，我也从没想到你竟然接触过那两条杀人的丝巾，更没想到你会把丝巾上残留的气味牢牢记住！

即便我对你的丝巾心怀芥蒂，却对你的鼻子毫无防备。"

小麦拼命压抑剧烈的心跳，以免对方发现自己的激动："所以，你毫不介意让我了解你的普罗旺斯格拉斯城的薰衣草香水，却阴差阳错地被我发现了杀人丝巾里气味的秘密！"

"对，我完全没有想到过这一点！我只是觉得我可以控制住局势，我不会惧怕一个没见过世面的年轻姑娘。最重要的是，我想既然盛赞这么喜欢你，还是不要出面公开反对你们，以免他恨我一辈子。"

盛太太说罢看了看儿子，盛赞追悔莫及地喊道："妈妈，我想从前爸爸说得没错——不要娶警察的女儿做媳妇！这个女人太可怕了！"

田小麦异常失望地看着这个男人，这种家族的智商和情商总是一代不如一代，他连他父亲的十分之一都不如，从前对盛赞的一往情深，恐怕只是所有女人共有的帅哥痴迷症吧。

她重新看着盛太太的眼睛，提出最后一个问题："你，真的想过要做我的婆婆？"

"其实——"盛太太苦笑着摇头，"小麦，我从来没有喜欢过你。"

"谢谢，伯母，您终于说出了真心话。"

"当你第一次系着那条紫色丝巾，突然出现在我面前，我就有了不祥的第六感。我对你所有的殷勤和喜欢都是假装出来的——我已经假装了那么多年了，没有什么是不可以装的！一切，都是为了我的丈夫和儿子。我发现这两个我最爱的男人，竟然那么喜欢你，迷恋你到不能自拔的地步，说实话我的心底非常……嫉妒。"

田小麦庆幸自己还能活到今晚："对，嫉妒心已经让你杀死了两个女人，说不定我差点儿成为第三个。"

"没错，你是在我的计划里——下个月的某一天，当你还没有成为我的儿媳妇，大家会发现你神秘地死去，脖子上依然缠着那条紫色的丝巾。这完全是你咎由自取，谁让你有那条丝巾？人们会联想到钱灵的死，认为是你们以前的关系惹上的麻烦。当然，也会有人怀疑盛赞，因为他与你们两个死去的女人都谈过恋爱，但我肯定会给他安排好不在现场的证明，而绝不会有人怀疑到我——只要你死了的话！"

盛太太平静地说完这些冷酷的话，仰头对着飞雪的夜空冷笑起来。

听着这不寒而栗的笑声，就连盛赞也头皮发麻地抓住她说："妈妈！你什么人都没有杀过！全是你自己幻想出来的，我要带你去做精神病鉴定！"

田小麦的表情却没有丝毫变化，一动不动地站在雪中，她刚让自己躲过一场劫难——要不是靠着记忆力惊人的鼻子，下个月她就会像许碧真、慕容老师、钱灵一样，被紫色丝巾无情地杀死，化作又一具美丽的尸体。

忽然，看着盛太太微笑的双眼，小麦感到一阵深深的恶心，有什么要从胃里翻腾出来。

转头看着外面的世界，路边广告牌上不断闪过"Merry Christmas"，还有赶着驯鹿的圣诞老人。

盛太太伸手接住几片雪花，看着雪花融化在手掌心。

"小麦，我会去见警察的。"

说罢，盛太太沿着来时的足迹，穿过医院大楼门口那片积雪。

盛赞也低头跟在母亲身边，耿耿于怀地回头看了小麦一眼。

田小麦依然一动不动地站在雪地里，痴痴地看着他们母子的背影，渐渐隐没在医院大楼里，警官老王正在等待他们。

一粒冰冷的雪落到唇上。

她从包里小心地取出一张字条，灯光下照亮一行潦草的字——

我心里难受你

这行来自十年前的文字，被埋入"坟墓"迟到了十年的字，渐渐被雪水打湿化开，就像一封出土的古代书信，一遇到空气就迅速化为乌有。六个平淡无常的简体汉字，也像六只蝴蝶张开翅膀飞舞起来，直到中间那两个字完全消失在雪夜深处。

没有了中间的"里"和"难"，只剩下"我心受你"。

我心　　受你

田小麦看懂了这句话的意思，合起来就是十八岁那年的夏天，有一个少年对自己写下的誓言——

我愛你

迟到了十年，还算不算晚呢？

又一滴眼泪，热热的眼泪，融化了纸上的雪粒，也融化了中间剩下的"心"和"受"。

终于，她高高地抬头仰望，穿过茫茫无边的黑夜，穿过平安夜的风雪，看着医院的第十八层楼，想象某扇窗户里是手术室，想象那个男人已安全苏醒。

他睁开眼睛，回到了十三岁。

被删除的结尾

2020 年。

我是秋收。

我说过我在写小说。

这是我的第一篇小说，也许还不是最后一篇。

世界上许多出色小说，都不过是作者的幻觉，而我写的这篇却是真实的幻觉。

2010 年，我以故意杀人未遂被判处有期徒刑十年。

十年，我在这座安静的监狱里，用了十个春夏秋冬，终于写完了这篇小说。

我在这里的编号是"1914"。

虽然我的左臂留下了一个红色的伤疤，但没有留下什么后遗症，我也没有再想过要自己结束生命。

面对铁窗的许多长夜，我会想起那个人，想起我的第一次的爱，也是最后一次的爱。

我曾经以为，只要有足够的勇气，就可以跨越我们之间的深沟。

可惜，那只是一个幻觉，真实的幻觉。

她恐怕早就嫁作人妇，生了孩子，做了妈妈——最好是一对儿女，都长得和她一样漂亮。她一定会是个好妻子，好母亲，好儿媳……

希望她彻底地遗忘我。

我放下笔，合上书稿，蜷缩在角落里，渐渐睡着了……

"1914！"

忽然，狱警在监房的铁窗外喊我的名字。

今天，是我刑满释放出狱的日子。

刑期是从被羁押那天开始算起，也就是从 2010 年的平安夜，到 2020 年的平安夜。我从狱警手里换上一套便服，感觉不穿囚服还有些难过。我背起挎包，走出层层把守的铁门，来到监狱外的空地。我伸开双手看着自由的天空，与监狱里的天空并没太大区别。

可惜，我没有看到那个人。

冰冷的雪粒，再次被北风席卷而来，无情地打在脸上。

当我穿过监狱大门外的田野，走向长途汽车站的时候，一辆汽车开到我的身边停下。

车窗迅速摇下来，露出一张略显陌生的脸，开车的男人大叫一声："喂！阿秋！"

我愣了一下，弯下腰仔细辨认他的脸。

"你不认识我了？我是古飞！"

原来是他啊，时间真是砸在脸上的板砖，原本干巴消瘦的他，居然成了一个过早发福的胖子，看来这十年来他过得还滋润。

我坐上了古飞的车。他热烈拥抱了我，还像当年跟着我混时那样，一不留神把眼泪鼻涕擦到我的衣领上。他把车开上高速公路，一路说着十年来的变化。他回东北老家以后，很快娶了媳妇生了孩子，经营着一家夫妻店——社区超市，名字居然还叫"魔女区"。

车子在高速上开了几个钟头，我早就不认得外面的路了，不知不觉在座位上睡着了。当我一觉醒来，发现车子已开进一座大城市，路边闪烁着圣诞老人的广告，那些景物既陌生又熟悉，直到确认这就是上海。

"带我来这里干吗？"

心底隐隐有些不安，想起十年前我被抓住的那天，同样风雪弥漫的平安夜，古飞却笑而不答。

黄昏时分，车子停在市中心的一条路边，他微笑着说："给你一份圣诞礼物！"

"什么？"

我一下子没明白过来，等到古飞将我从车里拖出来，才发觉这条路有些眼熟，尽管街边的商店都已改变，那栋大楼却还如十年前一样。

更令人惊奇的，是路边十几棵光秃秃的法国梧桐间，全由一根根绳子连接起来，系满成百上千条黄色丝带，就像树枝上开满黄色的花。平安夜的风雪呼啸而过，大楼门口的灯光一下子打开，黄色的丝带与白色的雪，构成一幅绚烂的画面，也如同一场真实的幻觉。

我看到了她。

我认出了她。

她。

她的脖子上系着一条黄色丝带。

幸福的黄丝带。

眼泪，该死的眼泪，一下子冲破我最后的防线。

她来到我的面前，还像十年前那样美丽，我却不知该对她说什么。曾经准备过的那些语言，曾经背诵过的那些诗句，全被她脖子上的黄丝带一扫而空。

我感到我的眼泪融化了打在我唇上的雪花。

系着黄丝带的她，咬着我的耳朵说了一句话，然后将一张小字条塞到我手里。

摊开小字条，却看到一团模糊的字迹，一刹那的不知所措后，记忆却突然明了。

那是二十年前我亲笔写下的，却迟到了十年才传到她手中——中间几个字已看不清了，只剩下开头的"我"与最后的"你"。

又一粒雪打下来，化开小字条中间那些墨迹，我这才念出那个被藏起来的字。

"1914！"

忽然，狱警在监房的铁窗外喊我的名字，才把我从这个无比完美的梦中唤醒。

睁开眼睛，看着黑色的天花板，感觉眼角的泪水婆娑。

我终于清醒了——明天才是刑满释放的日子。

狱警打开监房铁门，拍着我的肩膀说："有人探监！奇怪，今天会是什么人来看你？"

我披上厚厚的棉衣，跟着狱警走过阴暗的通道，直到探监室的大门打开。

刹那间，我闭上眼睛，默默地向上帝祈祷！